Teil I

1

Vilde

Im Schilf liegt eine tote Krickente. Genauer gesagt ein Krickerpel. Das Sonnenlicht lässt das grüne Feld um die Augen leuchten wie blankes Metall. Das mir zugekehrte Auge ist geborsten. Winzige Fliegen krabbeln durch die Federpracht. Drehen kleine Pirouetten. Lassen sich abermals nieder. Um den Hals, als feste Schlinge – eine blaue Angelschnur, die sich tief in den dunklen Abgrund beim Anleger hinunterzieht.

Das Bild des toten Vogels erinnert mich an etwas.

An etwas von vor langer Zeit.

Ich kann es nicht an die Oberfläche holen.

Ich habe es nur kurz zu heben versucht, dann habe ich aufgegeben. Es spielt keine Rolle. Ein Traum. Etwas, das ich gelesen habe. Eine Bagatelle.

Es ist Samstag, der 2. Oktober. Herbst. Trotzdem fast Sommer. Der ganze Wald summt vor Insekten, wie es Ende Juli oft der Fall ist. Ich sitze in Hemdsärmeln da, auf einem alten Sägebock, den irgendwer angebracht hat, seit ich zuletzt hier war. Die Wespen gehen im Heidekraut Streife; sie sind in diesem Jahr klein und ziemlich friedlich; dieses Phänomen ist mir schon längst aufgefallen. Ich sitze zu Hause in Majorstua auf dem Balkon und frühstücke, mit Ei und Marmelade, den ganzen Spätsommer hindurch, ohne von den Schwarzen und Gelben gestört zu werden. Sie sind da, aber sie lassen sich vom Winde verwehen. Hier im Wald ignorieren sie den Menschenmann vollständig, sie wimmeln im Heidekraut umher und gleiten seitlich über das Wasser oder zwischen die Kiefernstämme. Um diese Jahreszeit sind sie heimatlos. Bald werden sie sterben.

Ja. Ein Sommer, der die Landschaft nicht loslassen will. Der sich in einen anderen Raum erstreckt als den, der ihm gehört.

Das sind so meine Gedanken.

Es ist heiß. Das Hemd klebt mir am Rücken.

Ich bin vom Auto her fünfzig Meter hier heraus auf die Landspitze gegangen. Ich bin triefnass.

Aber Luft und Licht gehören dem Oktober, wie ich ihn aus früheren Jahren kenne, so weit ich mich zurückerinnern kann. Der blaue klare Herbsthimmel und das Sonnenlicht, das durch die farbenfrohen Baumwipfel sickert. Der große Laubfall hat noch nicht eingesetzt. Noch ist der Waldboden nackt. Das Gras steht grün an den Hängen. Noch hängen die Farben an den Zweigen, Milliarden, Myriaden von wehenden Wimpeln in Gold, Rot, Braun und Orange, in allen Schattierungen.

Und das klare Licht fällt zwischen sie und durch sie und malt wundersame Schattentänze auf Pfade und Wege.

Wo jemand geht oder niemand kommt.

Der Wasserspiegel ist in zwei Hälften geteilt. Einen leuchtendblauen Teil, einen Himmelsspiegel. Und einen, der schwarz und glänzend ist wie Öl. Der im Schatten des hohen Waldes unter dem Steilhang im Osten ruht.

Jetzt schwimmt sie hinaus aus ihrem Leben und hinein nach Mordor.

Ich sitze hier. Ich sage nichts. Ich bin nicht so leicht zu bewegen. Ich sitze hier und denke, so ist sie. Von Licht zu Schatten, in Sekundenschnelle.

Es ist, als werde ihr Körper in einer Art Fixierbad entwickelt, wenn sie in die Dunkelheit hineingleitet. Im Sonnenlicht sehe ich nur ihren Kopf über dem glitzernden Wasserspiegel. Und die Haare, die in ihrem Kielwasser treiben. Im tiefen Schatten leuchtet ihr Körper unter der Wasseroberfläche fast weiß. Er wirkt fast selbstleuchtend.

Die ruhigen Armbewegungen. Der Rücken. Die Hüften und die starken Beine beim Abstoßen. Sie dreht sich auf den Rücken. Winkt.

»Komm doch!«

Unter der toten Ente ist feiner Sandboden. Fast wie feinkörniges Gold im Sonnenlicht. Das dünne Schilf ragt wie grüne Trinkhalme aus dem Sand. Zwei Meter vom Land entfernt beginnen Dunkelheit und Modderboden. Die Tiefe.

Ungefähr mitten zwischen Strand und Dunkelheit liegt auf dem Grund ein hellblauer Wobbler mit schwarzen und roten Flecken.

»Du bist ja vielleicht blöd! Dummer alter Mann!«

Sie ist wieder im Licht.

Ich halte mir die Hand über die Augen. Hinter ihr, im Geflimmer von Sonne und Herbstfarben, sehe ich zwischen den Bäumen den Umriss des alten Hauses. Das Krähenschloss. Die Türmchen. Die Galerien. Die Glasveranda. Das alte Haus draußen auf dem Felsen. Das mich immer an eine auf Abwege geratene Stabkirche erinnert. Ich habe das Gefühl, den Duft des Teers bis hierher wahrnehmen zu können, aber das ist nur Einbildung. Erinnerungen, die mir einen Streich spielen. Die Erinnerung daran, irgendwann im Hochsommer in der engen Schlafkammer in der Mansarde zu erwachen. Der Mischgeruch von Teer und Kienholz. Der aufgewärmte Staub, der in den Lichtstreifen tanzt, wenn sie sich unter dem undichten Dach kreuz und quer dahinziehen.

Und der Winter: Holzfeuer. Tag und Nacht, der kontrollierte Hausbrand. Der Geruch von brennender Birke, den ich ebenfalls mit diesem Ort verbinde. Und von grüner Seife und alter Frau.

Vilde erreicht das seichte Wasser und richtet sich auf. Das Licht scheint an ihr hinunter und in den See zu strömen. Sie ist milchweiß und schön, ein lebender Beweis für den schlechten Sommer, der hinter uns liegt. Der jetzt blüht, obwohl eigentlich Herbst ist. Ihre kleinen Füße in dem hellen Sand. Rote Zehennägel.

»Bleib ganz still stehen«, sage ich. »Beweg dich nicht!«

»Gib mir das Hemd! Sonst frier ich mich zu Tode!«

Plötzliche Windrosen, die sie einhüllen. Ich stehe auf und greife nach dem rot karierten Holzfällerhemd, das sie ins Heidekraut geschleudert hat. Werfe es ihr zu. Ihre Brustwarzen stehen hervor wie harte Knoten. Sie streift fröstelnd das viel zu große Hemd über.

»Nur noch einen Moment«, sage ich. »Weil du das Schönste auf der Welt bist.«

Sie gibt keine Antwort. Sie steht da und mustert mich mit diesem seltsamen, intensiven Blick. Ich kann mitten in der Nacht aufwachen, mit der Gewissheit, dass sie hinter meinem Rücken liegt und mich betrachtet. Dass sie daliegt und meinen Hinterkopf ansieht. Oder meine Ohren. Ab und zu nagt sie mit kleinen spitzen Zähnen an mir.

»Sehe ich aus wie ein Playboy-Model? Machen die nicht solche Bilder? Offenes Hemd und nackter Hintern?«

»Nein«, sage ich. »So ist das nicht.«

»Als ich in den Schatten auf der anderen Seite gekommen bin, wurde es eiskalt. Ich hatte Angst vor einem Krampf. Und dann dachte ich, dass ich keinen Grund hätte, auf dich zu zählen, falls irgendwas passiert. Das war scheußlich.«

»Ich finde, du solltest deinen Biber in Ruhe lassen«, sage ich. »Du siehst aus wie eine Fünfjährige.«

Sie watet ans Ufer.

Ich schmiege die Wange an ihren Bauch und lege meine Hände auf ihre eiskalten Hinterbacken. Streichele ihre Oberschenkel.

»Wer wohnt in dem alten Haus da?«, fragt sie. »Dem da draußen auf der Insel?«

Ihre Hände in meinen Haaren. Ich wärme die Innenseite ihrer Oberschenkel. Bis in die weichen Falten, bei denen ich an Stute denken muss, Pferd. Sie presst meinen Kopf an sich.

»Ich habe keine Ahnung. Woher soll ich das wissen?«

»Weil du hier zu Hause bist. Ich merke doch, dass du hier zu Hause bist.«

Ich öffne sie vorsichtig. Nur zu Besuch. Für einen Moment.

»Vielleicht steht es leer.«

»Nein. Denn das ist verboten. Das geht nicht. Das ist gegen das Gesetz.«

Sie ist warm und glatt. Ich lasse langsam zwei Finger in

ihr steigen. Ich kann hören, wie ihr Atem sich mit dem Summen der Insekten mischt.

»Ein junger starker Mann«, sagte sie. »Einer, der ein bisschen grausam und wunderbar ist. Der wohnt da.«

»Na gut. Aber er war einsam, als wir gekommen sind. Und jetzt sieht er uns und zerbricht.«

»Ich bringe es nicht übers Herz, ihm mehr als das hier zu geben.«

Aber dann stellt es sich heraus, dass wir beide herzlos sind. Und die ganze Zeit denke ich, dass Kolla auf der Glasveranda steht und uns ansieht, in ihrem verwaschenen Morgenrock, die mageren Füße in den karierten Pantoffeln ihres verstorbenen Mannes.

Dass sie dort steht und uns durch das riesige russische Fernglas beobachtet, mit dem sie sonst dem Treiben der Vögel im Wald und auf dem Wasser zusieht.

Jetzt bekommt sie einen Kampfläufer und einen weißen Schwan vor die Linse.

Im Auto herrscht eine Bruthitze. Wir reißen beide Türen auf und stehen zum Rauchen draußen.

»Du hattest eine Plastiktüte, oder?«

Sie: »Was?«

»Eine Plastiktüte.«

Sie öffnet die Tür zur Rückbank. Wühlt. Plastik knittert. Dann steht sie da mit einem roten Oberteil und einer leeren Plastiktüte von H&M.

»Was willst du damit?«

»Steig ein.«

Ich nehme die Plastiktüte und gehe wieder auf die Landspitze. Wate hinaus ins Schilf und hebe die Krickente auf. Und auch den Wobbler. Hänge ihn an meine Hemdentasche. Werfe die Tüte in den Kofferraum.

»Was ist das denn da?«

»Ein Wobbler.«

Ich hänge ihn an den Rückspiegel.

»Du bist ein kleiner Junge, was? Ab und zu? Ich hab Hunger.«

Ich lasse den Motor an. Ehe wir losfahren, kurbeln wir beide Fenster herunter.

»Das werden wir ändern.«

Sie verdüstert sich. Das kann am Hunger liegen. Am Blutzucker. Oder an etwas anderem. Ich habe den Versuch aufgegeben, sie zu durchschauen. Ich habe mich daran gewöhnt. Wir fahren am Mjøsaufer entlang und sie verdüstert sich. Kein Wort.

Es ist schön. Die Nachmittagssonne streckt rote Zungen über das Wasser.

Ich drehe das Radio an, es gibt Nachrichten.

Sie dreht es aus.

Als wir eine Raststätte im Norden der Abfahrt nach Gjøvik erreichen, halte ich neben einem finnischen Lastwagen und gehe hinein. Sie ist nicht die Einzige, die vom Ficken im Wald Hunger bekommt. Es ist Viertel nach zwei. Noch fast sechs Stunden bis zum Festmahl zur Feier von Stig Hammers sechstem Abenteuer. Jetzt will ich ein Raststättenessen von der Sorte, die ich niemals überbekomme. Schweinebraten oder Frikadellen in dicker brauner Soße, Kümmelkohl oder geschmorten Weißkohl, die Kartoffeln in der braunen Soße zerquetschen, Preiselbeermarmelade, dünnes Knäckebrot und jede Menge eiskaltes Wasser. Ich lasse sie in Ruhe, ich schaue mich nicht einmal um, um zu sehen, ob sie hinterherkommt, ich steuere geradewegs die Raststätte an, dort steht ein Brautpaar und rauft sich ein wenig zum Spaß, stupst sich in aller Freundschaft gegenseitig herum, nicht ganz erwachsene, ein bisschen plumpe Jugendliche in vollem Wichs, er sogar im lila Smoking, und Onkel und Tanten und Mütter und Vettern, die schmunzeln und vielleicht schon leicht angetrunken sind, hier stehen sie und warten auf das Auto, auf einen Minibus, der sich verspätet, so viel habe ich immerhin verstanden.

Ich entscheide mich für Elchfrikadellen. Ich kann mir das nicht verkneifen, dieser Teil des Landes, Hedmark und Oppland, hat einfach etwas an sich, das ich mit dem Elch verbinde, dem König des Waldes, für mich ist das hier Elchland, es hat wenig mit den Tatsachen zu tun, in Vestfold und Telemark werden sicher genauso viele Elche gejagt wie hier oben, aber jetzt geht es um Gefühle und Empfindungen. Und sie füllt mir den Teller, die Frau hinter dem Tresen, während sie verfolgt, was sich hinter meinem Rücken abspielt, sie nehmen jetzt Lachen und Späße mit nach draußen, das kann ich hören, sicher soll nun geraucht werden.

»Und Wasser«, sage ich und bezahle.

»Setzen Sie sich doch einfach!«

Und als ich das tue, sehe ich, dass Vilde im Salatbuffet herumstochert, aber als sie dann etwas später zu mir an den Tisch kommt, bringt sie eine warme Frikadelle und ein großes Bier mit.

Als ich anfange, das zermahlene Elchfleisch zu essen, die Frikadellen in Stücke zu kauen, tauchen Bilder auf von nachtdunklen Straßen, Scheinwerfern, die Schneeregen und Nebel zerschneiden, es ist irgendetwas, das ich gelesen habe, vielleicht gehört, war das so, dass die Raststätten hier oben in den Orten am Mjøsa eine Abmachung mit der Gemeinde hatten ... oder den Kantinen? Den Krankenhauskantinen? Ich weiß es nicht mehr genau.

»Woran denkst du?« Sie zieht das Messer durch den Zwiebelhaufen, zerteilt die Frikadelle in zwei Stücke, so macht sie das, wie in einem richtigen Steakhaus. Das Fleisch testen.

»Ich überlege, was es für ein Gefühl ist, wenn ein Elch durch deine Windschutzscheibe bricht«, sage ich. »Du weißt schon. Du und ich. Auf dem Heimweg von der Hütte. Oder auf dem Weg zur Hütte. Wir sind schon den ganzen Tag unterwegs. Es regnet. Draußen ist es stockdunkel, und wir sind müde und kaputt.«

Sie kaut und sieht mich an.

»Dann knallt es«, sage ich. »Ein nasses totes Tier durch die pulverisierte Scheibe.«

»Nein«, sagt sie. »Ein sterbendes. Ist das eine Szene für Stig Hammer, oder was?«

»Ja, vielleicht«, sage ich. »Da sagst du was.«

»Oder macht dir das einfach nur Spaß?«

»Ich habe irgendwo gelesen, dass die Gemeinden hier

oben eine Abmachung über die im Verkehr umgekommenen Tiere getroffen haben. An dem Fleisch ist doch nichts auszusetzen. Aber ich weiß nicht mehr, wo es landet. Verwaltungskantinen. Pflegeheime. Irgendwie so was.«

»Schön. Der Dachs endet dann am Sonntag als Schweinebraten. Weißt du was? Wenn wir da oben ankommen, kann es sein, dass ich mich in die Bahn setze und in die Stadt zurückfahre. Ich glaube einfach, ich habe keine Lust mehr, dich auf solchen Expeditionen zu begleiten.«

»Ist schon gut.«

»Was ist schon gut?«

»Wenn du nicht mitkommen willst, dann lass es sein. Nimm den Zug zurück nach Oslo. Lass dich im Theatercafé volllaufen.«

»Soll ich denn einfach im Hotelzimmer hocken und fernsehen? Und auf dich warten?«

»Bestimmt gibt es in der Nansenschule irgendeinen Vortrag. Zen in der Malerei. Islam und Modernismus.«

Sie lächelt. Lässt die Gabel sinken und streicht mir mit den Fingern über den Handrücken. »Aber du kommst?«

»Ich dachte, wir hätten uns für halb zwölf oben im Mølla verabredet. Dann bin ich fertig mit der Arbeit. Ich habe gesagt, dass ich bis elf bleiben kann. Höchstens bis Viertel nach, wenn ich Bücher signieren soll.«

»Arbeit? Arbeit ist ja wohl übertrieben.«

»Ja«, sagte ich. »Arbeit ist übertrieben.«

»Schmecken die Buletten gut?«

»Das sind Elchfrikadellen.«

»Okay. Deshalb also.«

»Wahrscheinlich.«

»Du hast überlegt, ob du Abfälle vom Straßenrand isst.«

»Die Frage hat sich sicher irgendwo in meinem Unterbewusstsein gerührt.«

Das Mädel kommt mit einem Glas und einer Kanne voll Eiswasser. Ich habe Durst. Das kalte Wasser macht mir große Freude. Ich finde es zudem schön, hier zu sitzen und mich ein bisschen mit Vilde zu kabbeln. Vor dem Fenster steht dieses klobige Brautpaar und pöbelt sich an, ungefähr wie verliebte Teenager vor einem Festlokal. Der Himmel ist weit und blau, und durch das herbstfarbene Laubwerk der Birken leuchtet der Mjøsa. Und als ob das noch nicht genug wäre: Da kommt der Minibus!

»Jetzt geht's zurück in die Anstalt in Gjøvik«, sage ich, als die da draußen die Köpfe einziehen und Platz nehmen. »Meinst du nicht? Und sicher landet da auch der Dachs.«

Wir fahren weiter. Wir sagen nichts. Es ist etwas mit dem sterbenden Tier, das durch die Windschutzscheibe kracht, dass die Glassplitter nur so stieben, mit dem Geruch des regenfeuchten Fells und des pulsierenden Blutes, ich meine – die Sonne scheint und der Mjøsa glitzert, aber ich habe das Gefühl, in einen dunklen Tunnel zu jagen. Ich bin nicht gefährlich, ich halte mich unbedingt für einen verantwortungsbewussten Verkehrsteilnehmer, es sind nicht die Nerven, es ist keine Panik, sondern vielleicht nur eine Art existenzielles Unbehagen. Das Gefühl der Übelkeit unter dem Gewicht von allem, was möglich ist. Der sterbende Elch auf meinen Knien. Die blaurote Zunge. Schaum und Sabber, und große, riesengroße Augen, die plötzlich das Innere eines Personenwagens mustern, mit einem Blick, der daran gewöhnt ist, über Rodungen und hügeligen Mischwald zu schweigen, das alles, während das Blut strömt und das Leben langsam verrinnt, vielleicht sogar begleitet von Tanzmusik aus dem Autoradio. Vikingarna. Ole Ivars.

Es ist, als ob eine Dunkelheit sogar das Sonnenlicht umschließt. Es in etwas Kleines und Illusorisches einkapselt.

»Du könntest mich ein bisschen liebhaben«, sagt sie.

Das große tote Tier auf ihrem Schoß.

Sie drückt vorsichtig auf den Wobbler, der am Spiegel hängt. Ihre Fingernägel versinken in dem blauen Gummi.

Ich spüre es im Unterleib.

»Du hast auch die Ente mitgenommen, was?«

»Natürlich«, sage ich.

»Was willst du damit?«

»Ich dachte, ich könnte mir einen kleinen Krickentenhut machen lassen.«

Sie dreht sich um und schaut hinüber nach Lillehammer am anderen Seeufer. Die Stadt, die sich oben am Hang festkrallt.

»Ausstopfen«, sage ich. »Auf den Kaminsims stellen. Die Ente hat mich an etwas erinnert. Ein Geschehnis. Mir fiel nur nicht ein, was es war, als ich da auf der Odde saß und dir beim Schwimmen zusah. Aber danach. Als wir gerade losfahren wollten. Nicht, dass es etwas Besonderes gewesen wäre. Es war eigentlich die Erinnerung an einen Verlust. An etwas, das mir nicht gelungen ist. Aber wenn man so alt wird wie ich jetzt, dann muss man Siege und Niederlagen zusammen aufbewahren.«

»Ich frage mich, ob ich das nicht gerade mache«, sagt sie. »Eine Niederlage aufbewahre. Danke, dass du dem einen Sinn gibst.«

»Es macht nichts, dass du hier nichts begreifst.«

Ich fange mir eine Maulschelle ein und muss an den Straßenrand fahren und den Wagen anhalten. Ich vergesse es immer wieder. Die Arbeit mit Meißel und Stemmeisen macht sie stark wie einen kleinen Braunbären. Sie hat meinen Augenwinkel mit dem Fingernagel gestreift. Tränen. Blut auf der Fingerspitze.

»Der Teufel soll dich holen!«

Nur, damit es gesagt ist. Es hat absolut keinen tieferen Sinn.

Sie kurbelt das Fenster hinunter und nimmt sich eine Zigarette.

Ich suche im Handschuhfach nach Papierservietten, aber ich finde nur Putzwolle, die vage nach Terpentin riecht. Wische mich deshalb mit dem Hemdzipfel ab. Kneife das Auge zu.

»Einmal wollte jemand mich zu einer Filmproduktion mitlocken. Es ging ungefähr so los wie hier. Sie und er in einem Auto. Jähe, unmotivierte Gewalt. Wir sind auf dem Weg in eine kleine Stadt. Genauer gesagt ... zu einem großen klobigen Steinhaus am Rand dieser Stadt. Hörst du zu?«

»Okay. Wir sind auf dem Weg in die lokale Anstalt.«

»Genau. So ein Film ist das. Ein Film über junge Menschen, die es einfach zu übel finden, Leute einzusperren, nur weil die ein bisschen verrückt sind. Das war in den achtziger Jahren. Das ganze Projekt ging in den Teich. Zum Glück.«

Ich lasse den Motor wieder an.

Sie wirft die halb gerauchte Zigarette weg und schließt das Fenster. »Wir werden also vielleicht irgendwen befreien?«

»Nein, ganz so verrückt geht es nicht zu. Wir sind unterwegs zu meinem Bruder. Der wird das Wochenende mit uns verbringen. Wir wollen auf die Hütte. Ich weiß noch, dass wir eine Menge scharfe Szenen reingeschnitten hatten. Wir sind unter anderem in einer Szene unter dem Eis, auch wenn die Handlung im Frühling oder Herbst vor sich ging. Ein Eisbohrer, der plötzlich das türkise Wasser zerschneidet. Blubbernde Unterwassergeräusche. Mein Bruder, der nackt in einem riesigen eiskalten Badezimmer auf einem Stuhl sitzt und von einem Pfleger in seinem Alter rasiert wird. Und du und ich. Die draußen auf irgendeinem Sportplatz warten. Ein bisschen mit einem Baseball tricksen, vielleicht. Bis sie ihn bringen. Meinen Bruder, meine ich. Ja, ja. Wie gesagt, es ging voll in den Teich.«

»Ach, hör auf«, sagt sie. »Halt die Fresse!«

Wir fahren weiter, ohne etwas zu sagen. Sie schiebt eine CD ein, die lose im Seitenfach gelegen hat. Es ist Brad Mehldaus »House in Hill«. Wir überqueren abermals den Mjøsa. Lillehammer liegt über uns am Hang, gebadet in Nachmittagslicht. Kurz darauf fahren wir auf den Parkplatz hinter dem Hotel Breiseth, und ich denke, es hätte hier sein können. Dass wir hier die Szene hätten drehen können, in der wir meinen Bruder holen wollen, gerade hier, hinter dem Hotel Breiseth in Lillehammer.

Als ich den Wagen rückwärts einparke, klingelt das Telefon. Ich sehe im Display, dass es Ada ist. Der ich vor dem Pastor versprochen habe, gute und schlechte Tage mit ihr zu teilen, bis dereinst der Tod einen Keil zwischen uns schlägt.

2

Im Breiseth in der Bar

Gudrun Valleger sitzt in der gottverlassenen Bar des Hotels Breiseth. Sie ist der einzige Gast, und sie hat an dem einzigen Tisch Platz genommen, der mit einer weißen Decke geschmückt ist. Die anderen Tischplatten sind kahl und blank, sie leuchten bleich im schwindenden Licht, das von der Straße hereinkommt, da sitzt sie, auf der Stuhlkante, fast auf dem Sprung, mit ihrer modernen Brille, schmale, längliche Gläser, eingerahmt von rotem Kunststoff, bis an ihre Nasenspitze vorgeschoben. Sie schaut über den Brillenrand, schräg auf die Speisekarte, die sie in den schlanken Händen hält, ein einzelner gelbweißer Bogen aus dünnem Karton. Sie ist ganz und gar in ihrer eigenen Welt, aber ehe sie hergefahren ist, hat sie ihre dunklen Haare zu einem achtlosen Dutt hochgesteckt, geplant achtlos, möchte ich meinen, lose Strähnen fallen auf die Schultern des schwarzen Kostüms, bei dem ich an Asien denken muss, an Japan oder China.

Ein Mann in meinem Alter kommt durch die Eingangstür. Bleibt eine oder zwei Sekunden stehen, während er sich mit nervösen Blicken im Raum umsieht. Erst als er sich umdreht und wieder hinaus auf die Straße geht, dreht sie den Kopf in seine Richtung. Sie trägt auf der linken Brust eine goldgefasste Jadebrosche, ein Relief eines Frauenkopfes, der einen grünen Funken wirft, ein Reflex des Lampenlichtes, als sie zu mir aufschaut.

»Hallo, Alexander.«

»Du siehst ja elegant aus!«

Sie erhebt sich etwas und umarmt mich.

»Setz dich. Bist du gerade gekommen?«

Ich tue, wie mir geheißen. Sehe mich um, auch wenn ich

schon weiß, dass nur wir hier sind. Dass der Tresen leer und verlassen ist. »Vor einer halben Stunde.«

»Ich will eben nachsehen …«

»Nein, bitte! Bleib doch sitzen. Ich hab es nicht eilig.«

Aber ich. Das weiß sie. Ich habe es verdammt eilig.

»Ich bestelle kurz an der Rezeption. Was möchtest du trinken?«

»Ein Bier, nein, warte. Kalten Weißwein. Vielleicht ein paar Eiswürfel.«

»Weißwein ist gut. Das möchte ich auch. Wir nehmen eine Flasche.«

Oben auf dem Markt wird zusammengepackt. Die Buden werden geschlossen. Kästen mit Pflanzen und Obst werden auf Anhänger geladen oder in Lieferwagen verstaut. Ich sitze ganz allein in der Bar des Breiseth und sehe zu, wie die Lillehammeraner Feierabend machen. Junge Mädchen in engen Jeans. Solide Bauern von weiter oben im Tal. Rentner mit Rucksäcken und Teenager mit umgedrehten Baseballmützen. Der Autor Stig Sæterbakken steht auf der anderen Straßenseite und redet mit einem Typen mit Baskenmütze und Kindersitz auf dem Fahrrad.

Ein scharfes Sonnengleißen auf der Windschutzscheibe eines Autos, das zur Tankstelle hinunterfährt.

Wir sind unterwegs in die natürliche Siesta der norwegischen Kleinstadt. Die Stunden, die zwischen dem Schließen der Ämter und dem amputierten Nachtleben liegen. Deshalb sieht es in der Bar des Hotels Breiseth so aus. Man wartet nicht auf den Sturm, sondern auf eine mögliche sanfte Brise. Und dann lohnt es sich, die schwedischen Aushilfen anderweitig zu beschäftigen.

Gudrun kommt. »Du siehst gut aus. Wie fühlst du dich?«

»Nicht schlecht.«

»Möchtest du essen? Wir können auch woanders hingehen.«

»Nein. Ich hab eine Ladung toten Elch verzehrt. Und dann gibt es ja …«

»Das Festmahl. Wie wird das wohl gehen, was meinst du?«

Sie nimmt wieder die Speisekarte. »Ich brauche einen Salat oder so. Und weißt du? Wir haben ja darüber gesprochen. Alles richtet sich nach dir. Du musst es genauso machen, wie du willst oder kannst. Es wird auf jeden Fall sehr gutgehen. Du machst so viel mit, wie du schaffst. Es soll nicht so sein, dass …«

»Das weiß ich doch alles.«

Nun kommt ein Mädel auf schiefgelaufenen Absätzen. Sie stammt hier aus dem Tal. Munter und sympathisch. Wein und zwei Gläser. Kühler voll Eis.

Gudrun bestellt Salat mit Rinderstreifen und fragt, ob ich sicher sei. Das bin ich. Ich will jetzt auf keinen Fall etwas essen. Nur etwas, was ich hinunterschlucken kann, ohne zu kauen. Ich trinke einen großen Schluck Wein. Zerbeiße mit einer defekten Füllung einen Eiswürfel. Das spüre ich bis hinunter in die Fersen.

Und Gudrun sieht es. Sieht, wie ich plötzlich das Gesicht verziehe.

»Himmel, was ist dir denn gerade eingefallen? Dass du Theater spielen musst? Ich bin sicher, das wird lustig. Ich wäre so gern dabei. Aber wir können es ja im Fernsehen nacherleben.«

»Ach?«

»Hast du nicht mit Bjørg gesprochen?«

Das Telefon klingelt in meiner Brusttasche.

»Hallo, hier ist Bjørg. Bist du im Hotel, oder was?«

»Ja, ich sitze hier gerade mit Gudrun.«

»Du, TV 2 hat angerufen. Sie möchten furchtbar gern heute Abend in *Guten Abend Norwegen* kurz über die Sache nachher berichten. Sie senden das erst am 17., und das kommt uns doch wie gerufen. Dann liegt dein Buch in allen Buchläden. Und da wollte ich nur wissen, wie du das siehst. Die Sendung ist doch immer in Ordnung.«

»Nichts dagegen. Wenn sie das mit der Hausbesitzerin klären.«

»Darüber brauchst du dir keine Gedanken zu machen. Ich hole dich wie verabredet im Hotel ab. Und du? Supergutes Buch! Das bringt's!«

Ich lege das Telefon weg. »Warum hat mir niemand gesagt, dass Bjørg einen leichten Schlaganfall hatte?«

»Was?«

»Sie behauptet, *Guten Abend Norwegen* sei in Ordnung.«

»Ach so. Aber es wird doch gesehen. Und du. Wie gesagt. Du machst nur, wovon du selbst fühlst, dass du es willst und dir zutraust. Fühl dich ja nicht unter Druck gesetzt.«

Ich streichele ihre Hand. Nehme sie in meine. »Ich fühle mich nicht unter Druck gesetzt. Ich muss ein Buch verkaufen. Wir müssen ein Buch verkaufen. Das tun wir nicht zum ersten Mal, und wir wissen, dass in dem Zusammenhang jedes Fernsehen gutes Fernsehen ist.«

»Ja, so ist es eben heutzutage.«

»So war es immer schon. Ich weiß noch genau, wie Brikt Jensen mich 1982 sprechen wollte. Das war phantastisch.«

»Er hat uns zuerst im Verlag angerufen, weil du kein Telefon hattest. Dann haben wir einen Kurier zu dir nach Grünerløkka geschickt.«

»Ja, richtig. Dann kam ich nach Hause und fand an der Tür einen Zettel. Brikt Jensen anrufen. Und die Nummer. Das war fast so, als ob ich Jesus anrufen sollte. Ich weiß noch, dass ich zur Telefonzelle unten in Birkelunden gerannt bin. Und als ich seinen abgeschliffenen Bergenser Akzent hörte … das war total unwirklich.«

»Das war eine andere Zeit. Ein einziger Fernsehsender, und Brikt Jensens Literatursendung wurde von absolut allen Buchliebhabern in Norwegen gesehen. Wie hieß die noch gleich?«

»Ich weiß nicht. Das hab ich total vergessen.«

»Warst du damals zum ersten Mal im Fernsehen?«

»Ja. Ich weiß noch, dass ich Angst hatte, man könnte sehen, wie mein Herz unter meinem Hemd hämmerte. Ich muss einen Puls von zweihundert gehabt haben. Und unten in Larvik saßen meine Eltern und versuchten, mich im Fernsehen zu fotografieren. Mit der Instamatic.«

Gudrun lacht. Sie ist schön, wenn sie lacht. Sie wird so mädchenhaft und eigenartig. »Das ging sicher nicht.«

»Nein. Nur der Blitz war zu sehen. Ich glaube, ich habe

das Bild noch immer. Wir können es vielleicht als Titelbild nehmen, wenn ich jemals meine Memoiren schreibe.«

»Hast du das vor? Deine Memoiren zu schreiben?«

»Nein. Als ich da unten in Paris den Infarkt hatte, zog mein ganzes Leben an mir vorüber. Genauso, wie es in den blöden New-Age-Büchern beschrieben wird, an denen ihr so viel verdient. Und um ganz ehrlich zu sein: Ich fand, es war eine langweilige Vorstellung.«

Vor der großen Fensterscheibe geht Vilde vorbei. Schaut demonstrativ in eine andere Richtung.

Gudruns Essen kommt. »Du hast Ada nicht mitgebracht?«

Ich sehe Vilde hinterher, als sie die Straße überquert und den Markt in Richtung Kunstmuseum überquert. Sie füllt ihre Jeans gut aus, sie ist so rund und wunderbar, so launisch und ungerecht, und im Grunde total hoffnungslos, und da geht sie mit diesem etwas steifen Gang und dem Mjøsawind in den langen schönen Haaren. Wir haben es gut zusammen. Die schönen Augenblicke sind alle Prügel wert.

»Aber was sagen denn deine Ärzte? Das schmeckt gut.«

Ich schenke uns beiden Wein ein. »Was sollen sie schon sagen. Ich hatte einen Infarkt. Ich muss mich zusammenreißen. Das ist die Kurzfassung.«

»Mit Rauchen aufhören.«

»Großer Gott, ich bin schon auf zwanzig am Tag runter. Außerdem ist es eine schöne Art zu sterben. Das hab ich gedacht, als es geknallt hat. Dass es jetzt ernst ist.«

»Aber hat es wehgetan?«

»So weh, das kannst du dir fast nicht vorstellen. Dann fühlst du dich geradezu unerträglich lebendig.«

Jetzt legt sie ihre Hand auf meine. »Aber wir sind ziemlich viele, die wollen, dass du noch eine Weile lebst.«

Ich will schon fragen, ob das ein Gruß aus der Verkaufsabteilung ist, aber zum Glück kann ich mir das noch rechtzeitig verkneifen. Stattdessen sage ich, dass ich nicht vorhabe, mit Latz und Windeln in irgendeinem Pflegeheim zu vermodern. Dass es besser ist, im Kampf zu fallen. Ich liefere eine ausdrucksstarke Beschreibung meines Vaters, der auf dem Korridor sitzt und darauf wartet, diese Welt verlassen zu dürfen. Arthur Irgens. Individualist und Streithammel. Schürzenjäger und Mozartliebhaber. Da sitzt er auf dem Gang und die Windel ragt aus der Hose, während irgendein kranker Hurrapastor auf dem Klavier im Aufenthaltsraum Dixieland spielt.

»Stimmt das?«

»Natürlich stimmt das. Und heutzutage riskiert man ja sogar einen Besuch von Pastor Gelius, der einen Vortrag über Urinsex halten will. Ich sehe, dass er sehr begehrt ist.«

Jetzt lacht sie sich wieder zum jungen Mädchen.

»Und du«, sage ich. »Wie geht es dir?«

»Mir geht es gut, Alexander. Mir war nur in letzter Zeit ein bisschen schwindlig. Aber das ist nicht wichtig. Bente aus Kinder- und Jugend ... die musste sich im Sommer die eine Brust abnehmen lassen. Ich hätte das vielleicht nicht sagen dürfen.«

»Aber das hast du«, sage ich. »Tut mir leid, das zu hören. Aber da sind wir nun mal. Wir sind jetzt alt genug zum Sterben. Vierzig war rein gar nichts. Aber fünfzig ... da beginnt der Countdown. Der Verfall.«

Die junge Frau aus dem Tal kommt herein und fängt an, die anderen Tische mit weißen Decken zu versehen.

Ich bestelle noch einen Weißwein. Es ist erst vier. Aus irgendeinem Grund erinnern mich die weißen Tischdecken und die flinken Hände der Serviererin wieder an das Pflegeheim, wo mein Vater sitzt und darauf wartet, dass das Leben loslässt. Immer werden die Betten neu bezogen. Stille und Lärm. Die langen, langen Tage, und das Heulen und Weinen. Dort sitzt der alte Häuptling und sabbert, während der ehemalige Ratsherr der Stadt, Wilhelm Jarlum, regelmäßig hereinkommt und ihm in die Nachttischschublade pisst. Die beiden, die sich bei der Konservativen Partei so köstlich amüsiert haben. Jetzt in derselben Abteilung wie Janne Pettersen, die »auf die Boote ging«, wie man sagte, wenn eine ihren Hintern für billigen Wodka aus der Sowjetunion und der DDR verkaufte. Und Terje »der Tiger« Johannesen, der im Kopf niemals älter wurde als etwa sechs Jahre. Und die anderen, die ich nicht kenne, die aber alle, jeder einzelne, im

Leben meines Vaters eine Rolle gespielt haben. Mit denen er zusammen zur Schule gegangen ist, oder die er bei Fußballspielen im Stadion Lovisenlund getroffen hat, mit denen er sich zusammen betrunken hat – und was Einzelne der alten Rollatorfrauen auf dem Gang angeht: Ziemlich sicher war er auch unter ihren Röcken. Jetzt sitzt er hier im Gestank von Mittagessen und Dreck und wartet darauf, dass ein Gott, an den er nicht glaubt, sich seiner erbarmt. Falls nicht ich, der auf dem Papier Leute so leicht umbringt, ihm hinüberhelfen kann? Das kann ich nicht. Ich bin zu feige. Und die Verachtung in seinem Blick ist identisch mit der, die er mir gezeigt hat, als ich in die Schule ging und seinen Erwartungen nicht entsprechen konnte. Den Träumen, die er meinetwegen träumte. Dasselbe eiskalte Funkeln. Die Diagnose des Doktor Arthur Irgens: das Fiaskosyndrom. Der Fluch des handlungsunfähigen Actionautors. Der Sohnemann, der ihm nicht einmal irgendeine tödliche Dosis einflößen kann, auch wenn er die ganze Liste herunterbetet. Ich schaffe es nicht. Ich bin nicht stark genug, um meinen Vater umzubringen.

Ich besuche ihn nicht mehr. Ich lasse ihn sitzen.

»Und auch Stig Hammer kommt heute Abend, habe ich gehört?«, fragt Gudrun. »Das muss doch lustig sein?«

»Ja, das wird der reine Kindergarten.«

»Ich habe eine Freundin, die etwas Ähnliches auf einem englischen Landsitz erlebt hat. Sie hat gesagt, das war etwas ganz Besonderes. Alle wohnten dort im Haus. Herbst und Schneeregen. Das Spiel dauerte von Freitagmorgen bis Sonntagabend. Warst du schon einmal bei so etwas dabei?«

»Nein. Nie.«

Ich habe keine Lust zu spielen. Ich habe Lust, mich ins Auto zu setzen und tief in einen finsteren Wald zu fahren. Eine Meile nach der anderen durch finsteren Wald zu fahren, bis das Benzin zur Neige geht. Und dort zu bleiben.

Als ich wieder ins Zimmer komme, ist es kurz vor fünf. Die Nachmittagssonne lässt die Tapete glühen. Das Licht scheint aus Wänden und Decke zu strahlen. Gelb. Fast stofflich. Wir haben ein Zimmer im neuen Flügel bekommen, und aus dem Fenster kann ich den Bahnhof sehen. Ich öffne das Fenster und nehme mir eine Zigarette. Ich habe mir oft vorgestellt, genau hier einen Roman anfangen zu lassen. Einen historischen Roman aus den dreißiger oder vierziger Jahren. Eine klassische Eröffnung. Eine Ankunft. 1938, 1946. Es ist Winter. Es schneit. Der Schnee ist dabei, Lillehammer zu begraben. Die Straßen sind verschwunden. Die Dunkelheit liegt wie ein Mantel über der Stadt. Nur der schwache Schein der Straßenlaternen. Schatten. Gestalten in Bewegung. Das Geräusch des Zuges aus Oslo, der scheppernd in den Bahnhof einfährt. Bremsen. Kreischen von Stahl auf Stahl. Leise Rufe. Eine Frau, die irgendwo in der Nacht lacht. Dann: Ein Mann in Hut und Mantel, er kommt mit einem Pappkoffer in der einen Hand aus dem Bahnhof. Überquert den Platz und geht die wenigen Meter bis zum Hotel. Eine Arthur-Omre-Gestalt mit hochgeschlagenem Mantelkragen, den Hut tief in die Stirn gezogen. Eine Blue Master im Mundwinkel. Nur er. Nur dieser eine Mann, der das Bahnhofsgelände verlässt und mitten auf der Straße zum Hotel Breiseth hochgeht. Die Rezeption. Der Nachtportier in seiner speckigen Uniform. Der Tabakrauch, der wie eine blaue Decke oben im Raum hängt. Das Telegramm im Schlüsselfach. Die Mitteilung, vielleicht von ihr, vielleicht von ihm, der weiter oben im Tal wartet. Der Speisesaal, fast leer. Zwei Handelsreisende. Ein Bauer in der Stadt. Eine Frau mit zweideutigem Blick und raschem Atem. Die Brüste, die sich unter der Bluse heben und senken. Die Kaltmamsell, die mit rauschenden Röcken durch den Raum streicht. Der Bote, der bei der Tür wartet. Gekochtes Fleisch mit geriebenem Meerrettich. Kaffee und Cognac. Später das Zimmer mit Waschbecken und Nachtgeschirr. Die gestärkte kühle Bettwäsche.

Ich schlafe eine Stunde. Werde geweckt, weil die Tür geschlossen wird. Abgeschlossen. Es ist dunkel im Zimmer. Nur eine kleine Wandlampe hinten beim Fernseher brennt.

»Schläfst du?«

Ich gebe keine Antwort. Ich liege im Halbschlaf da und höre, dass sie sich auszieht. Wieder sehe ich für einen

Moment die Kaltmamsell, die durch den Speisesaal eilt. Mit rauschenden Röcken.

»Es ist kalt. Ich mach das Fenster zu.«

Dann kommt sie unter die Decke. Ihr weicher Bauch an meinem. Die Brüste. Ich lege den Arm um sie. Die Hand in ihren Haaren. Sie küsst mich. Ihre Nasenspitze ist eiskalt.

»Aber pfui! Du bist doch wohl nicht betrunken?«

Ich streichele ihren Rücken und ihren Hintern. »Spinnst du? Ich muss heute Abend ja noch die Damenrede halten.«

»Da oben gibt es eine schöne Ausstellung. Frag nicht. Ich weiß nicht, von wem die war. Holzschnitte und Gemälde. Wald. Und Pferde.«

»Wie schön. Vielleicht können wir morgen hingehen. Wenn du willst?«

»Ach ja. Ich will sie zusammen mit dir sehen. Ich will alles Mögliche zusammen mit dir tun, weißt du. Spazieren gehen. Gut essen. In geheimen Seen tief im Wald schwimmen. Das war so schön da unten. Aber du hast recht. Es war zu kalt für dein Herz. Kannst du meins fühlen?«

»Ja.«

Und mit der aufgesetzt kindlichen Stimme, die mich manchmal um den Verstand zu bringen droht und die mich manchmal ein bisschen geil macht, flüstert sie: »Aber wir sind talabwärts gefahren, und da ist es Frühling und schön, die Birken sind gerade grün geworden, und immer, wenn wir anhalten, um uns ein bisschen zu küssen, können wir die Lerchen hören, und den Bach, der vom Leben im Elfenland erzählt. Und wir sind beide zwanzig Jahre alt. Wir wollen ins Irrenhaus und deinen Bruder holen.«

Ihre Augen leuchten.

Mir fällt plötzlich ein, dass ich vergessen habe, die Krickente in die Tiefkühltruhe des Hotels zu legen.

»Ja. Ich weiß noch, wie wir auf den Straßen bei Arendal herumgefahren sind und die richtigen Personen finden wollten. Die Anstalt zu finden, die sich als stillgelegte Seemannsschule entpuppt. Am Ende finden wir die Hütte. Sie ist genau so, wie wir uns das vorgestellt haben. Alt und heruntergekommen. Weit weg von Menschen. Ein etwas düsterer See, der sich tief in den Wald erstreckt. Ein Steg. Ein halb mit Wasser vollgelaufener Kahn. Es ist schön dort, aber auch ein bisschen unheimlich. Der Wald steht zu dicht bei den Hütten. Das Ganze hat etwas Klaustrophobisches.«

»Du und ich und dein Bruder.«

»Nein. Wir sind zu viert. Unterwegs nehmen wir einen Anhalter mit. Er ist auf der Flucht.«

Sie lacht heiser. »Rat mal, ob ich mich auf dieses Wochenende freue! Drei Jungs, und ich das einzige Mädchen. Einer ist so krank, dass er eine ganze Einkaufstüte voll Medikamente bei sich hat. Und einer hat eine alte Frau niedergeschlagen und ist mit ihrem Portemonnaie weggelaufen. Und dann du. Der sich vielleicht als ein etwas anderer erweisen wird, als ich erwartet habe.«

Leise, dicht an meinem Ohr: »Hiiiilfe!«

»Die Wende, also The Turning Point, kommt unten in der Dämmerung auf dem Steg. Wir haben gebadet.«

»Bestimmt habe ich meinen Hintern vorgeführt.«

»Wir wollen meinem Bruderherz zeigen, wie man mit der Angelrute umgeht. Er ist ängstlich und verschlossen, aber wir haben Geduld. Wir werfen aus und kurbeln herein. Aber er will nicht. Wagt nicht, so loszulassen. Hat Angst, alles zu ruinieren. Aber am Ende wirft er. Der Wobbler in einem feinen Bogen über dem Wasser. Ins Schilf. Das ist gut. Da stehen jetzt im Frühling die Hechte. Aber dann ...«

»Verdammt, was seid ihr krank! Du bist krank!«

»Trifft er die Ente, die da vor sich hin döst. Das arme lebende Tier, und die fliegenden Federn, die Flügel, die das Wasser peitschen, die Todesangst und die Schmerzen und das Geschrei, und die Welt, die verschwindet, denn natürlich haben wir das Tier im Auge getroffen.«

Einige Minuten lang ist alles still. Dann küsst sie mich und flüstert:

Entlein klein schwimmt im Schilf
Träumt im Schlaf, dass Gott hilft
Dahin, wo es besser ist.
Gute Reise, Optimist.

Du und ich beim Angeln
Wolln den Vogel fangen
Jesus war nicht da?
Und der Teufel? Aber klar.

Genauso ist sie. So schnell.

3

Der Tatort

Bjørg holt mich um Viertel vor acht ab. Ich kann gerade eine halbe Zigarette rauchen, dann kommt der schwarze Volvo auch schon vom Bahnhof her die Straße heraufgefahren.

»Spring rein. Kannst ruhig weiterrauchen …«

Aber das tu ich nicht. So ist es eben inzwischen. Schnipp. Die Funken tanzen über den Asphalt. Ich setze mich ins Auto.

»Schön, dich zu sehen, Alex! Du? Versprich mir, diesmal nicht so was anzustellen! Ich konnte doch mehrere Nächte nicht schlafen. Wirklich. Ich hatte solche Angst um dich. Ich muss ja auch an Gunnar denken, weißt du. Der lebt genauso wie du. Ja, nicht, was Frauen angeht, aber du verstehst schon, was ich meine.«

Ich sage, dass ich mich auch freue, sie zu sehen. Ganz ehrlich.

»Nicht, dass ich mich jetzt über Gesundheit verbreiten will«, sagt sie und gibt Gas. »Das kriegst du sicher mehr als genug zu hören. Wenn du das Handschuhfach aufmachst …«

Große dunkle Männer. Stig Hammers sechstes Abenteuer. Ich höre, wie ich selbst einen Pfiff ausstoße. Wiege das Buch in der Hand.

»Schon?«

»Nicht so ganz. Ist ein Blindband. Aber es wird ein tolles Buch, was? Und es ist so gut, Alex. Wie ich am Telefon gesagt habe: Das schlägt alle. Das ist das Beste. Das wird ganz oben landen.«

»Ja, ich habe auch ein gutes Gefühl. Scharfer Umschlag, außerdem.«

»Find ich auch. Ist von Motorfinger, wie üblich. Die sind so verdammt gut. Wir halten uns an sie, solange du mit Hammer weitermachst. Schwarz, weiß und rot. Wie die Thygesenserie von Jon M. in den achtziger und neunziger Jahren. Weißt du noch? Schlicht, aber wirkungsvoll. Und der Titel. Sehr gut. In keinem einzigen Hammer-Buch taucht das Wort ›tot‹ im Titel auf. Du hast ja keine Ahnung, was das für eine Erleichterung ist, wenn ich durch die Buchläden ziehe und es verkaufen soll. Ich hab die ganze Kiste mit tot hier und tot da und tot überall zum Kotzen satt. Ja, und da bin ich nicht die Einzige. Du wirst heute Abend noch andere kennenlernen, denen es genauso geht. Wenn ich hier nur den richtigen Weg finde ... Ganz ruhig. Ich war heute Morgen schon mal hier. Die Hausbesitzerin ist übrigens richtig reizend. Naja, reizend ... Cool. Stark. Da haben wir also wirklich Glück gehabt. Ist sicher schon achtzig. Hatte kein Hammer-Buch gelesen, aber deine beiden Novellensammlungen. Und das ist doch was, oder? Bei der ruft Gudrun an, weißt du. Stellt sich vor. Sagt, dass sie bei CappelenDamm arbeitet. Für deine Bücher. Dass sie die Lektorin von Alexander Irgens ist. Ach ja, wer das ist, weiß sie durchaus. Hast du nicht das Gefühl, Gudrun zu hören? Höflich und vorsichtig, du weißt schon. Erzählt ein bisschen hin und her über die Hammer-Bücher, die Mosse also nur vom Hörensagen kennt. Und sie hat natürlich den Film gesehen. Und dann fragt Gudrun, ob sie uns vielleicht das Haus zur Verfügung stellen könnte, weil du in deinem letzten Roman dort im Wohnzimmer die Leiche abgelegt hast. Ja, wir wollen das Haus nicht nur ausleihen, sondern ein Festmahl für elf handverlesene Libris-Angestellte veranstalten. Und die Frau sagt so einfach ... Ja. Nur zu. Ist das nicht phantastisch? Wir Norweger sind eben doch nicht so verschlossen, wie wir immer behaupten. Aber wie in aller Welt bist du eigentlich auf das Haus von Mosse Krogstad gekommen, die du doch nicht mal kennst?«

»Purer Zufall. Ich war voriges Jahr während des Literaturfestivals hier oben eingeladen. Und dann kam ich auf die Idee, auf dem Rückweg zum Breiseth eine Abkürzung durch die Gärten zu nehmen.«

»Okay. Schnapsidee also. Hier sind wir. Ich komm mit rein.«

»Schön. Geh schon mal vor. Ich rauche noch eine. Ich muss erst mal zu mir kommen.«

Bjørgs breiter Rücken verschwindet auf dem steilen Kiesweg zum Haus, das wie ein dunkles Schiff unten im Garten ruht. Sanftes Licht, das aus den Fenstern strömt und sich auf dem Gras ablagert. Es riecht gut und scharf nach feuchtem Laub und Erde. Ich lehne mich an den Zaun und drehe mir eine Zigarette, während ich zusehe, wie Bjørg in den Lichtkreis unter der Türlampe tritt und klingelt. Bewegungen hinter der Fensterscheibe im Wohnzimmer. Wo ich, ich armer Tor, einen toten Menschenhändler aus Litauen abgelegt habe, der sich zu allem Überfluss auch noch als unschuldig erweist. Genauer gesagt wo ich ihm das Leben nehme, indem ich ihm einen riesigen Leuchter ins Gesicht knalle, wieder und wieder, bis er kein Gesicht mehr hat. Warum habe ich mir nicht einfach irgendein Haus aus den Fingern gesogen? Warum habe ich die Adresse genannt und eine genaue, geradezu pingelig korrekte Beschreibung dieses zweistöckigen Hauses hier oben in Mesnalia geliefert? Ich weiß es nicht. Aber an diesem frühen Sommermorgen, als ich mit dem harschen Geruch eines fremden Unterleibs in den Bartstoppeln den Hang herabstolpere, bin ich gerade von diesem Haus total verzaubert. Die verwitterten Bretter, fast schwarz vor Alter, Dutzende von Farb- und Ölschichten. Das Grasdach. Die rostroten Fensterrahmen, die aufglühen, als die ersten Sonnenstrahlen darauf treffen. Die Aussicht auf den Mjøsa. Die Stadt hinter den Baumwipfeln fast versteckt. Vogelgesang. Der tiefe Friede, den dieses Haus ausstrahlt, der Garten mit Obstbäumen und Beeten mit taunassen Blumen und Büschen. Dieses viele Schöne, Harmonische und Gute, als Gegensatz zu Brutalität und Bosheit. Hier schlage ich im Wohnzimmer von Leuten, die ich nicht kenne, einen Mann tot, während der Zaunkönig in den Johannisbeerbüschen von Ast zu Ast und dann auf den Gartentisch hüpft und der Zilpzalp oben in der Birke seine Triller schlägt. Hier, denke ich, betrunken und verwirrt an diesem Sommermorgen des Vorjahres. Hier werde ich den Schlusspunkt setzen. Hammer kommt im letzten Kapitel aus Oslo herauf. Ich beschließe, in der Bar des Breiseth Vigdis Hjorth auftreten zu lassen, was Gudrun zum Glück verhindert, aber in diesem Moment wirkt es logisch, ein feiner Trick, um Hammer in Zeit und Ort zu verankern. Ich setze mich unten bei dem kleinen Teich in einen Gartensessel und mache mir Notizen auf der Rückseite einer Rechnung aus dem Restaurant Blå. Walsteak. Zwei Flaschen Weißwein. Kaffee und Cognac. Hammer. Kommt. Aus Oslo.

Jetzt, wieder hier. Als ich selbst. Als eine Art Ausgabe meiner selbst, muss ich wohl sagen, da es heute Abend um die Schriftstellerausgabe geht, um den Mann aus Zeitungen und Fernsehen, von Lesungen überall im Land. Irgens kommt aus Oslo.

Bjørg wird eingelassen. Ich höre Frauenbrausen vom Gang her. Sehe den Wagen von TV 2, der achtlos vor dem Tor des Nachbarhauses geparkt ist.

Jetzt hier. In Lillehammer. Um die Damenrede im von mir selbst geschriebenen Kriminalstück für den Stig-Hammer-Wettbewerb »Dreizehn zu Tisch« zu halten, an dem alle Angestellten der Buchladenkette Libris im Frühherbst teilnehmen konnten. Hier sind sie jetzt, alle elf, die durch das Wissen, das sie über den fiktiven Journalisten und Abenteurer Stig Hammer erworben haben, also durch genaue Lektüre meiner Kriminalromane, zu einem Aufenthalt in Lillehammer eingeladen worden sind. Anreise bezahlt, Festmahl mit Mord inklusive, dazu ein persönliches Gespräch mit dem Autor, falls ich dazu imstande bin, was ich absolut bin, ich bin höflich von Natur, sowohl als landesweit bekannter Promi wie auch als Privatperson, außerdem ein Freund der Damen, das ist der lichte Teil meines väterlichen Erbes, das düstere nutze ich zum Verfassen von

Gewaltorgien in meinen Büchern, die vielen makabren Szenen, die aus mir einen wohlhabenden Mann gemacht haben, Morde und gemeine Racheaktionen, Vergewaltigung und Inzest. Der ganze Dreck, der fast, aber nur fast, dafür sorgt, dass ich ganz gern wieder arm wäre, zum Beispiel so wie damals, als ich in den achtziger Jahren als Vater von zwei Kindern für *Arbeiderbladet* geschrieben habe.

Jetzt werden Lockrufe nach mir ausgesandt. Bjørg steht auf der Treppe, und sie hat meinen Namen in einen Kuhruf eingebaut, vermutlich einen aus Gudbrandsdalen, und die anderen Sennerinnen brechen in kollektives Frauengelächter aus, das sich über den dunklen Garten ergießt wie ein Schwarm unsichtbarer Fledermäuse.

Im Gang duftet es nach Frauen, Putzmittel und Kienspänen, und die Wände sind bedeckt von alter dunkler Täfelung, Ölgemälden in tiefen Rahmen, Bauernhöfen im Sonnenuntergang, Gebirgsseen und Wäldern. Hier gibt es geschnitzte Truhen und gewebte Wandteppiche und Läufer, selbst gewebte Flickenteppiche in frischen Farben, einen ausgestopften Rentierkopf über der Küchentür, dazu etwas, bei dem es sich möglicherweise um eine samische Trommel handelt. Und im Gang und vor der bauernblauen Küche stehen sie, die Mädels von Libris, da stehen sie und echauffieren sich, vermutlich darüber, wie respektlos Bjørg den bestsellenden Krimiautor Alexander Irgens behandelt, der jetzt aus der Dunkelheit des Gartens hereingeschlendert kommt, nachdem er wie ein Stück Vieh mit Hörnern und Eutern angelockt worden ist. Aber ganz vorn im Empfangskomitee, zusammen mit Bjørg, die in dem Wissen grinst, dass ich mir heute absolut alles und noch mehr von ihr gefallen lasse, steht die Herrin des Hauses, da steht Mosse Krogstad mit gewaltigen Brüsten und Bäuchen unter dem dunklen Kleid, und mit roten Apfelbäckchen, die schwarzen Haare streng hochgesteckt. Als sie meine Hände mit ihren umschließt, denke ich, dass diese Frau einfach nicht anders heißen kann als Mosse Krogstad, es sei denn, sie hieße Sigrid Undset. Und sie strahlt eine Art strenge Güte aus, über ihr ruht die Verheißung von Liebe für den, der diese verdient hat, ihre schwarz glänzenden Augen hängen an meinen, und ich schäme mich tief und innig, weil ich heute Abend hier bin, weil meine Anwesenheit purer Idiotie zu verdanken ist, Bubenstreichen und Schnapsideen.

»Willkommen in meinem Heim, Alexander Irgens.«

Und ich denke, dass dieser etwas steife Willkommensgruß, dieses »Willkommen in meinem Heim« zusammen mit meinem vollständigen Namen, bei ihr durchaus nicht steif und förmlich klingt, weil sie ihren Ausspruch mit Herzenswärme würzt, ja, mit einer aufrichtigen Freude.

Ich bin ganz einfach willkommen.

Weshalb ich mich durchaus nicht weniger schäme, eher ist das Gegenteil der Fall.

Aber ich schäme mich nicht zum ersten Mal, damit kenne ich mich aus, deshalb befreie ich meine Hände aus Mosses Zugriff und fasse sie meinerseits, so dass jetzt ich ihre großen Arbeitshände drücke, die Millionen Mal einen Brotteig geknetet haben, die gewaschen und gebügelt, gepflügt und geerntet haben, und ich merke, dass ihr das gefällt, während ich ihr erzähle, dass ich mich normalerweise nicht so einfach selbst einlade, dass ich im Grunde ein redlicher Bursche bin, egal, was die Zeitungen über mich schreiben. Ich spiele eine Rolle, Gott soll mich schützen, aber ich spiele sie so gut ich kann, und das ist gut genug, das weiß ich aus Erfahrung. Auch das Kriminalstück »Dreizehn zu Tisch« hat jetzt angefangen, und ich drehe zusammen mit Bjørg und Mosse meine Runde, ich begrüße ein Libris-Mädel nach dem anderen, hier ist eine feine Bande zusammengetrommelt worden, von Kirkenes im Norden bis nach Sola im Süden, erwachsene, attraktive Frauen in eleganten Kostümen und Jeans, Cowboystiefeln und Pumps, und ich begrüße eine nach der anderen, nehme ihre warmen Hände in meine, und ich höre schöne Dinge über mein Werk, genauer gesagt, den Teil des Werkes, in dem Stig Hammer auftritt, der Mann, der mich in diese Situation gebracht hat. Und als ich bei Ålesund ankomme, einer kleinen dunklen Frau mit hellblauen Augen und Diamant im Eckzahn und Pfau im Ohr, drücke ich diskret ihre Hand, denn sie ist die Mörderin, ihr ist es vergönnt, mich und eine ihrer Kolleginnen zu töten, eine Rolle, in der sie sich offenbar wohlfühlt, denn nun funkelt der Diamant und ihre Zunge dreht eine Runde über ihre Lippen.

»Irgens!«

Das ist Marte Skabbel von TV 2, mit der ich eigentlich ein oder zwei Hühnchen zu rupfen habe, aber nicht gerade hier, nicht heute Abend.

»He, Marte! Wir sind doch per du und per Vornamen, oder was?«

»Tut mir leid, dass der letzte Bericht so gedreht worden ist, der aus dem Sting in Stavanger, beim Schnitt ist da irgendwas schiefgegangen ...«

Ich komm dir gleich mit einem falschen Schnitt, du glitschiges kleines Schnitzel, du, aber was ich sage, ist, dass ich die ganze Sache längst vergessen habe, Sting? Ach, das war doch nicht, und überhaupt.

»Sehr schön, dass wir heute Abend hier filmen dürfen, wir machen es kurz und bündig, und sowie ihr mit Essen anfangt, ziehen wir uns zurück, wir würden dann lieber noch einmal dazustoßen, wenn die Mörderin in der Bibliothek entlarvt wird, also um kurz vor elf. Klingt das brauchbar?«

Ich sage, dass ich in meinem ganzen Leben nur selten einen so brauchbaren Vorschlag gehört habe, und dann kommen Kamera und Ton und drücken Hände, zwei bärtige Jungspunde, sie sehen aus, als kämen sie frisch von der Filmakademie, ja, als ob sie nicht einmal die Zeit gehabt hätten, zu Hause vorbeizuschauen, geradewegs von der Schulbank nach Lillehammer und zu Mosses Haus. Der Kameramann hat zudem denselben Kurs besucht wie alle anderen Fernsehkameramänner, mit denen ich im Laufe der Jahre zu tun hatte, denn jetzt fragt er, ob ich nicht noch einmal bei Mosses Haus ankommen kann, ob ich nicht ganz einfach über den Kiesweg schlendern und klingeln könnte, dann würde er auf der Treppe zum ersten Stock stehen und meine Ankunft durch das Bleiglasfenster filmen, das wäre doch saugeil. Mir war klar, dass diese Frage kommen würde, seit TV 2 vor einigen Stunden in der Bar des Breiseth erwähnt worden ist, ja, ich war so sicher, dass ich nicht einmal mit dem Gedanken gespielt habe, mein Jackett aufzuhängen. Dann schnappe ich mir Bjørg und gehe mit ihr zurück zum Auto, und dort bleibe ich stehen und quatsche ein bisschen mit ihr, während der Typ auf der Treppe hinter dem Bleiglas alles zurechtmacht.

»War das nicht Skabbel, die voriges Jahr diese Katastrophenreportage aus dem Sting verbrochen hat? Ich wusste wirklich nicht, dass sie heute Abend kommen würde.«

»Macht ja nichts. Doch. Durch einige akrobatische Übungen beim Schnitt haben sie mich zu einem Anhänger der Todesstrafe gemacht, falls der Schurke aus einem Land außerhalb von Schengen kommt. Mit der Schneidekunst könnten sie im Zirkus auftreten. Zirkus Skabbelbabbel.«

Sie lachte. »Aber weißt du was – das hatte ich vergessen. Wusste nur noch vage, dass es irgendeine rassistische Schweinerei war. Heutzutage ist alles so schnell wieder weg. Niemand erinnert sich an irgendetwas. Das ist so, als ob du dich bei Facebook oder einem anderen sozialen Netzwerk blamierst. Da muss man einfach die Zähne zusammenbeißen. Nach einer Stunde ist alles im Weltengewebe versunken und verschwunden.«

»Naja. Ein bisschen länger als eine Stunde hat es schon gedauert, bis ich keine Morddrohungen mehr per SMS und E-Mail bekommen habe.«

»Ist das denn möglich? Das müssen aber Leute gewesen sein, die ...«

»Gegen Todesstrafe sind, ja. Das waren sicher solche. Die sind auch gegen den Krieg in Afghanistan, stell ich mir vor. Diese Leute möchten vielleicht auch mal eine Ausnahme machen. Um nicht ganz so engstirnig zu wirken. Ich habe das nicht so schwer genommen. Für Ada war das schlimmer. Sie war ja mit dem Festanschluss zusammen zu Hause. Ich war auf Lesereise in Nordnorwegen.«

»Jetzt kannst du kommen, Irgens.«

»Okay. Dann viel Glück, Alex.« Sie küsst mich auf die Wange. »Und mach keinen Quatsch mit den Mädels.«

Ich gehe zum zweiten Mal auf das Haus zu. Sie stehen am

Wohnzimmerfenster und sehen mich an. Die starken, tollen Libris-Frauen. Ich komme mir vor wie ein Idiot. Klingele ein weiteres Mal.

»*Nein, du, wir müssen das noch mal machen. Tut mir leid, sorry, echt. Ich hatte vergessen … Scheiße. Sverre? Sverre!*«

Nachdem ich zum vierten Mal den Hang hinuntergegangen bin, klingele ich nicht mehr, ich gehe ins Haus, hänge mein Jackett über einen freien Kleiderbügel, zu den nach Parfüm duftenden Mänteln. Dann gehe ich ins Kaminzimmer und schnappe mir von einem Messingtablett auf dem Tisch ein Glas Prosecco. In der Küchentür steht Marte und sieht mich mit einem kleinen bambischeuen Lächeln an.

Mosse hängt sich an mich, was ich zu schätzen weiß, ich finde es wunderbar, wenn große warme Mutterfiguren meine Hände in ihre nehmen, oder wie jetzt, ihre rechte Hand auf meinen linken Unterarm legen und mich durch das Zimmer führen, ungefähr so, wie eine Lehrerin einen Schuljungen durch ein Museum führt, da und da und dies und das, alte Musketen hängen an den Holzwänden, Messer und Werkzeug, gusseiserne Öfen in zwei Ecken, ein Bärenfell vor dem riesigen Kamin, und auch hier in diesem Raum: alte Ölgemälde mit Motiven aus Gudbrandsdalen und den Dörfern um den Mjøsa. Aber es gibt auch vergilbte Fotografien in schwarzen Rahmen, Onkel Oscar und die Tanten Milla-Marie und Bergljot Amalie, die dann später Kristoffer Gording heiratete, einen dänischen Uhrmacher, der angeblich wegen seiner schwachen Lunge hier heraufgekommen war, und so weiter, sie ist eine unterhaltsame Erzählerin, sie führt, und ich tanze nur passiv mit, während ich dafür sorge, mir das Glas von den beiden schwarzgekleideten jungen Mädchen, die mit ihren grünen Flaschen bereitstehen, nachschenken zu lassen, sicher sind die beiden zur Feier des Tages von CappelenDamm angeheuert worden, von der Marketingabteilung.

»Aber eins möchte ich ja doch wissen, Irgens – wie in aller Welt bist du auf die Idee gekommen, ausgerechnet hier bei uns eine Leiche zu platzieren? Und dann gerade hier drinnen!«

»Ja. Da drüben vor dem Kamin.«

»Aber warum gerade in diesem Haus? Warum überhaupt in Lillehammer?«

Ich hake Suff und Zufall ab und erkläre stattdessen, dass der Mann, der hier in diesem Wohnzimmer ums Leben gebracht wurde, in Wirklichkeit unschuldig war, ein Mann, der unter unseligen Umständen mit einem anderen, viel schlimmeren Kerl verwechselt worden ist, und kaum habe ich ihr das erzählt, da taucht aus meinem Unterbewusstsein der Name Ahmed Bouchiki auf, der unglückselige Kellner, der 1973 vom israelischen Geheimdienst umgebracht worden ist (ja, vom Mossad, Mosse!), nachdem sie ihn mit Ali Hassan Salameh verwechselt hatten, einem der Anführer des Schwarzen September. Ja, das kann der Zusammenhang sein. Ich erkläre – absolut übereinstimmend mit Wahrheit und Wirklichkeit –, dass ich mir das noch gar nicht überlegt habe, dass es aber oft so ist, wenn man an einem Roman arbeitet, dass Unterströmungen im Bewusstsein einen eben zu solchen Expeditionen entführen können. Und das Haus? Eine Zeit lang habe ich mir vorgestellt, der Mord an diesem Balten solle in einer Stabkirche passieren, aber dann mache ich also eines Morgens vor dem Frühstück hier oben einen Spaziergang.

»Und dann fällt mein Blick auf dein Haus, Mosse.«

Ich recke mich und schlage mit der Faust gegen die fast kaffeebraunen Dachbalken.

»Und damit ist es geschehen. Die Sache ist geritzt.«

Und in dem Moment, in dem meine Faust auf den Balken trifft, in dem Fingerknöchel auf Holz stoßen, sehe ich mich für einen Moment, wie ich Kolla immer wieder im Kreis über den glatten Steinboden unten in Holmen führe, ihr Kopf an meiner Schulter, der dünne, gebrechliche Hals, ihre mageren Finger, die meine gepackt haben, mein Arm um das, was fast gar nichts mehr ist, Kleider und Knochen, immer wieder durch das Wohnzimmer in der alten Villa draußen in Holmen, Billie Holidays brüchige, unglückliche Stimme, »I'm in the mood for love«, es dauert nur eine Sekunde, dann bin ich wieder in einer anderen alten Villa, in Lillehammer, zusammen mit einer anderen betagten Frau, und ich habe hier soeben gegen den Dachbalken geklopft, so, wie ich es immer bei Kolla mache, wenn ich etwas betonen will.

Jemand sagt pssst. Es wird ganz still.

»Ihr Lieben alle. Jetzt wird serviert. Aber ehe ihr zu Tisch geht, möchte ich doch einige wenige Worte darüber verlieren, was euch erwartet. Zuerst dreizehn altmodische, was bedeutet, große und tiefe, Esslöffel, die die Runde aufwecken sollen. Ein sogenanntes Amuse Bouche, in diesem Fall ein Püree aus Löffelerbsen mit einem Schuss Consommé, und belebt mit Champagner.«

Eine angenehme Überraschung. CappelenDamm hat Yngve Ekern angeheuert, der in *Aftenposten* eine Küchenkolumne hat. Jetzt steht er in seinem Kochgewand in der Zimmertür.

»Sollte einigen jetzt aus anderen Gründen als Hunger der Magen knurren, also aufgrund von Nervosität und dem Bedürfnis nach etwas Scharfem, freuen sie sich sicher über eine Portion Räucherlachs. Heute an mit Senf gedämpftem Rahmspinat und säuerlichem Apfel. Perfekt, ein Gericht, das schon jetzt um einen milden, feinen Cognac bittet.«

Die Frauen surren zufrieden.

»Dann kommt der blutige Ernst. Mit ein wenig Großzügigkeit und einem offenen Gaumen kann der nächste Gang zu einem Leibgericht werden. Große Stücke von weißem festen Kabeljau, dazu als Kontrast Blutwurst. Nicht unbedingt Halal, und auch nicht gerade koscher. Aber wenn wir schon ein Tier getötet haben, sollten wir anstandshalber auch alles benutzen, was uns Proteine bringen kann, auch Blut. Die Rieslingsoße hebt alles auf gutbürgerliches Niveau. Da es Herbst und ziemlich kühl ist, gibt es dann ein Rentiermedaillon, ein mürbes Stück Fleisch aus der Keule. Einfach rosa gebraten und gemäß der Saison begleitet von norwegischen Pflaumen, Pflaumensoße mit Portwein. Das pure Vergnügen. Der Kreis schließt sich dann mit noch mehr Cognac, jetzt Hand in Hand mit einer klassischen Schokoladenmousse, mit ausreichend Ei und genug Cognac in der dunklen Schokolade. Damit ihr ein wenig wach werdet, findet ihr dabei einige Scheiben eingelegten Ingwer.«

Applaus. Ekern macht eine tiefe Verbeugung und segelt zurück in die Küche.

Wir nehmen Platz. Als Tischdamen habe ich Ålesund und Greaker. Mosse Krogstad sitzt mir schräg gegenüber, und sowie ich ihren offenen Blick und ihre Anwesenheit registriere, ist mir klar, dass ich Änderungen im Manuskript vornehmen muss, das eigentlich vorsieht, dass ich mitten in meiner Rede zusammenbreche. Als ich es geschrieben habe, habe ich die Libris-Angestellten ungefähr so vor mir gesehen, wie sie jetzt sitzen, aufgekratzt und beschwipst, und in diesem Zusammenhang ist es nicht so schlimm, ein erwachsener Mann zu sein, der so tut, als ob er umfällt und stirbt. Aber bei einer Hausbesitzerin, deren Aussehen und Ausstrahlung einfach an Frau Sigrid auf Bjerkebæk denken lassen und die mir gegenübersitzt, geht das nicht mehr. Es ist unmöglich. Ich nehme mich einfach zu ernst. Ich greife bei dem roten Wein zu und gehe davon aus, dass schon eine Lösung auftauchen wird, schließlich sind alle hier mir wohlgesinnt, ich muss hier nicht in der Aula der Universität vor vollbesetztem Saal eine Rede halten, während die Hälfte der Anwesenden bei der Frage meiner Kandidatur den Daumen gesenkt hat.

Greaker: »Das ist einfach unglaublich toll hier!«

Ich: »Ja, richtig schön. Ich hatte doch keine Ahnung, dass sie Ekern angeheuert haben. Ich habe zwar meine Zweifel, wenn es um Blutwurst zum Kabeljau geht, aber egal. Zu Hause hatten wir zum Laugenfisch auch nie gebratenen Speck.«

Ålesund: »Das ist doch der von *Aftenposten*, oder?«

Ich: »Ja. Ich hatte schon einmal das Vergnügen, von ihm beköstigt zu werden. Damals, als sie eine Dokumentation über Bellona gemacht haben, da war er als Koch auf einer Tour um Færder dabei.«

Greaker: »Ist das vielleicht der, der sich Freitag nennt? Oder Robinson?«

Ich: »Nein, die schreiben in *Dagbladet*, wenn ich das richtig in Erinnerung habe.«

Greaker: »Ja, natürlich. Ach, ich bin ja wirklich blöd.«

Ich: »Nein, das nun wirklich nicht. Und die anderen hier im Zimmer sind das auch nicht. In dem Hammer-Preisausschreiben gab es einige ganz schön trickreiche Fragen, und nur sehr wenige hatten alles richtig.«

Ålesund: »Aber es war doch wohl nicht so, dass wir hier aus purem Zufall heute Abend ›Dreizehn zu Tisch‹ sind?«

Ich: »Nein. Wir mussten elf auslosen. Aber ich glaube nicht, dass mehr als doppelt so viele alles richtig hatten. Von über vierhundert Einsendungen.«

Greaker: »Es möchten eben viele Frauen mit dir essen, weißt du.«

Ich: »Ja, das kann natürlich sein. Aber Prost jedenfalls, Mädels! Ich bin eigentlich sogar ein bisschen gerührt darüber, dass ihr noch wisst, wie Hammers erste Frau hieß. Sie wird in der ganzen Serie nur ein einziges Mal erwähnt.«

Ålesund: »In *Herren und Knechte*. Dem allerersten. Ja, Prost!«

»*Herr und Knecht*«, korrigiere ich. »Das ist eine Bagatelle, aber dennoch.«

Wir fühlen uns wohl. Der Wein ist einfach grandios. Als Yngve und sein Assistent mit den altmodischen Esslöffeln kommen, die groß und tief sind, und mit pürierten grünen und mit Champagner aufgepeppten Erbsen gefüllt, seufzt das ganze Zimmer vor Wohlbehagen auf. Jetzt ist es gut, Hausbesitzerin, Schriftsteller und Libris-Angestellte zu sein.

Mosse Krogstad nickt beifällig. Ihr tiefer Ernst angesichts von Mahlzeit und Wein macht mir noch einmal nachdrücklich klar, dass ich hier nicht einfach scheintot umfallen darf. Plötzlich aber weiß ich, wie ich mich aus dieser Klemme befreien kann. Es ist wie immer. Alkohol hilft. Ich schenke mir und meinen Tischdamen großzügig ein. In Wirklichkeit ist nur eine winzige Veränderung des ursprünglichen Plans vonnöten.

Der Räucherlachs wird serviert mit dem darauffolgenden Cognac, ein netter Dreh, denke ich, und sorge dafür, dass beide Flaschen stehen bleiben. Dann kommt der Kabeljau, weiß und glänzend, nach dem Ozean duftend, dampfend warm, eine greifbare Erinnerung an die Existenz Gottes, so sehe ich das jedenfalls. Meine beiden Spießgesellinnen und ich halten uns an den etwas schweren Rioja und unterhalten uns gegenseitig mit Anekdoten über im In- und Ausland eingenommenen Mahlzeiten.

Und als der Fisch sich in unseren Tiefen niedergelassen hat, klopfe ich mit der Gabel so lange an mein Glas, bis ich die volle Aufmerksamkeit aller Anwesenden habe.

Erhebe mich.

»Meine Damen! Ja, ich habe die ganze Zeit gehofft, diese kleine Rede mit diesen beiden herrlichen Wörtern eröffnen zu können. Meine. Damen. Ich möchte nicht behaupten, das Fest wäre ruiniert oder die Gemütlichkeit verringert worden, wenn das Schicksal eine von euch mit einem Libris-Mann aus, sagen wir, Røros ausgetauscht hätte. Aber eins möchte ich nun doch klarstellen. Dass es gut so ist. Gut, dass wirklich kein einziger Mann aus der Kette, oder dem Kartell, wie ich gern sage, zwanzig Richtige geschafft hat, wie es doch allen anwesenden Frauen gelungen ist. Ja, und da dürft ihr euch gern applaudieren.«

Das tun sie also.

»Das wäre das eine. Das andere ist, dass ich mich als Hahn im Korb überaus wohlfühle. Ich bin ein Mann, der Frauen liebt. Ich bin gern mit Frauen zusammen. Was nicht bedeutet, dass die Gerüchte, die über mich im Umlauf sind, etwas mit der Wirklichkeit zu tun hätten. Mindestens eine von euch wird heute Abend zwar mit ihrem Leben bezahlen müssen, aber als einziger Mann kann ich wenigstens garantieren, dass keine durch ungeschickte Annäherungsversuche sexueller Art belästigt werden wird. Und jetzt sehe ich, dass Grimstads Unterlippe ein wenig zittert. Aber wie wir erfahren werden, gibt es vieles, was ein Mann und zwölf Frauen zur gegenseitigen Unterhaltung ersinnen können, ohne dass Ehemänner und Liebhaber deshalb schlaflose Nächte durchleiden müssen.

Libris! Ich habe gegoogelt und festgestellt, dass die Kette, oder das Kartell, wie ich lieber sage, aus nicht weniger als hundertsiebenundzwanzig über das ganze Land verteilten

Läden besteht. Das ist beeindruckend. Wir sprechen hier von Literaturvermittlung von hohem Rang. Und ich will das mit den Frauen jetzt noch nicht ganz loslassen. Denn es ist kein purer Zufall, dass hier heute Abend elf Bücherfreundinnen um diesen Tisch sitzen, zusammen mit der Gastgeberin und mir. Alle, die Augen haben, um zu sehen, und Beine, um sich in irgendeinen Buchladen zu begeben, wissen es ja. Die Buchläden dieses Landes sind die Tempel der Frauen. Es gibt natürlich auch ausgezeichnete männliche Buchhändler, ich selbst kenne einen in Horten. Aber das ändert doch nichts an der Tatsache, dass die Buchläden in diesem Land größtenteils von Frauen wie euch geleitet und betrieben werden. Von klugen, wissensreichen Buchhandelsmitarbeiterinnen, die erstaunlich oft ungeheuer viel von der Produktion der Verlage gelesen haben. Das sage ich nicht, um euch zu schmeicheln. Oder weil ich hier stehe und mir einen möglichst angenehmen Abend wünsche. Ich sage es, weil es so ist. Ja, ihr wisst es selbst am besten. Und das gilt ja nicht nur für dieses letzte Glied in der Kette. Bei CappelenDamm, wo meine Bücher erscheinen, habe ich fast nur mit Frauen zu tun. Ich habe eine Lektorin. Die Abteilung für norwegische und übersetzte Literatur hat eine Chefin. Die Marketingabteilung hat eine Chefin. Das gilt auch für Presse und Herstellung. Überall Frauen!«

»Abgesehen vom Chef vons Ganze«, ruft eine dazwischen. »Tom Harald Jenssen.«

»Ja«, sage ich. »Aber der ist nur ein Quotenmann. Das weiß ich aus gut informierter Quelle. Das ist kein Grund zu lachen.«

Aber das tun sie.

»Und übrigens«, sage ich. »Das ›letzte Glied in der Kette‹? Das letzte Glied in der Kette ist ja nicht die Buchhandlung, sondern die Kundschaft. Und wie sieht die Kundschaft aus?«

»Auch das ist eine Frau«, sagt Greaker, die jetzt ein niedliches kleines Zischen beim S entwickelt hat.

»Richtig«, sage ich. »Die, die solche wie mich am Leben erhält, ist eine erwachsene Frau. So sicher, wie es eine erwachsene Frau war, die mich auf diese Welt gebracht hat.

Und apropos, auf die Welt gebracht: Es ist nun zufällig so, dass mir die Liebe zu Frauen in die Wiege gelegt worden ist. So hat die Natur mich eben geformt. Aber ich gehe davon aus, dass ihr versteht: Wenn ich nicht mit diesem kleinen Makel geboren worden wäre, hätte ich ihn mir selbst anerzogen. Und damit sind wir beim ersten Toast dieses Abends angelangt. Der ist für euch. Auf die Frauen!«

Wir heben die Gläser. Ich leere meins. Ålesund, die Giftmörderin, füllt es bis an den Rand nach.

»Aber die Ketten, fragt ihr jetzt. Libris und die anderen? Let's face it: die Ketten, oder die Kartelle, wie ich immer sage, haben einen ungefähr so schlechten Ruf wie gewisse Mc-Gruppen. Nicht unter den Leserinnen, denn die sind zufrieden, und dazu haben sie auch allen möglichen Grund. Sondern in der Branche. Es ist fast nicht zu fassen. Sogar die Verlage reden schlecht über die Ketten, oder die Kartelle, wie ich gern sage. Und das, obwohl es keinen einzigen Verlag von einer gewissen Größe gibt, der nicht an mindestens einer Kette Anteile besitzt.«

»Oder bei den Kartellen, wie du gern sagst.«

»Aber warum ist es dann so? Warum klagen die Verlage, die Ketten hätten zu große Macht, wo die Ketten doch den Verlagen gehören? Natürlich können nicht alle Verlage alle Kartelle besitzen. Um den Autoren nach dem Mund zu reden, natürlich. Um mit ihren Quengelbolzen verbales Pingpong zu spielen. Und damit das auch mal gesagt wird: Ich bin keiner von diesen Quengelbolzen.«

»Nein, und dazu hättest du ja auch wirklich keinen Grund.«

»Stimmt, aber ich könnte ja trotzdem quengeln! Das tun viele. Aber in Wirklichkeit gibt es in diesem Land keinen einzigen Autor, der Grund zum Quengeln hätte. Dennoch wird gequengelt wie besessen. Verkaufen wir heute weniger Bücher als 1950? Nein. Wir verkaufen viel mehr Bücher als 1950. Na gut, sagt der unbekannte Autor aus Flisa, der einen Punkt-Roman von fünfundvierzig Seiten über seine schizophrene Mutter geschrieben hat. Na gut. Aber hierzulande werden die falschen Bücher verkauft. Zum Beispiel Kochbücher und Bücher über Kreuzworträtsel und Sudoku. Es werden von Prinzessinnen verfasste Engelbücher verkauft und die Erinnerungen von Wunderheilern, dazu Coffee-Table-Bände über Antiquitäten und tantrischen Sex. Na gut, na und? Es wird sogar verächtlich über den stapelweisen Verkauf von Kriminalromanen und Promibiografien geredet. Aber wir alle, die wir heute Abend hier sind, wissen doch: Das, was auf den Stapeln liegt, lockt die Kundschaft in den Buchladen. Wenn es nach mir ginge, würde der Brage-Preis sofort abgeschafft werden. Stattdessen würde der Goldene Stapel ausgelobt werden. Die Buchbranche hätte einen Ehrenpreis für das stapelweise verkaufte Buch, das jedes Jahr am meisten dazu beiträgt, die Leselust der norwegischen Bevölkerung aufrechtzuerhalten. Die Stapelautoren bringen die Leser dazu, ab und zu über Bücher des jungen Miesepeters aus Flisa zu stolpern, oder vielleicht sogar über dünne, schwer zugängliche Gedichtsammlungen. Denn der Stapelautor bringt Kundschaft ins Haus. In den Laden. Die Erinnerungen eines Handauflegers. Ein ehrlicher Kriminalschriftsteller. Oder ganz einfach eine Autorin mit Kenntnissen über die Verhältnisse nach dem Tod. Die Leute, die ich die Buchgewandten nennen könnte, die Intellektuellen, haben sich niemals klargemacht, dass die Mehrheit der Bevölkerung dieses Landes große Probleme damit hat, über die Türschwelle eines Buchladens zu treten. Sie fühlen sich minderwertig und dumm, weil sie so wenig gelesen und noch weniger verstanden haben. Sie finden Dag Solstads Bücher langweilig. Und dann kann es doch ein gutes, beruhigendes Gefühl sein, zum Stapel neben der Kasse zu gehen und die Hand auszustrecken nach … nach?«

»Einem Buch von Stieg Larsson!«

»Nein. Falsche Antwort. Dieses Jahr nicht schon wieder.«

»Einem Buch über Stig Hammer.«

»Richtig. Und bitte. Hört nicht auf Kommunisten, Anthroposophen und *Morgenbladet*-Leser, die es für eine Sünde halten, den Buchhandel mit dem Buch zu tapezieren, das eben auf dem Stapel liegt, und mit Plakaten, die das Antlitz des Autors zeigen. Gott liest keine Romane, hat Axel Jensen gesagt. Aber das stimmt nicht. Gott liebt den guten Kriminalroman, wo die Ordnung aus dem Chaos entsteht, und wo der Schuldige am Ende zur Verantwortung gezogen wird. Und hier, meine Damen, sind wir beim zweiten Prost des Abends angekommen: Ein Prosit dem Kriminalroman und dem uns bevorstehenden Weihnachtsfest.«

Wir heben die Gläser.

Und wie herrlich ist es doch, sich von solchem Applaus peitschen zu lassen.

»Aber, liebe Freundinnen: Jetzt muss mal Schluss mit lustig sein. Es kommt nämlich noch mehr. Aber, übrigens, noch mehr lustig. Können wir noch ein bisschen mehr lustig ertragen?«

»Ja!«

»Gut. Wie ihr ja wisst, befinden wir uns mitten in einem Kriminalstück, verfasst von meiner Wenigkeit. Mitten drin, sagt ihr vielleicht, und fügt ein Fragezeichen hinzu. Es hat doch noch keine ihr Leben lassen müssen. Na gut. Das vielleicht nicht. Aber der Mord wird im Verborgenen bereits vorbereitet, oder eigentlich sogar vor unseren Augen. Denn nicht vergessen: Der Mensch ist nun einmal ein schlechter Beobachter. Bald, sehr bald, werdet ihr auf die Probe gestellt. Es ist nämlich so, dass ich im ursprünglichen Manuskript, das inzwischen nur noch als Erinnerung in meinem leicht benebelten Gehirn ruht, jetzt jeden Augenblick tot umfallen muss. Oder genauer gesagt, wenn ich für den Kriminalroman und das bevorstehende Weihnachtsfest mein Glas hebe. In diesem Zusammenhang hier fand ich es nämlich höflich, mit mir selbst anzufangen.

Was also ist passiert? Habe ich kalte Füße bekommen? Fürchte ich mich vor dem vorgetäuschten Tod? Nein. Ich fürchte mich vor dem wirklichen Tod. Am zweiten September, also vor genau einem Monat, stehe ich so wie jetzt da. An einem Tisch, und ich halte eine Rede. Der Schauplatz ist ein Restaurant in Paris, und da stehe ich und lüfte mein Schulfranzösisch aus, weil die Serie über Stig Hammer, alle sechs Bände, vom Verlag Montinax gekauft worden ist. Anwesend sind mein norwegischer und mein französischer

Verleger, mein französischer Übersetzer und andere Verlagsangestellte. Beim Essen ist mir aufgefallen, dass meine Arme immer schwerer geworden sind, ich schreibe das als Stress ab, ich bin über fünfzig, und es war eine anstrengende Woche. Aber als ich nun meine Rede beenden und auf den Übersetzer anstoßen will, kann ich das Glas nicht heben. Und während ich noch da stehe und mich abmühe, habe ich das Gefühl, dass mir ein Pferd gegen die Brust tritt, und alles wird schwarz. Na gut. Ein Herzinfarkt. Der verhältnismäßig glimpflich abgelaufen ist, wie ihr sehen könnt. Aber die Vorstellung, jetzt hier zu stehen und scheinbar tot zu Boden zu fallen, ist einfach unmöglich, wenn nicht sogar gefährlich.«

»Ach nein, tu das nicht!«

»Ich begnüge mich deshalb mit der folgenden Mitteilung: Die, die mir ans Leben will, hat es geschafft. Ich verlasse dieses Zimmer, nehme mein Fleisch und meine Seele mit, um dann gegen halb elf, wenn das Urteil in der Bibliothek gefallen ist, wieder aufzuerstehen. Und meine Damen! Ein einziges Wort kann ich noch über meine blauen Lippen pressen, ehe sich die kalte Finsternis um mich schließt: *Küchentür …*«

4

Das Totenreich

Der Hades entpuppt sich als Jungenzimmer im Westernstil und liegt im ersten Stock. Ich werde von einer der jungen Studentinnen, die für den Moment die Rolle des Charon spielt, eine steile Treppe hochgeführt, sie läuft nervös vor mir her durch einen grün gestrichenen Gang, ein trübes Licht fällt auf das alte, abgenutzte Eichenparkett, dann betrete ich Deadwood und Rio Bravo, die Wände sind bedeckt von alten Filmplakaten, *The Wild Bunch*, *High Noon*, John Wayne,

Clint Eastwood, Gary Cooper, und Regalen von der Decke bis zum Boden, voll Westernliteratur, Heften und Taschenbüchern, Zeitschriften und Magazinen, die gesammelten Werke von Kjell Hallbing, ein alter Vorderlader und zwei Sechsschüsser an der Wand über dem Bett, zusammen mit vergilbten Fotografien von Wild Bill Hickok und Calamity Jane in Glas und Rahmen, und Charon lächelt mich an und bittet mich, eine Serviette zu signieren, die sie in ihrer Schürzentasche mitgebracht hat, sie zeigt auf einen kleinen Tisch, der drüben am Fenster für zwei gedeckt ist, sie wird gleich die Fortsetzung der Mahlzeit bringen, das Rentier, nur einen Moment noch, ich soll mich doch schon setzen, und – danke! Die Serviette in ihrer fast leuchtenden weißen Hand, sie steckt sie wieder in die Schürzentasche und lächelt dabei.

»Wie heißt du?«

»Anette.«

Ich nehme die Serviette und schreibe meine Mailadresse unter meinen Namenszug. »Schick mir eine Mail mit deiner Adresse, dann bekommst du vom Verlag ein Exemplar, wenn das neue Buch da ist. Und wenn das Autogramm für deinen kleinen Bruder war, dann kannst du das Buch ja an ihn weiterreichen.«

»Tausend Dank! Nein, das ist für mich! Und jetzt laufe ich das Essen holen.«

»Nein. Nicht laufen. Hier gibt es heute Abend so viel Tod. Ich will nicht, dass du kopfüber die Treppe runterfällst. Und eine Pause tut mir ohnehin gut. Warte eine halbe Stunde.«

Dann ist sie verschwunden. Ihre leichten Schritte im Gang. Ich schaue auf die Uhr. Viertel vor neun. Wenn sie sich an den Zeitplan halten, wird Brønnøysund in der Anrichteküche in ziemlich genau zwanzig Minuten das Messer in den Rücken gestoßen. Und dann bekomme ich Gesellschaft.

Ach, was ist es nur mit diesen altmodischen wunderbaren Jungenzimmern? Die Reihen von LPs, Beatles, Stones, Cash. Der leuchtende Globus hinten auf dem Schreibtisch.

Ausgestopfte Vögel. Steine. Seltsam geformte Wurzeln. Messer und Bockshörner. Hier herrscht eine Atmosphäre von Neugier und Forscherdrang, hier hat er sich hinaus- und fortgeträumt, hat seine blutigen Tränen um unerreichbare Mädchen in Dufflecoat und Pudelmütze geweint, hat Wanderungen und Übernachtungen unter offenem Himmel geplant, aber vor allem: sich das Leben vorgestellt, das dort draußen auf ihn wartet, gewaltsam und mächtig, ein Meer von Zeit, Frauen, Arbeitsstellen, Reisen und Expeditionen. Er kann so alt wie ich sein, dieser Sohn von Mosse, er kann längst tot und begraben sein.

Ich schenke mir ein Glas Rotwein aus der Flasche ein, die geöffnet auf der weißen Tischdecke steht, das gestärkte Stück Stoff ist das Einzige hier in diesem Zimmer, das nicht zu allem anderen passt, aber als ich mit dem Glas in der Hand hier sitze, spüre ich die Schwere dessen, was ich im Laufe von Nachmittag und Abend schon getrunken habe. Ich weiß auch, dass ein Nickerchen von einer Viertelstunde mir immer neue Kräfte und gute Laune bringt, zudem werde ich rechtzeitig vor meiner Auferstehung geweckt werden, deshalb rolle ich mich auf dem schmalen Bett zusammen und bin weg.

Wieder die weiße Tischdecke. Ein Teller mit Resten von gebratenem Speck und Eigelb. Ein leeres Wasserglas. Der Anblick des Wasserglases gibt mir das Gefühl, dass etwas unwiderruflich vorbei ist, die Erkenntnis, etwas geschluckt zu haben, das sich gerade in diesem Wasserglas aufgelöst hatte, Gift, vielleicht ein Halluzinogen, der Tod oder ein strahlender Trip, möglicherweise beides. Angst und Erwartung. Freude und Furcht. Ich sitze allein im Speisewagen, ich spüre das Rattern der großen Räder über die Schwellen, den Stahl, der Fleisch und Blut beben und zittern lässt, die Knochen, die sich im Muskelgewebe hin- und herschieben. Aber kein Laut. Es ist ganz still. Und als ich die Stille in mich aufnehme, weiß ich, dass ich nicht nur im Speisewagen allein bin, sondern im ganzen Zug, für einen Moment lang sehe ich deutlich das leere Führerhaus, der Schienenstrang, der geradewegs in die Zukunft hineinströmt, kommt mir in wildem Tempo entgegen, eine rauchende Zigarette kullert auf dem Boden hin und her, ich sehe die leeren Abteile, vergessenen Reiseproviant, halbleere Limonadenflaschen, Koffer und Taschen, kein Mensch, Zeitungen, die im Luftzug der Fenster flattern, meine Hände auf der weißen Tischdecke, kurze stumpfe Nägel, die nicht meine sind. Und draußen: Abendsonne über der Wüste, gelbes Licht über rotem Stein, grober Sand und riesige Stacheln, die in den türkisen Himmel hinaufzeigen, dieses Licht hat etwas Zähflüssiges, ich denke an Honig, Harz, Bernstein und weichgekochtes Ei, die Reste des Dotters auf dem Teller, Salzgeschmack im Mund; Durst. Verlassene Wohnblocks. Alle Fenster eingeschlagen, die Dächer eingebrochen, die Balkons liegen geborsten auf dem Boden, und ich kann in die Räume sehen, in denen einmal jemand gewohnt hat, mit Sand überwehte Sofas und zerbrochene Stühle, trockene Haarbüschel und tote Hautzellen im Waschbecken im Badezimmer und in der Dusche, die Toiletten von Landstreichern geschändet, getrockneter Schmutz an den Wänden, Fernseher, die Reptilien und Ratten als Brutkästen dienen, die Küchen, in denen sich die Familien zum Abschluss des Tages um einen Tisch sammelten, jetzt ausgeplündert und von allem beraubt, halb von den Wänden gerissene Schränke, zerbrochene Service, mit Tritten umhergeschleudert, Tassen und Teller als scharfe gelbweiße Scherben, zersplitterte Türen, die im Wind hin und her schlagen, im Wind halb begrabene Fahrräder, sie sehen aus wie Skelette, fast verwischte Straßen, verrostete Schilder, die nicht mehr zu entziffern sind, und die ins Nichts zeigen. Ich stehe am offenen Fenster und rauche, weiter, weiter, aber die Wüste, eine Unendlichkeit von Wüste, kein Leben irgendwo zu sehen, nur das Gefühl von winzigen Gemeinschaften, komplizierter Aktivität, Insektenleben unter Steinen und in Höhlen im Sand, Gänge und Irrwege, Königinnen und Arbeiterinnen, Soldatinnen und zum Tode verurteilte Drohnen, Fühlhörner, blinde Augen da unten in der vor Hitze pochenden Dunkelheit, Giftstacheln und jäher Tod, Dolden aus Eiern, die gleichzeitig bersten, das alles nehme ich so klar und deutlich wahr, unter meinem Hemd scheint es zu kriechen und zu kribbeln, vielleicht auch unter der Haut, tief unten in meinem eigenen Fleisch, und mit einem heftigen Schlag scheint sich etwas zu lösen und aus mir hinauszustreben, ein riesiger schwarzer Schatten mit flatternden Flügeln, etwas, das sich zu einer verdunkelten Sonne hochwindet, die sich in einen apfelsinengelben Mond verwandelt, so dass alles andere blau wird. Nacht. Und der Zug, der sich weiter durch diese endlosen Ebenen arbeitet, der ab und zu durch leere Dörfer und Weiler mit kleinen ärmlichen Häusern fährt, dort wohnte sie, die so wunderbare kleine Kugeln aus Silberpapier machte, wenn am Samstagabend die Schokolade aufgegessen war, dort er, der auf die rote Katzenzunge im Ohr wartete, und in der Bruchbude oben auf dem Hügel: die bösen Zwillinge. Der Zug rollt weiter durch den Mondschein, entfernt sich, verschwindet in der Nacht, ich stehe auf dem Bahnsteig in Tumble Town, grob zurechtgehauene Bretter, hastig von hasserfüllten Männern zusammengenagelt. Das Ganze wird jetzt schwarzweiß, die Schatten werden bleischwer, und die Düfte steigen aus der Dunkelheit hoch, verdorrte Nachtschwärmer, Pulver und Staub, und hundert Jahre alter Anstrich, *Tumble Town,* in Schwarz auf Grau, direkt auf die Wand über der Tür zum Wartesaal gemalt, der ramponierte Fahrkartenschalter, die Bank, der Spucknapf unter dem Fenster, meine Schritte in diesem leeren, entleerten Raum, das ganze angesammelte Warten, Sehnsucht, Wiedersehensfreude, Verspätungen, die Gerüchte über Überfall und plötzlichen Tod, durch diesen Raum auf schiefen Absätzen und abgenutzten Sohlen, das Knacken der verfaulenden Bretter, das sich in den Gehörgängen ablagert, die Hand auf dem Griff, das Hotel, das im Blutnebel auf der anderen Seite zu ahnen ist, die Hotelbar, das Puffhotel, verschwitzte Mannsbilder mit langen Unterhosen und Tabaksstreifen in den Bartstoppeln, das ganze Drecksgerede und die Brutalität, das viele rohe Lachen, das verstummt, als ich durch die doppelte Schwingtür trete, New Kid in Town, und Vilde, die hinter dem Ausgussbecken steht, mit einer Brust in jeder Hand, und sich niemandem anbietet, und dann explodiert der ganze Raum in einem einzigen goldweißen *Hwuff!*

»Es tut mir leid! Ich wollte dich nicht wecken. Ich wusste doch nicht …«

Ihre Hand am Lichtschalter.

»Ist schon gut. Ich brauchte nur ein kurzes Nickerchen.«

»Sie bringt das Essen in zehn Minuten.«

Mein Körper schläft noch immer. Schwer im Jungenbett. Mein Kopf ist klar. Das ist also Brønnøysund. Sie ist schön, diese Brønnøysund. Etwas so Seltenes wie ein umwerfend attraktiver Rotschopf, mit leuchtend weißer Haut. Sie trägt ein dunkelgrünes Kostüm, aus Samt. Ich freue mich darüber, dass sie die Deckenlampe eingeschaltet hat, ich hatte sie nicht bemerkt, ich muss ernsthaft krank sein.

Setze mich auf.

»Ich heiße Lise Gjessen«, sagt sie. »Ich habe mich vorhin vorgestellt, aber ich wollte dich nicht in Verlegenheit bringen. Ich habe deine Bücher stapelweise verkauft.«

Wir setzen uns an den kleinen Tisch. Draußen fängt es an zu regnen. Die Regentropfen prasseln auf das Laub der Bäume. Das Geräusch einer gurgelnden Regenrinne.

Sie zündet mit einem lila Bic die Kerze an und stellt einen winzigen Porzellanaschenbecher auf die Fensterbank. »Wir dürfen. Möchtest du eine?«

Prince mild.

»Nein, danke. Rauch du. Ich warte bis nach dem Essen. Wie geht es da unten?«

Sie legt die Packung weg. »Weißt du was? Ich fand das ganz schön unbehaglich. Als ich da in der Dunkelheit stand und auf sie warten musste. Ich meine natürlich nicht, dass ich gedacht habe, sie würde mir etwas antun, aber ich kenne sie nicht, und plötzlich ging mir auf, dass ich Angst hatte. Oder mich unsicher fühlte. Und dann kam sie. Eli heißt sie. Und dann standen wir da und … das war scheußlich. Wir haben eine oder zwei Minuten miteinander geredet. Sie fand diese Situation auch unangenehm. Wir haben über dich geredet. Darüber, was du erzählt hattest. Dass es so schnell gehen kann. Das ist ja total banal, wir wissen doch, dass es so ist, aber trotzdem. Man ist in Gedanken versunken und mit irgendetwas beschäftigt. Und dann kommt jemand, den du kennst, und setzt deinem Leben ein Ende. Oder jemand, den du noch nie gesehen hast. Plötzlich soll alles so ein Ende nehmen. Bin ich vielleicht überspannt? Ich habe Angst im Dunkeln, das schon. Aber es ist doch nur ein Spiel. Als ich geschrien habe, ging mir auf, dass gerade das sehr leicht war. Es war sogar eine Hilfe. Ich habe geschrien und mich dann auf den Boden gelegt. Und als ich die anderen kommen hörte, war auch das eine Erleichterung. Ich weiß eigentlich nicht, warum ich dir das alles erzähle.«

»Weißt du noch, wie todernst das Spielen war, als wir Kinder waren? Warum sollte dieser Aspekt verschwinden, wenn wir als Erwachsene spielen?«

»Als Kinder üben wir, auf der Welt anwesend zu sein. Ich weiß nicht so ganz, was wir üben, wenn wir uns so aufführen wie heute Abend. Himmel, versteh das jetzt nicht falsch, wir fanden diese Idee ja alle richtig witzig, sonst wären wir doch nicht hier. Aber es war dann nur so ganz anders, als ich erwartet hatte.«

Ja, denke ich. So kann es manchmal kommen. Alles wird so anders, als wir uns das vorgestellt haben. Wie du gesagt hast: Da sitzt man beim Essen oder man geht spazieren. Dann fällt das Licht aus. Und jemand tritt neben dich. Jemand, den du kennst. Oder ein Fremder. Dann ist Schluss. Für einige wenige von uns endet das Leben so. Während die allermeisten die verschiedenen Folterinstrumente des Alters ertragen müssen. Dennoch irritieren mich ihre Worte, diese Selbstverständlichkeiten. Sie passen nicht zu diesem Spiel, so wenig wie ich selbst, im Moment kann ich mich nicht erinnern, wer auf diese Idee gekommen ist, es kann ja auch egal sein, aber mir wird plötzlich klar, dass ich hier bin, weil es zu meiner Arbeit gehört, zur Vorstellung meines neuesten Buches.

»Meine Güte«, sagt sie. »Jetzt hab ich das Gefühl, etwas Falsches gesagt zu haben.«

»Im Gegenteil«, sage ich. »Du hast mir etwas zu denken gegeben.«

Und das geht voll auf mein Konto.

Es wird an die Tür geklopft.

»Herein!«

Anette serviert mir mein Essen. Fleisch und Nachtisch. Jetzt still und ernst.

Als sie geht, stehe ich auf und folge ihr hinaus auf den Gang. Sie hört mich und dreht sich um. Ich ziehe die Geldscheine aus der Hosentasche und ziehe einen Fünfhunderter aus der Rolle. »Danke.«

Und sie macht einen Knicks! Ich hätte nicht gedacht, dass sie dieses Wort auch nur gehört haben könnte. Gangbang in aller Öffentlichkeit – das ja. Aber doch kein Knicks.

In meinem nächsten Stig-Hammer-Roman soll hemmungslos geknickst werden. Mehr weiß ich noch nicht, aber es ist ein brauchbarer Anfang. »Das Mädchen, das knickste.« Vielleicht. Kaum. Aber oft ist es so. Der Titel ist als Erstes da.

Ich esse. Sie schaut hinaus in den Garten. Ich rede gern mit ihr, und ich schweige gern mit ihr. Ich hätte nichts dagegen, hier mit ihr in diesem Jungenzimmer zu sitzen, bis es Zeit wird, zurück ins Hotel zu gehen. Plötzlich geht mir auf, dass ich mir genau das wünsche.

Sie hockt sich vor die LP-Reihe. Zieht eine heraus. Schiebt sie wieder zurück. Zieht eine neue heraus. »Glaubst du, wir können eine auflegen?«

»Natürlich können wir das. Ich hab sicher vor Jahrzehnten zuletzt Vinyl gehört. Und du hast dieses Vergnügen wohl noch nie gehabt?«

»Ach, hör doch auf, du Dussel. Ich bin fünfundvierzig.«

»Wir spielen noch ein Spiel. Sag nicht, was du auflegst.«

Es ist »No Reply«.

»*Beatles for Sale*, 1964. Danach kommt ›I'm a loser‹.«

»Okay. Das ist also deine Zeit?«

»Das nun wirklich nicht. Aber ich habe eine große Schwester. Sie hat mich damit gefüttert, ob ich nun wollte oder nicht.«

»Hörst du beim Schreiben Musik?«

»Brian Eno. Nur Eno.«

»Seltsam. Ich meine ... diese Hammer-Bücher wimmeln doch nur so von fetzigen Dialogen, und von Tod und Elend. Und dann hörst du dir diese fließenden Stücke von Eno an. Die sind doch sogar ziemlich romantisch.«

Sie fährt herum. »Da kommt jemand.«

Ihr Atem zeichnet eine Taublume auf die Fensterscheibe.

Zwei Männer kommen den steilen Weg vom Tor her herunter.

»Aber ist das nicht ...«

»Doch, das ist Olav Ramnes. Der Fall muss ja bis elf Uhr aufgeklärt sein. Und ich kann es nicht tun, da ich jetzt ja verdorben und verstorben bin. Der andere ist, soviel ich weiß, ein waschechter Ermittler von der Wache hier in Lillehammer.«

»Das ist doch total phantastisch! Dazu habt ihr Ramnes überreden können?«

»Das war nicht so schwer. Er wird mit einem Hubschrauber von Oslo eingeflogen. Ich weiß nicht, wer die Rechnung bezahlt. Der Buchclub vielleicht.«

»Haben die denn noch Geld?«

»Gute Frage. Bestimmt übernimmt das Kartell einen Teil. Aber das ist noch die Frage.«

»Olav Ramnes, also, ich muss schon sagen.«

Und das kann ich mir vorstellen, denn Ramnes ist nicht dafür bekannt, sich wie einzelne Kollegen auf jeden Unsinn einzulassen. Ich wüsste gern, was sie hinblättern mussten, um ihn an diesem Abend nach Lillehammer zu locken. Viel. Ramnes steht am liebsten mit einem Totenschädel in der Hand auf der Bühne des Nationaltheaters. Es schlug wie eine Bombe ein, als er vor drei Jahren in den sechs Folgen der Fernsehserie *Herzbube* die Rolle des Stig Hammer angenommen hat. Irgendwer hat von einer teuren Scheidung geredet.

»Dann müssen wir wohl nach unten gehen ...«

»Ja«, sage ich. »Die Toten erwachen.«

Die Lebenden haben jetzt in der Bibliothek Platz genommen, wo Kaffee und Cognac serviert werden, und wo also bald die Wahrheit ans Licht kommen wird. Es ist deutlich, dass an nichts gespart worden ist, was den Cognac angeht, es klingt, als ob jemand in einem Hühnerstall Feuer gelegt hätte. Und zeitweise durch die offene Tür zu sehen, stolziert Olav Ramnes in seiner Doppelrolle als Obergockel und Stig Hammer hin und her. Brønnøysund und ich suchen uns freie Sessel, ich schnappe mir ein vergessenes Rotweinglas, das eine auf den Kaminrand gestellt hat, meine Lippen auf dem Lippenstift, ich küsse die Unbekannte. Dem scharfen Licht entnehme ich, dass Skabbel wieder zur Stelle ist. Dass TV2 jetzt Kultur schmiedet, dass die Funken nur so sprühen. Hammer kreist das Motiv ein. Das ich, originellerweise, im düsteren Schattenland der Eifersucht angesiedelt habe. Und jetzt, denke ich. Jetzt kommt es! Als Hammer in Zusammenarbeit mit der Polizei von Lillehammer die heimlich von mir und Ålesund in Zimmer 218 des Oslo Plaza geschossenen Fotos zeigt, scheint das Haus zu bersten. Die Bilder sind so gut wie nur möglich gemacht in dieser unserer bösen Zeit voller Manipulationen und Betrug, und gerade am Rande dessen, was der Verlag noch wagt. Sekunden später schreit Ålesund, dass sie sich nicht lebendig ergeben wird, und ich verstehe jetzt, vielleicht als einziger Anwesender, dass sie sich ein Stück aus dem Manuskript hinausgetrunken hat. Aber als ich die Tür erreiche, hat Olav Ramnes ihren Kopf schon in den Schwitzkasten genommen, sie schaut schräg zu ihm hoch, flehend, anbetend, betrunken und hinreißend.

Applaus. Vorhang. Chaos und Lachen.

»Ramnes! Irgens! Ich brauche beide zusammen! Könnt ihr mal kurz hier rüberkommen?«

Das ist Skabbel, die schreit und mit den Armen fuchtelt, noch immer mit roten Flecken am Hals, vielleicht haben die heimlich gemachten Fotos ihre Spuren bei ihr hinterlassen. Dabei hat sie sich nackt in *Mann* fotografieren lassen, um zu zeigen, dass auch das Alter seinen Charme hat. Dass man selbst mit siebenunddreißig noch nicht ganz aus dem Rennen ist.

»Aber guten Tag, Alexander. Du trotzt dem Tod, wie ich sehe.«

Olav Ramnes und ich reichen einander die Hand.

»Tja, was soll ich sagen? Je später der Abend, desto schöner der Gast.«

»Was für ein Zirkus! Ich komme direkt aus der Wildente.«

(Und schon muss ich an die Krickente denken, die noch immer in meinem Kofferraum liegt).

Ålesund bringt ohne Spiegel ihre Frisur in Ordnung. »Du spinnst doch total, Irgens. Und das muss ich sagen: Eins der Bilder kriege ich. Das will ich im Wohnzimmer haben. Das stell ich mir auf den Fernseher. Tove! Mach schon ein Bild von uns. Mädels?«

Sie stellt sich zwischen Ramnes und mich. Wir legen ihr die Arme um die Schultern. Die anderen fotografieren uns mit ihren Mobiltelefonen.

»Irgens! Ramnes! Entschuldigt bitte, aber könntet ihr anderen bitte rausgehen? Nur für einen Moment. Ich brauche fünf Minuten.«

»Zweieinhalb für jeden von uns«, murmelt Ramnes fast unhörbar. »Lohnt sich das denn überhaupt?«

Alexander Irgens und Olav Ramnes vor Mosse Krogstads gut gefülltem Bücherregal.

»Okay. Seid ihr so weit? Und Jungs: Ganz locker. Wir schneiden und bringen alles in Ordnung, klar? Das hier ist nicht live.« Direkt! Direktsendung!

Ich kann mir ein Lachen nicht verkneifen.

»Ja, also entschuldige, Irgens. Zum Henker, wird mir das jetzt bis an mein Lebensende aufs Butterbrot geschmiert?«

»Geben Sie uns was zum Festhalten«, sagt Ramnes. »Ich glaube, hier war von Cognac die Rede?«

Wir bekommen jeder einen Eimer voll.

»Alexander Irgens, können Sie kurz sagen, wie sich das hier ergeben hat?«

»Naja. Ich veröffentliche ja in einigen Tagen das sechste Hammer-Buch, das hier gehört also zur Buchvorstellung.«

»Mehr Geld?«

»Ja, wir wollen doch ein bisschen Schwung in den Stapelverkauf vor Weihnachten bringen. Eigentlich lagen dieser

Nummer hier keinerlei philosophische Betrachtungen zugrunde.«

»Aber die Mörderin ist also eine Buchhändlerin? Noch dazu eine aus der Provinz.«

»Ja, das hat sich diesmal eben so ergeben. Aber es hätte durchaus anders verlaufen können, wenn ich gewusst hätte, dass Sie hier auftauchen würden.«

»Ha, ha, das kann ich mir denken. Ramnes! 2007 haben Sie für das norwegische Fernsehen im *Herzbuben* von Alexander Irgens gespielt. Und jetzt wirken Sie an einer weiteren Verfilmung mit. Diesmal ist es *Die Steinflundern*. Buch Nr. 3 in der Hammer-Serie.«

»Ja, stimmt. Wir haben übrigens vor etwas über einer Woche in Røros die ersten Szenen geschossen.«

»Denn *Die Steinflundern* ist ja ein richtiges Winterbuch, Irgens?«

»Nein, das eher nicht«, sage ich und weiß, dass dieser Teil des Interviews herausgeschnitten werden wird. »Aber in der Filmversion ist es eben Winter.«

»Hammer setzt sich also einfach in den Zug, nachdem er in *Herzbube* für Ordnung gesorgt hat, und fährt nach Røros, wo ein neues Abenteuer wartet? Fast ein bisschen wie wir bei der Abendrevue also.«

»Ja, da haben Sie nicht ganz unrecht«, lacht Ramnes. »Aber ich glaube, Sie schaffen es vielleicht, ein bisschen öfter zu duschen als Hammer.«

Ich sage nichts. Ich stehe da und beobachte einen kleinen Schweißtropfen, der langsam in ihre Halsgrube läuft. Etwas an diesem winzigen Tropfen entzündet in mir eine sentimentale Flamme. Und gleichzeitig fühle ich mich ein bisschen gemein. Nicht sehr gemein, nur ein bisschen gemein, da ich sie in Gedanken so oft fertigmache. Jetzt aber denke ich: Kann ich Skabbel nicht einfach Skabbel sein lassen? Wer sollte sie denn sonst sein? Sie ist beliebt. Sie ist schön. Eine attraktive Norwegerin, die durch das ganze Land reist und mit den Leuten darüber redet, was die Leute eben interessiert. Pferdezucht und Milcheimerweitwurf, Kochshows und rekonstruierte Wikingerschiffe, die Eröffnung der Oper und die Stilllegung von Postämtern, auf Fahrt mit Røkkes Krabbentrawlern, zu Hause bei Mullah Krekar, eine Iglunacht mit Erling Kagge. Hardangerstickerei. Das Leben nach dem Gebärmutterkrebs. Jetzt und hier im Gespräch mit Olav Ramnes und Alexander Irgens. Ich strecke die Hand mit dem Glas aus, und sie kommt und schenkt nach. Sie fragt, und ich antworte. Darüber, was ich denke und fühle, wenn meine Bücher zu Filmen werden. Ob Hammer nicht ein bisschen macho ist. (Irgendwie schon.) Und dann geht es um Geld. Das viele Geld. »Denn das könnt ihr ja wohl nicht abstreiten, Jungs. Bei Stig Hammer klingelt die Kasse!«

Die Lage beruhigt sich. Nach dem Interview stehen wir noch am Tisch und leeren zusammen mit einer zufriedenen Mosse die letzten Weinflaschen. Mosse redet jetzt alle mit Vornamen an und ist unser aller liebste Mosse. Die Gartentür steht offen, und die schöne kühle Oktoberluft strömt ins Zimmer. Bjørg kommt nun auch herein, jetzt im Lammfellmantel.

»Es wird kühl, Leute.« Zu mir: »Brauchst du irgendwas? Soll ich dich ins Hotel fahren?«

»Nein, vielen Dank, ich gehe zu Fuß. Ich bin nachher in der Bar vom Mølla verabredet. Ein bisschen frische Luft wird mir guttun, das merke ich.«

»Ist das hier gutgegangen?«

»Ja, ich finde, schon.«

»Das ist supergut gegangen!« Meint Ålesund. »Aber wo steckt der Herr Kommissar?«

»Längst wieder weg«, sagt irgendwer. »Der muss früh raus.«

»Schade. Der sieht ja wirklich toll aus. Ein letztes Glas auf dem Dach vom Mølla, Alex? Verdammt, wir wohnen ja da unten. Die ganze Bande!«

So läuft das. Zwangloses Beisammensein. Die letzten Schlucke Wein. Die allerletzten Erdnüsse und die Reste der Kartoffelchips. Eine vergessene Olive. Austausch von Karten. Telefonnummern werden auf kleine Zettel geschrieben, die man dann später in Jacken- und Brieftaschen findet, ohne sich an irgendetwas erinnern zu können.

Als um genau Viertel vor zwölf der Putztrupp anrückt, nehmen wir unseren Hut. Und bedanken uns bei Mosse für die Gastfreundschaft.

Und wir sind Menschen, die einige kurze Jahre lang auf der Erde herumstolpern, ein kurzer Funken von Leben in einer Ewigkeit des Todes, und dort oben in Lillehammer an jenem Herbstabend des Jahres 2010 schwebe ich aus mir selbst heraus, jetzt passiert es wieder, zum ersten Mal seit Jahrzehnten, ich wachse aus meinem Fleisch hinaus und in den Himmel hinein, ich sehe mich selbst von einem Ort irgendwo über den Baumwipfeln aus, ich sehe meinen inzwischen in der Mitte kahl werdenden Schädel im Licht der Straßenlaterne glänzen, als ich das Tor öffne und Mosse Krogstads dunklen Garten zusammen mit dem Schauspieler Olav Ramnes und zwölf zwitschernden Damen verlasse, von denen die eine, wir verabschieden uns beim Auto, CappelenDamms Bjørg Larsen von der Marketing-Abteilung ist. »Verkauf und so«, sagen wir im Haus, da Bjørg gewissenhaft und aufgeweckt ist, sie ist überall so, wie sie zum Beispiel hier und jetzt auftaucht, mehrere Stunden, nachdem ihr Arbeitstag eigentlich zu Ende ist – um zu fragen, ob ich etwas brauche, ob sie mich zum Hotel fahren soll, und das weiß ich ja, denn so ist meine Erfahrung mit Bjørg Larsen, deren Nachnamen wir allesamt niemals verwenden: An einem anderen Tag, in einer anderen Nacht, einer schlechten Nacht, würde sie bis zum nächsten Morgen in meinem Hotelzimmer mit mir trinken, um dann, auf unerklärliche Weise frisch wie ein Gebirgsquell, in den Frühstücksraum zu spazieren, nachdem sie mich erst noch zugedeckt hat, um sich nach einer Tasse Kaffee und einem gekochten Ei an die vielen Aufgaben des Tages zu machen. Ja, nun nehme ich Abschied von ihr, ich lege die Arme um sie und drücke sie kurz an mich, als ich ihr für ihre Hilfe heute Abend danke, ein wenig innig durch den Alkohol, vielleicht auch erleichtert darüber, dass dieser Abend keiner ist, an dem ich die Hilfe und Führung der ungelernten Psychologin des Verlages brauche. Und wir klopfen kurz auf das Autodach, als der Wagen im Rückwärtsgang auf die glatte Straße hinaussetzt, die Straße, die im Licht der Straßenlaterne leuchtet wie die neue kahle Stelle auf meinem Kopf, wir klopfen vorsichtig auf das Autodach, Olav Ramnes und ich, ehe Bjørg den ersten Gang einlegt und in Richtung Stadt verschwindet, während ich den Hang hochgezogen werde, die Lichter der Stadt tief unter uns, Lampen und Laternen vor Villen und Blocks, Laternen entlang der Bahnstrecke nach Hamar und Oslo, und weiter oben im Tal, die Lichter in den Straßen und um den Marktplatz, die Lichter in den Parks, vor den Tankstellen, vor Kneipen und Restaurants, und die tiefe kalte Finsternis des Mjøsa, das Echo der Herzen der großen Hechte, das sich mit dem Gejohle betrunkener Jugendlicher in der Storgate mischt, das Eis, das auf den Pfützen birst, als wir am Mesnaelv entlang nach unten gehen, uns verirren, aber nicht übermäßig viel, einfach unpassende Schuhe für dieses Wetter, Gelächter, halt mich fest, hilf mir, Frauenbrüste, aber anständig eingepackt in Mäntel und Parkas, nur zufällige Berührungen, anständige Hände, die meine umfassen, es geht hier nur darum, das Gleichgewicht zu halten, bis wir den Asphalt da unten bei der Garage erreicht haben, ja, gleich da unten, und hier kommen wir, denke ich, hier kommen sie, so, wie ich sie vom Himmel über Lillehammer aus in dieser Oktobernacht sehe, dort unten wandern sie in Richtung Zentrum, mit ihren absolut erwachsenen Körpern, mit ihren feuchten Händen und kalten Füßen, ihren wehen Rücken und versagenden Knien, ihren überlasteten Lebern, ihren von Zigaretten geschädigten Lungen und ihren übersäuerten Mägen, dort unten tragen sie Rentiermedaillon und Kabeljau mit sich herum, Wein, Schnaps und Kaffee, das alles tragen sie mit sich herum, zusammen mit der Summe ihrer Lebenserfahrungen, von Schmerz und Lachen, den glücklichen Momenten, die zusammen mit aller Sehnsucht im Herzen gespeichert sind, die vielen unbefriedigten Bedürfnisse.

Etwas stimmt hier nicht. Etwas murrt irgendwo. Als wir am Restaurant Blåmann vorbei den Hang hinuntergehen, kann ich mich aus dem einen der beiden Libris-Arme befreien, die an meinen hängen, und mein Telefon aufklappen.

Vier unbeantwortete Anrufe. Drei Mitteilungen. Es ist 01:17 Uhr. Das stimmt hier nicht, denke ich, das muss irgendwie mit Sommer- und Winterzeit zusammenhängen, oder so, da wir um Viertel vor zwölf losgegangen sind, aber die Armbanduhr stimmt mit dem Telefon überein, es ist fast zwanzig nach eins. Was mich an eine Erzählung von Stephen King erinnert, wo sich eine Gruppe von Reisenden in ein Paralleldasein verirrt, nachdem sie erst in eine fremde Zeitzone gestolpert sind, vielleicht ist es auch umgekehrt, vielleicht ist diese Geschichte nicht einmal von Stephen King, das Einzige, was ich jetzt ganz sicher weiß, ist, dass ich weder King noch andere Märchenerzähler brauche, um mich plötzlich überaus unwohl in meiner Haut zu fühlen. Die Wirklichkeit, kurz gesagt, sieht so aus: Jetzt kocht es im Gehirn von Vilde Breivik.

In der Bar oben im Mølla ist nicht mehr viel los, und der Ausblick durch das Panoramafenster ist auf einzelnes Funkeln elektrischer Lampen reduziert, die irgendwo dort draußen in der Dunkelheit aufleuchten. Mir fällt auf, dass die Frauen in der Bar ein wenig in sich zusammensinken, als sie die Gesellschaft entdecken, die jetzt hereinquillt, mit Olav Ramnes an der Spitze der vielen tollen Frauen, die keinen Lärm machen, aber, wie soll ich sagen, *ungeheuer gut aufgelegt sind.* Und ich falle zurück, ich habe mich schon längst aus allen Armen losgerissen, und jetzt falle ich zurück, ich sehe, wie der Trupp von mir fortsegelt und eine freie Sitzgruppe bei einem Fenster ansteuert, in der Raucherzone, auf der schmalen Terrasse hoch über dem Mesnaelv, stocksteif und den Blick auf meine Person gerichtet, sitzt Vilde vor einem Aschenbecher mit einer großen gelben Filterpyramide.

Also gehe ich zu ihr.

»Tut mir leid. Du, mach dir jetzt keine Sorgen, aber mir war nicht ganz wohl. Ja, kein Infarkt oder so was, es war nur ... ich war einfach einen Moment lang weg. Ich weiß eigentlich nicht, was passiert ist.«

»Möchtest du etwas trinken? Soll ich dir etwas holen?«

»Ja, würdest du so nett sein? Einen Red Label. Doppelt. Ohne Eis.«

Sie steht auf. Ich stecke mir eine Zigarette an. Ich fühle mich unwohl. Ungefähr eine Stunde aus meiner Erinnerung gelöscht. Zusammen mit anderen diesmal. Dann das hier. »Möchtest du etwas trinken?« Ich sehe mein Telefon an. Alle Mitteilungen stammen von Ada. Die Anrufe ebenfalls. Ich muss zu Hause anrufen. »Ruf an.«

Das tue ich.

Sie meldet sich sofort. »Bist du fertig?«

»Ja. Was ist denn los?«

»Mama ist gegen zehn Uhr gestorben. Hier. Bei uns. Das wollte ich nur sagen. Es geht so einigermaßen. Nein, es ist ganz schrecklich. Aber du bleibst, wo du bist. Signe und Fred sind ja hier. Ich habe gesagt, sie könnten ruhig fahren, aber Signe bleibt über Nacht.«

»Großer Gott! Was ist denn passiert?«

In der Bar winken zwei von den Libris-Mädels zu mir herüber. Irgendwer ruft meinen Namen.

»Sie ist auf dem Sofa einfach umgekippt. Es war ... Sie ist einfach eingeschlafen. Der Rettungswagen war innerhalb einer Viertelstunde hier, aber sie konnten nichts mehr machen. Ich musste einfach noch mit dir reden, ehe du schlafen gehst. Es war ja eigentlich ein schöner Abgang. Aber es nimmt mich eben doch ein bisschen mit, das ist alles. Ich meine ... im Sommer wäre sie siebenundachtzig geworden.«

»Und Martin? Hast du mit dem gesprochen?«

»Ja. Denk da nicht dran. Ich ...«

Dann weint sie doch noch ein wenig. Obwohl es sie doch nur ein bisschen mitnimmt.

Vilde knallt das Glas vor mir auf den Tisch.

»Alexander!«

»Ruft dich da jemand?«

»Ja, wir wollten noch ein Glas trinken, ehe sie schließen. Wir sind auf dem Dach vom Mølla. Olav Ramnes ist auch hier.«

»Na gut, dann grüß! Aber behalt das mit Mama erst mal

für dich, ja? Sonst rufen die Zeitungen noch heute Nacht an.«

»In Ordnung. Dann gute Nacht, Liebes.«

»Nacht. Schlaf gut.«

Als ich auflege, schlägt Vilde mir ins Gesicht. Hart.

Ich leere mein Glas auf dem Weg zur Bar. Bitte um noch eins. Signalisiere der Bande in der Ecke, dass ich gleich kommen werde. Setze mich wieder in die Raucherzone. Es ist kalt.

»Mach das nicht noch mal, Vilde. Was trinkst du da eigentlich, zum Teufel? Pernod?«

Sie ist ziemlich angetrunken. Die kritische Phase.

Nicke zu den anderen hinüber. Der Geräuschpegel ist jetzt voll aufgedreht. »Sind das die, mit denen du heute Abend gespielt hast?«

»Ja. Ich hab es nicht über mich gebracht, tot umzufallen. Aber sonst ist alles nach Plan verlaufen.«

Im selben Moment sehe ich meine Schwiegermutter vor mir, die auf dem roten Sofa beim Kamin tot umsinkt. Für eine Zehntelsekunde bin ich dort. Das Sherryglas fällt auf den Boden und rollt über den Teppich.

»Abgesehen von deinem Unwohlsein.«

»Was?«

»Alles ist nach Plan verlaufen, trotz deines Unwohlseins.«

»Ich glaube, ich bin einfach eingeschlafen. Jedenfalls ist eine Stunde aus meinem Leben verschwunden. Fehlt ganz einfach.«

»Ja, du warst ja im Totenreich. Da verliert man sicher schnell ein oder zwei Stunden.«

»Nicht wahr? Und eigentlich war es schlimmer, im echten Leben Skabbel zu begegnen.«

»Dann hast du dich also wieder im Fernsehen lächerlich gemacht? Dass du es nie lernst. Und warum lässt du mich hier sitzen wie eine unbeschäftigte Nutte? Du weißt, dass ich mir wie eine Idiotin vorkomme, wenn du mich auf diese Weise warten lässt. Warum lässt du dich nicht einmal zu einer SMS herab? Und du? Erwähn dieses Unwohlsein nicht noch einmal. Mit keinem Wort. Denn dann wirst du sehen, wie es ist, wenn ich eins kriege.«

Ich bin so verdammt müde. Und ich denke, dass es nur eine knappe Woche bis zur Buchpräsentationstournee ist. Die sich über mindestens zwei Wochen verteilen wird, auch wenn ich mir alle Mühe gebe, die Show auf das absolute Minimum zu reduzieren. Und bis dahin müssen wir die Alte unter die Erde bringen. Großer Gott! Wigdis ist tot! Ich habe das noch immer nicht ganz begriffen.

»Alexander!« Das sind die Libris-Mädels.

»Kannst du hören, wie die Schamlippen da drüben klappern?«

»Bitte. Fang jetzt nicht so an. Können wir nicht einfach gehen?«

»Nein, das können wir einfach nicht. Ich sitze gut hier.«

Und dann sehe ich ihn. Den Mann Am Tisch. Den MAT auf dem Weg von der Bar hierher. Eigentlich registriere ich nur einen beweglichen Schatten ganz am Rand meines Blickfelds, links. Aber dennoch, etwas daran, wie der Schatten sich bewegt, eine Art unlogische Mischung von Zögern und festem Willen, sagt mir mit hundertprozentiger Sicherheit, dass das hier ein prachtvolles Exemplar der Art ist. Und ich kann still sitzen bleiben oder mich umdrehen, ich kann mich schlafend stellen, ich kann Vildes Hände in meine nehmen und ihr tief in die Augen schauen, ich kann einen Anruf vortäuschen und in bittere Tränen ausbrechen, oder ich kann mich tot stellen – nichts wird verhindern können, dass ich mich in einigen wenigen Sekunden einem fremden Mann gegenübersehe, es sind immer Männer, die leicht schwankend vom Alkohol ihren Spruch aufsagen, der oft von sehr persönlicher Art ist, es kann mit der Frau zu tun haben, oder der Exfrau, die das Sorgerecht hat, es kann um ein ungerechtes Urteil gehen oder einfach um die allgemeine Ungerechtigkeit, die die Welt durchsäuert, es kann auch gar nichts sein, sie wollen eigentlich gar nichts, sie wollen nur dastehen, am Tisch, und mich ansehen, vielleicht aufmunternd nicken, während sie halbe Sätze servieren, etwas über das Fernsehen, vielleicht etwas, das in irgendeiner Zeitung gestanden hat, es kann blinde Liebe und überschwängliches Lob sein, das dann in Sekundenschnelle in bitteren Hass verwandelt wird, wenn ich mich nicht genau richtig verhalte. Und sie können jung oder alt sein, sie können aus Finnmark oder Blommenholm oder Sande kommen, sie können Polizisten oder Kranführer sein, Anwälte beim Obersten Gericht, Kindergärtner oder arbeitslose Drogensüchtige – zwei Dinge haben sie immer gemeinsam. Erstens wollen sie sich an den Tisch setzen, nachdem sie erst eine Zeit lang der stehende Mann Am Tisch gewesen sind, und zweitens werden sie immer ignorieren, mit wem ich zusammensitze, ob das nun Kumpels oder Freundinnen sind, meine Frau oder wie jetzt meine liebe, liebe Vilde, die sich ohnehin schon reichlich schlecht behandelt fühlt. Es gibt viele Möglichkeiten, wie man mit einem MAT umgehen kann. Wenn man allein ist, kann man zum Beispiel Buch, Laptop oder Mobiltelefon weglegen, man kann das Essen zur Seite schieben, oder weiteressen, während man zustimmt, kurz gesagt, sein eigenes Privatleben aufgibt und sich dem seines Nächsten widmet, mit dem anderen lacht oder den Kopf schüttelt, wenn die Situation das erheischt. In bedrängten Situationen, in Bars und Kneipen zum Beispiel, wo es viele MATs in unterschiedlichen Stadien der Betrunkenheit gibt, kann es die beste Strategie sein, sich mit einem zu verbünden, ihn für diesen Abend anzuheuern, sozusagen, denn dann wird er das gemeinsame Revier voller Eifer und Sorgfalt verteidigen, um sicher zu sein, dass er alles über Weiber, Bullenpack, Jugendamt, Muslime oder Transsexuelle loswerden kann.

Aber das hilft jetzt alles nichts. Jetzt gibt es nur eine einzige Person auf der ganzen Welt, mit der ich mich verbünden kann, und das ist Vilde. Und als ich zu dieser Erkenntnis gekommen bin, geht mir auf, dass das eine überaus brüchige Allianz ist. Dass ein solcher Pakt im Grunde mit einer tiefen Einsamkeit belastet ist. Und auf irgendeine Weise mit Risikosport verwandt.

Er ist Ende dreißig, und ich denke, wenn er frisch geschieden ist, hat er ein oder zwei Kinder, entweder im Kindergarten oder auf der Grundschule. Dann ist es traurig, wenn man trinken muss. Was er heute Abend getan hat. Samstag in Lillehammer. Eine ganze Woche, vielleicht zwei, bis er wieder Papa sein darf.

»Irgens. Ich bin ja nur ein ganz normaler Mann, also, nicht missverstehen. Ich will wirklich nicht stören. Kann mir ja vorstellen, wie es dir so in der Öffentlichkeit geht.«

»Ach, das ist schon in Ordnung.«

Vilde existiert nicht.

Er hat sie vermutlich nicht einmal gesehen.

»Aber ... ja, Scheiße. Du hier, also echt. In Lillehammer. Auf Tournee, oder was?«

»Nein, privat.«

»Bekannte hier oben, ja? Kleine Stadt, musst du wissen. Aber besser als oben in den kahlen Bergen, wo ich herkomme. Schon lange hier, oder was?«

»Nein, nein. Heute gekommen.«

Weg!

Fort!

Vilde wirkt unangenehm ruhig. Steht wortlos auf, hebt fragend zwei Finger.

Ich nicke.

»Kennste diesen Jonny Hallbing oder so? Der ist von hier, musste wissen.«

»Halberg, Jonny Halberg. Ja, ich weiß, wer das ist.«

»Der ist total in Ordnung, weißte. Ja, ich lese ja nicht. Der wurde hier gleich in der Nähe in einem Militärlager geboren. Haste das gewusst?«

»Ja, das habe ich gewusst.«

Jetzt setzt er sich. Auf Vildes Stuhl.

»Der kann trinken, glaubste mir das, oder was?«

Zeit für männliche Intimität. Ich beuge mich über den Tisch vor. »Setzen Sie sich nicht auf den Stuhl meiner Bekannten!«

Er erhebt sich halbwegs. »Keine Panik. Ich will ja nicht stören. Ist die von hier, oder was?«

»Nein.«

Er setzt sich wieder. Fängt an, sich eine Zigarette zu drehen. »Und dann ist da noch dieser ... wie heißt der doch noch gleich? Der schreibt auch. Heißt wie dieser Typ vom Rundfunkorchester. Berg?«

»Øyvind Berg. Stimmt. Lyriker. Guter Mann.«

»Sieh an, sieh an. Das hast du gesagt, Alex. Ich bin wie gesagt ein ganz normaler Typ, und es kann schon sein, dass du und dieser Berg, dass ihr beide viel cleverer seid als ich. Aber Scheiß drauf. Wenn ein erwachsener Mann wie ein Hottentotte auf dem Kopf aussieht. Ich meine, was soll das denn, oder was?«

Ich trinke einen Schluck Whisky. Stelle das Glas wieder hin.

Er füllt es mit Bier aus seinem Halbliterglas. Schlabbert freundlich herum. Es tropft in meine Schuhe.

»Ich sag dir eins, Alexander Irgens. Und du hörst jetzt mal verdammt gut zu. Und ich sag nämlich, du bist das. Du und dieser ... der gestorben ist. Wie heißt der denn noch, verdammt noch mal? Larsson! Stieg Larsson. Ihr zwei seid die Größten. Stig Hammer und Stieg Larsson. Verdammt, das hab ich mir noch gar nicht überlegt. Stig Hammer und Stieg Larsson. Sehe ich da einen Zusammenhang, oder was?«

»Hör mal. Nichts gegen dich, wirklich nicht. Aber meine Freundin ist heute Abend nicht so gnädig. Und ich hab dir gesagt, du sollst dich nicht auf ihren Stuhl setzen.«

»Reg dich ab, Irgens! Ich sag doch, ich setz mich nicht. Ich dachte nur, dass solche Typen wie dieser Øyvind Hottentotte und diese ganze Bande. Was machen die denn eigentlich? Hast du dem seine Gedichte gelesen, oder was? Wenn solche Typen ein fettes Jahresgehalt vom Staat einsacken, während andere ... was soll das denn? Wo führt das denn hin, oder wie weit sind wir schon gekommen? Weißt du, was ein Schafzüchter hier oben in der Gegend verdient? Ich meine, du schreibst ja so, dass ein normaler Mann kapiert, worauf du hinauswillst. Aber der. Was ist denn so schlimm daran, wenn ein Buch von etwas handelt? Sven Hazel! Sagt dir der Name was?«

Vilde steht mit einem Glas in jeder Hand am Tisch. Schaut die triefnasse Tischplatte an.

»Ach, das ist also deine Freundin, Irgens, oder was?«

Sie reicht mir das eine Glas und leert ihres auf einen Zug. Dann nimmt sie das mit Bier gefüllte Whiskyglas und kippt es ihm ins Gesicht, ehe sie mit beiden Händen seine Haare packt und sein Gesicht auf den Tisch knallen lässt, so dass ein feiner Blutstrahl meine Hemdentasche trifft. Und ehe er Hazel denken kann, denn hier gilt immerhin das Prinzip »ganz oder gar nicht«, packt sie ihn an der Jacke und schleudert ihn auf den Boden, wo er auf den Knien landet und mit den Vorderzähnen zuerst vornüberkracht. Der Tisch kippt um und ich stehe auf, Gläser klirren, irgendwer heult.

»He, aufhören ...« Er röchelt. »Aber verdammt, was ...?«

Aber Vilde hat für diesen Abend lange genug in tiefer Einsamkeit hier herumgesessen, und sie geht wieder auf ihn los, als er versucht, auf die Beine zu kommen, die Arbeit an den großen Holzskulpturen auf ihrem Hofplatz unten in Hølen haben ihr Muskeln wie ein Bär gemacht, und jetzt bekommt er alles ab, was sie in Gedanken, in ihren leicht gewalttätigen Gedanken, mir zugedacht hatte, und ich denke, ehe alles schwarz wird und die anderen dazukommen und uns wegreißen: Warst du denn nicht so begeistert von Lisbeth Salander, lieber Fremder?

5

Meditation

Auf dem Grasdach des Küchenhauses liegt eine schwarze Frau in einem grellroten Trainingsanzug. Mit den Händen auf den Hüften bewegt sie die Beine in einer komplizierten gymnastischen Übung, zur Seite, nach oben, in langsamen Kreisen. Wieder und wieder. Es ist ganz still. Kein Vogelgesang. Nicht einmal Wind. Ich stehe im ersten Stock auf Him und schaue hinunter durch Gudbrandsdalen, auf den funkelnden Lågen und die herbstlichen Hänge, die dunklen Berge, die im scharfen Sonnenlicht vor Feuchtigkeit glitzern.

Unten auf dem Hofplatz ist ein Ziegenbock angepflockt, er mäht mit gelben Zähnen Gras, während er kleine fettglänzende Perlen fallen lässt, sie kullern wie Mokkabohnen aus einer Papiertüte.

Die Zulukönigin legt die langen Beine ins Gras, bleibt bewegungslos liegen und starrt in den Himmel hoch.

Auf der Straße hinter dem Holzzaun und dem Kreis aus mittelalterlichen Häusern sehe ich Bjørgs Auto. Sie hat ein rotes Band um den Seitenspiegel gebunden.

Haben sie das nicht in den alten Tagen gemacht, wenn Dynamit transportiert wurde?

Ich fühle mich nicht sonderlich explosiv. Ich fühle mich alt und besiegt. Mit Stroh ausgestopft. Den Magen voll geschmolzenem Blei.

Öffne das Fenster. Trinke die wunderbare Bergluft.

Beim Geräusch der Fensterläden bewegt die Frau auf dem Dach ihren Kopf. Sie bleibt liegen und sieht mich wortlos an. Dann hebt sie den Arm und winkt mir zu wie ein Kind. Ballt die Faust und öffnet sie wieder.

Ich winke zurück.

»Alexander?« Es wird vorsichtig an die Tür geklopft.

»Herein.«

Es ist Gudrun. Jetzt weiß ich wieder, dass es diese beiden waren.

»Kannst du etwas essen?« Sie kommt herein und schließt hinter sich die Tür. Sie trägt Jeans und eine gestrickte Trachtenjacke. Dicke Wollsocken an den Füßen.

»Natürlich. Wie schlimm war das? Auf einer Skala von eins bis zehn?«

»Ach, so schlimm war es eigentlich gar nicht.«

»Ich fürchte mich immer ganz besonders, wenn du versuchst, mich zu schonen.«

»Ich finde, du solltest versuchen, nicht zu sehr daran zu denken. Die Hauptsache ist, dass es ein gelungener Abend mit den Libris-Mädels war. Wir haben wunderbare Rückmeldungen bekommen, das kannst du mir glauben.«

»Leider waren sie auch noch dabei, als ich das zweite Kapitel geschrieben habe.«

»Ja. Aber du kannst doch sicher versuchen, das als Bonustrack zu betrachten. Jetzt können sie zu Hause noch mehr erzählen.«

»Meinst du die Anzeige?«

»Ja, aber angezeigt worden ist nur Vilde. Sie heißt doch Vilde, oder?«

»Ja. Sie heißt Vilde. Ist sie auch hier?«

»Nein, ich glaube eigentlich, sie wollten sie über Nacht dabehalten.«

Großer Gott. Ich sehe sie vor mir. Nicht in einer modernen Kahlzelle, sondern in einer altmodischen Westernzelle. Hinter Gittern im Büro des Sheriffs. Der Sheriff selbst mit den Stiefeln auf dem Tisch und einem Zigarillo zwischen den Zähnen. Das Geräusch von Pferden draußen auf der verstaubten Straße. Vilde. Eine betrunkene Indianerin.

Dann, für einen Moment, weiß ich wieder, dass ich gehen durfte.

Als Nächstes erinnere ich mich an eine Zehntelsekunde von der Fahrt. Bjørg Larsens Hinterkopf. Danach werde ich die Treppe hochgetragen, vermutlich von Kjartan Buvik.

Ich habe mit anderen Worten ein drittes Kapitel geschrieben. Ich muss an Jon Michelets *Der Gürtel des Orion* und an das »Verschwundene Kapitel« denken.

Aber als ich Gudrun frage, weicht sie aus und redet über das Mittagessen. Ich sage nichts mehr.

Als ich die schiefe Treppe hinuntergehe, sitzen Gudrun und Bjørg an dem riesigen Küchentisch, zusammen mit den Buvik-Kindern. Gøril steht am Herd und brät Eier mit Speck, sie trägt etwas Gewebtes oder Gestricktes, in dem sie wie ein Spuk aussieht, so jung und schön sie auch ist. Die Kinder schauen mich schüchtern an, dann starren sie auf den Tisch, dann wieder mich an, der Da-kommt-der-Suffkopp-aus-der-Stadt-Blick, aber nicht unfreundlich, sie haben schon häufiger Betrunkene gesehen, und sie haben sie auch singen und johlen gehört. Als ich ihnen durch die Haare fahre, erzählt die Kleine, die Jüngste, dass sie mich schon kennt.

»Aber da hattest du dich schöngemacht!«

Das stimmt. Das war bei einer Bauernhochzeit auf Him.

Gøril lässt sich umarmen. Ich gebe mir Mühe, ihr meinen Atem zu ersparen. Sie haben mein Gepäck geholt, aber meine Zahnbürste habe ich vergeblich gesucht.

»Setz dich. Wir fangen an. Kjartan kommt, wenn er Zeit hat, und von der auf dem Dach werden wir erst etwas sehen, wenn kein Speckgeruch mehr in der Luft hängt. Ich hab ihr eben einen Salat gebracht.«

Bjørg schaut zu mir hoch, als ich mich setze. Zwinkert. »Und, Alexander?«

Gøril reicht mir einen Teller mit drei Spiegeleiern und einem Haufen Speck. Ich bediene mich an dem warmen Graubrot. »Hervorragend. Vielen Dank.«

Wir bekommen glühend heißen Kaffee. Im Himmel kann es auch nicht besser sein. Das eine ist mir geschenkt worden: Ich bin nie verkatert, wenn ich ausschlafen kann.

Aber was ist heute für ein Tag?

Na gut. Montag. Ich kann mich nicht einmal daran erinnern, dass ich zum Pissen aufgestanden bin. Es muss ein wirklich massives drittes Kapitel gewesen sein. Und dabei soll ich doch auf mein Herz achten.

Erst jetzt, als ich an Ada und die Beerdigung denke, geht mir auf, dass nicht nur meine Zahnbürste verschwunden ist. Ich bitte um ein Telefon.

»Iss jetzt«, sagt Gudrun. »Ich habe eben erst mit Ada gesprochen. Sie macht sich keine Sorgen. Und dein Telefon …« Sie wühlt in ihrer Tasche, die sie an die Stuhllehne gehängt hat. Öffnet ihre Brieftasche und wirft mir eine SIM-Karte zu. »Das ist wohl das Wichtigste. Der Sohn von Herman Vikan von Gyldendal studiert an der Filmschule. Ich habe mit ihm gesprochen. Er bringt heute Nachmittag dein Auto her. Ich sorge dafür, dass er dir ein neues Telefon mitbringt.«

Da Kinder anwesend sind, frage ich nicht, was aus dem alten geworden ist. Suche in meinen Taschen und schiebe die Autoschlüssel über den Tisch. »Müssen wir die Gyldendaler da wirklich reinziehen?«

Bjørg lacht. Sie hat eine hübsche Goldplombe. »Die haben ihre eigenen Märchen und Mythen.«

Das schon.

»Das mit Adas Mutter tut mir leid.«

Das war Gudrun. Sie findet es immer schrecklich, wenn jemand stirbt oder leidet. Sie ist eigentlich zu zart besaitet, um als Lektorin in einem Verlag zu arbeiten.

»Was hat Ada gesagt?«

»Die Beerdigung ist erst Ende nächster Woche.«

»Aber verdammt, das ist doch mitten in den Buchvorstellungen!«

»Denk da nicht dran«, sagt Bjørg. Und da weiß ich, dass ich nicht daran zu denken brauche. Dass ich also an etwas anderes denken kann. Das ist ein beruhigendes Gefühl. Ich denke, dass es schön ist, dass ich in Norwegen wohne und nicht in den USA. Dann hätte ich für Vilde eine Kaution stellen müssen. In Norwegen haben wir so ein System zum Glück nicht. Dennoch bitte ich Gudrun, kurz bei der Wache vorbeizufahren.

Sie geht stattdessen hinaus auf die Treppe und ruft an.

Kjartan kommt herein, mit einem Armvoll Holz, den er vorsichtig neben dem Ofen ablegt. Er erinnert mich an ein großes, gutmütiges Brauereipferd. Er schaut mich unter seinem Pony an, dann geht er weiter in Richtung Wohnzimmer. »Ja, ja.«

Damit hat er die Lage perfekt umschrieben.

Nach dem Mittagessen fahren die Damen zurück nach Lillehammer und Oslo, während ich noch zwei Stunden schlafe. Als ich aufwache, habe ich beschlossen, noch einige Tage zu warten. Ich telefoniere lange vom Festnetzanschluss unten im Wohnzimmer mit Ada. Sie sieht das auch so. Sie war schon häufiger bei Buchvorstellungen dabei. Die Tage vorher sind die schlimmsten. Und der Tag, an dem in den großen Zeitungen die ersten Rezensionen erscheinen. Sie braucht mich in ihrer Trauer jetzt nicht. Und die Trauer hält sich zudem in Grenzen. Ich höre ihrer Stimme zu, während ich ins Kaminfeuer blicke, die Schatten tanzen in dem dämmrigen Raum über die Wände, was mag hier in drei Jahrhunderten wohl alles gesagt, gedacht und geträumt worden sein? Jetzt unsere Stimmen und Herzen, und alle anderen Toten und Verschwundenen, Großbauern und Häuptlinge, Gesinde und Spielleute. Die Türschwelle ist krummgetreten, von Füßen, die längst zu Staub und Erde geworden sind. Jetzt liegt ein leuchtend gelber Legostein da, wie eine Erinnerung daran, dass zwei neue kleine Menschen an der Sache arbeiten. Diese dicke Holzschwelle zu nichts abzuschleifen, durch Spiel und Arbeit des Alltags. Ich habe einen dicken Kloß im Hals. Auf diese Weise nehme ich immer Abschied von den Promille.

Draußen auf dem Hofplatz fällt ein leichter Regen. Wie verdichteter Nebel. Die Feuchtigkeit färbt die alten Holzhäuser schwarz. Etwas Weiches reibt sich an meinem rechten Bein, ich fahre zusammen. Der Kater. Ein breitköpfiger getigerter Rabauke, der wortlos an meinen Schnürsenkeln herumnagt. Ich bücke mich und sage irgendetwas Sinnloses, während ich ihn hinterm Ohr kraule. Als ich zu Küchenhaus und Scheune hinausgehe, begleitet er mich. Jetzt mit einem gutturalen Kehllaut, einem Murren in Fleisch und Fell.

Unten am Hang kommt ein Auto. Und zwar meins. Gefahren von Herman Vikans Sohn.

Wir sagen hallo. Der Motor tickt. Der Sohn ist ein großer Bursche von Mitte zwanzig. Mir fällt ein, dass wir seinen Vater unten in Frankfurt einmal in Grund und Boden getrunken und in einem Puff hinterlassen haben. Buchmesse. Damals, als wir noch Ideen hatten.

»Wie kommst du zurück?«

»Mit der Bahn.«

»Du willst also den Hang hinuntergehen?«

»Das ist nicht weit.«

»Hör doch auf. Steig ein.«

Wir fahren. Ich fahre ihn zum Bahnhof. »Willst du Regisseur werden?«

»Das hab ich eigentlich vor. Aber ich weiß nicht. Ist riskant.«

Ich finde das eine Scheißhaltung. Noch ein Idiot. Das sage

ich nicht. Ich bin haarscharf zu alt, um zu sagen, dass das Leben früher riskant war. Und noch etwas: Ich bin inzwischen zu feige. Er ist vermutlich zu jung, um das zu durchschauen, aber man weiß nie. Die Zwanzigjährigen heute haben mehr Durchblick als zu meiner Zeit. Das habe ich schon einige Male zu spüren bekommen.

»Und ihr verfilmt wieder Hammer, habe ich gehört.«

»Ja. Das heißt, ich habe nicht viel damit zu tun.«

»Nicht mal mit dem Drehbuch?«

»Nein. Das schreibt Arild.«

»Hellstadius?«

»Ja.«

»Der hält manchmal bei uns Vorlesungen.«

»Das kann ich mir vorstellen«, sage ich.

»Aber ihr habt Kontakt?«

»Ja, ja. Der läuft sogar gut. Aber die Entscheidungen liegen bei ihm. Das ist seine Kiste.«

»Den ersten fand ich gut. Den hat er doch auch gemacht, oder?«

»Das findest du verdammt noch mal nicht. Doch, er war das.«

»Das war ehrlich gemeint«, sagt er.

»Aber du träumst nicht davon, solche Filme zu machen.«

»Nein, um ganz ehrlich zu sein, das tu ich nicht.«

Gut. Warte nur. Wo du das schon riskant findest.

Er ist schon in Ordnung. Er hat schöne Träume. Er träumt von Polanski. Vom *Messer im Wasser*. Und von *Der Dicke und der Dünne*. Aber riskant ist es, sich in der norwegischen Filmbranche des 21. Jahrhunderts zu bewegen. Er hat schon verloren, doch das braucht er erst in zwei Jahren herauszufinden. Wenn er ein bisschen Glück hat, wird es ihm niemals aufgehen.

Ich setze ihn am Bahnhof ab und bitte ihn, Herman zu grüßen. Seinen Papa.

Und dann muss ich hinter ihm herlaufen. Das Telefon.

Oben auf dem Hof steht der Kater genau an der Stelle, wo ich ihn verlassen habe. Sein Anblick erfüllt mich mit einem vagen Unbehagen. Wenn er gelegen hätte, zur Not gesessen. Aber er steht. Das hat etwas Widernatürliches. Andererseits, wer weiß. Die Katzen gehören zu Gottes absolut seltsamsten Einfällen.

Als ich wieder zum Haus hochgehe, folgt er mir wie ein Schatten.

Kjartan steht auf dem Stein vor der Tür und raucht Pfeife. Er hat nur wenig Ähnlichkeit mit den kleinwüchsigen Königen in Werenskiolds Märchenillustrationen, aber ich komme mir doch ein wenig vor wie ein Grindkopf. Einer, der einfach so angestromert kommt. Einer, dem man lieber nicht vertraut. Aber anders als der Grindkopf aus dem Märchen vertraue ich auch nicht auf mich selbst. Ich bin den Prinzessinnen in meinem Leben nicht gewachsen. Auch wenn mir das halbe Königreich gehört, jedenfalls, was die Leserinnen angeht.

Wir setzen uns auf die Türschwelle. Der Kater stolziert mit hoch erhobenem Schwanz ins Haus. Meine Hand will in die Tasche und den Drehtabak hervorziehen, aber ich weiß es schon: Der liegt irgendwo unten in Lillehammer.

»Hast du keine Zigaretten?«

»Ist doch egal.«

»Hier gibt es mehrere Pfeifen. Und Tabak genug.«

»Nein, ist schon gut. Ich sollte ja aufhören.«

Wir schweigen eine Weile.

»Ich habe gehört, du wärst fast über den Jordan gegangen.«

»Ja, offenbar hat nicht viel gefehlt.«

»Ich finde das scheußlich. Egal, was du sagst.«

Die schwarze Schönheit sitzt jetzt auf dem Dach und meditiert. Jedenfalls sitzt sie in Lotusstellung da, mit den Händen im Schoß. Geschlossenen Augen.

»Sie war also da?«

Er spuckt eine Tabaksflocke aus. »Du weißt schon, diese Amis, die kennen sich mit allem Möglichen aus.«

»Ja, das ist schon möglich. Wo hast du sie her?«

»Ich habe sie aus dem Netz. Oder sie uns. Him hat jetzt eine Website, musst du wissen. Sie bleibt bis Ende des Monats. Sie ist eine Art Seelenärztin. Und noch vieles andere, das kannst du dir sicher denken. Nicht alle können einfach oben auf dem Dach sitzen und zugleich anderswo sein. Tja.«

Er steht auf und geht zu der alten Scheune hinunter, wo er vor der Tür unter einer blauen Plastikplane einen Arbeitstisch stehen hat.

Als er die halbe Strecke hinter sich gebracht hat, kommt der Kater wie eine pelzige Kanonenkugel angeschossen, bleibt dann mitten auf dem Hofplatz stehen und fängt an zu jammern. Dann trottet er hinter Kjartan her. Ein Rabe hebt unten bei meinem Wagen ab. Setzt sich auf den Zaun.

Ich habe offenbar ein unersättliches Schlafbedürfnis. Ich gehe auf mein Zimmer und bin wieder weg.

Ich träume von Dolven. Sehe Fred Magnus Dolvens Gesicht ganz deutlich vor mir. Dann wache ich auf, setze mich automatisch im Bett auf und fange an zu meditieren. Zum ersten Mal seit an die vierzig Jahren.

Es ist der Anblick der Amerikanerin, dem ich diesen Impuls verdanke. Daran kann kein Zweifel bestehen. Der, die da oben auf dem Grasdach des Küchenhauses von Him sitzt und meditiert. In einem feuerroten Trainingsanzug.

Als ich schlafen gehe, komme ich gar nicht auf die Idee, mein altes Mantra hervorzuwühlen. Aber als ich aus dem Schlaf heraussinke, bin ich bereit. Ich setze mich im Bett auf, so, wie ich es als frischgebackener Anhänger der Entspannungsmethode des Maharishi in den frühen siebziger Jahren gemacht habe. Aber ich schenke mir die Lotusstellung, die schon damals nicht nach meinem Geschmack war. Jetzt, mit schiefem Rücken und steifen Knien, ist sie absolut ausgeschlossen. Ich lehne den Rücken an die Wand, lege die Hände in den Schoß und fange an, mir das Mantra in sanften Bögen durch meinen Kopf zu schlingen. Schaffe ich das? Gelingt es mir? Nein. Ich sehe Dolven vor mir, der auf dem unteren Schulhof in der Romberggate in Larvik steht, in einem schwarzen Dufflecoat und ebensolcher Baskenmütze. Es ist Herbst, so wie jetzt. Oktober. Es regnet, und Dolven hat sich die Baskenmütze tief in die Stirn gezogen. Sein Gesicht ist von Pickeln übersät. Er sieht wirklich schrecklich aus. Und wenn er redet, stiebt ein feiner Nieselregen aus Spucke aus seinem Mund, weshalb alle, die ihm zuhören mögen, einen Schritt zur Seite treten.

Jetzt bilden Gunvald Larsson und ich seine linke beziehungsweise rechte Flanke.

Wir hören zu.

Und was Dolven in dieser großen Pause an einem verregneten Vormittag, wo der Wind vom Larviksfjord her weht, zu erzählen hat, ist, dass er für nur zwei Hunderter an einer weltweiten Gemeinschaft des Friedens und der Harmonie teilhaben kann, einer Gemeinschaft, zu der unter anderem auch die Beatles gehören, John, Paul, George und Ringo. Und enthusiastisch, wie Dolven in dieser Lebensphase nun einmal ist, klingt es bei ihm so, als ob wir mit einfachen Mitteln zu Kumpels der Fab Four aus Liverpool werden könnten. Wenn wir mit Transzendentaler Meditation anfangen, einer Art Entspannungssache, bei der man sich wundersamerweise nicht nur selbst entspannt, sondern die zudem auch auf den Rest der Welt von entspannender Wirkung ist, ja, auf den Erdball selbst. Und das tut not, das ist uns schon klar, denn wir leben und wachsen auf im Schatten des Kalten Krieges, während wir jeden Tag zu Hause im Wohnzimmer die heißen Waffen in freier Dressur unten in Vietnam beobachten können. Atomare Vernichtung, Mekong-Delta, Hanoi und Saigon gehören absolut zu unserer Vorstellungswelt und in unseren Wortschatz.

»Und das ist also verdammt noch mal keine Religion«, sagt Dolven und lässt eine Dusche über uns niedergehen. »Damit das mal klar ist. Es ist eine Technik.«

»Na, ich weiß ja nicht«, sagt Gunvald mit seinem schwedischen Akzent, er hat sein halbes Leben in Lund verbracht. »Das ist doch so was Asiatisches. Ich hab darüber gelesen. Hab Bilder gesehen, von den Beatles mit so einem alten Kerl mit Bart. Und Blumenkränzen und so. Klar hat das was mit Religion zu tun. Ist 'ne Art Sekte.«

»Lennon würde sich in so was ja wohl nicht reinlocken lassen«, sage ich.

»Einen Punkt für den jungen Irgens«, sagt Dolven und hebt einen Finger. »Und dieser alte Knacker ist ein gewisser…« Er zieht einen Zeitungsausschnitt aus der Gesäßtasche. »Ein gewisser Maharishi Mahesh Yogi.«

»Ja, da hörst du es ja!«, sagt Gunvald Larsson triumphierend. »Yogi. Das ist doch saumäßig religiös!«

»Du, das bring ich jetzt nicht. Wenn dich das nicht interessiert, dann zieh Leine. Yogi ist ein ganz normaler indischer Nachname.«

Gunvald reißt Dolven den Zeitungsausschnitt aus der Hand. »Ach was. Hier ist er, Alex. Was glaubst du, was der Kerl von Beruf ist?« Er zeigt auf das Bild des Maharishi in Lotusstellung, in einem weißen Kittel und mit einem ganzen Blumenbeet um den Hals. »Glaubst du, der ist Rohrleger?«

»Nein, der entspannt sich sicher hauptberuflich«, sage ich.

Dolven sieht mich verärgert an. »Fängst du jetzt auch schon an?«

»Nicht doch«, sage ich, denn ich habe im Bhagavadgita und im Tibetanischen Totenbuch geblättert. »Aber natürlich hat das irgendwas mit Religion zu tun.«

»Der ist doch homo, verdammt noch mal«, sagt Gunvald. »Sieht man ja.«

Dolven zieht sein Pausenbrot aus der Tasche seines Dufflecoats. Beißt wütend in sein Leberwurstbrot.

»Und hör dir das mal an, Alex! Bei wem ist er wohl in die Lehre gegangen? Dreizehn Jahre lang? Dreizehn Jahre, echt! Da kann man doch Rohrleger, Schreiner, Setzer und Klavierstimmer werden. Aber unser Mann hat also lieber eine Lehre im Entspannen gemacht. Dreizehn Jahre lang. Dreizehn verdammte Scheißjahre.«

»Zeig mal«, sage ich.

»Nein, hör jetzt zu. Er hat von keinem Geringeren transzendentale Meditation gelernt als von *Swami Brahmananda Sarawati Shankaracharya i Jyothir Math*. Das ist ja noch schlimmer als das Matthäusevangelium.«

Es ist ganz dunkel im Zimmer. Ich fühle mich ausgeruht und stark, und ich komme zu dem Schluss, dass ich vielleicht doch ein wenig meditiert habe. Ich denke wieder an Gunvald Larsson. Der nichts von der Transzendentalen Meditation des Maharishi wissen wollte und der als Erster von uns in den Tod gegangen ist. Als wir auf dem Schulhof stehen und uns über Dolven lustig machen, hat Gunvald Larsson nur noch ein halbes Jahr zu leben. Er ist vierzehn oder fünfzehn. Er stirbt im Frühling. Er stiehlt ein Auto und fährt damit in eine Felswand. Er, der nach Afrika wollte, kam nur halbwegs bis Porsgrunn.

Was sind unsere Träume überhaupt wert, wenn es so endet? So früh?

Haben sie irgendeine Art von eigenem Wert?

Solange ich ihn gekannt habe, wollte er Kriegsberichterstatter werden. Und dann befand sich die Front irgendwo auf der E18.

Ich merke es sofort, als ich die Küche betrete. Dass etwas nicht stimmt. Das Feuer im Kamin ist heruntergebrannt. Auf dem großen, von Generationen blankgescheuerten Tisch ist für eine Person gedeckt. In der Thermoskanne ist heißer Kaffee, aber die Eier im Korb sind fast kalt. Ich lege zwei Holzscheite auf die Glut. Die Birkenrinde wird fast sofort vom Feuer erfasst. Ich schneide dicke Scheiben von dem selbst gebackenen Brot und belege sie mit Butter und Käse. Beim Essen habe ich das Gefühl, dass jemand mich beobachtet, und als ich mich umdrehe, sehe ich für einen Moment die blonden Zöpfe der Kleinen, als sie kehrtmacht und durch die Zimmer davonläuft. Ihre kleinen Schuhe tanzen über die Bodenbretter. Ihre Geräusche lösen etwas in mir aus, das ich nicht erklären kann. Ich kann von einem Nichts ausgeschaltet werden. Von einer Bagatelle. Ich kann in einer Diskussionsrunde sitzen und mir die Haut abziehen lassen. Oder an ein und demselben Tag in allen Osloer Zeitungen verrissen werden. Das lässt mich ziemlich kalt. Aber dann kommt ein Blick im Vorübergehen. Ein halbvollendeter Satz. Und ich bin mollgestimmt. Muss für die nächsten Stunden in den Keller. Das ist genetisch. Das ist Mutter. Meine Schwester Emma ist dermaßen davon betroffen, dass es sie schon früh in ihrem Leben gesellschaftlich gelähmt hat. Meine Schwester Emma ist eine halbverrückte Alte in einer Blockwohnung in Larvik. Unfreiwillig und lebenslänglich Single.

Ich höre Gørils Schritte. Ihre großen Filzpantoffeln. Schluff, schluff.

Als sie die Küche betritt, grüßt sie mich wie immer. Nein, Moment! Nicht wie immer. In dieser Stimmung bin ich immer ein haargenauer Beobachter. Etwas ist mit ihren Augen. Darin liegt eine Distanz. Sie sind zwei Grad kühler als normal.

Sie fängt an, Brot zu schneiden, kehrt mir dabei den Rücken zu. Das bedeutet, dass Kjartan nicht zum Mittagessen hereinkommt. So ist es an manchen Tagen, wenn er viel zu tun hat, aber jetzt bin ich auf der Hut. Ich kann Gørils Rücken ansehen, daran, wie sie das Messer bewegt, dass sie einen oder zwei Sätze vorbereitet. Sie in Gedanken wiederholt.

Dann kommt es. »Ada hat vor zwei Stunden angerufen.«

Na gut. Das war also die Katze, die sich in der Finsternis des Sackes versteckt hatte. War das denn so schrecklich?

»Du möchtest sie bitte zurückrufen.«

Ich kaue und schweige. Trinke den heißen Kaffee. Brot und Kaffee. Ei und Käse.

Aber als sie sich umdreht, sehe ich, dass sie weint.

Ich will aufspringen, aber sie macht eine irritierte Armbewegung, ehe sie eilig in die Vorratsküche hinüberläuft. Sie knallt mit der Tür des einen großen Kühlschranks.

Und ich bleibe ganz still sitzen.

Nach einigen Minuten ist sie wieder da, jetzt mit Kontrolle über die Tränenkanäle, aber am Hals voller roter Flecken. »Es tut mir leid. Das war nur so …«

»Ihre Mutter war sehr alt«, sage ich. »Und sie war schon lange krank.«

»Das verstehe ich ja. Aber dich verstehe ich nicht.«

Dann nicht. Ganz still sitzen. Die Zunge hüten. Denken. Muss ich das hier haben?

»Du bist hier willkommen. Jederzeit. Nur, damit das klar ist.«

»Das ist schön, Gøril. Das weiß ich ja.«

»Ich begreife nur nicht, was du gerade jetzt hier machst.«

Ich schaffe es nicht zu schweigen. Ich weiß, ich müsste die Klappe halten, aber das bringe ich einfach nicht über mich. »Nein, das war im Grunde auch nicht meine Idee. Aber es war eine große Erleichterung, hier aufzuwachen. Das schon.«

»Da bringen sie dich hier an wie ein Kind. Zwei erwachsene Frauen. Ist das denn ihre Aufgabe?«

Ich halte den Mund.

»Und du sturzbesoffen!«

»Die Arbeit in einem Verlag hat eben so ihre Seiten. Das lässt sich nicht leugnen. Aber das tun wir nicht jeden Tag. Meistens sitzen wir im stillen Kämmerlein und lesen. Oder schreiben. So viel ist da dann doch nicht los.«

»Die Zeitung schreibt über dich. Über euch. Dich und ...«

»Noch ein Frauenzimmer. Zum Glück ist sie nicht bei CappelenDamm angestellt.«

»Ist schon gut. Was ich nicht begreife, ist, warum du hier bist, und nicht zu Hause bei Ada. Herrgott, du hast einen Todesfall im engsten Familienkreis! Die Mutter deiner Frau ist tot!«

»Sie fand es eine gute Idee, dass ich hier erst mal zwei Tage ausnüchtere.«

»Du musst doch begreifen, dass sie das nicht ernst gemeint hat. So funktionieren wir nicht. Das kannst du mir glauben.«

»Wir« sind »wir Frauen«. Sie geht mit den fertigen Butterbroten zur Tür.

Ich habe keine Lust, noch weiter hier zu sein. Ich habe auch keine Lust, wegzugehen. Ich bleibe sitzen.

Wie sieht es mit meiner Stimmung aus?

Stabiler Tiefdruck. Leichte Brise. Vereinzelt Schneeregen.

An einem Julitag des Jahres 1981 bin ich auf dem Weg von Oslo nach Søgne, um zum allerersten Mal die nunmehr verschiedene Wigdis Hereng zu besuchen, meine angehende Schwiegermutter, die halbwegs berühmte Schauspielerin von der Nationale Scene, und ihren Mann, meinen angehenden Schwiegervater, Arnold Hereng, ein anonymer, aber steinreicher Makler, und neben mir vorne in dem alten, für diese Angelegenheit ausgeliehenen Volvo sitzt meine große Liebe Ada Hereng, das Kind der Liebe, der geplante Nachkömmling. Und schwitzt in ihrem weißen Sommerkleid mit dem lila Blümchenmuster. Es ist so heiß, dass der Asphalt auf der E18 kocht. Meine neue Liebste und ich im geliehenen Auto auf der Fahrt durch Vestfold, Sande, Holmestrand, Tønsberg, Sandefjord und Larvik, weiter, strahlende Sonne, die Fenster heruntergekurbelt, Zappas *Joe's Garage* per Kassette, laut, laut, während wir mitsingen, wir sind erst anderthalb Monate zusammen, wir haben plötzliche Überfälle, Ringkämpfe und Sex an öffentlichen Orten noch nicht satt, aber jetzt sind wir unterwegs zu einem langen Wochenende auf dem Landsitz der Familie Hereng an der Südküste, mit dem Angebot, als Mann und Frau in einem frisch renovierten Fischerhäuschen wohnen zu dürfen. Unsere Leben liegen vor uns, alle Pflichtjahre, die Schuljahre hinter uns, mein erster Novellenband, *Landminen,* ist drei Jahre zuvor erschienen, jetzt schreibe ich an dem Großen Roman, und wenn ich das nicht tue, ernähre ich mich als freier Journalist, das geht irgendwie, ich wohne in einer Zweizimmerwohnung auf Sankthanshaugen, ich esse mich satt und lasse mich volllaufen, ich gehe ins Tørteberg und ins Krølle Kro, ins Den Gamle Major und ins Valka, vor allem aber in den Club 7 in der Tiefe unter der Victoria Terrasse, wo die Chancen im Spiel der Geschlechter nicht allzu schlecht sind für einen jungen Mann, der ziemlich groß und dunkel ist, und der außerdem zwei von den Kritikern begeistert aufgenommene Novellensammlungen veröffentlicht hat. Die Mädchen sind großzügig mir gegenüber, aber Ada ist nur schwer zu erweichen, zudem hat sie eine halbe Beziehung mit einem Typen von Norsk Film draußen in Jar, die Antwort des sozialdemokratischen Norwegen auf Hollywood, für Ada ein fast mythologischer Ort, denn zu diesem Zeitpunkt will sie unbedingt zum Film, wenn auch nicht vor die Kamera wie ihre Mutter, sondern dahinter, mit Klappstuhl und Sonnenbrille und Flüstertüte.

Ist es die dominante Mutter, die sie durch diesen Traum unter ihre Regie bringen möchte?

Ich weiß es nicht.

Sicher bin ich mir nur, dass sie bisher, wann immer sie ihre Eltern erwähnt hat, »cool« oder »witzig« gesagt hat, so dass sie mir in positivem Licht erscheinen, also ganz anders als dieser stereotype Schwiegerkram, wie man ihn aus Büchern und Filmen kennt.

Wir halten bei Langangen und bauen einen Joint. Ada hat eingekauft, sie hat bessere Kontakte als ich, das merke ich, als das schwarze Hasch nun seine Wirkung tut. Ich liege im Gras, mein Gesicht ist wie ein Teil der Sonne, die hoch oben über den Baumwipfeln hängt, ich höre das Dröhnen von gewaltigen Lastzügen, LKW, die auf der Straße hinter mir vorüberdonnern.

Und später, als man nicht nur den Motor anlassen konnte und sich mit dem ganzen Auto angefreundet hat, sondern als man sogar ein Teil des Wagens geworden ist, verwachsen mit Gummireifen und Karosserie, mit Fenstern und Zierleisten, Motorblock, Tank und Keilriemen, nachdem man bis zum Kinn in diesem vorzüglichen Kunstledersitz versunken ist, der duftet und leuchtet, und wenn man spürt, wie die Füße zu beweglichen Pedalen werden, gehört einem nicht nur die Straße, sondern die ganze Welt, das Steuerrad verbirgt das Geheimnis um Fähigkeit und Willen des Menschen, sich durch den Kosmos zu manövrieren.

Nicht minder.

»Gruselst du dich?«

»Nein, ich grusele mich nicht, Ada.«

»Die sind reizend. Das wirst du bald merken.«

»Und wenn sie nicht reizend sind, sind sie sicher etwas ganz anderes. Ich will ja mit keinem von denen auf eine Weltumsegelung gehen.«

»Ich habe ihnen so viel von dir erzählt.«

»Wann sind wir da?«

»In einer Stunde. Wohlgemerkt, wenn du nicht weiterhin vierzig fährst.«

Und wahrlich! Und dabei dachte ich, es sei die Benzinuhr, die zitternd vierzig Liter anzeigte. Einen halben Tank.

Die norwegische Südküste, die sich so ungefähr von Larvik bis Kristiansand hinzieht, mit allen Sunden und Fjorden, Inseln, Schären und Landzungen, ist ein Stück Welt, das sich für Uneingeweihte einfach nicht erklären oder beschreiben lässt, das weiß ich ja, denn ich habe es versucht, und ich gehöre durchaus nicht zu den Unbeholfensten, wenn es um das Verbale geht. Denn man kann zwar anderen den Erdriss erklären, der sich durch Vestfold dahinzieht, und in Mølen endet, wo er sich ins Meer weiterstreckt, um dann den endgültigen Schlusspunkt bei der Geröllinsel Målen zu setzen, man kann die Größe der Felsen beschreiben, ihre unterschiedliche Härte und Farbe, und die Art, in der Eis und Wind sie geformt haben, aber das reicht alles nicht, ganz einfach, weil Deutsche oder Franzosen, Niederländer oder der Landsmann aus Finnmark eben nicht zwischen Mølen und Jomfruland an einem Sommerabend über den Meeresspiegel geglitten sind und gesehen haben, wie die Sonne Stein und Wald und Meer und Himmel rot färbt, während die Wellen leise an den Bug klopfen und salzige Tropfen aus dem Meer über Stirn und Haare rieseln, über deine sonnenbraunen Unterarme und über die sonnenbraunen Oberschenkel deiner Geliebten, sie für die wartende Nacht im Zelt marinieren, für das blasse Licht der Sommernacht, den Geruch von Lagerfeuer und Benzin, von gedämpften Miesmuscheln, den Schrei von Seeschwalben und Möwen, die die ganze Nacht weitermachen, mit Ausnahme einer halben Stunde genau zwischen Dämmerung und Sonnenaufgang, wenn nur das Pochen eines Dieselmotors weit draußen zu hören ist, fast verlorenes Lachen.

Weil du nicht erzählen kannst, wie es ist, von den Seevögeln geweckt zu werden, in einem Schlafsack, den du in einer übermüdeten Minute, an die du dich nicht einmal erinnern kannst, im Heidekraut ausgerollt hast, und den Wind in den Haaren zu spüren, und die jetzt schon brennende Sonne, das Geräusch der winzigen Wellen im Inneren einer Bucht, die Schneckenhäuser und trockene, rot verbrannte Krebsschalen rascheln lassen. Der Salzgeschmack (ist das ein Geschmack oder ein Geruch?) in der Nase, wenn man ins Meer springt und sich in dem Grünen versinken lässt, Geräusche wie aus einer anderen Welt. Das alles hinter einem Code, der nicht gelernt werden kann, wenn er nicht gleichzeitig mit der Kunst des Gehens und des Schwimmens vermittelt wird. Du musst an den seichten Stellen winzig kleine Sandflundern mit bloßen Händen gefangen haben, um diesen Code zu begreifen. Du musst die Herzen von Möwenjungen an deiner Handfläche gespürt haben. Du musst stundenlang auf dem Steg gelegen und auf die Tangdolden mit der zerbrochenen Miesmuschel am Ende der Angelschnur hinuntergeblickt haben. Du kannst nichts von der norwegischen Südküste verstehen, wenn du nicht weißt, wie es klingt, wenn Krebsscheren über den Boden des Plastikeimers neben dir scharren, wenn du dieses Geräusch nicht genau kennst, zusammen mit dem Ruf der Mutter, die ein Stück weiter weg am Strand liegt, deine eigene Mutter, die deinen Namen ruft, Essen kommen, zieh dein T-Shirt an, *geh jetzt nicht weiter raus!*

Geh jetzt nicht weiter raus.

Du musst wissen, wie Vaters Hände aussehen, wenn er das dicke, behaarte Ankertau aus der dunklen Tiefe heraufzieht und wenn er sich durch dicke klitschige Trauben aus sterbenden rostroten Feuerquallen hindurcharbeitet.

Das sind meine Gedanken, als der Rausch sich in mir festgesetzt hat, das weiß ich noch heute, der gute schwere Haschrausch, der mich sozusagen auf den duftenden Asphalt drückt, ich denke darüber nach, wo die Grenzen verlaufen zwischen dem, was man beschreiben, und dem, was man nicht beschreiben, was man nicht mit Hilfe der Sprache in die Vorstellungswelt eines anderen Menschen holen kann, dorthin, wo es keine Wege oder Pfade der Sprache gibt, nicht einmal Möglichkeiten, sondern das Wesen der Sprache, die Erfahrung an sich, den Kern.

Auf dem Parkplatz brennen wir noch einen Joint ab, und dann begeben wir uns den schmalen Pfad hinunter zu dem weißen Schifferhaus, von dem ich so viel gehört habe in dem halben Jahr, in dem Ada und ich eine feste Beziehung entwickelt haben, in dem wir uns von Wochenendliebschaften und One-Night-Stands entfernt haben. Ein weißes Holzhaus, errichtet von Adas Ur- oder Ururgroßvater, irgendwann im soundsovielten Jahrhundert, ich interessiere mich gerade nicht sonderlich für Geschichte, merke ich, ich sehne mich nach kaltem Bier und Weißwein mit Eiswürfeln, nach Grillfleisch und Krebsen, Krabben und Hummer. Ich habe einen solchen Hunger, wie man ihn nur haben kann, wenn man stoned ist und vier Stunden bei sengender Hitze und null Wind gefahren ist, ohne auch nur eine Wurst mit Kartoffelfladen gegessen zu haben, ohne auch nur einen Schokoriegel.

Und lass uns das endlich hinter uns bringen, denke ich, als ich mit einem kleinen, am Wegesrand gefundenen Stock auf das Gras einschlage, als ich mit dem Stock schwere Zweige mit weichen Rosen und Brombeeren hebe, ach, dieser ganze Reichtum, der mich auf allen Seiten umgibt, denn es ist nun einmal so, dass es auch für die, die dort hinten warten und deren Lachen ich nun schon höre, das erste Mal ist, dass ich, Alexander Irgens, vor sie treten werde, nachdem ich mit ihrer Tochter, Schwester, Nichte durchgebrannt bin.

Mit der Jüngsten.

Die die ganze Zeit vor mir her über den Weg läuft, hier hat sie die Sommer ihrer Kindheit verbracht, ja, alle Sommer in ihrem bisherigen Leben, hier kennt sie jeden einzelnen Stein und jede Wurzel zwischen den verwitterten Granitbuckeln. Kann sie einem fremden Einwanderer halb versteckte Hütten und Häuser zeigen, dort hat der und der gewohnt, der mit den Nervenproblemen, der sich später erschossen hat, Tante Soundso, Øyvind aus Asker, mit dem sie zum ersten Mal, siehst du den Fahnenmast? Da oben. Und der alte Kahn, so traurig fehl am Platze, an einem zugemauerten Brunnen in einem überwucherten Garten, ist nichts Geringeres als eine verlorene Wette. Verloren waren tausend Kronen, in einer Mittsommernacht, als tausend Kronen wirklich jede einzelne Krone wert waren.

Onkel Georg hat ihn nicht weiterschaffen können. Hier musste er aufgeben.

Und das alles, oder das meiste, habe ich schon gehört, ich habe gewissermaßen das Gefühl, diese Menschen zu kennen, von denen sie hier erzählt, alle Ereignisse, die sie erwähnt, aber es ist doch ganz anders, hier durch die echte Landschaft zu laufen, als nur durch meine eigenen Vorstellungen, hier sind Brunnen, Kahn, Garten, hier ist der inzwischen dunkelblaue Sommerhimmel, hier schreien die Möwen träge über sonnenwarmen Felsen und über dem insektenstrotzenden Wald.

Und einige Male bleibt sie stehen, wartet auf mich, küsst mich.

Ist es noch weit?

Nein. Es ist nicht mehr weit.

Es ist nur so, dass das hier unten der kürzeste Weg ist, der Weg, den das Meer abmisst, alles basiert auf Fracht über das Wasser, von Menschen und Waren; nur wir nehmen den alten Weg durch den Wald, wir Bootlosen, und ich nicke und schleppe mich an der großen Tasche ab, mit allem, von dem ich nicht begreifen kann, wieso wir es brauchen, aber das sie unbedingt aus Oslo mitnehmen wollte. Radio. Bücher. Brettspiele.

Alles, was man in jeder Hütte und jedem Ferienhaus findet.

Aber wir werden im Fischerhaus schlafen. Deshalb.

Plötzlich haben wir den Wald verlassen und stehen im eigentlichen Paradies; ich meine – Strandgrundstück bei Søgne, eigene Felskuppen und Felsrücken, zerzauste Rasenflächen unter den Apfelbäumen, eine Schaukel pendelt hin und her und schwebt über Timotei und Löwenzahn, und das Haus, das weiß gestrichene Schifferhaus, mit seiner schiefen Glasveranda und seinen kleinen Fensterscheiben, halb bedeckt von roten und rosa Kletterrosen, ist so schwindelerregend schön, so außerhalb der Welt, die wir als kranken Kloß im Weltraum kennen, es ist so voll von Milch und Honig, von Rosenwasser und Wein.

Aber wie Adam werde ich mich bald schämen.

Ich bin nicht prüde. Das ist nicht das Problem. Ich habe nichts dagegen, ohne Badehose zu baden, oder mich nackt zu sonnen.

Was damals vor so vielen Jahren da unten in Søgne passiert ist, war eher, dass mir abrupt und ohne Vorwarnung ein Code aufgezwungen wurde, der allen anderen vertraut war. Wir kommen aus dem Wald hinter dem Haus, und sehen, dass die Türen von Diele und Küche offen stehen. Ein abgebeizter Tisch, eine Bank. Von der anderen Seite des Hauses her hören wir Lachen und Stimmen.

»Mama? Papa?

Ada rennt ins Haus und ist plötzlich verschwunden. Jetzt ist es sehr wohl möglich, das mich die beiden Joints vor der Steintreppe zögern lassen, genauer gesagt, Hasch und gute Erziehung, aber ich bringe es einfach nicht über mich, so einfach dieses fremde Haus zu betreten. Es liegt daran, dass Ada jetzt diesen kleinen Vorsprung hat. Dass ich allein durch ein Haus gehen muss, dessen Besitzer ich nicht kenne. Ihre Möbel und Ziergegenstände betrachten. Das hat etwas Verbotenes und Intimes, vor dem ich zurückweiche. Ich höre zudem alles, was draußen auf der anderen Seite vor sich geht, wo sich Steg und vermutlich auch Grill befinden müssen, deshalb gleite ich zur Seite und in das kühle Gras; ich stelle die Tasche ab und gehe unter den Zweigen der Apfelbäume weiter, wo die kleinen grünen Früchte unter dem Himmel hängen, und um das Haus herum.

Wo sich die gesamte Familie Hereng um Ada versammelt hat.

Splitternackt. Im Adams- und Evaskostüm, wie man sagt. Nur Schuhe und Sandalen.

Wieder und wieder werde ich mich fragen, wie weit das Hasch eine Rolle spielt. Dass es meine natürliche Höflichkeit verstärkt hat, liegt auf der Hand. Es lässt mich bei der Tür innehalten. Aber jetzt frage ich mich: Bist du auch stehen geblieben? Auf dem Weg um das Haus? Bist du unter den Obstbäumen stehen geblieben, für, sagen wir, eine oder zwei Minuten?

Ich frage mich, weil auch Ada nackt ist. Keine Spur von Kleid oder Unterwäsche.

Was ist es an diesem vollkommen unschuldigen Bild einer Gruppe unbekleideter Menschen, das mich an diesem Sommernachmittag so stört und quält? Codes? Ich habe schließlich meine eigenen.

Nein. So einfach ist es nicht.

Aber was ist es dann?

Von dem Moment an, als ich um die Hausecke biege und sie mich sehen und ich sie – gehöre ich ihnen. Zugleich, im selben Augenblick, gebe ich jegliche Hoffnung auf, dass sie irgendwann mir gehören können. Oder zu mir. Meine Familie.

Es ist einfach krankhaft. Es wirkt so total übertrieben, dass ich das gedacht habe, jetzt, viele Jahre später. Denn natürlich war ich an jenem Nachmittag in ihren Konventionen und Gewohnheiten gefangen. Es wäre nicht anders gewesen, wenn sie Kniebundhosen, Anorak und Bergstiefel getragen hätten, die ganze Bande. Ich komme von außen. Ich bin der Einzige. So ist die Regel nun einmal. So war es dann auch für Ada, als sie einige Zeit später meiner Familie vorgestellt wurde. Hatte ich das Gefühl, von Ada im Stich gelassen worden zu sein? Fand ich, sie hätte mir auf der langen Fahrt an die Südküste doch etwas über die FKK-Neigungen ihrer Familie erzählen können? Vielleicht. Aber sie musste ja davon ausgehen, dass ich ihr folgen würde, so wie ich ihr die ganze Zeit gefolgt war, seit wir oben an der Wendestelle den Wagen abgestellt hatten. Und wenn ich das getan hätte, hätte ich ja gesehen, wie sie sich auszog, das Kleid über den Kopf, die Unterhose mit einem Tritt unter den Tisch befördert. So, wie es in dieser Familie nun einmal üblich war, wenn man die langen Tage im Büro oder die endlosen Reihen von Proben bei der Nationale Scene hinter sich ließ und ins Sommerland eintrat. Zusammen mit Kindern und Kindeskindern, Schwiegersöhnen und Schwiegertöchtern.

Es ging um Macht, natürlich. Und um Ohnmacht. Ich

kannte dieses Problem. Diese namenlose Spannung. Ich hatte sie ja selbst beschrieben, wenn auch in anderen Zusammenhängen.

Da stand ich verhüllt allen gegenüber, die nichts zu verbergen hatten. Und das Schlimmste war, dass nicht sie – die Herren und Herrinnen der Lage – dafür gesorgt hatten, dass sich eben diese Lage ergeben hatte. Das hatte ich verursacht, durch meine höfliche Vorsicht. Weil ich mich, stoned und korrekt, entschieden hatte, nicht gleich ins Wohnzimmer zu stürzen, sondern um das Haus herumgegangen war, um meiner neuen Schwiegerfamilie auf wenigstens einigermaßen neutralem Boden begegnen zu können.

Nein. Das war nicht das Schlimmste. Das Schlimmste war, dass ich an dieser Situation nichts ändern konnte. Ich konnte sie nicht korrigieren. Eins war, dass es seltsam wirken würde, ja, geradezu lächerlich, mir jetzt die Kleider vom Leibe zu reißen, als sie alle mir herzlich auf die Schulter klopften, meine Hände hatten von einer Sekunde zur anderen alle mehr als genug damit zu tun, anderen Händen zu begegnen. Den Händen des Vaters, den Händen der Mutter, denen von Onkel Georg und Tante Asta. Meine Hände hatten keine Zeit, mich auszuziehen.

Aber später? Als die lärmende Aufmerksamkeit langsam ausfranste, und triviale Tätigkeiten, wie Grillen, Holen von Tassen und Tiegeln, Spiel und Gespräche den Alltag wieder an die Oberfläche zogen?

Nein. Auch da ging es nicht. Und der Grund war Trude.

Habe ich gesagt, alle seien nackt gewesen? Das waren sie nicht. Da standen sie, wie der Vorstand des örtlichen FKK-Vereins. Die Mutter, die ich früher schon als Hedda Gabler und Fräulein Julie gesehen hatte. Jetzt mit festen, ein wenig schiefen Brüsten, die Warzen schienen mich anzustarren. Zwischen den sommerbraunen Oberschenkeln: ein wildwachsendes kongolesisches Gebüsch. Und der Vater. Der Finanzjongleur, den ich schon oft auf den Wirtschaftsseiten der Zeitungen gesehen hatte, immer in der üblichen Uniform, dunkler Anzug und Krawatte. Jetzt soeben aus der Savanne gekommen, nach zweitausend Jahren auf allen vieren in der sonnenfleckigen Dunkelheit des Dschungels. Mit einer riesigen Banane unter der straffen Bauchhaut. Und die anderen. Adas Geschwister. Deren Ehepartner. Onkel Georg und Tante Asta. Alle mit ihren Persönlichkeiten und Eigenheiten, wie sie eben ans Licht treten, wenn wir die Kleider fallen lassen. Die Kinder: nackte Kinder. Sie waren nicht nackt, sie waren Kinder.

Aber Trude, Adas Nichte, war dabei, erwachsen zu werden. Sie war in jenem Sommer dreizehn, wie ich später erfuhr. Und weil die Scham soeben in dieses Höllenparadies getreten war, in dem man sich mit dreizehn eben aufhält, trug sie ein winziges Bikinihöschen, als sie mich unter dem Arm ihrer Mutter hindurch ansah.

Ich konnte mich vor ihr nicht ausziehen.

Warum denke ich jetzt daran, so viele Jahre später, als ich an dem riesigen Küchentisch auf Him in Gudbrandsdalen sitze, hoch oberhalb von Vågå? Weil ich hier genau dasselbe Gefühl der Ohnmacht verspüre. Eingeschlossen in die Freundlichkeit anderer Menschen und zugleich in etwas zutiefst Peinlichem gefangen.

Was kann es Gøril gekostet haben, mir ihre Meinung zu sagen? Wo sie doch sonst niemals laut wird? Viel. Aber sie ist Adas Sprachrohr.

Hat Ada damals etwas gemerkt? Oh ja. Sie muss wie alle anderen gesehen haben, wie ich ins Gras sank. Oh, großer Gott! Ihr Vater und Onkel Georg, die sich zum Spaß rauften und gegenseitig zu Boden rangen, mit weißen Hinterbacken und schwarzen Haarmatten auf dem Rücken. Sich gezwungen zu fühlen, Federball zu spielen, mit Tante Astas Giraffenkörper, und ich noch immer vollständig angezogen.

Und das Essen. Die Mahlzeit. Krebse, Muscheln, Krabben und Weißbrot. Mayonnaise und Gewürzgurken, Bier und Schnaps und kühler Weißwein.

Alle auf Handtüchern sitzend (die sie sonst zusammengerollt über der rechten Schulter trugen).

Nur nicht Trude und ich. Die Dreizehnjährige und ich.

Da ist sie wieder. Gørils und Kjartans kleine Tochter. Ich ahne sie im Halbdunkel hinter mir. Keine Schritte. Nur ganz winzige Geräusche. Wir spielen, dass ich nicht weiß, dass sie da ist. Ich sitze ganz still da und trinke den lauwarmen Kaffee.

In jener Nacht unten in Søgne habe ich Ada geschlagen. Es heißt über schlagende Männer: Wenn sie es einmal tun, dann tun sie es wieder. Aber bei mir blieb es bei diesem einen Mal. Es war eine schöne Nacht. Der Tisch war auf den steinernen Steg hinausgebracht worden. Das war praktisch. Krabbenschalen und leere Krebsschalen wurden einfach ins Meer geworfen. Arnold hatte eigenhändig eine Feuerstätte gemauert. Es war ein schönes Stück Arbeit, mit Platz für ein großes Feuer. Er schwelgte in wohlverdientem Eigenlob, er wurde nicht peinlich, wie es oft Akademikern und anderen Theoretikern passiert, wenn sie an ihr Vorhandensein in der Welt des Physischen erinnern. Er hatte auch nicht diese herablassende Haltung dem jungen Literaten gegenüber, die ich in jenen ersten Jahren oft von Leuten wie ihm zu spüren bekam. (Ach ja. Ein Buch. Großartig. Aber wann sollte dieses Spiel ein Ende haben, wann der Ernst beginnen?) So war er nicht. Logisch, das schon. Er lebte trotz allem mit Wigdis, geborener Lundqvist zusammen. Die sogar seinen Namen angenommen hatte, noch dazu, als ihre Karriere schon abgehoben hatte. Ich dachte, er konnte ja kein totaler Idiot sein, trotz dieser (wie ich es sah) etwas kindischen Finanztransaktionen. Jonglieren mit Zahlen. Häusern und Hotels.

Überhaupt löste sich dieses Peinliche, ein wenig Angestrengte zu fast nichts auf, als Essen und Schnäpse sich in Magen und Gehirn niederlassen konnten. Als Dunkelheit und Mücken kamen, zogen sie sich zudem wieder an. Sie waren absolut in Ordnung. Auch wenn man jung ist, ist es schwierig, sich auf Dauer gekränkt zu fühlen, wenn die Sommernacht sich über Felsen und Schären senkt; dieser milchweiße Schleier, der nach vergangenem Tag duftet, nach Meer und Benzin und feuchtem Gras. Trotz der Distanz, die ich aufgrund ihrer Nacktheit empfunden hatte, und trotz meiner (wie ich es nun sah) etwas komischen Kleidung fühlte ich mich schließlich wie einer von ihnen. Das lag natürlich an Rausch und Nacht. Aber nicht alle Gefühle und Erkenntnisse, die dem Rausch entspringen, sind falsch. Das war mir schon klar. Ich war unter Freunden. Ich war willkommen. Auch wenn ich noch keiner von ihnen war. Denn damit alles seinen natürlichen Gang geht und die Erbmasse nicht degeneriert, muss sich ein Fremder aus der Dunkelheit lösen und am Lagerfeuer niederlassen. Da soll er sitzen und die Sprache lernen. Den Umgangston. Er muss Gottheiten und Mythologie des Stammes kennenlernen. Er muss lernen, an den richtigen Stellen zu lachen und zu weinen. (Der Krieg. Onkel Svends Flucht nach Schweden. Der Verrat. Die Liquidierung ganz kurz vor der Grenze. Die alte Tante Margrethe, die sich noch mit zweiundneunzig für eine Jungfrau hielt. Und das Unvermeidliche: Die Peinlichkeiten meiner Auserwählten als Kind. Die Kacke im Holzschuh. Mit den darauf folgenden halbherzigen Protesten: »Aber Mama!«) Beim nächsten Mal, bei der nächsten Zusammenkunft, würde ich mit Schlüsseln antreten.

Und früher oder später nickt das alte Alphamännchen dem Neuankömmling fast unmerklich zu. Oder sorgt dafür, dass sich die beiden zufällig an einer der heiligen Stätten des Reviers treffen, zum Beispiel in der blau gestrichenen Küche. Der alte Silberrücken öffnet eine weitere Flasche Rotwein, als der Jüngling nach einem Besuch des Plumpsklos hinter der Scheune vorüberkommt. Die Geräusche der anderen dort draußen. Das Lachen. Eine Kogge, die mit schwerem Dieselpochen durch den Sund zieht.

»Setz dich! Hier! Ein Glas!«

Der Rotwein, der überschwappt. (Ach, alle diese abgebeizten Holztische!)

Wir stoßen an.

Seine gewaltigen Augenbrauen sehe ich erst jetzt im Lampenlicht. Die offenen Poren in seiner Nase. Des Mannes, der mein Schwiegervater werden soll. Des Mannes mit der Pornobanane.

»Gar nicht so leicht, den Klischees zu entgehen, was?«

»Das ist fast unmöglich«, sage ich.

»Ja, du bist ja hier der Dichter unter uns.«

Ich denke: Ab und zu *sind* wir die Klischees. Sage es nicht.

»Alle Familien sind ein bisschen verrückt. Ich meine, wenn du hier bleiben willst. Wir brauchen ja noch nicht gleich über die Tischordnung bei der Hochzeit zu reden, oder?«

»Wenn es nach mir geht, können wir uns diese Diskussion auf ewig ersparen«, sage ich.

Das gefällt ihm. Pferdezähne. Goldplomben, wie sich das für einen Geldmann gehört.

»Ich frage mich übrigens, ob ich wohl mal deinem Vater begegnet bin. Arzt, wenn ich das richtig verstanden habe? Irgens ist ja kein so häufiger Name. Jedenfalls nicht hier in Norwegen. Holzboot. Ist das ein Stichwort?«

»Er hatte ein Colin Archer. Musste sich aber davon trennen. Hatte keine Zeit. Das ist ein Thema, über das in meiner Familie nicht gesprochen wird.«

»Schon klar. Aber dann war er es. Vor ein paar Jahren in Arendal.«

Vor *vielen* Jahren. Es muss in einer der Nächte gewesen sein, wenn meine Mutter und Emma und ich unter Deck schliefen und mein Vater seine Runde durch die Hafenkneipen drehte.

Das sage ich nicht. Ich sage, dass er es wohl war.

Er geht nicht auf meine Beziehung zu Ada ein. Nicht der Scheiß, dass ich es mit ihm zu tun kriege, wenn ich sie nicht anständig behandele. Ich denke, dass wohl einer der Onkel das anbringen wird. In der Hochzeitsrede.

Habe ich zu diesem Zeitpunkt überhaupt schon daran gedacht, Ada zu heiraten?

Nein.

Gegen drei Uhr begeben sich alle zur Ruhe. Eltern und Geschwister mit Kindern und Ehepartnern, im Haus. Onkel Georg und Tante Asta helfen sich gegenseitig über den Weg durch den windgebeutelten Kiefernwald, sie haben nicht weit entfernt eine Hütte gemietet.

Im Bootsschuppen schläft Ada sofort in dem alten Bauernbett ein, von dem Arnold behauptet, es sei vor vielen

Jahren in einem Herbststurm hier an Land geschwemmt worden. Ich liege wach da und schaue aus dem Fenster, wo der Tag immer deutlicher wird. Die Möwen sind schon längst mit ihren Überlebenskünsten am Werk. Ihre heiseren Schreie berichten von einer tiefen Einsamkeit. Die damit zusammenhängt, ganz allein auf der Welt zu sein. Und im Leben. Damit, dass alles Leben an sich allein ist.

Ich kann nicht schlafen. Ich stehe auf und ziehe mich an. Koche mir auf dem kleinen Herd einen Kaffee und gehe mit der Tasse nach draußen. Es ist schön, barfuß über den Strand zu gehen und mir die Wellen über die Füße spülen zu lassen. Kalt. Erfrischend. Das Meer, das sich über das Land hinstreckt. Sich zurückzieht. Der ewige Pulsschlag des Erdballs.

Ich setze mich an den Rand der Odde. Noch keine Boote zu sehen. Nur das Meer und die über den Himmel segelnden Möwen.

Dann sehe ich die Sonne wie eine feuerrote Kruste über dem Horizont. Langsam steigend. Ganz automatisch schiebe ich die Hand in die Jackentasche, suche die Maispfeife und die Filmdose mit dem Hasch.

Ich baue gerade den Joint, als ich hinter mir Schritte höre.

Es ist Trude. Meine Verbündete, was Konfektion und Anspannung angeht. Jetzt trägt sie einen riesigen grauen Strickpullover, Isländer, dann hat man ein klares Bild, Strickpullover kann alles Mögliche sein, der ihr fast bis an die Knie reicht. Lange, ungeschickte Beine. Der Wind weht ihr das weizenblonde Haar ums Gesicht. Das noch unfertig ist, sie ist ja noch ein halbes Kind. Die Frau aber wartet gleich unter der Haut.

Wir haben nicht miteinander geredet. Aber ich habe gesehen, dass sie von der Sorte ist, die alles sieht und alles registriert. Ihre ernsten Augen sind überall. Selbst, wenn der Mund lacht.

Diese Situation ist ein bisschen unangenehm. Aber nur ein bisschen. Ich baue den Joint und sehe, dass sie weiß, was ich da tue. Die Maispfeife liegt neben mir auf dem Felsen. Ich könnte mich auch zum Idioten machen, ich könnte das Hasch wegwischen und die Tabakflocken abschütteln. Die

Pfeife mit Tiedemanns Gul füllen und tun, als sei nichts gewesen.

Aber also: Nur als Idiot. Das hier ist ihr nicht neu.

Sie setzt sich. Zieht unter dem weiten Pullover die Knie bis ans Kinn.

Ich denke, dass eine Art Vertraulichkeit darin liegt, dass wir nichts sagen, als sie kommt. Ich denke, dass es eine Vertraulichkeit ist, die zwischen uns entstanden ist, weil ich sie früher an diesem Abend nicht nackt gesehen habe.

Die Sonne geht auf. Jetzt ist sie schon eine halbe Apfelsine.

Ich zünde die Pfeife an und fasse sie mit Chillumgriff. Und als Trude auch ziehen möchte, lasse ich sie den fetten Rauch trinken, der zwischen meinen Daumen hervorquillt.

Ihre weichen Lippen an meinen Fingern. War das die Zungenspitze ...

Und die Sonne ist unser Gott, unser einziger wirklicher Gott, denn sie wird sterben, während sie noch immer eine von uns ist, nur eben lebensspendend, erhöht, strahlend. Und die Wärme erreicht uns, als die ganze Landschaft, Bojen und Schären, Meer und Himmel rosa gefärbt werden, und die Möwen und der Strand werden rosa, die Schatten in den Felsspalten und Senken werden plötzlich tiefer, und eiia, eiia, eiia, schreien die Seelen der toten Seeleute, inkarniert in Fleisch und Blut und Federn, sie flattern über einem Heringsschwarm, der sich in einem glitzernden Nahrungsgewimmel an die Wasseroberfläche presst, und nun antwortet Trude ihnen in ihrer eigenen Sprache, eiia, eiia, eiia, während sie abwechselnd weint und lacht, eine plötzliche Verrücktheit stolpert über ihre Lippen, die ich unter meinen eigenen Daumen gespürt habe, die erst vor wenigen Minuten die Höhle mit dem Rauch von den afghanischen Gebirgshängen umschlossen haben.

Ich kann sie nicht daran hindern. Ich lege den Arm um sie, drücke sie an mich, aber sie reißt sich los und schaut mich mit einem fremden und beunruhigenden Blick an.

Dann läuft sie über die flachen Felsen, und ich hinterher, wie ein seltsamer Schatten. Einen Augenblick lang sehe ich uns von oben mit Möwenaugen, eine beängstigende Sekunde. Sie. Die von mir fortläuft. Durch und durch hysterisch. Ich. Warte! Halt!

Sie bleibt nicht stehen, doch oben im Apfelgarten kann ich sie dann einholen. Drücke sie an mich. Aber, aber. Streichele ihren Rücken. Die vom Salz durchsetzten Haare.

Dann sehe ich Ada im Nachthemd auf dem Stein vor dem Bootshaus stehen.

Und später, als sie Gericht über mich halten will, schlage ich sie. Eine brennende Ohrfeige, die sie rückwärts durch den Raum taumeln lässt.

Wieder dieser fremde Blick. Verwunderung und Angst.

Zwei Wesen, die mir in einigen wenigen Minuten zu nahe gekommen sind.

Dann füllt sich die ganze Welt mit Rufen und Wimmern, mit Trost und dem Flehen um Vergebung.

Die Sonne hat sich vom Horizont losgerissen.

6

Gesehen und gehört

Warum denke ich jetzt an dieses Geschehnis an der Südküste, so viele Jahre später? Weil die Ereignisse der letzten Tage im Archiv der Schande Staub aufgewirbelt haben.

Draußen auf der Steinplatte bleibe ich stehen und trinke die kalte Bergluft. Das hilft. Etwas Unangenehmes verfliegt. Ich bin satt und bei Wohlbefinden, ausgeruht nach zwei Tagen ohne Alkohol. Stehe hier wie ein Märchenkönig unter den verwitterten Windbrettern, und es geht mir wirklich gar nicht so schlecht. Und wahrlich, dort unten steht die schwarze Prinzessin und unterhält sich über den Zaun hinweg mit dem Grindkopf.

Doch als ich sehe, in welcher Gestalt er diesmal auftritt, kommen mir Bedenken.

Habe ich vergessen, mein Telefon einzuschalten, oder wollte ich das nicht? Aber das kann ja auch egal sein.

Jetzt schalte ich es ein.

Neunundvierzig entgangene Anrufe. Siebenundsechzig SMS.

Ich schalte es wieder aus.

Jonas Berg-Myhre ruft meinen Namen. Fuchtelt mit der Pranke.

Kjartan sagt: »Ich habe gesagt, dass ich ihm nicht verbieten kann, draußen auf der Straße zu stehen.«

»Ist er schon lange hier?«

»Nein. Eine halbe Stunde. Ich wollte dich erst in Ruhe essen lassen.«

»Danke. Ich nehme ihn mit. Kannst du die Rechnung fertig machen?«

»Das ist schon erledigt.« Jonas lungert noch immer rauchend am Zaun herum. Der Wagen, ein grauer Toyota Land Cruiser, steht schräg auf der anderen Straßenseite. Aus irgendeinem Grund weiß ich noch, dass er damals vor dem Flughafen von Ålesund einen schwarzen Mercedes vorzeigen konnte. 1986. Auf der schrecklichen Fahrt nach Såvik.

Ich trage den Koffer nach unten und öffne den Kofferraum. Der faulige Gestank der toten Krickente schlägt mir entgegen. Er fotografiert mich von der Straße aus. Ich knalle den Kofferraumdeckel zu. Werfe den Koffer auf den Rücksitz. Stapfe durch das feuchte Gras. »Kannst du nicht ein bisschen warten?«

»Warum denn? Bist du nicht hier?«

»Doch. Es kommt vor, dass ich hier versuche, wieder zu Atem zu kommen.«

»Dagegen ist doch nichts einzuwenden. Aber ich hätte dich gern im Tal. In ländlicher Umgebung.«

»Das ist kein Problem. Fahr ins Dorf runter. In dem großen braunen Haus am Fluss gibt es ein Café. Da machen wir das dann.«

»Du haust nicht ab? So kindisch bist du nicht?«

»Ich kann vor dir herfahren. Soll ich?«

Er steigt ins Auto. Schaut aus dem offenen Seitenfenster. »Fünf Minuten.«

Ich steige auch ein. Setze vorsichtig auf die Straße zurück. Winke den beiden kleinen Wichten zu, die jetzt vor der Scheune stehen. Die große Schwester mit dem Kater unter dem Arm. Sie winken nicht zurück.

Bei *Arbeiderbladet* sollte 1986 gespart werden. In Ålesund sollte ich von einem lokalen Journalisten ein Auto leihen, einem Freund des Redakteurs.

Das klappte nicht. Ich weiß nicht, warum. Nur, dass kein Auto dastand, als ich ankam. Zusammen mit Jonas Berg-Myhre, vor dem ich im Flugzeug von Oslo her gesessen hatte. Wir wussten voneinander. Wir standen auf Grüßfuß. Wir arbeiteten beide bei einer Osloer Zeitung. Wir sollten nach Såvik und über eine Schweinerei schreiben.

Das war, ehe *Dagbladet* das Messer an die Kehle gehalten wurde, deshalb mietete Jonas einen schwarzen Mercedes und ich fuhr mit.

Jetzt fahren wir den Hang hinunter zum Ortskern von Vågå. Er vorweg, ich hinterher. Ob er wohl auch an Såvik denkt und daran, wie uns unsere Erlebnisse dort aneinanderbanden? Natürlich tut er das. Wir waren so jung. Wir hatten noch nie die Grauzone betreten, die sich wie ein kalter Korridor zwischen Welt und Hölle entlangzieht. Und den ersten Ausflug dorthin vergisst man nie.

Wir halten unterhalb des Hauses. Er kommt mit der Kamera über der Schulter über den Parkplatz.

»Warum gehst du nicht ans Telefon, Alex? Nett, dich zu sehen, übrigens.«

»Wir gehen rein«, sage ich.

Cool?

Wir bekommen Filterkaffee und jeder einen in Plastikfolie gewickelten Kuchenfladen.

Er lässt seinen auf dem Teller liegen. Schiebt sich lieber einen Priem unter die Oberlippe. Bietet an. Ich nehme mir auch einen. Harsch. Salzig. »Du hast doch keine schlechten Erfahrungen mit uns?«

»Mit *Se og Hør*? Nein.«

Er nickt. »Die kriegst du auch nicht. Kommt dein Buch nicht diese Woche? Der neue Hammer?«

»Ja. Am Freitag.«

»Das hier wird dir nicht schaden. Ich fühle mich fast versucht zu sagen, im Gegenteil. Ich gehe davon aus, dass du verstehst, was ich meine?«

Ich verstehe, was er meint.

»Die Frage ist nur, wie sollen wir sie nennen.«

»Wen?«

»Vilde. Vilde Breivik. Freundin wäre irgendwie ein bisschen zu ... Oder Bekannte ... Aber hör mal, lass uns doch mit dem Anfang beginnen. Du hast doch Zeit? Du willst mit mir reden, nicht wahr? Sonst war noch niemand hier? *Dagbladet, VG*?«

»Nein. Niemand. Hab ich eine Wahl?«

»Eigentlich nicht. Es ist ja schon längst bekannt, warum dann nicht deine Sicht der Dinge bei uns erzählen? Wir haben Platz. Wir sind alte Kollegen. Und überhaupt. Du hattest Probleme mit dem Herzen, wie ich höre. Kann ich das schreiben?«

»Ich hatte früher in diesem Herbst einen Infarkt. Alles ist gutgegangen, wie du siehst. Es gibt also nicht so wahnsinnig viel zu ...«

»Wo ist das denn passiert, Alex? Zu Hause am Schreibtisch?«

»In Paris.«

»Paris ist gut. Hast du da irgendwas Besonderes gemacht?«

»Ein Essen mit meinem französischen Verlag. Sie haben alle Hammer-Bücher gekauft.«

»Das ist doch hervorragend. Auch das neue? Das noch nicht erschienene?«

»Das auch. Alle sechs.«

»Gute Zahlen fürs Konto, vielleicht?«

»Das geht euch nichts an. Ehrlich gesagt.«

»Keine Millionen?«

»Nein.«

»Aber jetzt erzähl schon. Wo ist das also passiert? War Ada übrigens dabei?«

»Es war beim Essen. Nein, Ada war nicht dabei, aber mehrere von CappelenDamm. Und mein französischer Übersetzer.«

»Festmahl, das ist super. Französischer Übersetzer auch. Nein, danke, den Namen brauch ich nicht. Krankenhaus? Lalü-Lala?«

»Ja. Die volle Runde. Aber ich konnte noch am selben Abend wieder gehen.«

»Okay.« Er zieht einen Strich quer über seinen Block und legt ihn weg. Nagt an seinem Bleistift, während er den Fladen aus der Folie pult. Legt den Bleistift weg. Trinkt einen Schluck Kaffee. »Ich weiß ja nicht, ob die den Infarkt wollen, aber es ist doch besser, wenn ich den sicherheitshalber dazunehme. Aber du? Sollten Herzpatienten nicht ein bisschen ruhiger leben? Warum warst du eigentlich in Lillehammer?«

»Hör doch auf! Oder willst du mir erzählen, dass du nicht mit Olav Ramnes gesprochen hast?«

»Nicht doch. Ich habe nicht vor, dir das zu erzählen. Natürlich habe ich mit Olav gesprochen. Das war so eine Art Kriminalstück, oder? Oder sollten wir lieber sagen, Spiel?«

»Wie du willst.«

Ich erzähle ihm von dem Gourmetessen und den Libris-Mädels.

Er lacht wiehernd. »Fesch! Alexander der Große mit dem vollen Dutzend! Und die dreizehnte Fee auf dem Dach vom Mølla, was? Du, mal so ganz unter uns: Ada weiß doch, dass du durch die Gegend vögelst?«

»Hör mal, Jonas. Vilde ist eine Freundin. Mehr nicht. Wenn du aber furchtbare Lust hast, dann schreib, dass ich mit einer Geliebten in Lillehammer war. Mir ist das doch total egal.«

»Aber, aber. Jetzt reg dich mal ab. Ich brauche meinen Lesern nicht beizubringen, wie man zwei und zwei zusammenzählt. Himmel, du glaubst doch wohl nicht, dass wir noch immer mit Wörtern wie ›Geliebte‹ operieren? Glaubst du das? Belassen wir es dabei. Freundin. Freundin ist gut.

So sagen wir das. Und einer von Norwegens einwandfrei meistverkauften Krimiautoren wird nur eine Woche, ehe sein neues Buch in den Laden kommt, in eine saftige Schlägerei verwickelt. Das ist erfrischend. Verdammt, es ist ja ganz schön lange her, dass Jon Michelet in Hochform war.«

»Ich habe mich dazwischengeworfen, um zu verhindern, dass die Lage ganz außer Kontrolle geriet.«

»Ja, das passiert wohl ab und zu? Dass deine Freundin außer Kontrolle gerät?«

»Das ist noch nie passiert«, sage ich. »Aber sie hat ein hitziges Temperament. Und sie ist bärenstark.«

»Bildhauerin, ja?«

»Hast du auch mit ihr gesprochen?«

»Nein. Ich konnte sie nicht erreichen. Sie ist nicht zu Hause. Sie geht nicht ans Telefon.«

Ich schalte mein eigenes ein. Überprüfe die Nummern. Sie hat sich nicht gemeldet.

»Was ist eigentlich passiert, Alexander? Da oben auf dem Dach des Mølla?«

Das erzähle ich ihm.

»Verdammt nervig. Den Typ kenn ich. Das kannst du mir glauben. Das Problem ist bloß, dass ...«

»Es gibt kein Problem, Jonas!«

»Doch, tut es. Das Problem ist, dass Vidar Kaasa ein ganz normaler Mann ist, der jedes deiner Bücher kauft und liest, sowie es erschienen ist. Ein Normaler Mann. Merk dir diese drei Wörter, Alex! Er ist ein ganz normaler Mann, der ein bisschen zu tief ins Glas geschaut hat. Und dann entdeckt er keinen Geringeren als Alexander Irgens, in einer Bar in dem miesen Kaff, aus dem er kommt. Was glaubst du, was alle anderen normalen Männer und Mädels darüber denken? Glaubst du, denen fällt es schwer zu verstehen, dass Vidar Kaasa sich kurz hinsetzt, um dir Komplimente zu machen? Vielleicht um ein Autogramm auf einem Zettel zu bitten, den er später in eins der Bücher zu Hause in seinem Regal kleben kann? Oder glaubst du vielleicht, dass sie es doch seltsam finden, dass du und deine Bekannte ihn einmal quer durch die Raucherzone kicken? Weil er sich im Suff danebenbenommen hat, etwas, womit normale Leute sich sehr gut identifizieren können?«

»Jonas! Ich bin dazwischengegangen. Ich habe der Sache ein Ende gesetzt.«

»Ja, ich höre, dass du das sagst. Aber die, die dabei waren, sagen etwas anderes. Sie sagen, dass du nicht schlimmer und nicht besser warst als sie. Na gut. Er hat dich nicht angezeigt. Nur sie. Aber das bedeutet nicht, dass die Polizei nicht wegen der Zeugenaussagen Anklage gegen dich erheben wird.«

»Und wer sind diese Zeugen?«

»Olav Ramnes und die Libris-Damen. Unter anderem. In der Bar arbeiten ja auch Leute.«

»Das ist doch total absurd!«

»Du bist ausgerastet, Alex! Ich war vorhin noch da unten und bin in deinen Fußstapfen gewandelt.«

Und ich sitze ganz still da und habe das Gefühl, ebenfalls in meinen Fußstapfen zu wandeln. Ich sehe für einen Moment Jonas und mich bei diesem entsetzlichen Auftrag am offenen Meer bei Ålesund, damals 1986, ich war ganz frisch als Kriminalreporter bei *Arbeiderbladet*, welche Erfahrungen Jonas zu diesem Zeitpunkt hatte, weiß ich nicht, nur, dass ich selbst meine Schriftstellerpläne an den Nagel gehängt hatte, um von nun an die Wirklichkeit zu beschreiben, zumindest einen Schatten davon, in einer der größten Zeitungen Norwegens. Ich verfügte über breite journalistische Erfahrung, aber nicht aus diesen verschlossenen Kammern im menschlichen Gemüt, zu denen wir jetzt unterwegs waren, der Gewalttätigkeit, die sich nicht erklären oder verstehen ließ, dem Blut, das nicht aus Schlägereien im Suff, Arbeitsunfällen oder anderem Missgeschick stammt, sondern das eine Folge eiskalter Berechnung, Wahnsinn, oder einer so tiefen Trauer ist, dass sie unmöglich gemessen werden kann. Hätte ich diese fast übertriebene Aufnahmefähigkeit für diese Themen besessen, wenn ich nicht gerade von der sprachlichen Feinarbeit gekommen wäre, die Romane und vor allem Novellen erheischen? Wenn ich aus irgendeiner anderen Abteilung im Haus zur Kriminalberichterstattung übergewechselt wäre? Nein. Da bin ich sicher. Ich besaß den notwendigen Zynismus, wie alle anderen. Ich hätte den Übergang ohne Probleme geschafft. Nie war ich bisher auf die Idee gekommen, dass es der Aufenthalt in der Belletristik für mich so schwierig gemacht hatte, als ich zurückkam und in der Kriminalabteilung landete, und dass ich mich deshalb nach zwei Jahren fortbewarb.

Und weiter. Was hatte mich dann zu dem Teil der Belletristik weiterwandern lassen, in dem diese verschlossenen Kammern wieder und wieder geöffnet wurden, einfach wegen der Spannung? Zur Unterhaltung? Zum Spaß?

»Alexander? Kannst du dich an gar nichts erinnern?«

Ich gebe mir Mühe. »Nein.«

Wir starren in den Kaffeesatz. Ein Mann geht durch das Lokal und hinaus. Das Geräusch der Tür, die sich automatisch hinter ihm schließt.

Und das Ticken des Sekundenzeigers einer großen Wanduhr. Geräusche, die mich zurück nach Såvik holen, zu allem, was dort vor fast einem halben Jahrhundert geschehen ist. Jonas Berg-Myhre und ich selbst sitzen auf einem harten Schlafsofa aus den sechziger Jahren, Teakplatten in den Armlehnen, wir sitzen ganz auf der Kante, und hinter uns liegt eine ganze Lawine aus bestickten Kissen in allen möglichen Scheißfarben, solche Kissen, die knistern, wenn man sich daranlehnt, weil die Füllung in Plastik gewickelt ist, deshalb sitzen wir ganz am Rand, wir können dieses Knistern nicht ertragen, und vor uns auf dem Teaktisch stehen unsere unberührten Kaffeetassen mit dem dünnen Kochkaffee, und ein Teller mit trockenem Teegebäck, das wir auch nicht wollen, das wir nicht anzurühren wagen, und dieses ganze Wohnzimmer ist vollgestellt mit Familienfotos in Glas und Rahmen; sie stehen in Reih und Glied oben auf dem Fernseher, auf der Fensterbank und auf Tischchen im Dschungel aus bestickten Läufern, riesige Ladungen von verblichenen Fotos, aufgenommen mit Instamatic und Blitzwürfeln, rote Augen hinter geputztem Glas, Mutter und Vater und Onkel und Tante, Großvater und Karsten, und die eher professionellen, die beim Fotografen in der Stadt gemacht und die deshalb zu größerem Format aufgeblasen und an die Wand gehängt worden sind, an hässliche silberne und blaue Tapeten genagelt. Der Konfirmand auf einem Stuhl mit der Bibel auf dem Schoß, gewandet in einen weißen Kasel, mit geduldigem Blick nach links, wo der Fotograf in der Stadt einen Lichtstreifen hereingelassen hat, einen goldenen Strahl, einen Gruß von Jesus, so wie der Erlöser es oft bei einfachen Menschen und Mühseligen und Beladenen in Norwegen macht, er schenkt dem Fotografen in der nächstgelegenen Kleinstadt Wissen, Erkenntnis und Autorität in diesem Bereich, so dass der Heilige Geist, die vielleicht unbegreiflichste Kraft im christlichen Mysterium, zwar nicht direkt greifbar erscheint, aber jedenfalls deutlich, teilweise begreifbar.

Und draußen jagen die Wolken über den Himmel, so dass das Sonnenlicht auch wie kleine Funken von etwas Heiligem zu uns geworfen wird, von etwas Erhöhtem, über unsere Hände, Jonas Berg-Myhres Hände und meine Hände, die Hände von Mutter und Vater und Großvater, ja, auch über die Gesichter, aber in meiner Erinnerung leuchten vor allem die Hände, um dann plötzlich in einen blaugrauen Schatten getunkt zu werden, den des Nachmittags, der im Raum ruht, und niemand sagt etwas, wir sitzen nur da und schlucken und schlucken, und die einzigen Geräusche, die wir hören, sind die der Fahnenschnur, die der Wind gegen die weiße Stange peitscht, wo die norwegische Flagge zuerst nach oben gehisst und dann auf Halbmast heruntergelassen wurde, die Leine knallt wie eine Peitsche, und die Geräusche der tickenden Wanduhr, der Zeit, die in die Ewigkeit geschlagen wird, mit etwas, das wie ein metallisches Aufstoßen klingt. Wind. Tick. Tack. Den Kopf schräggelegt und den Blick zum vom Himmel strahlenden Licht gehoben. Das unfertige Gesicht. Der Mann gleich unter der Kindesmaske. Die schmerzhaften kleinen Beulen. Die Schandflecken. Wie winzige Symbole des wirklichen Schandflecks, des pochenden Geschwürs, das nicht zu ertragen ist, der Untergangskraft, die wir schon spüren und in uns aufnehmen, lange, ehe wir Såvik überhaupt erreicht haben, schon auf dem Weg dorthin, das Meer auf der einen Seite, Moore und kleine Seen auf der anderen, der Wind, der in jähen Stößen am Auto reißt und zerrt, der faulige Geruch von Tang und Algen, die mit toten Fischen und Quallen an Land geschwemmt worden sind, die Möwen, die über das Meer jagen und dabei schreien und streiten. Ach ja, es ist, wie in eine Gewitterwolke zu fahren, es ist, als ob die Farben aus der Landschaft sickern, während wir uns dieser kleinen Ortschaft weit draußen am Meer nähern, als ob wir in einen schwarzweißen Film gesaugt werden, als am Straßenrand die ersten Häuser auftauchen, von der Bausparkasse finanzierte Fertighäuser, die sich zwischen den vereinzelten Bauernhöfen zusammendrängen, die asphaltierte Straße, die sich dazwischen hindurchwindet, Schande und Erniedrigung, und im Herzen des Dorfes, wo sich niemand sehen lässt, wo ein Weg zwischen den Holzhäusern zu Anleger und Fischfabrik führt und der andere vor Verwaltungshaus und Supermarkt, Post und Kirche endet, über allem, wie ein Fluch, lasten die Scham und das eheliche Kind der Schuld, die Trauer.

Es ist, wie sich mitten in einem Albtraum zu befinden, mit dem solchen Träumen innewohnenden tiefen Unbehagen. Selbst wir, die eine Fluchtmöglichkeit haben, selbst wir, die den Koffer in den Kofferraum werfen und wegfahren können, wenn unsere Arbeit getan ist, leiden unter der Gewissheit, dass etwas von uns für immer hierbleiben wird.

Ja, so denke ich an diesem Tag oben in Vågå, und sicher hängt es mit der tickenden Wanduhr zusammen, und auch mit Jonas Berg-Myhre, aber ziemlich sicher hat es auch mit Scham zu tun.

Wieder.

Als Jonas sagt, dass wir ihm sämtliche Vorderzähne ausgetreten haben, kann ich mich nicht erinnern. Ich denke einfach nur an einen stummen Vierzehnjährigen vor einem halben Jahrhundert.

Später gehen wir nach draußen und machen Fotos. Er will mich am Fluss aufnehmen. Oder mitten in den Weidenröschen.

Als er fertig ist und noch fragt, ob ich bereue, sage ich, nein.

Und ich weiß, dass wir hier die Überschrift haben.

»Bereut nichts.«

7

Der Schatten einer Schwester

Die Finsternis verfliegt aus mir, als ich den Wald und Kolla ansteuere, allein im Auto ist es mir immer gutgegangen, ich war im ganzen Land unterwegs, oft ohne Begleitung, selbst auf den langen Strecken habe ich im Auto gesessen und meine Stimme gehört, bei Reden und Liedern, und mich auf diese Weise in gute Laune versetzt, es ist dieses ermutigende Gefühl, Gas zu geben, von allem Belastenden wegzufahren, in etwas Neues hinein Gas zu geben, weich und behaglich in die Zukunft zu fahren, und was ist es nur mit diesen norwegischsten aller Häuser, die irgendwo zwischen Waldrand und Straße liegen, unschön und mitgenommen, nicht von der Zeit, sondern von Gleichgültigkeit und mangelnder Wartung; die Regenrinne, die unbedingt auf den Boden will, halbvoll von klebrigem Moos, die Fensterbank, die niemals gestrichen worden ist, jetzt besetzt von Reihen winziger orangefarbener wie türkiser Pilze, die Treppe, die niemals fertig gemauert wurde (die Zementmischmaschine liegt halb umgekippt in den Brennnesseln vor der Kellerluke), Laufleine, aber kein Hund, reifenlose Autos, nur nackte Felgen. Aus dem Küchenfenster fällt ein harter Neonschein des Alltags auf das Gras vom vergangenen Jahr, wo der Sägeblock steht, von der Fäule in die Knie gezwungen. Was ist es mit diesen Palästen aus Eternit und billiger Tannentäfelung, das mich gleichermaßen anzieht und abstößt? Warum gibt es so viele davon? Sie sind überall. Man findet sie von der russischen Grenze im Norden quer durch Finnmark, durch Troms und Nordland, man findet sie an der Küste, ja, sogar auf den Inseln, und in den tiefen Wäldern in Richtung Schweden, an jeder Straße in ganz Ostnorwegen findet man sie, im Binnenland von Agder, in Jæren, entlang der Einfahrtsstraßen nach Bergen, an öden Orten, zum Beispiel mitten im Wald zwischen Voss und Ulvik, oder an einem Lehmhang vierzig Kilometer außerhalb von Mo i Rana. Hat man bei solchen Häusern schon jemals Menschen gesehen? Niemals. Es wohnen Menschen dort, aber man sieht sie nie. Nur das blauweiße Schimmern der Leuchtröhre über dem Spülbecken. Das Flimmern des Fernsehers.

Hier wohnen die Einzelhäusler. Das geheimnisvolle Volk.

Die den Lastwagen fahren, der hier und da zu sehen ist, achtlos an der Auffahrt abgestellt. Die die Badewanne neben den Briefkasten an den Straßenrand werfen.

Aber sie selbst lassen sich niemals sehen.

Und wenn man eins dieser Häuser betritt, wird man im eiskalten Gang den Geruch von Winteräpfeln und Birkenholz wahrnehmen. In der Küche: Fischfrikadellen in brauner Soße. Im Wohnzimmer das feine Aroma von Drehtabak und Hofhund. Und hier steht dann auch ein Schaukelstuhl mit selbst gehäkeltem Überwurf in leuchtenden Farben, hier gibt es Zeitungsständer und Kassettenrekorder. Hier gibt es einen Brennholzkasten und einen eingestaubten Kaktus. Hier gibt es unser eigenes Spiegelbild in der Fensterscheibe, und es verschwimmt mit dem Meisenring auf der anderen Seite.

Aber keinen Einzelhäusler.

Wenn man in den ersten Stock hochsteigt, die steile Treppe hoch, wird man das perfekte Teenagerzimmer finden. Die ganze Mansardendecke tapeziert mit Ausschnitten. Kiss. Bowie. Abba.

Die Sehnsüchte, die noch immer wie schwere Seufzer unter dem Bett ruhen.

Wie oft denke ich das eigentlich, wenn ich durch dieses Land fahre, in dem ich geboren und aufgewachsen bin: Wer wohnt hier, gerade hier, mitten auf einer fucking Wiese! Wer hat irgendwann unten auf dem Forstweg gestanden, im tiefsten Schatten unter dem Berg Dysternuten hochgezeigt und gerufen: »Da oben, Tanja. Da wollen wir für den Rest unseres Lebens wohnen!«

Der Einzelhäusler denkt und spricht so.

Der unsichtbar ist und dennoch Steuern bezahlt.

Ich fahre über die Brücke und um die Kurve. Niedrigwasser im Fluss. Warmer Herbst eben. Als ich über das Viehrollgatter und in den Wald fahre, bin ich plötzlich unsicher, ob ich heute Nacht hier oben überhaupt etwas zu suchen habe, aber ich fahre weiter durch die Heide, langsam, langsam, hier ist es jetzt im Oktober so dunkel, so schwarz und still.

Kein Mond. Es hat angefangen zu regnen. Ich fahre mit offenem Fenster, es duftet nach Harz.

Ein Kilometer. Zwei. Als ich den Höhenzug erreiche, wo die Landschaft zum See hinunter steil abfällt, sehe ich im Licht der Autoscheinwerfer seine Umrisse. Die langen kräftigen Beine. Den Silberrücken. Das halb gesenkte Geweih, den schräggelegten Kopf, nicht unbedingt gut aufgelegt, abwartend, halb bedrohlich.

Ich steige aus und stecke mir eine Zigarette an. Lehne mich gegen das Wagendach.

So stehen wir da. Wir haben schon oft so gestanden. Ich stehe hier und sehe zu, wie er über die morgenbereiften Preiselbeermoore läuft, unmittelbar vor Sonnenaufgang, während er gelbbraune Kotbeeren hinter sich ins Moos fallen lässt, sie sehen aus wie libanesisches Hasch. Der Elch. Der von den Gemälden jener, die wir für dumm halten.

Du Kalb, das zu einem Bullen oder einer Kuh heranwächst. An einem frühen Morgen sehe ich dich seitwärts gegen die blaue Straßenbahn mitten auf der Majorstua-Kreuzung rutschen, geräuschlos, mit gespreizten Vorderbeinen über die mit Sand bestreuten Eisbuckel, die rechte Flanke liegt auf den Schienen. Du kommst mitten in unseren größten Städten ums Leben. Du betrinkst dich an vergorenen Äpfeln in Villengärten. Und jetzt hier, wo du zu Hause bist, in deinem Reich.

Ob er mich erkennt? Gott weiß. Ich bin nicht der Einzige, der gelernt hat, auf dieser Strecke vorsichtig zu sein.

Was geht in dem großen schweren Kopf vor sich, wenn ich auf meinem Eisenross geritten komme und absteige, so wie jetzt?

Viel mehr als nichts. Viel mehr.

Und meine Stimme. Erinnert die ihn an etwas? An die kurzen Kommandorufe während der Jagd?

Nein. Ich sage sanft: »Komm schon, Junge.«

Aber so ein Junge ist er nicht. Er scharrt mit dem einen Hinterbein im Kies.

Und dann scheint die Allnatur ihm einen Stoß zu versetzen, er fährt zusammen, und mit einem einzigen Sprung lässt er sich von Wald und Finsternis verschlingen, kein Laut, weg, in die Moore.

Ich ziehe noch zwei letzte Male an der Zigarette und trampele die Kippe mit dem Stiefelabsatz platt.

Steige ein. Fahre die beiden letzten Kilometer zur Wendestelle auf der Odde.

Alles ist anders. Es scheint so lange her zu sein. Ich sitze auf demselben Sägeblock wie vor wenigen Tagen, und alles ist anders. Dunkel. Blaues Mondlicht durch die Blätter. Die Stimme von Billie Holiday und das Glucksen der winzigen Wellen dicht am Land mischen sich miteinander.

Ich sitze ganz still da. Eine Viertelstunde. Sie dreht die Platte um. Wind kommt auf. Ein Rauschen durch den Wald. Als ich auf dem groben Kiesweg zum Strand gehe, weiß ich, dass sie mich hört.

Der Kahn ist schwer und träge. Ich brauche Zeit und Kraft, um ihn ins Wasser zu schieben. Die feuchten Ruderblätter schreien auf. Auf den letzten Metern halte ich einen stetigen Kurs in die Bucht und gleite auf dem feinen weißen Sand halb an Land. Eine Vertäuung ist hier nicht nötig.

Sie sitzt auf der Treppe und raucht. Hinter ihr steht die Doppeltür offen, und das gelbe Licht strahlt hinaus in die Dunkelheit und auf ihre Schultern. Im Kamin brennt ein Feuer. Die Schatten der Flammen tanzen über die Wände. Als ich halbwegs den Strand hochgegangen bin, steht sie auf und geht ins Haus. Ich stelle die leichte Stofftasche mit der Wäsche zum Wechseln ab und höre, wie sie sich in der großen Küche zu schaffen macht.

»Hast du Hunger?«

»Ja.«

»Geh erst mal duschen. Das Essen ist in einer halben Stunde fertig.«

Nach dem Duschen lege ich mich in das enge Gästezimmer, das Kolla von der Decke bis zum Boden mit Bücherregalen versehen hat. Es ist, wie in einem Sarg voller Bücher zu liegen, alten und neuen, englischen, deutschen und norwegischen, und es riecht nach Staub und aufgespeicherter Sommerwärme, trockenem Holz und porösem Papier, durch das Mansardenfenster sehe ich, dass es jetzt regnet. Ein plätschernder Bach, den der Wind über die Glasfläche treibt. Ich schlafe ein und träume, dass ich mich mitten auf dem Fjord befinde, auf dem Larviksfjord, ich stehe auf einer Eisscholle und überlege, ob ich auf eine andere und größere springen soll, eine Eisscholle, die mit dem Festland in Verbindung steht, aber die schwarze Rinne wächst, ich wage den Sprung nicht, ich wage auch nicht, es nicht zu tun, und am Ufer steht Emma und weint. Dann fängt das Leben an vorüberzuziehen, wie ein großes Boot, das sich durch Eis und Finsternis kämpft, eine Fähre mit runden Bullaugen, wo sich Szenen aus meinem Leben im Halbdunkel abspielen.

»Alexander?«

Im Traum kommt Mutter mit einem großen Teller voller Butterbrote durch einen Gang, sie ist rot im Gesicht, guter Stimmung, aber als ich zurück in Zeit und Vernunft gleite, sehe ich, dass sich Kolla gegen den Türrahmen lehnt.

»Willst du lieber schlafen?«

»Nein. Ich komme.«

Wir essen in dem großen Kaminzimmer, das sonst nie benutzt wird, ich habe keine Ahnung, warum wir jetzt hier sitzen, wir zwei allein, aber sie hat eine hellblaue Tischdecke aufgelegt, und schön gedeckt, mit weißen Tellern mit Goldrand, schwerem Silberbesteck, Soßenschüssel und allem, was dazugehört. Es gibt Elchbraten, und ich denke, dass sie tatsächlich einen Braten im Herd hatte, und das, obwohl sie niemanden erwartete. Dann kommt mir das starke Gefühl, dass irgendwer in letzter Sekunde abgesagt hat, oder vielleicht hat Kolla in letzter Sekunde jemandem abgesagt, hat eine Essenseinladung rückgängig gemacht; sie tut so etwas ohne zu zögern, und wenn es so ist, werde ich es nie erfahren.

»Als kleiner Junge wolltest du immer alles mit anderen teilen.«

»Wirklich?«

»Oh ja. Aber jetzt reich mir bitte die Kartoffeln.«

»Entschuldige.«

»Bleibst du zwei Tage?«

»Bis morgen. Ich glaube, dann fahre ich in die Stadt.«

»Ja. Ich habe mit Ada gesprochen.«

»Hat sie hier angerufen?«

»Was spielt das für eine Rolle?«

Ich gebe keine Antwort.

»Egal. Wigdis wird erst am nächsten Dienstag beigesetzt. Und wenn ich dir einen einfachen Rat geben darf: Kümmer dich um die andere.«

»Vilde?«

»Die, die du hier wie einen kleinen Frosch aus dem Sumpf gezogen hast. Oder hast du noch andere?«

Wir essen. Es schmeckt gut. Ich erzähle von dem alten Elch. Dem, der »der König« genannt wird.

»Den hätten sie schon längst abschießen sollen. Aber unter Jägern hat er eine Art Kultstatus. Die lassen ihn jedes Jahr davonkommen. Jetzt steht ihm ein böser Winter bevor.«

»Kommt er auch hierher auf die Landzunge?«

»Was glaubst du denn? Der frisst mir Äpfel aus der Hand. Aber dazu müssen wir ganz allein sein.«

Ich stelle mir vor, wie der König Kolla aus der Hand frisst. Das weiche Maul.

»Und jetzt zieht Zirkus Irgens also wieder weiter?«

»Diesmal wird es nicht so heftig«, sage ich. »Das erlaubt meine Gesundheit nicht.«

Sie nickt. Darüber sprechen wir nicht zum ersten Mal.

»Hörst du von deiner Schwester?«

»Jetzt schon länger nicht mehr«, sage ich.

»Sie ist ein unglücklicher Mensch. Mir tut es weh, das zu wissen.«

Meine letzte Begegnung mit Emma. Es ist Herbst 2008. Vor zwei Jahren. Ich komme von einer Lesung in Skien. Ich bin müde und durstig, ich beschließe, im Grand in Larvik zu übernachten. Es ist ein schöner Abend im Oktober. Jede Menge Sterne. Der Larviksfjord wie ein blauschwarzer Spiegel. Ich checke ein und gehe später den Hang zu Otto am Markt hoch. Da ist es fast leer, und es ist wirklich niemand da, der etwas von mir will. Ich esse Frikadellen und gedämpften Kohl, und ich gieße Bier in mich hinein. Draußen: kein Mensch. Die Stadt wirkt wie ausgestorben. Mir geht es gut, ich bestelle Kaffee und eine Flasche Rotwein. Es ist seltsam, unangemeldet auf die Bühne zurückzukehren, wo sich die eigene Kindheit und Jugend abgespielt haben. Gleich hier die Straße hinunter haben wir jede Nacht geschlafen. Jahr für Jahr. Mutter und Vater. Emma und ich. Und jeden Morgen standen wir auf und frühstückten zusammen. Den gleichen Belag, jahrein, jahraus. Bananenaufstrich. Cervelatwurst. Makrele in Tomate. Schwarze Johannisbeermarmelade. Sonntags: gekochtes Ei. Immer Graubrot. Und dann gingen wir alle zu unserem Tagewerk. Emma und ich in die Schule, mein Vater in seine Praxis in der Nansetgate, wo er nach besten Kräften Menschen zusammenflickte oder Schadensbegrenzung und Schmerzlinderung versuchte. Emma und ich nach unten in die Romberggate, mit dem dreigeteilten Schulhof. Die Höhe. Oben und Unten. Emma und ihre Freundinnen, immer im schattigen Oben. In der Ecke bei den Fahrradständern. Hat es da angefangen? Im schattigen Oben?

Und nach der Schule: die edle Kunst, nicht mit seiner großen Schwester zusammen nach Hause zu gehen. Was fünfzig Meter die Straße hoch ist. Und um Punkt drei das Essen auf dem Tisch. Fischpudding in weißer Soße. Walfleisch in brauner Soße. Geräucherter Köhler. Gebratene Makrele.

Speck mit Stippe. Lungenhaschee. Mutters Fischfrikadellen. Nachtisch: Knäckebrot und Milch. Jahr für Jahr.

Ich sitze an diesem Oktoberabend bei Otto und trinke Rotwein, ich schaue auf den Markt, der aussieht, als sei die Pest hier zu Besuch gewesen, alles tot. Und wieder denke ich, dass gleich die Straße hinunter das Haus liegt, in dem alles Alltägliche geschehen ist, wo die vier Irgens in den sechziger und siebziger Jahren ihr durchschnittliches Leben gelebt haben, mit der Kost und den Radio- und Fernsehprogrammen jener Jahre. Dort, wo wir geschlafen haben. Da unten wurden wir vom Verkehrslärm der Prinsegate geweckt. Wir standen auf und gaben uns alle Mühe, den Vortag nachzuäffen. Dort unten, wo jetzt andere in ihren Betten schlafen und ihr Essen an einem anderen Tisch verzehren, aber in genau denselben Räumen, und mit derselben Treppe von der Straße hoch.

Dort oben im Pflegeheim sitzt mein Vater, der alte Charmeur, und sabbert, während Mutter draußen in Undersbo ihren Ewigkeitsschlaf schläft. Ich muss daran denken, dass Emma nach zwei Jahrzehnten Torstrand verlassen hat und in einen der Blocks in der Jegersborggate gezogen ist. Bis dort sind es vielleicht zweihundert Meter. Ich klappe mein Telefon auf, aber ich habe ihre Nummer nicht. Ich habe Emmas Telefonnummer nicht. Ist das möglich? Ich habe die Nummer meiner Schwester nicht. Der Schwester, in deren Bett ich mich nachts gerettet habe, wenn ich Angst hatte. Jetzt schäme ich mich schrecklich, und ich bin auch nicht sicher, wann ich sie zuletzt gesehen habe, es ist sogar möglich, dass es auf Mutters Beerdigung war.

Ich bezahle und gehe hinaus auf den menschenleeren Marktplatz. Gehe den Hang zu den Blocks hoch. Ich weiß nicht, in welchem Emma wohnt. Ich bin angetrunken und gehe von Eingang zu Eingang und lese die Namensschilder und die Zettel unter den Klingelknöpfen.

Emma Irgens. Ihre gerade Handschrift, mit rotem Kugelschreiber.

Ich klingele. Es ist Viertel vor zehn. In Larvik besucht man niemanden um Viertel vor zehn. Wenn um diese Zeit jemand klingelt, ist in der Regel die Rede von sinnloser Betrunkenheit oder Geistesverwirrung.

Ich gehe rückwärts zurück auf die Straße und sehe, dass hinter einem Küchenfenster im ersten Stock Licht gemacht wird. Ein Teil eines hellblauen Hängeschrankes aus den siebziger Jahren taucht zwischen den Fensterrahmen auf.

Dann ihr Umriss zwischen den weißen Vorhängen. Massiv. Schwer, fast bedrohlich. Lange passiert gar nichts. Wir stehen da und sehen einander an. Dann fährt sie zusammen, als ob sie plötzlich erwacht, sie weicht zurück, und Sekunden später summt es im Schloss.

Als ich die Treppe hochsteige und das Echo meiner Schritte im Treppenhaus höre, eine Stufe, zwei, drei, vier, fünf, sechs, denke ich, das hätte ich nicht tun dürfen, das ist das Letzte, worauf ich hätte verfallen dürfen, heute Abend, ich hätte weiter bei Otto trinken sollen, ich hätte mich sternhagelvoll laufen lassen sollen, und dann ein schlechtes Gewissen haben, weil ich meinen alten kranken Vater und meine von Sozialhilfe lebende Schwester nicht besucht habe, und dann hätte ich den Hang hinunter zum Grand taumeln und mich schlafen legen sollen. Am nächsten Tag frühstücken und nach Oslo fahren. Aber nein. Ich habe mich von dem schlechten Gewissen auf Abwege führen lassen, noch ehe ich richtig betrunken war, ehe es zu spät war, eine von Sozialhilfe lebende Schwester zu besuchen, und jetzt gibt es kein Zurück mehr, denn nun steht sie in der Tür, da sehe ich Emma in der Türöffnung, gewandet in die Tracht der Sozialhilfeempfangenden, den Trainingsanzug, ein Exemplar in Türkis, mit lila Streifen und Schulterpartie. Dort steht meine Schwester und lächelt, und ich denke, dass ich etwas für ihre Zähne tun muss, dabei kann ich ihr immerhin helfen, auf den Rest ihres Kopfes habe ich keinen Einfluss, aber die Zahnarztrechnung werde ich übernehmen, das verspreche ich mir, aber diesen Besuch bereue ich wie gesagt aufs Schärfste. Und dann schäme ich mich natürlich, weil ich diese Reue in mir spüre, ich sollte ja wohl lieber bereuen, sie nie zu besuchen, sondern wie üblich nur an mich zu denken. Aber sie ist meine Schwester, denke ich, als ich die letzten Stufen hinter mich bringe, sie ist mein Fleisch und Blut, wir sind beide in derselben weichen Bauchhöhle dem Leben erstmals begegnet, haben das Licht durch dasselbe Blut scheinen sehen und uns über denselben Weg hinausziehen lassen. Und ich glaube nicht, dass wir so bald etwas sagen, ich glaube, wir stehen im Gang, der nach Zigaretten und Abendessen riecht, umarmen einander wortlos, genauer gesagt: Ich umarme sie, drücke sie an mich, während ich ihre ungewaschene Kopfhaut ansehe, das Gewimmel aus Schuppen und Schmutz, während ich auf unseren Atem lausche, meiner hektisch nach der Treppe, Emmas ruhig und von Valium betäubt, in einem Nebel aus Schweiß, Tabak und Deo von der Dänemarkfähre.

Aber sie freut sich über meinen Besuch. Sie tut genau das, was eine große Schwester tun muss, sie schiebt mich von sich weg und steht vor mir und legt mir auf jede Schulter eine Hand und sieht mich an, ihre etwas trägen Augen strahlen auf seltsame Weise, und dann sagt sie, sie sei froh, mich zu sehen, ehe sie abermals ihren üppigen Busen an meinen Brustkasten schmiegt, und ein zufriedenes Grunzen ausstößt. So lange her! Und woher komme ich so spät noch? Ich bleibe doch bis morgen? Habe ich schon gegessen?

Mir ist klar, dass ich nicht sagen kann, dass ich im Grand wohne, so gemein kann ich einfach nicht sein, deshalb schmücke ich die Wirklichkeit ein bisschen aus und sage, dass ich von Porsgrunn nach Oslo unterwegs war, dass ich da oben eine Lesung hatte, und dass ich dann dachte, ich könnte vielleicht in Larvik übernachten, wo ich doch hier eine Schwester habe. Nein, mein Gepäck liegt im Auto, ich kann doch sicher ihre Zahnbürste leihen, und in dem Moment, als ich das sage, merke ich, dass mir schlecht wird. Sie ist jetzt eifrig, sie setzt Teewasser auf und kramt trockene Kekse hervor, und während der Tee zieht, stehe ich am Küchenfenster und schaue hinunter auf die menschenleere Straße, und sie läuft ins Schlafzimmer, denn natürlich soll ich das Bett haben, während sie das Sofa im Wohnzimmer nimmt, da gibt es nichts zu bereden, die Sache ist geklärt, sie hat jede Menge saubere Bettwäsche, das Letzte sagt sie mehrmals, so, als spräche sie über ein ziemlich fettes Bankkonto.

Da sitzen nun also meine Schwester und ich. Trinken Lipton's und essen Kekse. Ich kann auch Johannisbeerwein haben, sie hat welchen im Keller? Nein, danke, Lipton's ist gut. Alles ist ganz ausgezeichnet, Emma! Und was für eine Aussicht! Sogar mit einem winzigen Balkon! Ja, die Aussicht ist gut, und alles andere ist auch gut, sie kommt mit der Stütze aus, sie hat sich »auf ihre älteren Tage« keine »Extravaganzen« zugelegt, und im Bücherregal sehe ich eine schöne Reihe von Videokassetten, mehrere mit Aufnahmen ihres kleinen Bruders im Fernsehen, sogar einmal bei Skavlan, und wie ist der denn eigentlich?

Wir hören die Beatles. Das Weiße Album. Wir blättern in alten Fotoalben. Sie und ich auf dem Fahrrad vor dem Haus. Draußen auf Felsen und Schären im Viksfjord. Am Farrissee. Im Buchenwald. Vater in der Praxis, in weißem Kittel und Pudelmütze! Die vielen Erinnerungen. Weißt du noch? *Weißt du noch?*

Jetzt sage ich zu Kolla: »Nein. Sie ist nicht unglücklich. Das glaube ich nicht.«

Kollas unergründliche Augen. »Vielleicht hast du recht.«

»Sie hat ihre Welt. Es ist nicht deine, und meine ist es auch nicht. Aber es geht ihr nicht schlecht, dort, wo sie ist. Dann hätte sie mir das an jenem Abend erzählt. Sie hat noch nie lügen können. Das bin ich, der diese Kunst beherrscht.«

»Na gut. Das glaubst du jedenfalls. Und dein Vater?«

»Den haben wir am nächsten Tag besucht. Als wir kamen, konnte er sich an uns erinnern. Als wir gingen, sagte er, er könnte uns nicht mehr als Patienten behalten. Weil er einfach zu viel zu tun habe. Solche Orte deprimieren mich. Ich will da nicht hin. Ich werde sterben, ehe es so weit kommt. Ich begreife nicht, dass er sich nicht umgebracht hat, ehe er in der Falle saß. Wo er doch tonnenweise Schlafmittel und Beruhigungspillen verschrieben hat in seinem langen Leben.

Als sie ihn ins Heim gesteckt haben, war er noch nicht dement.«

»Sie?«

»Emma und ich brauchten diese Entscheidung zum Glück nicht zu treffen. Er wurde vom Krankenhaus gegenüber gleich weitergereicht. Hast du das nicht gewusst? Er hatte einen Schlaganfall, verstehst du? Anfangs hat er noch Witze darüber gemacht, dass ich ihm doch eigentlich helfen könnte, wo ich auf dem Papier so gut andere Leute umbringe. Ich bin übrigens nicht so sicher, ob das wirklich nur ein Witz war.«

»Ich auch nicht. Und warum in aller Welt konntest du ihm nicht einfach etwas geben? Hattest du Angst, ins Gefängnis zu kommen?«

»Ich habe einfach nicht daran gedacht.«

»Woran denn gedacht? Du, bitte, iss jetzt!«

»Dass ich eigentlich die Eier haben müsste, um ihm zu helfen.«

Ich nehme mir noch eine Portion von dem dampfenden Fleisch. Von den mehligen Kartoffeln und der braunen Soße. Und darauf klatsche ich eine Ladung Preiselbeeren.

»Dazu will ich nichts sagen«, sagt sie. »Jetzt ist es zu spät. Es ist jedenfalls zu spät, ihn das selbst machen zu lassen.«

»Hättest du es tun können?«

»So was kommt doch dauernd vor, Alexander. Das ist einer der Gründe, warum ich nichts von der Art Literatur halte, die du verfasst. Dass der Mord als eine Art krankhafte Ausnahme dargestellt wird. Als etwas Extremes. Das kann er natürlich auch sein. Das ist er. Aber wenn du wüsstest, wie viele anderen über den Jordan helfen. Aus Barmherzigkeit. Oder aus Rücksicht auf ihren eigenen hoffnungslosen Alltag.«

»Darüber bin ich mir natürlich im Klaren.«

»Nein, das glaube ich nicht. Und das tut mir leid! Wenn du nicht gewagt hast, deinem Vater zu helfen, wirst du wahrscheinlich auch nicht wagen, dir selbst zu helfen. Du musst also auf dein schlechtes Herz hoffen.«

»Ich habe dich gefragt, ob du so etwas tun könntest.«

»Ja«, sagt sie und erhebt sich. »Das könnte ich wohl.«

Mitten im Zimmer bleibt sie plötzlich stehen. Sagt: »Willst du zurückkehren?«

»Zurück?«

»Zu deinem schriftstellerischen Werk.«

»Sei nicht so streng. Viele freuen sich über das, was ich tue. Ich bringe Leute zum Lesen. Das ist doch eigentlich kein Grund, sich zu schämen.«

»Nein. Das ist es nicht. Aber ich höre ja, dass du von schämen redest. Dieses Wort benutze ich nie.«

Nach dem Kaffee tanzen wir, dann tanzen Kolla und ich in ihrem alten Schweizerhaus draußen auf den Felsen, das tun wir immer, wenn ich sie besuche, es ist nur Wackeln und Hin und Her, so tanzen wir eben, die wir nicht tanzen können, ich drücke sie vorsichtig an mich, dieses herrliche Reptil von Frau, ihre Wange an meiner rechten Schulter, während wir zusammen mit Nina Simone singen, »My baby just cares for me«, und »Since my love is gone«, während ich die Augen schließe und daran denke, was sie gerade gesagt hat, nämlich, dass es ihr kein Problem machen würde, jemandem das Leben zu nehmen, vor allem keinem Menschen, den sie liebt. Und ich denke an meinen Vater im Pflegeheim unten in Larvik, in einem Rollstuhl auf dem Gang, oder vielleicht in dem ärmlichen Zimmer, dem Emma eine persönliche Prägung zu geben versucht hat, indem sie die alte Wanduhr aus der Prinsegate angebracht hat, und zwei alte verblasste Schwarzweiß-Fotos in Glas und Rahmen. Dort sitzt er, denke ich, in dem, was für uns andere wie ein Vakuum wirkt, ein Zustand totalen Vergessens, das für ihn aber zwangsläufig anders aussehen muss, da sein Gehirn, wie beschädigt und zerfallen es auch sein mag, ja weiterhin tickt und geht, seine eigenen Bilder und Vorstellungen erschafft. Vielleicht ist er weit weg auf düsteren Expeditionen in verborgene Täler voller seltsamer Wesen und Tiere, Halbgötter und Geister, vielleicht sitzt er dort und fühlt sich eins mit denen, die bereits tot sind, während die Stimmen der Pflegerinnen in seinen Ohren wie Vogelzwitschern klingen. Und ich denke, dass es vielleicht ein besseres Dasein ist als das, was wir mit unserem Bewusstsein verstehen können, und dass es vielleicht so schrecklich ist, so entsetzlich, dass man es sich einfach nicht vorstellen kann. Und er mit seiner verlorenen Autorität. Er: Es tut mir leid. Wir müssen amputieren. Es ist Krebs. Schuppenflechte und Gelbes Fieber. Wir werden es mit einer Kur versuchen. Wir schicken Sie nach Lillehammer. Nach Tønsberg. Ich muss Sie bitten, sich auszuziehen. Strecken Sie die Zunge heraus. Sie müssen sich dort auf die Bank legen. Sie sind schwanger. Sie bekommen ein Zäpfchen. Etwas zur Beruhigung. Können Sie den untersten Buchstaben auf dem Plakat da hinten lesen?

Hat er sie im Sprechzimmer gevögelt? Das habe ich immer geglaubt. Ich bin immer davon ausgegangen, dass mein Vater einzelne seiner Patientinnen im Sprechzimmer gevögelt hat, ja, es hätte mich nicht gewundert, wenn er das als eine Art alternative Behandlung betrachtet hätte, eine natürliche Beruhigungsmethode für Hysterikerinnen; oder als Mittel zur Belebung von depressiven Hausfrauen, die mit ihren Sehnsüchten und Enttäuschungen zu ihm kamen, ihren Träumen von etwas Größerem, als ihnen bisher zuteil geworden war. Er war immer gegen unmittelbare medikamentöse Behandlung, mein Vater.

Und ich denke an meine Schwester, an Emma im Block in der Jegersborggate, und an ihre geheime Welt, die aller Wahrscheinlichkeit nach ihre verborgene Wirklichkeit bleiben wird, so lange sie lebt. Ich sehe sie vormittags auf die Straße herauskommen, ahne sie vielleicht ab und zu hinter der Küchengardine, während sie ihr einfaches Frühstück zurechtmacht (sie öffnet einen Joghurt), man kann ihr begegnen, während sie die Regale im Supermarkt abschreitet, kann sie in die Stadtbücherei in der Nansetgate begleiten, ein wenig weiter oben als das Haus, wo unser gemeinsamer Vater einzelne auserwählte Patientinnen verführte, ich sehe, wie sie Bücher ihres kleinen Bruders ausleiht, aber auch Bücher von Anne Holt, Jo Nesbø und vielleicht vor allem von Gert Nygårdshaug, für den sie heimlich schwärmt. Auch das hat sie mir nicht erzählt, sie hat mir in den letzten vierzig Jahren überhaupt nicht besonders viel über sich selbst erzählt, aber das mit Gert habe ich mir selbst zusammengereimt, weil sie seinen Namen so oft erwähnt, wenn wir uns ein seltenes Mal treffen und eine Art Gespräch führen.

Sehe ich sie draußen auf Tollerodden vor mir, oder wie sie auf einer Bank am Rand von Bøkkerfjellet sitzt? Ja, das tue ich. Und ich sehe sie allein vom Batteristrand, unter dem neuen Hotel, wo die Wellen über den schmalen Betonweg schlagen, an den Anlegern vorbei über Kirkeodden und weiter nach Torstrand gehen, bis hinaus nach Revet, später Undersbo, wo sie sich um Mutters Grab kümmert. Dann nach Hause über den Torstrands torg und Herregårdsbakken, und weiter nach Hause zu Lipton's und dem Totozettel, denn schließlich ist Freitag. Während Vater hundertfünfzig Meter weiter in seinen Gehirnwindungen segelt. So denke ich, das sehe ich vor mir, während ich Kolla führe, oder sie mich, durch die großen Zimmer in ihrem Märchenhaus auf Holmen, hin und her, hin und her, bis sie mich bittet, loszulassen, und den Cognac und die geerbten Gläser holen geht.

8

Rot

Als ich nach Hølen komme, fängt es an zu regnen. Es ist sechs Uhr. Es wird dunkel. Ich lasse das Auto bei der alten Telefonzelle stehen und gehe am See entlang. Dem schwarzen Kolk. Den Bäumen, die sich in der Oberfläche spiegeln. Jetzt ist Herbst. Jetzt ist nicht mehr Sommer.

Ich bleibe stehen. Das Geräusch von plätscherndem Wasser. Der Bach. Die Tropfen, die auf die Blätter prasseln. Das Laub, das um mich herum fällt.

Ich bin sehr unsicher, ob das hier richtig ist. Sie geht nicht ans Telefon. Antwortet nicht auf meine SMS.

Will schon kehrtmachen, aber dann gehe ich doch den Hang hinab.

So bin ich eben. Ich tue. Ich wittere die Gefahr, und dann laufe ich doch voll ins Feuer. Doch nun muss ich über mein Melodram lachen. Ich tue nichts anderes, als was jeder Idiot an meiner Stelle auch tun würde, ich bin hier, um mich mit einer Frau zu versöhnen, mit der ich in letzter Zeit nicht besonders geschickt umgegangen bin, ich steige gewissermaßen hier den Hang hinunter, um meine Kehle zu entblößen. Um gutes Wetter zu bitten, um Vergebung. Nicht, dass ich glaube, dass ich mich mit besonderem Eifer an dieser Schlägerei oben im Mølla beteiligt habe, aber dennoch. Es kostet nicht viel, um Gnade zu bitten. Mir fällt das leicht. Ich höre schon meine beschwichtigenden Worte.

Vilde. Nicht.

Das Haus unten am Hang liegt im Dunkeln. Die Fenster mit den kleinen Scheiben sind wie schwarze Quadrate in weißen Rahmen. Aber über dem Giebel sehe ich das Licht der großen Halogenlampe im Atelier auf der anderen Seite des Hofes.

Die Tür von der Straße her ist offen. Eine fremde Katze schlüpft heraus, als ich den Windfang betrete. Ich bleibe stehen, damit meine Augen sich an die Dunkelheit gewöhnen können. Der Geruch von Terpentin und Katzenpisse. Und von etwas anderem. Altes Haus. Gelebte Leben.

Eine fremde Katze? Als ob Vildes vierbeinige Freunde mir bekannt wären. Wann war ich zuletzt hier? Das ist eine ganze Weile her. Ich treffe mich lieber auf neutralem Boden mit ihr. Sie ist auch so schon schwierig genug im Umgang. Da ist es nicht nötig, sie auf ihrem eigenen Boden herauszufordern.

Und dennoch tue ich genau das an diesem Abend. Ich gehe nach Hause zu Vilde. Die nicht ans Telefon geht. Die meine SMS nicht beantwortet.

Ich mache kein Licht. Ich gehe durch das überfüllte Wohnzimmer; vorsichtig zwischen den Stapeln aus Büchern und Blindrahmen. Draußen in der Küche finde ich eine halbvolle Flasche Rotwein auf der Anrichte, dazu ein Glas mit einem Rest. Ich trinke aus und fülle das Glas von Neuem.

Setze mich auf einen der hohen Hocker und drehe mir eine Zigarette. Wie früher in einem Café, denke ich. Als noch geraucht wurde. In Amsterdam. Paris. Sogar in Oslo. Eine Bank vor einem Fenster mit Blick auf einen Bürgersteig, eine Straße. Ein alter Hinterhof, wo Pferdehufe und mit Eisen beschlagene Wagenräder die Pflastersteine abgeschliffen haben, leuchtende Halbmonde in dem blauweißen Licht, das aus der großen Glasscheibe in der Scheunenwand auf der anderen Seite des Hofplatzes fällt. Vildes Atelier. Die Regentropfen springen vom Steinboden hoch wie kleine Quecksilberperlen.

Sie malt. Legt mit ausgreifenden Spachtelzügen Rot auf. Ihre Bewegungen haben etwas Beunruhigendes. Diese Energie. Die Wucht. Seit ich sie kenne, hat sie nicht mehr gemalt. Die halbfertigen Bilder standen mit der Rückseite außen vor der Wand. Sie hat in Stein und Holz gehauen und Metall gebeugt und gehämmert.

Aber jetzt malt sie. Rot. Trägt dicke Schichten auf. Die Leinwand gibt nach. Strafft sich wieder. Gibt nach. Wie ein Lungenflügel. Wie ein Atemzug.

Sie ist so schön. Ihre üppige Mähne ist zerzaust. Honig. Getreide. Ein untersetzter kleiner Bär, vor dem man sich in Acht nehmen sollte. Sie kratzt ab und trägt auf. Zieht die blaue Grundfarbe ins Licht. Deckt mit Rot. Zieht die Farbe wieder weiter. Es kommt etwas dabei heraus, das einem groben Netz ähnelt. Einem Fischnetz. Dann verschwindet es wieder. Sie steht breitbeinig da, sie trägt die Jeans, die von Farbe und Leim so steif ist, dass sie sie nach Feierabend an die Wand lehnen kann, und dazu ein rosa Herrenunterhemd mit langen Ärmeln. Batik. Siebziger Jahre.

Das Bild ändert sich die ganze Zeit.

Ich trinke einen Schluck von dem etwas sauren Wein. Die Flasche ist nicht erst heute geöffnet worden.

Ziehe mein Telefon hervor, wähle ihre Nummer.

Erfahre, dass der Anschluss derzeit nicht zu erreichen ist.

Rufe deshalb Ada an.

Sie: »Hallo, wo steckst du?«

»In Fredrikstad.«

»In Fredrikstad?«

»Jetzt hat sich ›Fredrikstad‹ aber ziemlich dramatisch angehört.«

»Nein, ich dachte nur ...«

»Ja, ich weiß. Ich wollte von Kolla aus direkt nach Hause fahren, hab mich dann aber breitschlagen lassen. Das ist nur ein kleiner Job, aber ich fand, ich sei ihnen das schuldig. Die waren anständig zu mir, damals, als der Gegenwind härter war.«

»Okay, dann bleibst du also über Nacht?«

»Werd ich wohl, hab schon zwei Glas getrunken. Wie geht es?«

Ich gieße mir noch etwas mehr von dem vernachlässigten Wein ein.

»Es geht schon. Ich bin seit gestern Abend bei Vater.«

Dieser Wein ist wirklich scheußlich. So unglaublich scheußlich. Ich presse einen kleinen Strahl durch meine Vorderzähne. Er knallt auf die Fensterscheibe. Sprrrt. Eine rote Perle auf einem verstaubten Kaktus. Denke: Ganz schön viele Perlen heute Abend. Kleine Kugeln aus Feuchtigkeit.

»Grüß ihn. Ich komm also morgen Vormittag.«

»Wenn ich nicht zu Hause bin ... Hast du *Se og Hør* gesehen?«

»Nein, also echt.«

»Und sie?«

»Keine Ahnung. Mich hat jedenfalls niemand angezeigt. Da kannst du also ganz beruhigt sein. Alles in allem geht es doch bloß um unschuldigen Suff. Und bestimmt ist da nicht zum ersten Mal eine Plombe verlorengegangen oder so. Was hat er denn geschrieben? Jonas? Dass ich den Dorftrottel ins Gesicht getreten hätte?«

»Nein, das nicht gerade. Aber ich fand es nicht so komisch, dass daraus eine Doppelmeldung geworden ist. Mamas Tod und deine Sauferei. Und dann meine ich vielleicht auch, du hättest darauf verzichten können, zu ...«

»Ist schon klar. Ich hab nur gesagt, wie es war.«

»Dass du nichts bereust? Sag mir mal eins, Alexander. Bist du total verblödet? Auch wenn noch keine Anzeige gegen dich vorliegt, kann die Sache sehr wohl vor Gericht enden. Und dann gehst du schon vorher an die Öffentlichkeit und sagst, dass du nichts bereust?«

»Lass uns jetzt nicht mehr darüber reden. Du weißt doch, wie das ist. Es ist ein Spiel, bei dem man mitspielen muss.«

»Ach was. So ist das also? Ein Spiel, bei dem man mitspielen muss?«

Wir beenden das Gespräch.

Es ist so still in diesem Café in Fredrikstad. Man könnte meinen, man säße in einer Küche unten in Hølen und blickte in einen Hinterhof. Wo eine Frau mit Rot auf einer Leinwand malt, die etwas größer ist als sie selbst. Ich merke, dass eine Katze an meinem Bein vorbeistreicht. Höre sie schnurren. Ich denke, so kann ich die ganze Nacht hier sitzen. Hier sitzen und an dem miesen Wein nippen und mir vorstellen, ich wäre in Fredrikstad oder Moss, vielleicht sogar in Sarp, diese Arbeiterstädte auf dem Ostufer des Oslofjords haben etwas Beruhigendes, etwas Echtes, und ich denke, dass ich hier in einigen Wochen tingeln sollte, mit einem soliden Roman über Flößer und Straßenarbeiter im inneren Østfold, über Leben und Tod in den alten Fabriken am Fluss, die engen Wohnungen, Krankheiten und die großen Kinderscharen. Ich denke ein bisschen daran, was Kolla darüber gesagt hat, wann ich mich wieder meiner schriftstellerischen Arbeit zuwenden will. Der eigentlichen. Die ich niemandem weggenommen habe. Andererseits: Nur ich habe eine Ahnung davon, wie viel noch ungeschehen ist. Mein schriftstellerisches Werk war abgeschlossen. Ich hatte aufgegeben. Und die Krimis haben mich wieder auf die richtige Spur gebracht.

Ich bin so müde. Draußen prasselt der Regen. Ein Wasserfall über den Pflastersteinen. Und hinter dem Wasserfall die halb verwischte Frau vor dem großen roten Quadrat, die Fläche, die sie immer wieder angeht, ich muss an einen Fechter denken, der immer wieder mit dem Degen angreift, leicht, hin und her tanzend vor einer Wand aus beweglichem Wasser.

Ich erwache in der grauen Dämmerung. Noch immer hämmert der Regen auf den Steinboden des Hinterhofs, im Halbschlaf wirkt er wie etwas Beständiges, etwas, das immer schon war und immer sein wird, ich selbst eine Art lebender Auswuchs, etwas, das sich aus der Wand in einen Raum in einem Haus in einer Stadt gepresst hat, ein Geschwür, das in ihr Bett gewachsen ist, das das Laken füllt, nackt und warm. Ich kann irgendwo im Zimmer hinter mir ihre Bewegungen hören, Kleider, die über Haut und Körper streichen, aus- oder angezogen werden, ihren Atem, der sich mit meinem Atem mischt.

»Vilde?«

Ich spüre das Gewicht ihres Körpers, als sie sich auf die Bettkante setzt; ich selbst wiege zehn Tonnen, ich bin wie ein riesiger Stein, der von einem Felshammer hoch oben am Hang abgebrochen ist und einen Hechtsprung mitten in das warme Moor gemacht hat. Hier liege ich gut. Hier liege ich für immer.

»Vilde?«

Ihr Atem. Die Lippen dicht bei meinem Ohr. »Alexander?«

»Ja?«

»Ich will, dass du jetzt gehst. Und ich will, dass du nie wieder zurückkommst.«

Ihr Atem riecht nach Zigarette. Sie wirkt ganz ruhig und ein bisschen müde, und ich weiß, dass das genau der Moment ist, in dem man auf der Hut sein sollte. Es ist aber schwer, in einer solchen Situation nichts zu sagen, so funktionieren wir nun einmal nicht, man möchte ja gern ein »aber« einwenden, ein »meine Liebe«, so etwas, aber nein. Nicht hier. Nicht jetzt. Nicht in Vildes Bett.

Aber es ist bitter, das Dasein des Felsbrockens aufzugeben, vor allem, es gegen das Leben in der Menschenhaut einzutauschen, es wäre leichter, wenn die Alternative das Moor wäre, oder ein stiller See hoch oben in der Hochebene.

Jetzt zwinge ich mich zurück ins Leben, auf die Bettkante auf der Seite, wo sie nicht sitzt, ich stelle die Füße auf den kalten Boden und wiege mich hin und her, die Ellbogen auf die Knie gestützt und den Kopf in den Händen, uäh, uäh, und der Kampf gegen die Wörter, die in mir einfach kommen und kommen, die in mir aufbrodeln wie heiße Lava, die niemals, niemals von meinen Lippen fallen dürfen, keine Entschuldigungen, kein Bedauern, vor allem keine Erklärungen, nur das pure, lautere Schweigen, und die Scham, die daran klebt. Unterhose und Socken anziehen. Her mit Hose und Hemd. Her mit Schuhen und Jacke.

Sie raucht und schaut aus dem Fenster, hinaus in die graue, tropfende Feuchtigkeit.

Und leidtun kann uns der, der jetzt »mach's gut« zu ihr sagt.

Nach draußen zu kommen ist ungefähr, wie unter die Dusche zu gehen, übrigens wunderbar erfrischend, ich habe es wirklich nicht eilig auf meinem Weg zum Auto nach oben. Ziehe sogar die Jacke aus, so dass das kalte Regenwasser durch den dünnen Hemdstoff dringt, in die Haut eingehämmert wird, die der Schlaf noch nicht ganz verlassen hat. Der Fluss ist hoch und reißend, es ist fast so weit, dass er über den Asphalt schäumt und Schaden anrichtet.

Ach, alle diese entschuldigenden Phrasen und Redensarten, die so ein Aufbruch hervorruft, alles, was normalerweise seinen Auslauf findet – jetzt ist es wie eine Flut in mir, eine Kraft, die hinauswill, da ich nun dermaßen davon erfüllt bin, die unerlösten Wörter mit mir weitertrage, da es also gefährlich ist, das auf Vilde loszulassen, wenn sie so ruhig und bedrohlich ist.

Im Garten vor dem alten Lensmannshof steht ein Mann, der vom Scheitel bis zur Sohle in durchsichtiges Regenzeug gekleidet ist, auf dem Kopf hat er sogar einen durchsichtigen Südwester, ich kann unter der Kopfbedeckung seine dunklen Haare sehen, und das, was ich für einen dunklen Anzug halte, Sonntagsstaat unter Jacke und Hose, er steht ganz still bei den Johannisbeersträuchern und schaut zum Fluss hinüber, und als ich an ihm vorbeikomme und nicke, wie das in unserem Teil der Welt Brauch ist, passiert es ganz automatisch, dass ich ihn auch gleich noch anspreche, ich sage, es tut mir leid, dass es so gekommen ist, dass ich es nicht so gewollt hatte, und dass ich wirklich wünschte, es könnte anders sein.

Und nun ist er damit an der Reihe, die Wörter zurückzuhalten.

Wie betrunken ich bin? Nicht besonders. Ich bin ziemlich sicher, dass mich der Schlaf geholt hat, ehe ich noch eine Flasche aufmachen konnte, und da bin ich vermutlich gar nicht betrunken, nur berauscht vom Schlaf, von Schlaf und Sehnsucht, wenn man ein wenig poetisch sein will, und ich merke, dass ich das will.

Aber wenn ich nicht betrunken bin, so ist es doch eine Tatsache, dass ich betrunken rieche, ja, dass meine Mundhöhle nach dem tagealten sauren Wein bei Vilde stinkt, den sie zu Hause auf der Fensterbank hinterlassen hatte, für den Fall, dass ich, ihr derzeit einziger Liebhaber, auf die Idee komme hereinzuschauen. Ich muss an den römischen Soldaten denken, der Jesus an jenem elenden Freitag auf Golgatha einen mit Essig vollgesogenen Schwamm zu trinken gab. Ich stinke nach Tod und schlechtem Wein, eine unschlagbare Kombination, wenn man zufällig auf eine Polizeikontrolle stößt, vor allem nach dem frischen Artikel in *Se og Hør* über blinde Gewalt. Dann bringt es auch nichts, die Redaktionssekretärin von CappelenDamm anzurufen. Warum denke ich das? Ich setze mich ins Auto und ziehe die Tür hinter mir zu. *Warum denkst du so?* Es ist armselig und flach in seiner ganzen grauen Alltäglichkeit, ist so kleinlich. Ein neuer Tag auf der Erde, und dann schaffst du nicht mehr, als solche kleinen Visionen aus dem Hut zu ziehen. Die Gefahr einer Polizeikontrolle irgendwo am Mossevei. Einige verhuschte Jugendliche in Uniform. Halt! Hier anfahren! Was soll denn dabei herauskommen. Warum denkst du nicht lieber, dass dieser kleine Ort zwischen Moss und der Hauptstadt etwas Geheimnisvolles, ja, etwas fast Böses und Begehrliches hat; die prachtvollen Gebäude an dem dunklen Fluss, Folgen der Steuerflucht aus der Stadt in der Jobberzeit der dreißiger Jahre, das Viadukt, das noch vor kurzer Zeit die Züge nach Schweden über die Dächer getragen hat, die Wiesen darunter, der schattige Wald, der einen Gegensatz bildet zu Sons sommerlicher Verspieltheit an Strand und Fjord, nur zwei Kilometer weiter flussab Hølen und Son, wie Schatten und Sonne. Wie lange kenne ich sie schon? Vilde? Seit fast drei Jahren, es war im Frühling ... Und wir sind so oft über die Wege hier in Hølen gegangen, bei aller Art von Wetter, flussauf und flussab, auf dem Weg zur Son kro, oder einfach zu nichts, während wir einander an den Händen hielten, oder auch nicht, beide für sich, in Wut oder Verlegenheit, geballte Allein-Fäuste, Hände, die Zigaretten gehalten haben, Blumen getragen oder Flaschen, aber als ich jetzt hier in dem kalten Auto sitze und dem Regen lausche, der aufs Dach trommelt, geht mir auf, dass es im Grunde immer so war wie jetzt. Dunkel und regnerisch. So sehen diese Wege in allen diesen Gemütszuständen in meiner Erinnerung aus. Dunkelheit und Regen, und der Geruch von feuchten Haaren und Wolle, wenn wir zu ihr nach Hause kamen, in den dunklen Eingang, oder direkt ins Atelier, das plötzliche Licht der knisternden Röhren unter der Decke; der alte Diwan, der Tisch mit den Farbflecken, die Katzen, die Läufer; im Herbst wie jetzt, große Nachtschwärmer, die sich gegen die Fensterscheibe warfen oder wie berauscht durch die Luft taumelten. Wie Zauberwerk. Nachts so dazuliegen, mit ihrem Kopf an der Wand, dem Geruch ihrer Haare und ihres Körpers, in etwas, das wie eine Nische in der Zeit an sich wirkt, eine Freistätte, die man nicht richtig begreift, zugleich die Gewissheit, zumindest der Glaube, dass nur einige hundert Meter weiter, wenn auch außerhalb der für Ohr und Gehör gesetzten Grenzen, der schwere Verkehr der E6 von Osten nach Westen und von Westen nach Osten donnert, als endlose Reihen aus Licht und Metall und Gummi und Fleisch, niemals Ruhe, immer jemand auf der Straße, auf dem Weg zu etwas außerhalb von uns selbst, ja, hier habe ich den eigentlichen Schlüssel zu Hølen: Es liegt außerhalb, so, wie ich es erlebt habe, immer, wenn ich in diesen fast drei Jahren mein Auto hier abgestellt habe und zu ihr nach unten gegangen bin, in den fast drei Jahren, in denen ich der verheiratete Mann in ihrem Leben war, der aus Oslo, der aus den Klatschzeitungen und den Fernsehsendungen. Aus der Welt, vor der sie nach Hølen geflohen ist.

Na gut. Ich lasse den Motor an. Ich bin nicht sentimental. Ich denke mir, dass ich jetzt ganz einfach aus ihrem Leben fahre, noch dazu auf Aufforderung; hier heraus und hinein in etwas anderes, zuerst die Beerdigung, dann die Buchvorstellungen, danach wird sich schon ein Rat finden; das ist am Leben ja gerade so großartig, dass die vielen Details keine so große Rolle spielen, jedenfalls nicht, wenn man über die fünfzig hinausgelangt ist, dann sieht man ohnehin ein Stück weiter vorn in der Landschaft den Tod winken, wie eine Mutter, die an der Ziellinie mit heißem Kakao wartet.

Ist das alles? Ist das so einfach? Ja, so einfach ist das.

Ich höre im Autoradio Nachrichten. Oder genauer gesagt: Ich höre die Geräusche der Nachrichten. Stundenalte Zitate, nagelneue Singles, aktuelle Politik lokaler Art, gemischt mit unsterblichen LPs, dem Mittleren Osten, Öl und dem Dollar, mit Verrat und der ewigen Drohung des Untergangs.

Ich schalte aus. In der Schlange bei Ulvøya wäre ich fast eingeschlafen.

Schalte wieder ein.

Eine Sondersendung über Wigdis. Meine Schwiegermutter.

Ada ist nicht zu Hause. Das spüre ich schon auf der Treppe. Über so etwas wird in Illustrierten geschrieben, aber im Grunde ist es sicher nicht so geheimnisvoll. Eine bis auf weiteres verdunkelte Kammer im menschlichen Gehirn, das ist alles. Ich schließe die Tür der leeren Wohnung auf und gehe ins Wohnzimmer, wo es passiert ist, öffne die schweren Vorhänge zum Bogstadvei und Valkyrieplass hinaus. Ein dunkler Fleck auf dem roten Teppich. Der Inhalt eines Weinglases, vielleicht halb getrunken. Schlusspunkt.

Der Verkehr fließt so ruhig im Regen, die nassen Karosserien, die sich in sanften Schüben durch das graue Morgenlicht bewegen, haben etwas Meditatives, etwas Einschläferndes, und ich habe ja kaum geschlafen.

Ich gehe von Zimmer zu Zimmer. Küche. Esszimmer. Ihr Schlafzimmer. Das Bett: Gemacht. Unberührt.

Sehe auf dem Telefon nach. Keine Termine.

Und da klingelt es.

»Hallo?« Im selben Moment schaue ich auf die Uhr. Halb neun. »Hallo, wer ist da?«

Niemand. Keine Nummer im Display.

Ich sollte schlafen gehen, ich habe keine Termine, nichts, was ich erreichen muss, ich muss doch zum Umfallen müde sein nach dieser amputierten Nacht, aber als ich mein Schlafarbeitszimmer zum Hinterhof betrete, hebt sich meine ein wenig alberne Laune, wie es oft passiert, nach einer Nacht mit wenig oder nicht genug Schlaf, es ist fast wie ein schwacher Rausch, und ich merke, dass es ein Zustand ist, den ich nicht so einfach auswischen, abstreifen möchte. Deshalb trinke ich einen Schnaps. Später koche ich Kaffee und esse zwei Scheiben Graubrot mit Schinken und scharfem Senf, stehend, am Arbeitszimmerfenster. Unten auf dem gepflasterten Gehweg zwischen Eingang und Mülltonnen sehe ich Die Mit Den Roten Haaren, die ihr Kind ruft, ein in Ölzeug verpackter pummeliger Körper hinten beim Trockengestell. Es regnet und regnet. Ich gehe davon aus, dass Ada bei Arnold ist. Ich weiß nicht, warum ich das gerade jetzt denke, ich nehme an, dass es irgendwie mit dem Kind beim Trockengestell zusammenhängt. Bisher habe ich dieser Frage noch keinen einzigen Gedanken gewidmet. Ich habe nicht vor, sie anzurufen, ich stelle mir eine lange Vater-Tochter-Nacht vor, und Ada, die jetzt angezogen im Sessel vor dem Fenster schläft.

Und dann sehe ich Vilde vor mir. So, wie ich sie verlassen habe, auf der Bettkante sitzend, oder auf der Seite liegend in der Bettwäsche, die ich angewärmt habe, vielleicht zum letzten Mal, falls sie sich die Sache nicht anders überlegt, sie überlegt sich die Sache nicht anders, denke ich, so ist sie nicht, mit ihrem ganzen Trotz, und der Wut. Oh nein.

Das Telefon klingelt wieder. Keine Nummer im Display. Ich schalte es aus.

Ich schlafe trotzdem ein. Im Sitzen, im Sessel am Fenster, ziemlich genau so, wie ich mir Ada vorgestellt habe; ich träume in starken, leuchtenden Farben, und die Handlung stammt aus einem Buch, das ich als Kind gelesen habe, einem längst vergessenen Titel von einem Autor, dessen Namen ich nicht mehr weiß. Das Buch handelt von einer kleinen Stadt, wo die Erwachsenen, aus Gründen, die ich vergessen habe, im Wald etwas zu erledigen haben; sie verirren sich, sie kommen nicht zurück, und in der Stadt müssen die Kinder die Rollen und Berufe der Erwachsenen übernehmen. Zwei von ihnen hüten die Feuerwache, das Polizeirevier muss besetzt werden, alle brauchen Wasser, Lebensmittel und Strom, und ich erinnere mich noch an die Begeisterung, die dieser Text in mir als frischgebackenem Leser erweckt hat, vielleicht war ich acht Jahre alt, an die Freiheit, die ich verspürte, wenn ich mich mit diesen Kindern identifizierte, die plötzlich der Kontrolle durch ihre Eltern entzogen waren, die Eltern, die gegen Ende des Buches enttäuschenderweise zurückkehrten, und ich weiß noch, dass ich dachte: nur, weil ein Erwachsener dieses Buch geschrieben hat. Denn in meinen späteren Phantasien, und im Traum, den ich hier in Majorstua an diesem Herbsttag des Jahres 2010 habe, kommen die Erwachsenen nicht zurück, sie kommen nie zurück, sondern verschwinden auf ewig in der Vergessenheit. Und es sind diese strahlenden Farben über Marktplatz und Park und Kirche und Fjord in der kleinen Stadt, und der kleine Pastor, der kindliche Arzt und der sechs Jahre alte Bürgermeister, und ich selbst in einem verlassenen Laden, wo seltsame Schachteln und Kartons vom Boden bis zur Decke an den Wänden aufgestapelt sind, vom Keller bis zum Dachboden, alle diese geschlossenen Räume, deren Inhalt niemand kennen kann, Wunderschachteln, Überraschungskartons, aber keine Kundschaft, nur der leere Marktplatz draußen; eine Zeitungsseite, die der Wind in die Luft wirbelt, die wie ein losgerissener Papierdrache am Horizont verschwindet.

Ich werde um Punkt zwölf Uhr wach und schalte das Telefon ein. Sechs Mitteilungen. Zwölf entgangene Anrufe. Ich habe das vage Gefühl, dass etwas nicht stimmt. So kurz vor einem neuen Buch ist sonst mehr bei mir los, und dann ist da noch diese Sache mit Ada, an die ich jetzt doch endlich zu denken beginne. Nicht so sehr, dass ich sie anrufe, ich bin keiner, der pausenlos hinter seiner Frau hertelefoniert, aber ich darf mich doch wohl kurz fragen, warum sie sich nicht bei mir meldet.

Draußen hat der Regen aufgehört, die Wolkendecke reißt auseinander.

9

Singe, wem Gesang gegeben

Die Frognerkirche ist voll besetzt. Auf beiden Seiten des Eingangs stehen die Trauergäste bis zur Straße. Von dem Augenblick an, in dem wir mit einem Taxi vorfahren und im Blitzlichtregen baden, ist es ungefähr wie bei einer Premiere. Und als Martin und ich Ada in die Kirche geleiten, ich mit der Leichenbittermiene, die ich zu Hause vor dem Spiegel geübt habe, Martin mit seinem angeborenen Gesicht, genieße ich das Gefühl, unter Schutz zu stehen, ein Schutz, der mir durch die Tatsache gewährt wird, dass ich mit der Tochter der Hauptdarstellerin verheiratet bin, die so lebensecht die Tote im Sarg spielt; die schwarz gekleidete Menge aus Ganz- und Halbpromis teilt sich vor uns, da sind sie alle, niemand erwähnt, niemand vergessen, der halbe norwegische Rundfunk, die ganze Theater- und Filmwelt, Show und Presse, Gott und die Welt, natürlich, es werden Autogramme gegeben, und zum Teufel mit ihnen allen, denn ich weiß ja, was sie denken, da kommt Alexander Irgens, der gewalttätige Autor, zusammen mit der Frau, mit der er übrigens verheiratet ist, nicht mit der, mit der zusammen er auf Hoteldächern in Lillehammer Leute zusammenschlägt, der Geliebten aus Hølen.

Und der bedauernswerte Sohn mit dem Wikingerbart.

Und in der ersten Reihe sitzt die Familie, wie der Brauch es eben will, die ganze Familie versammelt um Arnold, der seine Lebensgefährtin auf dieser Erde verloren hat, Ada und ich, Martin, Adas Geschwister und Onkel und Tanten, Martins Vettern und Kusinen, die ganze Bande, bei denen ich mich immer fremd gefühlt habe, schon seit dem ersten Augenblick, als ich sie nackt gesehen habe, jetzt vielleicht sogar ein bisschen unerwünscht, da alle beim Zahnarzt waren und *Se og Hør* gelesen haben.

Das Seltsame ist – wenn man ehrlich sein will, und dazu sind wir ja eigentlich hier –, dann geht mir auf, dass von allen Mitgliedern dieser Familie die Tote mir am nächsten gestanden hat. Ich habe meine Schwiegermutter immer gern gemocht, nicht nur als Künstlerin, sondern wirklich auch als Schwiegermutter. Der bloße Gedanke, mit Arnold einen zu trinken oder zu Mittag zu essen, war mir absolut fremd, ja, wirkte fast absurd. Mit Wigdis aber war das anders. Wir konnten mitten am helllichten Vormittag im Theatercafé sitzen und uns einen Schwips antrinken.

Und dennoch, denke ich, während Orgel und Gesang loslegen, dennoch fehlst du mir nicht. Mit null Wehmut sitze ich hier und betrachte Sarg und Blumen, und für mich war das Kircheninnere nie etwas anderes als das, was es eben ist, das Innere einer Kirche, eines Hauses in einer Stadt, möge Gott wissen, wo Er sich aufhält.

Du warst die Einzige, die ein wenig kaltes Wasser ins Blut gegossen hat an jenem elenden Morgen unten an der Südküste, die Einzige, die nicht so tat, als ob ich die Kleine vergewaltigt hätte; du warst auf meiner Seite, und da ist es passiert, da ist das zwischen uns entstanden. *Hört doch auf. Wovon reden wir hier? Von einem Klumpen Hasch? Jetzt seid doch mal vernünftig!*

Jetzt sitzt diese Kleine hinter mir und ist eine Frau geworden, sie lächelt mich nachsichtig an, wenn ich mich umdrehe, um zu sehen, wer noch gekommen ist, wer gerade hereinkommt, ob die Türen bald geschlossen werden können.

Nicht unfreundlich. Nur nachsichtig.

Ada und ich haben das ausgerechnet. Wigdis stirbt ungefähr in dem Moment, als ich oben in Lillehammer am Tisch stehe und den Mädels von Libris erzähle, dass ich von dem von mir geschriebenen Stück abweichen will, dem Text, der verlangt, dass ich jetzt zusammenbreche und vor ihren Augen zu sterben vorgebe, dass ich es einfach nicht wage, meinen Tod zu spielen. Derweil stirbt Schwiegermutter Wigdis zu Hause in Majorstua und hinterlässt einen großen Fleck auf dem Teppich, einen Fleck, den Ada und ich bleiben lassen wollen, da es ja Rotwein ist und nichts anderes.

Wigdis muss ich noch eins lassen, denke ich, während die Zeremonie ihren Lauf nimmt, ihr gilt großer Dank dafür, dass sie genug Verstand und Umsicht hatte, die Regie für das zu übernehmen, was jetzt vor sich geht. Auf diese Weise werden wir schonend an endlosen Redeströmen angetrunkener Kollegen vorbeigelotst, und ist das nicht niedlich: »Wenn Erik noch lebt, soll er ›Dämmerstunde‹ singen. Andere Lieder will ich nicht.«

Adas Hand jetzt in meiner. Aber an dem Tag, an dem ich nach Hause komme, rufe am Ende ich an. Ich werde schließlich nervös, ich gehe ins Larsen hinüber, um nach Bekannten Ausschau zu halten. Aber da ist niemand. Trinke eine Tasse Kaffee. Wandere weiter durch den Frognerpark. Jetzt scheint die Sonne. Herbst. Die Farben brechen in den Baumwipfeln hervor. Ich überlege mir, dass sie hier später kommen als oben im Wald bei Kolla. Dann denke ich ein wenig darüber nach. Dass die Bäume in Kollas Wald vor den Bäumen im Frognerpark einen gewissen Vorsprung haben, was die jährliche Farbenpracht angeht.

Aber natürlich. Am Ende muss ich doch anrufen, da sie offenbar nicht vorhat, sich bei mir zu melden.

Sie ist an der Südküste, aus einem Impuls heraus. Plötzlich kam ihr das Bedürfnis, da unten im Haus am Meer zu sein, ganz allein für zwei Tage, sie ist so hilflos und seltsam, als ob sie sich schämte, weil sie losgefahren ist, einfach so, Hals über Kopf, und auch nicht angerufen und Bescheid gesagt hat …

»Aber meine Liebe«, sage ich. »Es ist doch nicht schwer zu verstehen, dass du für zwei Tage deine Ruhe haben willst. Und muss man überhaupt ums Verrecken alles Mögliche verstehen? Kann es nicht reichen, einfach den Impulsen zu folgen, wenn sie kommen?«

»Ich bin übermorgen wieder da.«

»Ich soll dich nicht abholen?«

»Nein. Ich hab Papas Auto geliehen.«

»Es ist so seltsam. Als ich nach Hause gekommen bin, wusste ich schon auf der Treppe, dass du nicht da warst.«

»Das geht mir auch manchmal so. Und hier unten ...«

»Geht Mutter um?«

Sie lachte. »Nein, das tut sie nicht. Aber ich spüre eine Art Nähe zu ihr. Das hier war ihr Haus, weißt du. Papa war ein Gast. Sie ist hier überall. Draußen im Schuppen. In der Küche, natürlich. Und ehe ich gestern Abend eingeschlafen bin, nein, im Einschlafen, als ich in den Traum eintrat, lag sie neben mir.«

Ich weiß nicht so recht, was ich sagen soll. Schweige.

Sie: »Ist Martin schon da?«

»Nein.«

»Denk nicht daran. Er weiß, wann die Beisetzung ist.«

Gesagt auf eine Weise, die ... Er kommt. Martin kommt. Kein Grund zur Sorge. Mit gewissen anderen sieht es nicht so gut aus. Weiß ich etwa, wann die Beisetzung ist? Nein. Aber ich weiß, wann *Große dunkle Männer* auf den Markt kommt. Ich weiß, dass die beiden Daten nicht kollidieren. Ich habe es sogar irgendwo notiert.

Erst, als ich aufgelegt habe, muss ich an unser Telefongespräch vom Vorabend denken. Da war sie also in dem roten Haus unten am Meer. Ohne es zu sagen. Aber ich habe gesagt, ich sei in Fredrikstad. Und war in Hølen.

Was für ein Spiel betreiben wir hier eigentlich?

Nach der Beisetzung gehen wir durch die Bygdøy allé zum Rica Hotel, das in diesem Text unter seinem früheren Namen, Hotell Norum, aufersteht, diesem schlossähnlichen Prachtbau mit den vielen Türmen und Türmchen, und mit der legendären Bar, in der sich einfach nichts verändert hat, denn es ist mein Wunsch und mein Recht als Autor, gerade hier einer Auswahl der uns Nächststehenden Schnittchen und Wein zu servieren. An die dreihundert begeben sich deshalb auf den kurzen Weg von der Kirche herunter, ich habe Ada auf meiner rechten Seite, auf meiner linken geht Arnold, der Schwiegervater, der mir seit unserer letzten Begegnung arg reduziert vorkommt, es ist noch gar nicht lange her, mit dem Verlust von Wigdis wird er nicht so gut fertig. Wir sagen nicht viel, und das Wenige, was wir sagen, ist der Unsinn, den man bei solchen Gelegenheiten eben von sich gibt, ein bisschen Geplauder über sie, die nicht mehr unter uns weilt, über das Praktische, davon gibt es ja immer genug, wenn jemand den Löffel abgibt und unter die Erde soll, daran kann man sich dann immerhin festhalten, wenn man sich unsicher fühlt. Und das tut Arnold jetzt, er schlurft neben mir her und sieht überhaupt nicht aus wie der steinreiche Finanzjongleur mit der Pornobanane, den ich vor vielen, vielen Jahren einmal an der Südküste kennengelernt habe. Er ist physisch und psychisch unsicher, und ich sehe, dass Ada ihn immer wieder ängstlich anblickt, während er tief in seinen eigenen Gedanken versunken ist, er ist ganz einfach ein Mann in Trauer, ich habe nicht den Eindruck, dass er *Se og Hør* gelesen hat, nichts weist darauf hin.

Und ganz vorn: Der Hinterkopf von Olav Ramnes, Stig Hammer in eigener Person, der Polizeiberichterstatter, den ich eigenhändig dem inneren Kreis einverleibt habe, der sich jetzt zusammen und gleichzeitig der Bar des Norum nähert, ein Ort, zu dem er keine Beziehung haben kann, dazu ist er zu jung, aber der für so viele von uns anderen ein zweites Zuhause ist. Hier haben wir in schlechten Zeiten und bei Gegenwind gesessen, mit unseren Longdrinks und taufrischen Halben, die Bar des Norum ist an diesem Tag der Trauer die eigentliche Kirche, und deshalb wird es guttun, gerade dort ein wenig Druck abzulassen, selbst wenn also die Hauptdarstellerin ja dafür gesorgt hat, dass die Zeit in der ersten Bank nicht gar zu lang wurde.

Die Kastanien in der Bygdøy allé sind krank. Sie bieten einen traurigen Anblick, und in vieler Hinsicht rührt ihr Zustand mich mehr als die Tatsache, dass Wigdis nicht mehr da ist, und dass ich selbst hier in einer Art halbherziger Anwesenheit in einer mit Promis gespickten Trauergemeinde unterwegs bin. Der elende Zustand der Bäume macht mir richtig zu schaffen, mir geht auf, dass Bäume mir wichtiger sind, als mir bewusst war, ich erinnere mich an einen Baum oben am Seeufer in Kollas Wald, Vilde nackt und schön – aber ein Baum, eine Fichte zwischen ihr im Wasser und mir auf dem Sägebock, das Sonnenlicht, das auf beide fällt, ihr weißer Körper, und der Baumstamm, dessen Rinde einen leuchtend lila Farbton annimmt, so harmonisch und schön vor dem patinagrünen Moos, aus dem der Stamm aufragt, ein Ausrufezeichen der Natur, und Vilde, die Unsinn über »alter Mann« ruft. Und die alten Apfelbäume in Mosse Krogstads Garten. Niedrig und knorrig, gebeugt und geformt von Wachstum und Zeit, von harten Wintern, kurzen Sommern, triefnass an dem dunklen Herbstabend, ich selbst oben auf dem Weg vom Tor, aufgrund dieser idiotischen Fernsehstudierenden aus Volda, der Duft der Bäume und des Regens, der im Gras und in meinen Haaren landet. Jetzt ziehen die Bäume in der Bygdøy allé meine Aufmerksamkeit auf sich. Das Laub ist schmutziggrün und hat braune Ränder, ist beschädigt, angegriffen, hat die Kastanienmotte aus Europa sich über das Kattegat wehen lassen, oder hat das Salz der Straßenbaubehörde die Wurzeln der Riesinnen angenagt? Ich präge mir ein, dass ich mir dieses Wissen verschaffen muss, ich will es im Internet nachsehen. Werde das Elend in meinen nächsten Roman über Hammer beschreiben. Der gerade erst Form anzunehmen beginnt. Bäume. Ja, und vielleicht ein bekannter Schauspieler, dem irgendein Missgeschick widerfährt, ach ja, vielleicht.

Zum Glück passt er auf, damit habe ich gerechnet, ich habe mehrmals gesehen, wie er sich umgeschaut hat, deshalb bin ich nicht überrascht, als er rauchend auf der Treppe zum Norum Hotell auf mich wartet, er wirkt auch nicht nervös, das ist beruhigend, ich fühle mich gar nicht schlecht, ja, fast großzügig, und das will ich ja eigentlich auch sein, jedenfalls heute.

»Alexander!«

»Ja, verdammt«, sage ich. »Bringen wir das hier hinter uns.«

Ich ziehe ihn mit zu einem der sterbenden Bäume.

»Ich bin froh, dass du das so siehst. Wir können doch verdammt noch mal nicht als Feinde enden.«

»Ich hab dir nicht einen einzigen negativen Gedanken geschickt«, sage ich. »Aber wir wollen das mal vom Tisch schaffen. Hat es schlimm ausgesehen? Ich weiß noch, dass ich dazwischengegangen bin. Dass ich versucht habe, sie aufzuhalten. Genauer gesagt, so sieht das in meiner Erinnerung aus.«

»Ich hätte meine Aussage bei der Polizei ja verschönern können. Aber der ganze Hühnerstall kochte doch. Und wir haben alle etwas anderes gesehen als du. Verstehst du? Wir haben gesehen, dass du diesen Trottel aufs Übelste zusammengeschlagen hast. Und du? Hör mal! Glaubst du, gerade ich wüsste nicht, dass es irgendwo eine Grenze gibt? Die solche wie der lieber nicht übertreten sollten? Ich hätte das auch sein können, Alex! Das wollte ich nur gesagt haben.«

»Ganz ruhig. Das Einzige, was mir zu schaffen macht, ist, dass vielleicht alles allein an Vilde hängenbleibt.«

»Meinst du, dass …«

»Ja, mich hat niemand angezeigt. Aber Scheiß jetzt da drauf. Das Wichtigste ist, was uns beide angeht, dass du dir klarmachst, dass ich dir nichts nachtrage. Du solltest bei der Polizei eine Aussage machen. Das hast du getan. Daran gibt's verdammt noch mal nichts auszusetzen. Und wenn du und die Libris-Mädels sagen, ich hätte den Kerl zusammengeschlagen, ja, dann hab ich das wohl.«

»Aber in *Se og Hør* …«

»Ja, mir war schon klar, dass ich ihm die Schlagzeile geliefert hatte.«

»Aber du bereust nichts?«

»Nein. Das nicht. Irgendwann musste es passieren.«

»Und sie … Vilde?«

»Will nichts von mir wissen. Das musste vielleicht auch passieren. Ich weiß nicht.«

»Oh verdammt.«

»Komm jetzt. Trinken wir einen. Schön, dass du kommen konntest, übrigens.«

»Was meinst du denn? Dass irgendwas wichtiger hätte sein können? Und wo wir hier gerade miteinander reden. Was glaubst du, wie Hammer …«

Und da stehen wir nun unter einer der kranken Kastanien und reden über Stig Hammer bei der Beerdigung seiner Schwiegermutter, über meinen fiktiven Sohn sozusagen. Wir sprechen über die Rolle, darüber, was Hammer wohl sagen könnte, wenn die Situation so oder so wäre, und ein bisschen darüber, was er wahrscheinlich nicht sagen würde, diese Situation ist mir sehr vertraut, solche Gespräche führe ich häufig, ich beantworte die Fragen von Lesern und Presseleuten, von Kritikern und Fernsehmoderatoren, und bald, in zwei Tagen, wird das wieder losgehen. Das ist in Ordnung, das gehört zum Handwerk, und es ist auch kein schlechtes Handwerk, aber trotzdem merke ich, dass es irgendwie falsch ist, hier zu stehen und über meine Romanfigur Stig Hammer mit Olav Ramnes zu sprechen, dem Mann, der ihn im nächsten Film spielen wird, vor allem wenn man bedenkt, dass dieser Schauspieler in der Dramaturgie meines eigenen Lebens, meines wirklichen Lebens, für eine dramatische Wende gesorgt hat, indem er der Polizei von Lillehammer meinen Kopf auf einem silbernen Tablett serviert hat. Der Polizei, deren Vertreter, Kommissar Soundso, eben erst Mosse Krogstads Haus verlassen hatte, nachdem er in einem von mir verfassten Kriminalstück aufgetreten war.

Und in dieser ganzen Zeit, während Olav und ich uns zwei Zigaretten reinziehen und ich so tue, als sei alles bestens, steht mein echter Sohn Martin, geborener Irgens, jetzt Hereng, mit dem Pfeifenschaft zwischen den starken Zähnen leicht zurückgelehnt und mit den Daumen unter den Hosenträgern auf der Treppe, etwas klobig und rund und mit wildem roten Bart, er hat ein bisschen Ähnlichkeit mit einem Werenskiold'schen Märchenkönig, wie er so dasteht und die Bygdøy allé hochblickt, als ob er auf jemanden wartet, der mit einem Elsternflügel und einer ausgelatschten Schuhsohle ankommt, mit einem nicht ganz klaren Ziel.

Es sieht nicht aus, als ob er sich freut.

Zwei Tage vorher:

So, wie ich Adas Abwesenheit spüre, spüre ich auch Martins Anwesenheit, aber bei meinem Sohn hat das wie üblich keine metaphysischen Aspekte, es ist der süße Geruch des dänischen Pfeifentabaks im Treppenhaus, Dörrpflaume, vielleicht mit einer Prise Vanille, ich stehe unten vor der Treppe bei den Briefkästen und ziehe den Duft von Martins Pfeifentabak in mich hinein, ich komme von einem gemäßigten Abend im Lorry, ich bin den Bogstadvei hochgegangen, um einen klaren Kopf zu bekommen, nicht wegen des Alkohols, sondern weil diese dichte Atmosphäre und der ganze Krach mich auf meine alten Tage fertigmachen. Jetzt auf der untersten Stufe: die dunkelgrünen Briefkästen an der gelben Mauer angebracht, die weinroten Leisten und die Täfelung, die mit Linoleum belegten Treppenstufen, die Messingstifte ... Wie oft ... Nach oben. Nach unten. Wie viele hunderttausend Schritte? Martin ist hier aufgewachsen, er hat in diesem Haus gelebt, seit er null war, ja, seit Ada ihn in ihrem Bauch die Treppen hochgetragen hat, und bis er zwanzig war. Jetzt hängt sein Geruch im Treppenhaus, der Geruch, der zu einer Art Kennzeichen geworden ist, der süße runde Pfeifenrauch, und das in einer Zeit, wo die Pfeife sozusagen ausgerottet ist, oder zumindest ins stille Kämmerlein verbannt.

Ich schließe die Wohnungstür auf und höre aus dem Wohnzimmer EST, das Esbjørn Svensson Trio, und zwar »Good Morning Susie Soho«, und ich empfinde ein Glück, an das ich auf keinen Fall glauben darf, einen Hauch von Gemeinschaft, von der ich weiß, dass sie falsch ist, nur ein Tagtraum, aber ich muss dieses falsche Glücksgefühl einfach packen, muss es eine Sekunde festhalten, denn es ist ja eine Tatsache, dass Martin und ich, ganz unabhängig voneinander, uns zu diesen drei Schweden durchgehört haben, lange, ehe sie zu Sternen am europäischen Jazzhimmel wurden. Wir haben einige Male darüber gelacht.

Er liegt auf dem grünen Sofa aus den siebziger Jahren, dem ausufernden, gefleckten Samtungeheuer, wir können uns einfach nie dazu ermannen oder erfrauen, es in den Müll zu geben, dort liegt er mit einem Bier unter der riesigen Yuccapalme, die uns schon vor Adas Schwangerschaft begleitet hat, er sieht aus wie ein Badegast an einem Südseestrand, es fehlen nur ein knallbunter Papagei oben im Bücherregal und ein paar Goldfische auf dem Teppich.

Die Pfeife wie ein Pfropfen zwischen seinen Zähnen.

»Hallo, mein Junge. In der Speisekammer ist noch mehr Bier. Hast du was gegessen?«

Er dreht sich auf die Seite und wirft einen Blick auf die Armbanduhr. »Halb zwölf. Ja, ich hab was gegessen.«

»Bist du geflogen?«

»Von Hamburg, ja. Was ist passiert?« Er setzt sich auf und legt die Pfeife auf die Fensterbank. Fährt sich mit der Hand durch die halblangen Haare.

»Sieh mal.« Ich gehe vor ihm her ins Kaminzimmer. Auf dem niedrigen Glastisch steht eine geöffnete Rotweinflasche. Ich schenke ein Glas voll.

Zeige auf den Fleck.

Er sieht mich an. Jetzt wieder ein Junge. Amseljunges im Hinterhof. »Blut?«

Ich schüttele den Kopf. »Wein. Prost.«

»War das hier?«

»Ja. Der Schlusspunkt. Ada und ich haben beschlossen, den Fleck nicht wegzumachen. Es ist vielleicht sentimental, aber … Oder nur idiotisch. Gehen wir in die Küche. Ich hab einen tierischen Hunger.«

»Warst du auf der Piste?«

»Lorry. Nur eine kleine Runde. Ich brauch ein Spiegelei, oder zwei. Sicher, dass du nichts willst?«

Dieses Lächeln. Er beißt nicht an.

Ich schneide Brot und brate Spiegeleier, er öffnet noch ein Bier und tritt ans Fenster. Gene? Stellt sich ans Fenster und schaut hinunter in den Hinterhof, wie ich das auch immer tue. Wie meine literarischen Hauptpersonen es gern tun. Unangenehme Gedankenwege. Zwang. Wille. Die Maschine im Fleisch. Der programmierte Wille.

»Setz dich doch!«

Das tut er. Rücklings. Die Arme auf die Stuhllehne. »Einfach so? Ohne Vorwarnung? Gar nichts?«

»Soviel ich weiß, nicht.« Teile die Dotter mit dem Messer. Fange die gelbe Flut mit dem Brot auf. »Keine Vorwarnungen außer dem Alter. Sie war ja erwachsen. Das war sie. Eigentlich ein guter Tod.«

»Stimmt. Total Porsche.«

»Soll das gehässig sein?«

»Nein, nein. Runter mit dem Rotwein und das war's. Gut gemacht.«

»Und einen Spritzer auf den Teppich. Markieren. Hier war ich. In der Welt. Wie geht's mit Silke?«

»Gut. Sie wird dich bald zum Großvater machen.«

»Was sagst du da, verdammt?«

»Stichtag ist im Mai.«

»Weiß deine Mutter das schon?«

Was für eine Frage. Sein Blick. Sie weiß es schon lange. Nein. Nicht den alten Whisky von Orkney. Nur noch ein Bier.

»Und Opa?«, fragt er.

»Was?«

»Mein Opa.«

»Ich weiß nicht. Ich habe mit deiner Mutter nur kurz telefoniert. Ich war beruflich in Lillehammer. Und du ... falls du dazu etwas zu sagen hast, lass uns das später erledigen, ja? Lass uns zuerst Wigdis unter die Erde bringen. Und weißt du was ... das mit dir und Silke ... das ist eine verdammt große Freude für mich. Habt ihr alles, was ihr braucht? Kann ich irgendwas ...«

Er hebt eine Hand. »Wir wohnen gut. Wir arbeiten gut. Uns fehlt nichts. Aber vielen Dank.«

Ich öffne noch eine Weinflasche. Ich kann mich verdammt noch mal nicht daran erinnern, in welcher Stadt er wohnt. Er restauriert alte Fachwerkhäuser, bloß, wo? Deutschland. Nicht Polen. Deutschland. Das steht fest. Aber wo? Schwerin? Ja. Schwerin. Oder? Wenn ich Schwerin sage, und dann ist es Stettin oder Aachen, dann kann ich auch gleich mit durchgeschnittener Kehle ins Grab sinken.

Ich sage: »Ich bin später in diesem Jahr in Deutschland. Berlin. Hannover. Noch zwei andere Städte. Wenn das passt.«

Er sieht mich an. »Wozu soll das nun gut sein, Papa? Ich meine, ist da nicht gerade erst in Paris etwas passiert? Kannst du nicht wenigstens warten, bis Junior da ist?«

»Natürlich. Mai. Eine schöne Zeit, um auf die Welt zu kommen.«

»Ja, ja, wir brauchen jetzt nicht groß darüber zu reden. Ich denke, du wirst genug zu tun haben. Ich meine, wenn du in Deutschland auf Tour gehst.«

»Von einer Tour ist nicht die Rede«, sage ich.

Er zuckt mit den Schultern. »Gerade im Moment teilst du den Tisch mit Mankell. In Schwerin jedenfalls.«

Genau. Schwerin.

»Wie schmeichelhaft«, sage ich. »Wenn ich nur nicht das Bett mit ihm teilen muss.«

Ich überlasse Olav Ramnes seinem Schicksal, ich mache einen Bogen um ihn, will, dass ich in seiner Erinnerung als munterer und großzügiger Millionär erscheine, der niemandem so eine kleine Petzerei lange übelnimmt, er drückt sich irgendwo am Außenrand meines Bewusstseins herum, ein Gesicht unter anderen. Die Schnittchen sind frisch und lecker, der Kaffee frisch aufgebrüht und duftend, es ist ein gelungener Leichenschmaus, merke ich, der Tonfall ist nicht sonderlich bedrückt, abgesehen von Arnolds unmittelbarer Umgebung, dort herrschen tiefe Trauer und Mitgefühl, aber das ist ja wohl auch nicht anders zu erwarten. Und die blöden Reden finden zum Glück nicht statt, die Leute schaffen es, sich zusammenzunehmen, sogar, als der Wein schon auf dem Tisch steht, und als die Schüsseln leer sind, kehren alle wieder zu ihrem Tagewerk zurück.

10

Das Bristol

Bjørg Larsen holt mich um Punkt halb elf im Bogstadvei mit einem Taxi ab; ich stehe vor dem Haus und schaue über die Straße auf den menschenleeren Witwenpark, rauche eine Zigarette, es nieselt ein wenig, ein Wetter in Moll, das gut zu meiner Stimmung passt, mir gefällt dieses ein wenig unbeholfene Regenwetter, und ich sehe das Taxi blinken und an den Bordstein fahren. Wie oft habe ich schon hier gestanden und darauf gewartet, dass Bjørg Larsen kommt und mich mit einem Taxi abholt? Viele, viele Male, und wie in aller Welt schafft sie es, immer pünktlich zu sein, egal, was Wetter und Straßenverhältnisse sagen, egal, wie viel oder wenig Verkehr gerade herrscht? Was macht sie mit dem Fahrer? Ab und zu habe ich mir überlegt, dass sie vielleicht immer ungeheuer früh losfährt, dass sie mit laufendem Taxameter irgendwo um die Ecke steht, Achtung, fertig ... bis dreißig Sekunden vor dem verabredeten Zeitpunkt.

Die Autotür wird geöffnet. »Hallo, Alex!«

Schwarzes Kostüm, Pumps, glitzernde Goldkette um das sonnenbraune Handgelenk, die Nägel blutrote Tropfen, sie schiebt die Tür weit auf, hält sie fest.

»Guten Morgen, Bjørg.«

»Ja, und dann weiter zum Bristol«, ruft sie dem Fahrer zu, als ob er auf der anderen Seite des Valkyrieplass stünde, ich ziehe die Tür mit einem metallischen Seufzen zu, jetzt ist es wieder so weit. Paris hat mich nicht erwischt.

Sie sieht mich mit ihren klaren blauen Augen an. »Alles in Ordnung?«

»*Dagbladet* kannst du streichen«, sage ich.

»Weil sie die Sperrfrist gebrochen haben?«

»Sie haben die Sperrfrist um vier Tage gebrochen, um aller

Welt zu erzählen, dass Hammer auf dem absteigenden Ast ist. Na gut. Jetzt ist er jedenfalls ausgestiegen. Bei ihnen.«

»*Dagbladet* ist auch nicht mehr das Nonplusultra, Alex. Das ist vorbei.«

Sie betrachtet sich im Schminkspiegel. Presst die roten Lippen aufeinander. Trägt Puder auf.

»Wer kommt denn eigentlich?«, frage ich.

»Lise Smestad.«

»Wer ist das?«

»Ganz neu.«

»Na gut. Dann doch.«

»Schön. Es ist ja nicht ihre Schuld.«

Legt die Schminksachen wieder in ihre Tasche.

»Nein, vermutlich nicht.«

Ganz unten in der Senke beim Parkvei sehe ich Kalle Sol auf dem Weg ins Lorry, das um elf Uhr öffnet. Ich bitte den Fahrer, kurz zu hupen, aber er versteht nicht, was ich sage. Glaubt, wir hätten unsere Reisepläne geändert. Nein, sage ich. Bristol. Noch immer Bristol. Kalle Sol verschwindet im Regen.

Bjørg hält einen Packen Zeitungen hoch. *Aftenposten*: super. *Dagsavisen*: super. Sechs Punkte in *VG*. Sagen wir, dass wir mit ein paar Sticheleien in *Dagbladet* leben können?

»Meine Güte.«

Sie legt den Kopf schräg. »Hörst du das?«

»Was soll ich hören?«

»Die Druckerpressen in Litauen.«

Wir lachen.

»Na gut. Das ist der Manöverplan. Elf Uhr: Tron Monsen von *Aftenposten*. Ich bin davon ausgegangen, dass du frühstücken möchtest, deshalb habe ich oben einen Tisch für euch reserviert. Dann kannst du in die Bar nach unten übersiedeln, wenn um Viertel vor zwölf *Dagsavisen* kommt. *Klassekampen. Dagbladet, VG, Bergens Tidende, Dagens Næringsliv, Morgenbladet.*«

Zeitungen also bis Viertel vor sechs, dann holt sie mich mit dem Taxi ab und fährt mich zu den Achtzehn-Uhr-

Nachrichten. Danach Abendessen mit dem Verlag im Mistral.

»Und danach noch volles Haus im Rockefeller. Wenn du das über dich bringst. Es wäre jedenfalls sehr schön, wenn du mal vorbeischauen könntest. Fünfhundert im Vorverkauf, und sie rechnen mit noch sehr viel mehr. Aber wie gesagt: Das entscheidest du. Du hattest den Herzinfarkt. Wir haben zwei Szenarien vorbereitet. Eins mit dir. Und eins ohne dich.«

»Ihr habt also ...«

»Nein. Wir haben nicht einkalkuliert, dass du im Laufe dieses Tages sterben könntest.«

»Wir werden alle im Laufe irgendeines Tages sterben. Oder in irgendeiner Nacht.«

»Aber dir geht es so weit gut?«

»Mir geht es sehr gut. Und vielen Dank übrigens. Du hältst mich fest.«

»Da kannst du sicher sein.«

»Wie sieht es morgen aus?«

»Darüber reden wir nachher. Vorläufig stehen nur TV2 und Vi Menn auf der Liste. Und dahinter können wir sehr gut einen Schlusspunkt machen. Wir überlegen das noch mal.«

Sie bezahlt mit der VISA-Karte und lotst mich die Treppe vor dem saftsuppenfarbenen Steinhaus hoch, vorbei an dem Portier in seinem Karnevalskostüm und hinein in das altehrwürdige Hotel, wo die sanftesten Klänge des Flügels sich mit den Stimmen aus der Bibliothekbar mischen, Köpfe und Gelächter zwischen grünen Pflanzen. Bjørg läuft vor, um sich davon zu überzeugen, dass der richtige Tisch reserviert ist, der gleich neben dem Tresen, dort bringen wir alle Interviewrunden hier in der Stadt hinter uns, wir sind alle der Ansicht, dass ein furchtbares Unglück geschehen wird, wenn wir mit dieser Gewohnheit brechen, das darf einfach nicht passieren, wir laden uns jedes Mal mit Aberglauben und Unfug auf.

Tron Monsen von *Aftenposten* erscheint um Punkt elf, in gebügeltem schwarzen Anzug und weißem Hemd, die Schuhe glänzend gewienert, er sieht aus wie ein junger Mafioso, ist aber die Redlichkeit in Person.

»Was hab ich da für ein Glück«, sagt er und lässt den Blick über das Büffet schweifen, nachdem er Bjørg und mir die Hand geschüttelt hat.

»Wer zuerst aufsteht, kriegt Frühstück«, sagt Bjørg, und zu mir: »Dann bin ich erst mal weg, du weißt ja, wo ich bin, ruf sofort an, falls irgendwas …«

»Ich rufe dich immer sofort an«, sage ich. »Das weißt du genau.«

Tron und ich bestellen Kaffee und füllen unsere Teller mit Brot und Aufschnitt, wir zapfen kalten Orangensaft und Eiswasser ab, es ist eigentlich zu spät, aber das Bristol macht Ausnahmen für Leute wie uns, vor allem, wenn es Bjørg ist, die höflich bittet.

Fenstertisch. Weiße Tischdecke. Selbstbedienung. Die Herbstsonne füllt den Raum mit den hohen Wänden.

»Wie geht es denn so, Alex?« Seine braunen Augen mustern mich forschend. Er schmiert sich mit langsamen Bewegungen sein Brot. »Das muss doch unser erstes gemeinsames Frühstück sein?«

»Ich finde, es geht gar nicht so schlecht.«

Er legt sich Jarlsbergkäse auf die Brotscheibe und köpft sein Ei. »Aber ich habe von einem üblen Absturz nach dem anderen gehört.«

»Ja, in Paris war es wirklich um Haaresbreite.«

Der Kaffee kommt. Glühend heiß. Duftend. Tron lächelt die bildschöne junge Serviererin an. »Aber was war in Lillehammer?«

»Das willst du doch wohl nicht mit ins Interview nehmen?«

Er sieht mich mit einer Miene an, die mich sofort um Entschuldigung bitten lässt.

»Nein, das war einfach nur unangenehm«, sage ich. »Aber nicht gefährlich.«

»Für dich nicht.«

»Wie meinst du das?«

»Hast du das nicht gehört?«

»Was denn gehört?«

»Er liegt jetzt im Koma.«

Einen Moment lang habe ich das Gefühl, aus der Zeit herausgehoben worden zu sein. Alles scheint zu erstarren. Wie dann, wenn Film zu Foto wird. Meine Hand auf dem Weg zur Kaffeetasse. Hält inne. Die Serviererinnen, die den Nachbartisch abräumen. Erstarren. Werden zu Statuen. Tron Monsens Stimme kommt aus weiter Ferne. »Ganz ruhig. Es steht ja nicht fest, dass das mit der Prügelei zu tun hat.«

»Großer Gott«, sage ich. »Natürlich hat es damit zu tun. Und selbst, wenn es sich beweisen lässt, dass kein Zusammenhang besteht …«

Er nickt. »Da hast du wohl recht. Naja. Aber damit hat dieses Interview einen etwas unglücklichen Anfang genommen. Daran kann man wohl nicht viel ändern, fürchte ich. Wenn du also beschlossen hast, es so zu machen. Ich werde die Sache in meinem Text mit keinem einzigen Wort erwähnen, aber um den Infarkt kommst du nicht herum.«

»Ja, verdammt, aber sag schon!«

Er schüttelt den Kopf. »Mehr weiß ich nicht. Es muss heute passiert sein. Das ist alles. Und es tut mir leid, das sagen zu müssen, doch ich bin ziemlich sicher, dass du im Laufe des Tages und Abends immer wieder auf den neuesten Stand gebracht werden wirst. Aber du? Stig Hammer. Sechstes Buch. Gratuliere.«

»Danke.«

Ich sehe ihn vor mir. Wie er im Krankenhausbett liegt, verkabelt mit Leitungen und Schläuchen, mit allerhand Apparaturen.

»*Große dunkle Männer*. Guter Titel. Du hast die Rezensionen gesehen?«

»Nur die Überschriften.«

»›Irgens schlägt alle.‹ Auch nicht schlecht, diese Überschrift. Hat der viele Erfolg dich blasiert gemacht, oder freust du dich noch immer über gute Kritiken?«

»Alle Autoren freuen sich über gute Kritiken. Glaub denen, die etwas anderes behaupten, kein Wort. Und wie Dag Solstad gesagt hat: Kein Autor vergisst eine schlechte Kritik. Niemals. Trotzdem wäre es wohl falsch zu schreiben, dass ich hier im Bristol sitze und mit der Herbstsonne um die Wette strahle, während dieser Mann oben in Lillehammer zum Gemüse wird.«

»Ja, das wäre nicht ganz richtig, aber ich habe ja nicht vor, darüber zu schreiben, was in Lillehammer passiert. Ich bin hier, um dich über das neue Hammer-Buch zu interviewen.«

»Ist schon klar. Aber welches dieser beiden Themen wird morgen in den Schlagzeilen auftauchen?«

»Wenn du darüber reden willst, muss ich es doch erwähnen.«

»Na gut. Jetzt fangen wir an. Alexander Irgens strahlt angesichts der guten Rezensionen.«

»Ich finde, wir haben es diesmal mit einer etwas resignierten Ausgabe von Stig Hammer zu tun. Was sagst du dazu?«

»Er trinkt überhaupt nicht mehr. Und dann hat er sich seit dem vorigen Buch zum zweiten Mal scheiden lassen. Da kommt ja vielleicht nicht viel Freude auf.«

»Wie viel von dir selbst gibst du der Hammer-Figur?«

»Nicht viel. Abgesehen davon, dass auch er in Majorstua wohnt. Ich bin mit derselben Frau verheiratet seit ... großer Gott, wir gehen ja auf die Silberhochzeit zu! In dem Punkt sind wir ganz verschieden.«

Das Ei ist perfekt. Das Brot köstlich. Immer, wenn das Bild aus dem Krankenhaus in Lillehammer auftaucht, jage ich es in die Katakomben meines Gehirns. Wieder und wieder.

»Ja, mein Beileid, übrigens. Zum Tod deiner Schwiegermutter. Das kam ja ganz plötzlich, wenn ich das richtig verstanden habe. Aber du, noch etwas. Ich habe ja, wie die meisten anderen hierzulande, die ersten fünf Hammer-Bücher gelesen. Eins hat mich bei dem sechsten überrascht, nämlich, dass es um einiges gewalttätiger zugeht. In *Große dunkle Männer* geht es ganz schön heiß her?«

»Das tut es. Aber draußen auf der Straße geht es auch ganz schön heiß her.«

»Du meinst also, dass ihr Krimiautoren die Verhältnisse wiedergebt, die in der Gesellschaft herrschen?«

»Das versuche ich jedenfalls. Nicht nur die physische Gewalt, sondern auch das Ausweichen. Den Hass und die Gleichgültigkeit, die um sich greifen. Sieh dir mal an, welcher Ton in den Diskussionen im Internet herrscht. Alles wird härter. Und das gilt absolut nicht nur für die kriminellen Milieus. Wenn ich in diesem Roman einen Polizisten bedrohen und schikanieren lasse, dann, weil das absolut realistisch ist. So etwas passiert jeden Tag in dieser Stadt. Es wäre unvorstellbar gewesen, als du und ich jung waren. Dass das in der Literatur auftaucht, ist nicht nur natürlich, sondern auch absolut notwendig. Wohlgemerkt, wenn man vorhat, dem modernen Norwegen den Puls zu fühlen, und das ist streng genommen doch wohl genau das, was ich tue.«

Ich schalte jetzt auf Autopilot um, ich bin bei dem endlosen Wortstrom angekommen, der an diesem Tag aus mir herausfließen wird, bin bereit für alle die Fragen, die ich schon eine Million Mal beantwortet habe.

Tron Monsen: »Nach *Das Versteck*, 1982, das übrigens hymnische Rezensionen bekam, wurde es sehr still um dich. Mehr als zwanzig Jahre hast du dich in der literarischen Öffentlichkeit nicht blicken lassen, ehe du dann 2003 mit einem Paukenschlag zurückgekehrt bist. In diesem Jahr gewinnst du Cappelens großen Krimiwettbewerb, sackst eine halbe Million Kronen ein, ehe auch nur ein einziges Buch verkauft worden ist, und fegst im folgenden Herbst alle anderen Titel vom Spielfeld. Am Ersten Weihnachtstag lesen dreihunderttausend Norweger *Herr und Knecht*, und das ist nur der Anfang. Alexander Irgens und Stig Hammer sind gekommen, um zu bleiben. Was war passiert?«

»Ich hatte zwei Kinder bekommen. Ich hatte drei Bücher veröffentlicht. Sie bekamen hervorragende Kritiken, aber außer den Kritikern wollte niemand sie haben. Das ging nicht. Solange ich nur an mich selbst zu denken hatte, war das in Ordnung, aber nicht, als dann die Kinder da waren. 1985 bin ich mit Steinar Hansson zum *Arbeiderbladet* gegangen, der späteren *Dagsavisen*, und da bin ich bis zum Erscheinen von *Herr und Knecht* geblieben.«

»Und dann warst du dein eigener Herr?«

»Ja, aber ich hatte gute Jahre bei *Dagsavisen*. Die Arbeit dort hat das Leben meiner Kinder gesichert, nicht mein Durchbruch als Krimiautor.«

Mein Telefon klingelt. Es ist Geir Wallberg von *VG*, der fragt, ob ich irgendeinen Kommentar dazu habe, dass das »Gewaltopfer« aus Lillehammer jetzt im Koma liegt. Ich lege auf. Schalte mein Telefon aus. Das kann ich nicht. Nicht heute. Schalte es wieder ein. Stelle auf lautlos.

»Und weiter?«

»Ich habe Stoff genug für mindestens drei neue Hammer-Romane«, lüge ich. »Aber es werden wohl eher zehn als neun, wie ich mich kenne.«

»Du hattest vor kurzem einen Herzinfarkt?«

»Ja. In Paris bei einem Verlagsessen. Das war unangenehm. Um es ganz vorsichtig auszudrücken.«

»Hattest du Angst?«

»Wir haben alle Angst, wenn wir den Tod sehen. Aber sie haben mich aufgestochert und ich konnte noch am selben Abend wieder entlassen werden.«

»Tja. Möchtest du sonst noch etwas erwähnen?« Er blättert in seinem Notizbuch vor und zurück. Ich habe das Telefon in der Jackentasche. Jetzt klingelt es ununterbrochen. Ein konstantes Vibrieren. Ich denke: Ein elektrischer Lemming in meiner Hand.

»Nein, da kannst du sicher sein, dass ich das nicht möchte.«

»Läuft das Eisen heiß?«

»Ja.«

Er blickt auf die Uhr. »Zehn Minuten, bis *Dagsavisen* kommt. Ich bleib gern noch so lange. Eine schnelle Tasse Kaffee. Oder möchtest du eine Pause?«

»Nein, um Himmels willen. Bleib sitzen.«

Er holt sich noch einen Kaffee vom Buffet und bleibt am

Fenster stehen, während er Zucker und Sahne verrührt. »Bleib ganz ruhig, Alex. Oder füll den Tag damit, womit er gefüllt werden soll. Solange er nicht den Geist aufgibt, bringt dir das nur jede Menge Aufmerksamkeit. Man könnte fast glauben, das sei so arrangiert worden.«

»In was für Zeiten leben wir eigentlich«, sage ich. »In den alten Zeiten hätte *Aftenposten* so was nicht gesagt.«

Wir lachen. Mein Telefon klingelt und klingelt. Was ist eigentlich los? Reden Nachrichten und Feuilleton nicht miteinander? Jede einzelne Kulturredaktion im ganzen Land weiß genau, wo ich mich gerade aufhalte.

Und das hätte ich nicht denken dürfen, denn jetzt sehe ich *VG*s Geir Wallberg in der Tür stehen und signalisieren, dass er fünf Minuten braucht, nur fünf Minuten, während er einen Jungen, vermutlich den Mann von *Dagsavisen,* vollständig ignoriert. Ich schüttele den Kopf, aber das hilft nichts, ich weiß ja, dass das nichts hilft, denn die, die jetzt auf der Liste stehen, die ganze Reihe von Presseleuten, wissen inzwischen, dass sie noch eine Zusatzfrage stellen müssen, sie dürfen nicht eine einzige Sekunde mit mir verbringen, ohne nach der letzten Entwicklung in Sachen des »Gewaltausbruchs« in Lillehammer zu fragen.

Tron spricht leise in sein Telefon. Lächelt mir zu und zuckt ein wenig töricht mit den Schultern. Aha. Der Redakteur. Die Nachrichtenredaktion. Er hält sich das Telefon hinter den Rücken. »Soll ich sagen, dass du dazu überhaupt keinen Kommentar abgeben willst? Jetzt haben sie dich angezeigt.«

»Wer?«

»Seine Familie. Seine Eltern.«

»Na gut«, sage ich und sehe *VG* und *Dagsavisen* gleichzeitig auf mich zukommen. Geir Wallberg und Bjarne Enger, und hinter ihnen, hinter der Kavallerie, blitzen die Kameralinsen, jetzt sind die Sondertruppen auf dem Weg über das Parkett, die dafür sorgen sollen, mein Gesicht mit dieser Geschichte in Verbindung zu bringen, es durch das ganze Land zu schicken, in jeden Fjordarm, und bis hinaus zur äußersten Insel, tief hinein nach Finnskogen und in die Hütten auf der Hardangervidda und in Rondane, in Häuser und Wohnungen in Haugesund, Flisa und Etterstad, Narvik, Røros und Gol in Hallingdal.

»Okay?«, fragt Tron, noch immer ganz ruhig.

»Schreib, dass wir ihn fertigmachen mussten«, sage ich. »Er ging mit dem großen Aschenbecher auf uns los. Schreib, dass wir ihn aufhalten mussten.«

Dann rufe ich Bjørg an und stelle mich dem Sturm.

Teil II

11

Reykjavik

Kalle Sol schläft. Seine unrasierte Kinnspitze trifft immer wieder auf seine Hemdbrust, ehe er sie rasch zurückzieht, als ob er sich einen elektrischen Schlag geholt hätte, er murmelt, schläft aber weiter, seine Augenlider flattern, und ich denke: Wovon träumt Kalle? Wenn er schläft? Wovon er in seinem Tagesbewusstsein träumt, weiß ich sehr gut, da ich ihn in diesem Traum begleitet habe, seit wir beide sehr jung waren. Sein Wunsch an das Leben, das auf ihn wartete, war eigentlich sehr einfach, da seine Fähigkeiten ihm bei der Geburt mitgegeben worden waren: Lyrik schreiben. Irgendwann eine Unterkunft und eine nicht zu anstrengende Arbeit finden. Ich habe immer gedacht, dass es für einen Vierzehnjährigen sehr bescheiden war, nicht auch eine Frau auf die Wunschliste zu setzen, aber er sieht das nicht so. Als er jung war, verließ er sie immer, wenn sie eingeschlafen waren, und jetzt, auf dem Weg ins Alter, sitzt er meistens zu Hause und genießt die Abwesenheit ihrer Stimmen. Er sagt, er habe seinen Anteil an den physischen Freuden längst bekommen.

Draußen ruht die Weltnacht. Nicht ein Stern. Vor einer Stunde konnte ich Lichter großer und kleiner Schiffe sehen, und auch die einer Bohrinsel, jetzt gibt es vor den Fensterscheiben nur schwarzen Samt. Ich sehe mein Spiegelbild in doppelter Belichtung. Wir sind mit drei Stunden Verspätung von Gardermoen losgeflogen. Das Flugzeug ist halbleer, die meisten schlafen. Wir haben in der Bar beim Ausgang gesessen und zusammen mit dem Brudervolk getrunken. Ich brauchte kein einziges Autogramm zu geben, und keine einzige aufdringliche Frage zu beantworten.

Stig Hammer ist in Island noch ein vollständig unbekannter Name.

Dann schlafe ich ein, ich träume Kalles Träume, und hier gibt es Sterne und Planeten, die in ihren Bahnen umeinandersegeln, große düstere Steinkugeln, Gasplaneten, braune Zwerge und riesige Karawanen aus schmutzigem Eis, die durch den Weltraum jagen, sie werden zu Lastwagen, die irgendwo auf der E6 zwischen Sarpsborg und Moss hintereinander herflitzen, ich höre Country and Western und sehe mein Gesicht im Rückspiegel, öffne die Augen und sehe dasselbe Gesicht in der Glasscheibe, der Plastikscheibe – ach, diese ganze Melancholie, die im tiefsten Inneren von Kalle Sol ihr Unwesen treibt, und die ich nun zu meiner mache.

Und Kalle schläft weiter, jetzt hat er sein Kinn auf der Brust abgelegt, er hat sich jetzt ergeben und lässt ab und zu ein leises Schnaufen hören, er erinnert mich an einen Hund, den ich früher einmal hatte.

Es ist kühl hier im Flugzeug. Ich rufe eine der Damen und bitte um eine Decke und einen doppelten Wodka, und als ich beides ohne ein Wort oder ein Lächeln erhalte, erinnere ich mich daran, dass auch die Besatzung drei Stunden extra auf Gardermoen hatte, und dass ich nicht die geringste Ahnung davon habe, wann ihr Tag begonnen hat oder wo auf der Welt sie sich dabei befanden.

Ich schlummere und denke zurück. Stehe auf der Majorstua-Kreuzung, mit offenem Mantel, im Regen, einige Tage zuvor, ich gehe immer mit offenem Mantel, wenn ich mich gejagt fühle, ein offener Mantel hat etwas Selbstsicheres und Geschäftiges, deshalb tue ich das, es ist eine Art Tarnung.

Gehe hinüber zum Laden der Heilsarmee, wo ich viele Jahre lang meine Anzüge gekauft habe, vor allem, als ich dann Geld hatte, es ist ein Reiche-Leute-Hobby, konnten sie mir im Laden erzählen, und dann habe ich damit aufgehört.

Während ich im Sørkedalsvei auf Grün warte, sehe ich hinüber zum Larsen, wo Kalle Sol sich in der hintersten der drei Nischen über eine Zeitung beugt, diese Nische ist seit fast einem Menschenalter unsere geheime Höhle. Er schenkt dem Text seine gesamte Aufmerksamkeit, so ist er eben, so war er immer schon, und immer sitzt er an diesem Fenstertisch. Eine dunkle Silhouette vor dem gedämpften gelben Licht im Lokal.

Wenn ich jetzt mit der Faust gegen die Fensterscheibe schlage, wird er aufschauen.

Ich lasse es.

Aber als ich hereinkomme, hat er trotzdem die Zeitung weggelegt. Ich habe mich das schon häufiger gefragt. Ob er hören kann, dass ich die Tür öffne.

Er war kürzlich erst beim Friseur, und deshalb sind seine Ohren besonders groß und abstehend. Die Tränensäcke sind seit unserer letzten Begegnung gewachsen, sein Blick ist leicht trübe, ich habe den Verdacht, dass er schon vor sechs anfängt, aber vielleicht sind es nur die Medikamente, und was geht mich das überhaupt an? Er trägt die alte Tweedjacke, und sein Hemd hat von den Funken der Pfeife winzige Löcher. Vor ihm auf dem Tisch, neben der zusammengefalteten *Aftenposten*, steht ein fast leeres Bierglas, grauer Schaum auf der Innenseite, von der Farbe verwaschener Gardinen.

Tommy kommt und nimmt das Glas, stellt stattdessen eine Flasche vom hauseigenen Rotwein hin, dazu zwei frisch gespülte Gläser, sie sind nass.

»Warten wir noch einen Moment mit dem Essen?«

»Nein, es ist fast acht. Ich hab einen Mordshunger. Und es ist Donnerstag. Speck mit Stippe. Schnell, schnell!«

»Sehr wohl.«

Tommy entfernt sich.

»Also«, sagt Kalle, der zwar seit vierzig Jahren seinen Kristiansander Akzent aufgegeben hat, aber noch immer jeden Satz mit »also« anfängt.

»Es hat nichts genutzt«, sage ich. »Als wir in Trondheim waren, sah es ja so aus, als ob sich der Sturm legen würde, aber als wir dann nach Bergen kamen …«

»Ja, aber warum trittst du dann in den Nachrichten von TV 2 auf?« Winkt ab. »Naja. Kann ja auch egal sein.«

»Ich musste mir ein neues Telefon zulegen. Neue Nummer. Vorläufig hab ich nur dich und den Verlag auf der Liste.«

»Nicht mal Vilde?«

»Ach, hab ich das vergessen? Wir reden nicht miteinander. Es ist vorbei. Schluss. Das hat sie mir ins Ohr gesäuselt: Verschwinde!«

Er gießt uns Rotwein ein. Das hier ist das absolut einzige Lokal in Oslo, in dem ich mich derzeit sehen lassen kann. Bis jetzt noch. Bis irgendein hergelaufener Gast anfängt, mit Informationen um sich zu werfen. Die Stammgäste und das Personal würden ihre schützende Hand über mich halten, selbst wenn ich das Blut von meiner eigenen noch nicht abgewaschen hätte.

»Was passiert denn?«

»Nur, dass es sich ausweitet«, antworte ich. »Das ist wie mit dem Universum. Es dehnt sich nach allen Seiten gleichzeitig aus. Seine Mutter war jetzt am Freitag bei Skavlan, zusammen mit irgendeinem Promipastor.«

»Promipastor?«

»So einer, der meint, dass Jesus Fußball gespielt hat und schwule Freunde hatte. Und von Vergebung war dabei wirklich nicht die Rede. Ach, verdammt.«

Kalle Sol schweigt. Im Verlag witzeln sie darüber, dass die Auflage ja auch expandiert, aber Kalle hält sich nicht in dieser Landschaft auf. Für ihn sind Auflagen kein Grund zum Scherzen. In etwas mehr als dreißig Jahren hat er fünf Gedichtbände herausgegeben, und er hat sich ausgerechnet, dass er sich für die gesammelten Honorare einen einigermaßen soliden Wintermantel hätte kaufen können. Er hat sich nie um irgendwelche Stipendien beworben oder welche erhalten. Er hat fünfundzwanzig von diesen dreißig Jahren hinter dem Fahrkartenschalter der Station Majorstua verbracht, und ansonsten hat er in seiner winzigen Wohnung in der Suhms gate gesessen und Gedichte geschrieben. Oder hier im Larsen. Drei Punkte auf einer Linie, die nicht viel länger ist als vierhundert Meter, auf der er jedoch einen großen und geheimnisvollen Raum in der modernen norwegischen Poesie geschaffen und geöffnet hat, der sich absolut mit dem Werk von Mehren oder Eidslott messen kann.

Nein, Karl Solberg macht keine Witze über seine Auflage oder die von anderen.

Deutet nur ein Lächeln an. »Man sagt über unsere Zeit ja gern, dass alles in alle Ewigkeit im Netz liegenbleibt. Aber die Wahrheit ist doch auch, dass alles schneller untergeht als früher. Im Gewimmel von neuen Geschehnissen verschwindet. Ich würde das nicht so schwarz sehen. Wird die Sache vor Gericht kommen?«

»Aller Wahrscheinlichkeit nach ja. Aber Gott weiß, wann.«

»Naja, darauf würde ich nicht gerade wetten. Aber es kann dauern. Warum verreist du nicht einfach? Wenn du hier zu Hause nicht auf Huldigungsreise gehen kannst?«

Wir stoßen an.

»Du weißt, was die Isländer mit den jungen Unruhestiftern gemacht haben«, sage ich.

»Ja, die haben sie nach Norwegen geschickt.«

»Genau. Und an mich ist ein starker Ruf ergangen, in die Gegenrichtung zu reisen. Die Segel zu setzen und über das Meer zu ziehen. Was sagst du dazu? Am nächsten Wochenende ist in Reykjavik ein Literaturfestival. Und Gert hat abgesagt. Der Verlag hat große Lust, als Ersatz einen von seinen eigenen Leuten zu schicken. Es ist also durchaus möglich.«

»Ja, aber dann fahr doch, Mann!«

»Natürlich fahre ich. Aber das ist noch nicht alles. Die brauchen einen norwegischen Dichter. Die Festivalleitung hat mich gebeten, einen vorzuschlagen.«

»Ach.«

»Da kommt das Essen. Und danach kannst du dann nach Hause gehen und deinen Koffer hervorkramen.«

Karl Solberg ist ein Mann, der sich nicht so leicht in Bewegung setzen lässt. Er ist der Einzige in meiner Bekanntschaft, der innerhalb einer einzigen Woche Einladungen nach Peking und nach Moskau abgelehnt hat. Sein Revier reicht vom

Sender Marienlyst im Norden zum Frognerpark im Süden, und Lorry und der Friedhof Vestre Gravlund stellen die beiden anderen Extrempunkte dar.

Aber wenn es um Island geht, lässt er sich nicht lange bitten. Er spricht die Sprache fließend, und er hat altes und neues Material von der Insel übersetzt. Es ist eigentlich total unbegreiflich, dass er bei den Isländern nicht ganz oben auf der Wunschliste steht.

Jetzt wacht er auf und sieht mich aus seinen blassblauen Augen an. Dieser Blick hat etwas Trauriges, eine Prise Hund. Und etwas davon weckt auch den Hund in mir selbst auf.

Deshalb drehe ich mich um und schaue hinaus in die Nacht. Dort unten sind jetzt winzige Lichter aufgetaucht. Ich denke an die spärliche Besiedlung der isländischen Dörfer, an türkise Eisberge mit knallroten Geröllhängen, an alle Varianten von Grün und Blau und Gelb; fast schreiend, funkelnd, selbstleuchtend. Als ich zuletzt über diese Landschaft geflogen bin, war es früher Morgen, und tausend Bäche lagen wie ein goldschimmerndes Netz zwischen Gletschern und Meer. Jetzt ist alles schwarz, alles verborgen, nur diese winzigen Lichter da unten, Lampen auf Höfen und vor Häusern, ab und zu ein Auto auf der Straße.

»Bald«, sage ich.

Es ist kurz nach halb elf, als der Pilot endlich, nach zwei nervenaufreibenden Versuchen, auf den Boden aufsetzen kann, wir taumeln in den Windstößen weiter und erfahren erst jetzt, dass die Orkanstärke hatten.

Später stehen wir vor dem Flughafengebäude und rauchen. Kalle mit der Streichholzschachtel auf dem Pfeifenkopf, damit die Sturmböen die Glut nicht herausreißen oder hochlodern lassen.

»Hab ich dir mal von meinem letzten Besuch hier erzählt?«, frage ich. »2004?«

»Ja. Du hast dich mit einem Taxifahrer gestritten. Wenn wir ein bisschen Glück haben, fährt der uns nachher in die Stadt. Die Möglichkeit besteht schließlich, wenn man bedenkt, wie wenige hier wohnen. Du hast ihn doch nicht geschlagen?«

»Das war auf derselben Tour, aber daran hab ich jetzt nicht gedacht. Literaturfestivals, ja? Leute aus aller Welt. So wie jetzt. Zwei von der Festivalorganisation warteten hier, als wir landeten, um sich davon zu überzeugen, dass wir nicht auf eigene Faust ein Taxi nahmen. Wir versuchten zu widersprechen, aber sie baten uns sehr höflich, doch bitte mit dem Bus zu fahren. Das hatte irgendeinen Grund. Ich weiß nicht mehr. Der Bus stand genau hier, wo wir jetzt stehen. Deshalb ist mir das eingefallen. Und da sitzen wir dann in dem verdammten Bus und warten. Eine halbe Stunde. Eine ganze Stunde. Nichts zu essen. Nichts zu trinken. Null Info. Mads Andreas Larsen aus Kopenhagen. Pekka Saualeinen. Du weißt schon. Die ganze nordische Liga. Und ganz vorn, bei einem fast eingeschlafenen Fahrer, der auch nicht begreift, warum wir hier herumstehen müssen, sitzt Saramago.«

»*Der* Saramago?«

»Just der. Samt Gattin. Die Isländer sind ja nicht so scharf auf diesen Promikram wie viele andere, da sie in ihrem eigenen Land ja irgendwie alle Promis sind. Wenn der finnische Debütant also ohne Speis und Trank im Bus sitzen kann, kann er ja auch gleich mit Onkel José zusammen warten. Aber am Ende hat irgendwer die Nase voll, wir dürfen ja nicht mal eine rauchen! Und er hält einem der beiden von der Festivalorganisation eine Standpauke! Es stellt sich heraus, dass die inzwischen Himmel und Erde in Bewegung gesetzt haben, um den letzten zu finden, einen gewissen Murakami, der vor zwei Stunden gelandet ist. Wir müssen also für unbestimmte Zeit auf diesen kleinen gelben Gnom warten. Am Ende zwingen wir sie, uns nach Reykjavik zu fahren. Wir sind an unterschiedlichen Orten untergebracht, das dauert also. Aber schon beim ersten Zwischenhalt, dem Hotel Holt, wird der Vermisste in der Bar bei einem Cocktail entdeckt. Er ist ganz einfach aus dem Flughafengebäude spaziert und hat ein Taxi genommen!«

»Aber ihr habt ihn nicht ›den kleinen gelben Gnom‹ genannt, während er dabei war?«

»Haruki Murakami hieß die ganze Woche lang ›der kleine gelbe Gnom‹. Ja, für einzelne von uns heißt er sicher noch immer so. Das ist verdammt ungerecht, schließlich hat er ja nur ein Taxi genommen, wie wir das alle gern getan hätten.«

»Der arme Mann. Da saß er nun und dachte sich nichts Böses, und in Wirklichkeit hatte es eine ganze Busladung voll psychisch labilen Alkoholikern auf ihn abgesehen. Trinkt Saramago auch?«

»Was glaubst du denn?«

Nicht mein Widersacher von meinem letzten Besuch in Island fährt uns in die Stadt und zum Hotel Borg, sondern eine große und überaus schweigsame Frau, und Kalle und ich sitzen auf der Rückbank und sehen das Scheinwerferlicht in den Kurven über die Lavasteppen fegen, seltsame, zerrissene Formationen, die in gelbweißem Licht baden, mit tiefen Schatten und Spalten, es ist immer dasselbe, wenn ich einen Fuß auf isländischen Boden setze, ich glaube sofort an die Unterirdischen, an Elfen und Wichtel, und ich denke, vielleicht hatten die Gastgeber ja damals davor solche Angst. Dass Haruki Murakami schon kurz nach seiner Ankunft entrückt worden sein könnte, ja, noch ehe er seinen Koffer erhalten hatte. Diese Theorie erzähle ich nun Kalle Sol, ja, wir malen diese Geschichte noch richtig schön aus, weshalb die Riesin hinter dem Steuerrad geheimnisvoll lächelt, als unsichtbare Kräfte beim nächsten Mal den Wagen fast von der Straße reißen. Unsichtbar waren auch die Kräfte, die in den vergangenen Jahren die isländische Wirtschaft in Fetzen gerissen und das Land in den Schuldenabgrund gestürzt haben. Dass wir jetzt mit der Taxifahrerin nicht darüber reden, dass wir überhaupt keine einzige Frage zu diesem Thema stellen, ist kein Zufall, wir hatten das schon abgemacht, noch ehe wir an Bord des Flugzeugs gegangen waren, wir haben keine Ahnung, was das noch für ein wunder Punkt sein kann, jetzt, im Herbst 2010, wir wissen, dass es besser geht, aber wir können doch nicht ahnen, ob wir hinter einer auf der Rückbank sitzen, die alles verloren hat, und die jetzt Besuch von ihren steinreichen Vettern vom Festland hat. Kalle Sol unterhält mich mit Textstellen und Zitaten über isländische Zustände, die sein phänomenales Gedächtnis am Leben erhält, wie zum Beispiel der Essay des Kollegen Einar Már Guðmundsson über *Banken und Vulkane*, den Kalle Sol in dänischer Ausgabe hat: »Die Bankdirektoren verdienten über fünftausend dänische Kronen in der Stunde, und die meistverdienenden gewährten sich ein Monatsgehalt, das einem Nobelpreis entspricht. Mathematiker haben berechnet, dass sie lange vor Christi Geburt die ersten Zahlungen hätten erhalten müssen, wenn sie für ihre Arbeit einen Durchschnittslohn bekommen hätten.«

Sagt Kalle in makellosem Dänisch.

Darüber lachen wir herzlich, denn wenn Einar Már eins kann, dann Aussagen dieser Art servieren, aber höflich, wie wir sind, und vielleicht sogar ein bisschen aus Angst vor möglichen Reaktionen, erwähnen wir die Krise also mit keinem Wort, vor allem nicht, weil unser Ziel, unser Bestimmungsort, unser Zuhause für die nächsten zwei Tage das Hotel Borg ist, Islands bei weitem teuerstes Hotel, allein der Name ist vielleicht schon eine mögliche Provokation.

Provoziert ist sie aber nicht, sie zeigt nur dieses etwas vage Lächeln, aber als die Rechnung beglichen ist und die Koffer auf dem Bürgersteig stehen, fährt sie mit einem weichen Zeigefinger über Kalles Bartstoppel, auf eine Weise, die mir sofort klarmacht, dass sie alles von ihm gelesen hat, solche zeitlosen Geschehnisse können sich auf Island zutragen, und an keinem anderen Ort auf der Welt.

Auf dem Zimmer dusche ich und lege mich nackt auf das Bett. Ich weiß nicht so ganz, was ich will. Ein Teil von mir lebt in der Vergangenheit, in dem, was das Beständige und Vorhersagbare war, und das heißt, dass ich mich anziehen werde, ich werde in die Bar gehen und Jagd nach einer Frau machen, die ich dann einige Stunden später ausziehen kann. Aber dann ist dieses Fremde, Neue und Beängstigende in mir aufgetaucht, der Teil meiner frischgeprägten Persönlichkeit, die für sich sein will, zurückgezogen. Großer Gott, eine neue Frau. Ohne Namen. Der ganze Nervkram, die Gefühle, die Wortströme, die schon einsetzen, noch ehe sie die Schuhe abgestreift hat. Dieser ganze Blödsinn, durch den man durchmuss. Habe ich nicht eigentlich für eine Weile die Nase voll? Will ich noch etwas trinken? Nein. Was ich will, ist, das Licht ausknipsen, mich unter der Decke zusammenrollen und für mich selbst in der Dunkelheit neu sein. Der sein, der auf Distanz zur Welt geht, der Gast im Hotel, der zuerst aufsteht und vor dem Frühstück eine Runde um den See spaziert.

Ich will ein anderer sein als der, der ich bin. Ich habe Schmeicheleien und Lobesworte restlos satt, ich will nicht mehr, dass mir die ganze Zeit nach dem Mund geredet wird. Zugleich merke ich, dass ich auch diese vielen kleinen Stiche über Krimis und Thriller im Gegensatz zu meinem »eigentlichen schriftstellerischen Werk« total satthabe, den Weg zurück zu dem, was etwas bedeutet, alle Meinungen von Menschen mit edlen Zielen. Ich glaube, dass Kalle Sol diese Unzufriedenheit in mir gesät hat, weil er mich mit diesen Themen ganz und gar in Ruhe lässt, er interessiert sich einfach nicht für Romane irgendwelcher Art. Er ist der geborene Poet. Wenn ich mit Kalle zusammen bin, bekomme ich eine Ahnung von dem Frieden, den ich ansonsten vermisse.

Und dann stehe ich mitten im Zimmer und merke, dass ich auch Ada vermisse. Es ist so lange her, es ist fast unwirklich. Ich bereue, dass ich sie nicht gebeten habe, mit Kalle und mir nach Island zu kommen. Warum denke ich so? Jetzt? Weil Vilde aus meinem Leben verschwunden ist? Nein. Denn das ist sie nicht. Da bin ich mir ganz sicher. Vilde ist in mir anwesend, ob sie nun will oder nicht, es ist eine Kraft in ihr, ein Band, das nicht so ohne weiteres zerrissen werden kann, aber das ändert nichts daran, dass ich hier stehe und Ada vermisse. Oder vermisse ich die Vergangenheit? Das Leben, das wir hatten, ehe alles in Stücke ging? Ehe Hege uns genommen wurde? Ich glaube, im Grunde waren diese Jahre die wirklich guten Jahre. Das Familienleben, der vorhersagbare Alltag haben mir Ruhe geschenkt.

Bis die Hunde von der Kette gelassen wurden.

Das Telefon klingelt. Es ist Gunnar Arnarsson, der wissen will, ob wir eingetroffen sind. Die anderen warten im Café Paris auf uns. Jemand ruft im Hintergrund meinen Namen.

Es regnet. Es sind nur fünfzig Meter. Kalle Sol hat nicht einmal seine Winterjacke angezogen. Alle Winde des Atlantiks reißen und zerren an seinen schütteren Haaren. Ein seltsamer Heiligenschein im Licht der Straßenlaternen.

Unsere Schatten auf dem glänzend nassen Asphalt.

Das Tosen des Orkans. Das Licht des Paris an der Ecke. Wo wir immer sitzen. Immer.

Es ist halbvoll. Am Telefon hatte ich den Eindruck, der Bär wäre los, und jetzt spüre ich die Erleichterung darüber, dass es nicht so ist. Gunnar Arnarsson sieht aus wie ein alter Wikingerhäuptling, als er da an einem Fenstertisch thront; er hebt seine Pranke und winkt uns durch die Fensterscheibe zu, die andere Hand auf Wanderung in dem ergrauenden Bart. Neben ihm sitzt eine Frau, die ich mir auch problemlos in einer Saga vorstellen kann, sie ist schön, mit einem dicken blonden Zopf, der ihr über die Schulter fällt. Ein grünes Samtkleid. Der dritte am Tisch ist ein magerer Kerl, der zurückgelehnt dasitzt und auf einer kalten Pfeife herumkaut. Schal. Verdreckte Kapitänsmütze in den Nacken geschoben. Er wirkt cool. Ein bisschen wie einer der Offiziere aus *Das Boot*. Er mustert mich mit seltsam hellblauen Augen, als ich hereinkomme. Ich kann mir kaum vorstellen, dass er es war, der vorhin meinen Namen gejohlt hat.

An den anderen Tischen: Menschen, für die ich ein Fremder bin. So etwas merke ich automatisch.

»Meine lieben Freunde!« Gunnar erhebt sich und zieht mich an sich, er küsst mich mit einem Atem auf die Wange, den man anzünden könnte, und schlägt mit seinen Bärentatzen auf mich ein. »Wie schön, dich zu sehen! Und Kalle Sol! Willkommen hier, wo du eigentlich hingehörst. Bier? Wein? Schnaps? Das ist Birna. Und Rune.«

Händeschütteln. Kapitän Rune heißt mit Nachnamen Eilertsen und hat einen kurzen, harten Händedruck.

»Wir haben gehört, dass ihr erst nach zwei Versuchen landen konntet«, sagt Gunnar. »Und da wollt ihr keinen

Schnaps? Ihr seid hart im Nehmen, da auf der anderen Seite des Fjords. Ich muss schon sagen. Und unser lieber Bruder Kapitän hier, der ist sogar gestern Nacht aus Norwegen angesegelt, und das mit einem Rosthaufen, der eigentlich schon in den Siebzigern in Japan zu Nägeln hätte verarbeitet werden sollen. Aber hier sitzen wir jetzt und sind alle am Leben. Prost und Willkommen!«

»Stimmt das?«, fragt Kalle. »Bei so einem Wetter?«

»Gestern Nacht war es nicht ganz so arg«, sagt der Kapitän.

»Es war ganz schrecklich«, sagt Birna. »Ich fahre nicht mit dir zurück. Ich werde auf gutes Wetter warten, und dann werde ich fliegen.«

Sie spricht sehr isländisches Dänisch, genau wie Gunnar. Was um alles in der Welt hat sie auf einen Frachter zwischen Norwegen und Island verschlagen?

Danach frage ich nicht.

Auf dem Tisch liegen eine Packung Rød Mix und ein Wegwerffeuerzeug, was aber niemanden zu interessieren scheint.

»Nimmst du Passagiere mit?« Kalle sieht erst den Kapitän an und dann Birna.

»Nein, jetzt komm hier nicht mit deinen Vorurteilen«, sagt Gunnar. »Wenn du einen Leichtmatrosen nicht auf den ersten Blick erkennen kannst …«

Birna lacht. Leuchtende weiße Zähne.

»Ja«, sagt der Kapitän. »Manchmal. Hier hat sich jemand auf deine Freundschaft berufen, Alexander. Hab ich das jetzt zu feierlich ausgedrückt?«

»Kommt ein bisschen drauf an, wer das ist«, sage ich. »Ist das der, der Rød Mix raucht?«

Sie lachen und schauen etwas hinter mir an.

Ich drehe mich um.

»Ja«, sagt Fred Magnus Dolven. »Wenn du vorsichtig drehst, dann von mir aus. Aber nur eine.«

Wann habe ich Dolven zuletzt gesehen? Das ist das Erste, was wir feststellen wollen, als er sich die Jacke vom Leib gerissen und neben dem Kapitän Platz genommen hat. Es ist genau zwanzig Jahre her, rechnen wir dann aus. Ein Herbsttag des Jahres 1990. Wir begegnen uns in Stavanger auf der Straße und essen zusammen zu Mittag. Wir verabreden bestimmt, in Kontakt zu bleiben, aber das schaffen wir nicht. So ist es mit manchen Freundschaften. Sie nehmen kein Ende, sondern treten in lange Ruhephasen ein. Wir waren in einer Klasse in der Romberggata-Schule in Larvik. Wir wohnten fünfzig Meter voneinander entfernt. Wir waren beste Freunde. Als ich aufs Gymnasium überwechselte, fing er an der Handelsschule an. Drei Jahre später verloren wir einander aus den Augen. Fred Magnus Dolven hatte schon seine erste Million verdient, als er fünfundzwanzig wurde. Er war einer von den wenigen, die hoch erhobenen Hauptes die Yuppiezeit überlebten, und die ihren ganzen Gewinn in eine Baufirma steckten, die dann später in alle mögliche Richtungen expandierte. Ich las in regelmäßigen Abständen in der Zeitung über ihn. In den vergangenen zehn Jahren hat er in denselben Zeitungen auch ziemlich viel über mich gelesen.

Jetzt hier. Zusammen an einem Cafétisch in Reykjavik, während der Orkan draußen an den Straßenlaternen rüttelt. Für die erste halbe Stunde vergessen wir die übrigen Anwesenden.

Ich: »Was in aller Welt treibst du denn hier oben? Doch keine Geschäfte?«

Für Geschäfte ist er ein wenig zu salopp angezogen. Khaki. Kittfarbener Wollpullover mit großen Ölflecken auf den Ärmeln.

Er schaut an sich hinunter und lacht. »Ach, du meinst meinen Aufzug? Doch. Business. Immer Business. Das ist eine Denkweise. Oder Atemweise. Genau wie mit dir und ... Ich habe ein Interview mit dir gesehen, du denkst ja auch die ganze Zeit daran.«

»Woher kennst du Gunnar? Vor vielen Jahren war er mein Verleger hier oben.«

»Ich kenne ihn nicht. Das bindende Glied sind Käpt'n Karbo und Birna.«

»Du meinst, du warst auch auf diesem Schiff?«

»Ja. Das war ganz schön heftig.«

»Himmel«, sage ich. »Ich dachte, du sitzt die ganze Zeit mit adretten Lackschuhen im Büro. Was willst du hier oben? Eine Fischfabrik bauen oder so was?«

»Lackschuhe? Nein, ganz so weit hab ich es nie gebracht. Und dann hab ich jetzt im Sommer den ganzen Scheiß verkauft.«

»Sieh an.«

»Es hat keinen Spaß mehr gemacht. Alles war geschafft. Abgerissen und gebaut. Ich hatte den ganzen Laden total satt.«

»Und jetzt? Hast du beim Käpt'n hier als Maschinist angeheuert? Sieht so aus.«

Er lacht. »Nein, nein. Ich fange gerade neu an. Wie gesagt, ich hab im Sommer den ganzen Müll verscheuert. Dann hab ich mir einige Monate freigenommen. Ja, ganz frei, meine ich. Ich hab mich scheiden lassen und mir bei Nevlunghavn ein Grundstück gekauft. Und da wohne ich jetzt, mutterseelenallein.«

»Und heckst zweifellos etwas Neues aus. Etwas, das mehr Spaß macht, als Häuser abzureißen und zu bauen?«

»Ja. So viel anders ist es übrigens dann doch nicht. Wie lange bleibst du hier auf der Insel?«

»Ich fahre übermorgen zurück. Nein, überübermorgen.«

»Tu das nicht, Alexander! Bleib noch ein bisschen. Komm mit mir. Dann kann ich dir ein paar Dinge zeigen. Und du: versprochen. Lillehammer ist heute Abend an diesem Tisch hier kein Thema. Darüber wird kein Wort gesagt. Wieso hast du es denn so eilig? Das Buch ist doch schon auf dem Markt?«

Er hat recht. Das Buch ist erschienen und geht ganz von selbst, und mir tut es gut, eine Weile auf Distanz zu bleiben. In Island bin ich niemand, höchstens jemand aus der Vergangenheit. Aus der Zeit vor Stig Hammer. Und diese Vorstellung gefällt mir.

»Wer ist sie?«, frage ich leise. »Birna.«

Er lacht. »Ach, du änderst dich nie! Birna Halldorsdóttir. Sie wohnt in Norwegen. Gleich im Süden von Homborsund. Architektin. Sie entwirft seltsame Hütten und Häuser. Zuletzt eine Serie von Häusern, die oben in einer Baumkrone gebaut werden sollen. Sieht unglaublich toll aus.«

»Ich habe eine Sendung über solche Hütten gesehen. Aus dem brasilianischen Dschungel.«

»Sie arbeitet für den finnischen Markt. Und inzwischen auch für den norwegischen.«

»Aber wohl kaum für den isländischen«, sage ich.

»Nein. Hier hat sie einen ganz anderen Stil. Ich werd es dir zeigen.«

Jetzt meldet sich Gunnar Arnarsson zu Wort. »Meine Herren! Kommt jetzt raus aus den Schatten und Nischen der Vergangenheit. Birna singt uns ein Lied.«

Und Birna erhebt sich und schließt die Augen, und es wird ganz still im Lokal, als sie anfängt zu singen. Ich verstehe nur ab und zu ein Wort, nach einigen wenigen Sekunden ist alles Melodie, wehmütig und schön, und Kalle Sol, der also auch fließend Isländisch spricht, bekommt feuchte Augen, sie da vorn mit geschlossenen Augen, er mit seinen offenen, roten und feuchten, der Kapitän, der Karbo genannt wird, mustert sie aufmerksam mit seinen hellblauen, gleichsam leuchtenden; Gunnar mit den Pranken vor sich auf dem Tisch, den Blick auf seine Knie gerichtet.

Niemand klatscht, als sie fertig ist. Es ist nur für einige Sekunden ganz still, dann ist das Stimmengewirr wieder da.

Ich flüstere Kalle zu: »Was war das? Ein Trauerlied?«

»Jetzt nicht. Ein andermal. Was redet ihr da übrigens? Bleibst du noch hier?«

»Ja«, sagt Dolven. »Alexander bleibt noch eine Woche. Mach du das doch auch, du bist ja schließlich ein halber Isländer. Wir wollen nach Olafsvik und uns etwas ansehen, das Birna entworfen hat und das Gunnar und ich bauen.«

»Ein Hotel«, sage ich. »Da haben die Spekulanten das Land in Schutt und Asche gelegt, und du investierst, Gunnar?« Und zu Dolven: »Hast du nicht gesagt, du hättest das Handtuch geworfen?«

»Ach, halt doch die Fresse, du wirst schon sehen«, sagt Gunnar. »Wann liest du morgen?«

»Erst um acht.«

»Wie blöd. Dann mietet ihr einen Wagen und kommt hinterher.«

»Nein«, sagt Dolven. »Du mietest einen Wagen. Oder bleibst bis übermorgen.«

»Ja, ja. Dann nehmen wir übermorgen allesamt das Boot.«

Sie wollen nicht verraten, was sie da draußen in Olafsvik eigentlich treiben. Mir kann es ja auch egal sein. Einige extra Tage in Island kommen mir nur gelegen. Es kommt mir gelegen, dass ich dann direkt nach Berlin fliegen werde statt nach Oslo. Ich gehe nach draußen und rauche eine. Versuche Ada anzurufen. Letzteres klappt nicht. Nur Wind und kosmisches Rauschen. Aber das ist nicht schlimm. Sie sieht, dass ich es versucht habe.

Als ich wieder hineingehe, lande ich neben Birna.

»Was war das für ein Lied?«

»Es handelt davon, ein Kind zu verlieren. Es war für eine Frau im Café. Sie ist jetzt gegangen. Was wirst du morgen lesen? Etwas aus deinem letzten Kriminalroman?«

Nein. Das nun wirklich nicht. Das geht mir da plötzlich auf.

Eine unerwartete Erleichterung.

Wir gehen durch die nassen Straßen in Richtung Hafen. Birna. Der Kapitän. Dolven und ich. Kalle und Gunnar sind zurück ins Borg gegangen, wo auch Gunnar wohnt, wenn er in der Stadt ist. Es ist noch immer sehr windig, aber der Orkan ist weitergezogen. Birna im Kleid, aber eingehüllt in eine viele Nummern zu große Lotsenjacke. Alle im Wind geduckt. Ich sehe unsere gebrochenen Spiegelbilder in den Pfützen, die der Wind immer neu aufwühlt. Das gelbe Licht der Straßenlaternen. Die Glut der Zigaretten. Wir rufen einander zu und verstehen manches und anderes nicht. Das macht nichts. Wir sind angetrunken, aber mehr nicht. Nicht wie früher, denke ich. Früher war Schnaps angesagt. Jetzt versucht sich nur noch Gunnar in diesem Sport. Es tut gut, so im Wind zu gehen und die eigene Nüchternheit auszukosten. Das finde ich. Es macht mir auch nichts aus, dass

Birna ganz und gar unerreichbar ist, im Gegenteil. Ich gehe am Kai entlang und freue mich über das leere Doppelbett, das mich oben im dunkelgrünen Eckzimmer im dritten Stock des Borg erwartet.

Zwei von der Mannschaft stehen an Deck und rauchen. Schwarze Silhouetten vor einem marineblauen Nachthimmel, die Wolkendecke ist aufgerissen. Hier und da leuchtet ein Stern. Die Mannschaft grüßt murmelnd. Ein Mann und eine Frau.

Käpt'n Karbo zeigt und erklärt. Soundsoviel totes Gewicht. Knoten. Baujahr. Maschinen. Leistungskraft. Japan ist weit.

Ich höre nicht zu. Solchen Vorträgen kann ich einfach nicht zuhören. Ich sehe ein altes grüngestrichenes Frachtschiff, mir kommt es vor wie ein Totenschiff, mit Roststreifen und einem harschen Geruch nach Öl und Fischen. *Narhval* in rostigem Weiß am Bug.

Wir rauchen eine letzte Zigarette, dann gehen wir an Bord.

Ehe ich ins Borg zurückkehre, werde ich von Birna umarmt, der Kapitän und Dolven nicken mir zu.

Als ich mit dem Fahrstuhl nach oben fahre, piept mein Telefon.

Wo bist du?

Vilde.

Ich träume, dass ich über eine alte asphaltierte Straße gehe, die ganze Zeit mit dem starken Gefühl, dass Vater in mir und bei mir ist, meine unsichtbare Hand in seiner. Der Asphalt ist gesprungen, in Löchern und Rissen wachsen kleine Bäume und Disteln, gelbe Büschel von Vorjahresgras. Rechts liegt der Fluss, ja, nicht ein Fluss, sondern der Fluss, er kommt mir seltsam bekannt vor, auch wenn er keinen Namen mehr hat, der Fluss und die alte Straße begleiten einander über sanfte Hänge, und oben im Wäldchen auf der Anhöhe kann ich die Wärme des Verkehrs spüren, die gelassenen Motoren der modernen Autos, die auf der Autobahn vorüberjagen, auf der neuen Straße, die in die Stadt führt, fast ohne Kurven, sicher und gefahrlos mit vier Fahrspuren, während hier oben im Gebüsch alles von Chancen und Risiken spricht, von scharfen, unübersichtlichen Biegungen; die Felswand auf der einen Seite, der Fluss auf der anderen, die Möglichkeit von plötzlichem Gegenverkehr, das Rauschen des reißenden Flusses, das Summen der heißen Motoren, dann irgendwann nur das Geräusch des Flusses und des Windes in den Baumwipfeln, das Fehlen der Motoren, die Stadt vergessen, als das alte Gasthaus zwischen den Bäumen auftaucht, die Novemberbäume, mit einzelnen transparenten Blättern wie Christbaumschmuck aus dem Vorjahr, die bleiche Novembersonne betont die dunklen Adern in den durchsichtigen Flächen, die bald zu Wind und Erde werden sollen, ja, denn so ist es: Wind und Erde.

Dann sitzen Vater und ich im Auto, dem alten Auto, einem Hillman Minx, einem dunkelgrünen Hillman Minx mit braunem Dach, rostigen Kotflügeln, ja, großen Rostblasen, sie sehen aus wie Beulen, und vorn steht in Weiß *Narhval*. Wir huckeln die Hänge hinunter, über den zerbrochenen Asphalt, den Asphalt, den die Zeit bald zu öligem Kies zersetzen wird, wir fahren über die Löcher in der Straße und schlagen mit harten Stößen hinein, wir hören das Geräusch der welken Birken und der Espen, die am Fahrgestell kratzen, wusch wusch und ... Kann das sein? ... Musik? Nein. Aber es sind vielleicht Stimmen. Weit entfernte Stimmen, oder Flüstern in der Nähe, es ist unmöglich, ein einzelnes Wort zu verstehen, fast wie ferner Gesang in einer fremden Sprache, ein Radio, ein vergessenes Kofferradio auf einem Tisch vor dem Gasthaus, das jetzt aus der Dunkelheit und ins Bewusstsein vorrückt, mit einem fast aggressiven Aufleuchten. Zwei Etagen. Heruntergekommen. Abgenutzt. Rostrot, mit Rändern aus Moosen und Flechten. Weiße Fensterrahmen, sie werden sofort grau, während gleichzeitig Reihen von gelborangen Pilzen aus dem segensreichen Holz hervorschießen, das so viel für so viele enthält, eine ganze Welt aus stummem Leben. Und an einem Nagel hängend: ein rostiges SOLO-Schild, es ist an der Wand heruntergefallen und hat die Lampe über der Tür enthauptet.

In einer Nische im Schlaf bleibe ich liegen und denke an dieses Gasthaus, das oben bei den Stromschnellen des Lågen lag, auf einer Odde, umgeben von schäumendem schwarzen Wasser und düsterem Tannenwald, Vater ist mit uns hingegangen, mit meiner Schwester und mir, aber nie mit meiner Mutter, ich kann mich nicht erinnern, dass meine Mutter jemals mitgekommen wäre, vielleicht waren wir hier, während Mutter das Sonntagsessen kochte, vielleicht waren wir in ihren langen Phasen der Abwesenheit hier, wir glitten über die alte kurvenreiche Straße, wo die Forstwagen zu schwankenden Symbolen des Todes wurden: Forstwagen auf dem schlecht gesicherten Weg, die Felswand und die tiefen Kolke, es kann sein, dass wir hier oben waren, während Mutter Koteletts briet oder verrückt war, es kann sein, dass wir hier in Vaters altem Hillman Minx von der Straße abbogen, dass er hier parkte und mit uns in das dunkle Haus ging, in den Duft von längst gerauchten Zigaretten und sonnensatter Wandtäfelung, Kaffee und Kuchen; ich kann mich noch immer genau an den Geruch der Sardellen auf dem Eibrot erinnern, die ekligen Sardellen, und an Vaters Lachen, den offenen Mund, mit dem Schlund, wo die Goldzähne warteten, weg mit den ekligen Sardellen; bei meiner Schwester war die Haut auf dem Kakao das Problem, ein Problem, das jedes Mal bitteres Weinen auslöste, wenn Vater mit dem Zeigefinger die Tasse umrührte und die Haut denselben Weg gehen ließ wie die Sardellen; verschluckt zu unserem puren Entsetzen, wie entsetzlich es war, auf der Welt zu sein, ehe die Limonade auf den Tisch kam und das Sonnenlicht über die blankgescheuerten Bodenbretter fiel.

Ich träume, dass ich mit einem großen braunen Pappkoffer den kurvenreichen Weg hochkomme, ich halte ihn in der rechten Hand, die Zigarette zwischen Zeige- und Mittelfinger der linken Hand. Es regnet. Es tropft von den Bäumen.

Ich träume, dass ich die drei Treppenstufen hochsteige und die Rezeption betrete.

Dass ich der Rezeptionist bin, der sich umdreht und sieht, wie sich die Tür öffnet.

12

Dolven

Ein Düsenjet – er sieht aus wie ein Jäger – zerschneidet den Himmel und hinterlässt einen schnurgeraden weißen Strich. Ist der Flughafen Keflavik wieder geöffnet? Vom Fenster aus sehe ich das Parlamentsgebäude, wo wütende isländische Anarchisten und andere vor zwei Jahren vor Wut und Verzweiflung so kreativ waren. Schrammelorchester. Faule Eier und Tomaten. Spontane Theatervorstellungen. Jetzt ist der Platz einsam und verlassen. Nur ein kleines Mädchen läuft ungeschickt hinter einer weißen Plastiktüte her, die der Wind immer wieder in die Luft hebt und in unerwartete und neue Richtungen wirft, so dass die Kleine die ganze Zeit hin und her stolpern muss.

Ein Kind zu verlieren. Birna. Am Vorabend.

Ich ziehe mich an und wähle Kalles Nummer. Er meldet sich nicht, aber gleich darauf kommt die Mitteilung, dass er einen Spaziergang macht. Es ist kurz nach halb zehn.

Im Frühstücksraum sitzen hundert Japaner und essen, ohne ein Wort miteinander zu wechseln.

Ada ruft mitten in einem weichgekochten Ei an.

»Hallo, meine Liebe.«

»Ich habe gesehen, dass du angerufen hast.«

»Ja, ich habe es versucht. Kalle Sol und ich sind gestern mitten in einem ausgewachsenen Orkan gelandet. Mit mehr als drei Stunden Verspätung. Aber egal. Hier sind wir. Wir wurden übrigens im Paris von keinem Geringeren als meinem alten Freund und Verleger Gunnar Arnarsson empfangen. Und von – ja, das kannst du einfach nicht erraten.«

»Natürlich irgendein Journalist.«

»Nein, absolut nicht. Diese Pest ist noch nicht in Island angekommen. Fred Magnus Dolven! Der seine Firma verkauft und seine Frau vor die Tür gesetzt hat und jetzt hier oben mit einem blauäugigen Skipper und einer ziemlich üppigen Blondine geheimnisvoll tut. Ich hab keine Ahnung, was sie hier machen, aber ich werde es herausfinden. Genauer gesagt, ich bin eingeladen worden. Draußen in Olafsvik geht irgendwas vor sich.«

»Skipper?«

»Ja, so ein sorgloser Typ mit gerader Pfeife und schräggerückter Schiffermütze.«

»Ach. Du kommst also noch nicht nach Hause?«

»Geht noch nicht. Es ist doch, wie voll in einen Stig-Hammer-Roman hineinzutreten. Ich hab schon angefangen, Notizen zu machen. Nein, ganz ehrlich. Es ist schwer, Dolven nicht recht zu geben, wenn er sagt, es wäre besser für mich, erst mal nicht in Norwegen aufzutauchen.«

»Ja, vor allem, wenn du eine hast, die hier für dich den Kopf hinhält.«

»Dann verreise du doch auch! Weißt du was, wenn das hier vorbei ist, dann wandern wir aus. Kopenhagen, Stockholm. Ich meine das wirklich. Ich überlege mir das schon länger.«

»Na gut. Wir sind also schon so früh am Tag zu Scherzen aufgelegt. Du kannst dich ja nach Brasilien absetzen. Haben sie das nicht so gemacht?«

»Nicht, wenn du die alten Nazis meinst. Die waren in Argentinien. Du? Ist das jetzt eine richtig große Nummer? Die Presseleute rufen hier an. Wir halten das doch durch, ist ja nicht das erste Mal. Im Grunde würde es die Sache für dich doch auch nicht leichter machen, wenn ich übermorgen nach Hause käme. Im Gegenteil. Weißt du was – komm her!«

Verdammt.

»Du weißt doch, dass das nicht geht.«

»Ja, ja. Du, wo wir schon miteinander reden. Geh zu dem großen Mac in meinem Arbeitszimmer. Oder zu dem grünen Datenzäpfchen auf der Fensterbank. Da findest du eine Datei namens ›Neunov‹. Schick die mir bitte, das wäre reizend.«

Wir reden eine halbe Stunde. Das halbe Ei wird kalt, aber das macht nichts. Martin hat aus Deutschland angerufen, es war irgendwas mit Silkes Schwangerschaft, nicht gefährlich, aber unangenehm und belastend, ich versuche, Ada in diese Richtung zu schieben, kann sie nicht nach Schwerin fahren, aber ich merke wieder, dass es mir schwerfällt, mich zu engagieren, ungefähr wie gestern Abend, als der Kapitän sich über Pferdestärken und Knoten verbreitete.

Das Einzige, was mich gerade interessiert, ist, Island als Hammer-freie Zone zu erhalten. Ganz und gar Stig-Hammer-frei.

Im Verlag sollen sie doch einfach denken, was sie wollen.

Warum kann ich nicht normal mit ihr reden?

Ich weiß nicht, wann wir zu diesem Gefasel übergewechselt sind, es ist möglich, dass es nach dem geschah, was eigentlich nicht zu ertragen war, als Hege uns genommen wurde. Aber wir haben zusammengehalten, wir haben uns nicht getrennt, ich weiß nicht, wohin wir hätten gehen sollen, sie oder ich.

Irgendwann haben wir unsere Sprache geändert. Den Tonfall.

Und die Sprache änderte uns.

Draußen gibt es Sonne und Wind, ich denke »Sonnenwind«, das klingt wie ein Gedicht von Finn Strømsted aus den fünfziger Jahren, Wind, der über die Mauern der großen Gebäude im Zentrum streicht, und über die seltsamen Wellblechhäuser, mit denen ich nie so ganz vertraut werde; hastige Wolken, die über die Dächer jagen. Sonne, Schatten. Wie Gedanken, die kommen und gehen.

Unten am Kai lädt ein Pole Fische. Von der *Narhval* ist nichts zu sehen. Die See ist kabbelig, aber sie kommt jetzt zur Ruhe. Große Wellen schlagen gegen die Anleger oder gleich gegen den Beton. Tote Fische. Bretterstücke.

Hier standen wir. Birna und ich. Dolven und der seltsame Kapitän.

Genau hier standen wir heute Nacht.

Das Telefon klingelt.

Unbekannte Nummer.

»Ja?«

»Ich bin's.«

Dolven.

»Hallo.«

»Wo bist du?«

»Ich stehe unten im Hafen und schaue nach Akranes hinüber.«

»Denkst ein bisschen über Leben und Tod nach, vielleicht? Oder bist du ansprechbar?«

»Komm einfach.«

Wir gehen spazieren. Fred Magnus Dolven und ich. Wir gehen über den Platz, vorbei am Parlament und dem alten Haus des Theatervereins, wo ich in einigen Stunden lesen werde, und dann weiter am Wasser entlang und über den Weg zum Nordischen Haus auf den vom Wind gebeutelten Wiesen. Und wir sagen es nicht, aber wir denken es beide, dass wir wieder hier sind. Im Spaziermodus, wie wir damals in Larvik hin und her spaziert sind, während wir diskutierten oder über das Leben redeten, das damals in Mengen von Jahren vor uns lag, wir reden über Politik und Religion, und über die Literatur, die sich gerade für uns öffnet, genauer gesagt, die Jens Bjørneboe gerade für uns öffnet. Mit einer gewissen Unterstützung von Hermann Hesse.

Jetzt schlendernder Slalom zwischen der grünen Gänsekacke auf dem Weg zum Nordischen Haus, ehe wir beschließen, lieber auf dem anderen Seeufer zurückzugehen.

Geht es uns gut? Ja, wir sind uns einig, dass es uns gut geht. Er hat eine unproblematische Scheidung hinter sich, da die beiden schon längst Sex und Gespräche an den Nagel gehängt hatten, ich habe aus denselben Gründen eine gute Ehe.

»Sie hat heute angerufen, als ich gerade beim Frühstück saß. Danach hatte ich so ein Gefühl, als wäre ich im Studio gewesen. Hörspiel. Fernsehspiel. Verstehst du?«

Dolven sagt mit der Stimme des Schauspielers Tor Stokken aus unserer Jugend: »Und wie, mein lieber Freund.«

Wir lachen.

»Und Martin? Lebt der auch in einer Scheinehe?«

»Ich glaube nicht. Nicht, dass er mir etwas erzählt hätte, aber ich glaube es nicht. Jedenfalls hat er offenbar dazu beigetragen, dass ich im Frühling Großvater werde. Er ist in Deutschland verheiratet. Sie wohnen in Schwerin. Er ist Zimmermann. So war er schon als kleiner Junge. Er wollte nicht auf Papier schreiben.«

»Aber auf Bretterstapeln. Hervorragend. Sehr gut.«

»Ja, was er macht, würde dich interessieren. Es ist ein staatliches Projekt zum Erhalt der alten Stadtteile. Nach vierzig Jahren Sozialismus, Ameisen und Holzbock scheint das eine ziemliche Herausforderung zu sein.«

Er wirft mir einen seltsamen Blick zu, ich kann den nicht so ganz deuten.

Oder bilde ich mir das neuerdings ein? Auf der Herrentoilette des Café Paris gestern Abend: Kalle Sol, der mich von der Seite her betrachtet. Der nicht weiß, dass ich sein Gesicht im Spiegel über dem Waschbecken an der Querwand sehe. Abscheu? Kalle Sol? Das kann nicht stimmen.

Dolvens Blick spricht jedenfalls nicht von Abscheu.

Eher von einer Art Verlegenheit. Etwas, das mich an den »Du hast es weit gebracht«-Blick erinnert, dem ich ab und zu begegne. Aber dennoch anders, da Dolven selbst es ja wirklich weit gebracht hat. Und auch wenn er gewollt hätte, hätte er nie im Leben die Rolle des untertänigen Bewunderers spielen können. Das konnte er noch nicht einmal als Junge. Es kam vor, dass er sich aufspielte, aber nur, weil er immer alles am besten wusste und konnte. Aber jetzt sendet er offenbar auf mehreren Frequenzen.

»Und deine?«, fragt er, denn das sagt man doch so, sogar zu alten Freunden, die wissen, dass es dir scheißegal ist. Er hat zwei Töchter. Erwachsene Frauen. Ich habe schon vor zwei Jahrzehnten ihre Namen vergessen.

»Denen geht's gut. Das Großvatersein wird übrigens nicht zu Unrecht gepriesen.«

Das ist alles. Denen geht's gut. Das gefällt mir.

Er fragt seinerseits: »Sag mal, Alexander ... wie läuft es denn mit dir und Martin?«

»Das läuft nicht so besonders«, sage ich. »Erzähl mir etwas über Nevlunghavn. Brauchst du da im Hafen Martins Hilfe? Ich glaube, es wäre nicht leicht, ihn aus Schwerin loszueisen.«

»Ich finde es großartig, dass jemand altes Wissen erhält. Die alten Handwerke. War er auf der Walz?«

»Was meinst du damit?«

»Die deutschen Zimmermannsgesellen wandern doch ein Jahr lang von Stadt zu Stadt, wie in den alten Zeiten. Ich hab sie sogar hier in Norwegen gesehen.«

»Ach, die mit Hut und Wanderstab! Nein. Er hat seine Ausbildung in Norwegen gemacht. Das mit Deutschland ist ziemlich neu. Das kam durch diese Frau.«

»Etwas ganz anderes … was du schreibst, wirkt ja wirklich durch und durch authentisch.«

»Ich dehne die Grenzen ein bisschen. Aber nicht sehr.«

»Ist schon klar. Aber woher weißt du, wann du anfängst, eine Grenze zu dehnen?«

Ich nehme Dolven mit zurück in den Herbst 2008, als die erste Verfilmung eines Stig-Hammer-Romans im Fernsehen läuft. Vorher hat die Boulevardpresse ein großes Gewese darum gemacht, wer Stig Hammer auf dem Fernsehschirm und später auf der Kinoleinwand sein Gesicht leihen soll. Schon von Anfang an deutete es sich an, dass es nicht nur eine einzelne Fernsehproduktion sein sollte, sondern auch ein Spielfilm. Mindestens. Ich habe die Rechte und Optionen auf alle verkauft, sogar das damals ganz neue Buch *Verschwunden, aber nicht vermisst.*

Als bekanntgegeben wird, dass Olav Ramnes die Rolle übernehmen soll, gibt es das große Geschrei, von dem alle, die Geld verdienen möchten, nur träumen können. »Olav Ramnes: Nein zu Hamlet, ja zu Hammer.« Wie ein heller Kopf bei *Dagbladet* sich auszudrücken beliebte.

Die Sache hebt total ab. Ausnahmsweise einmal ist eine Produktion des NRK ein voller Erfolg. Olav Ramnes zeigt eine neue Seite seiner selbst und führt Stig Hammer ein gutes Stück in Richtung der Milieus, die ich ihn in den Büchern bekämpfen lasse. In der Fernsehserie ist er hart, fast rücksichtslos allen anderen und sogar sich selbst gegenüber. Ein Knoten von Mann. Vielleicht so, wie ich ihn anfangs haben wollte, ehe Gudrun Valleger im Verlag zur Puderquaste griff. Vielleicht. Ich habe es auf sich beruhen lassen. Kein Wort gesagt. Olav spielt durch und durch wie ein Gott. Ein alttestamentarischer Gott, wohlgemerkt. In solche Dinge mischt man sich nicht ein. Ich habe meinen Teil getan. Jetzt sind andere dran. Vor allem Morten Asper, der Regisseur, den der Produzent aus Schweden geholt hat. Olav Ramnes und Morten Asper, die bisher noch nie etwas miteinander zu tun gehabt haben, scheinen sich in eine Hassliebe zu steigern, bei der sie die ganze Zeit testen, wie weit sie gehen können, wo sie einander auf die Zehen treten, wo sie fluchen und drohen, gefolgt von plötzlichen verständnisinnigen Küssen.

Einmal im Spätwinter sitzen Olav, Morten und ich im Cecil, einem Restaurant im ersten Stock im Hegdehaugsvei; ein kurzfristiger Erfolg auf einem unruhigen Markt. Wir haben gerade mit Gattinnen und Freundinnen gegessen, ich weiß nicht genau, welchen Status die anderen beiden haben, aber Ada und die beiden Damen sind soeben zu einer Vorstellung im Edderkoppen aufgebrochen.

Ich glaube nicht, dass etwas passiert wäre, wenn nicht Olav am Tisch gesessen hätte.

Ich glaube auch nicht, dass es passiert wäre, wenn die Damen noch geblieben wären, aber die Karten an jenem Abend waren eben anders verteilt. Die Damen verschwunden. Wir drei Hinterbliebenen waren ein wenig angetrunken, nach einer guten Mahlzeit mit Wein und Schnäpsen.

Sie waren zu zweit. Der eine mit klar pakistanischen Ahnen, der andere ein Bleichgesicht. Mitte dreißig. Teure Anzüge. Gel in den Haaren. Viel Gold. Dicke Prollketten. Ich hatte solchen Schmuck in Verbindung mit kriminellen Banden in Oslo in der Boulevardpresse gesehen.

Pakistani in Adidas, die an ihren Luxuskarren lehnen. Drohend. Lächerlich. Und immer mit diesen blöden Goldketten um den Hals.

Ich wusste, mit anderen Worten, wer da bei uns am Tisch

stand, auch wenn sie zur Feier des Tages die Trainingsanzüge zu Hause gelassen hatten.

Aber sie waren höflich und nüchtern und machten keinen Versuch, sich zu uns zu setzen. Sie stellten sich vor und reichten Olav die Hand. Nickten uns anderen zu.

Sie wollten nur sagen, dass sie die Serie gesehen hatten, und die sei super!

»Dafür ist der da verantwortlich!«, sagte Olav und zeigte auf mich. »Die Handlung hat sich Alexander aus den Fingern gesogen. Er hat das Buch geschrieben.«

Nun reichten sie auch mir die Hand.

Das war alles.

Dachten wir.

Jedenfalls gingen sie dann an ihren eigenen Tisch zurück, wo drei oder vier von derselben Sorte saßen, junge Männer mit Gel und Gold, sowie drei blonde Vollmaster mit Schlitz im Kleid, es war ganz deutlich, dass sie etwas feierten, aber nichts an ihrem Verhalten fiel in irgendeiner Weise auf. Sie hatten wie wir gegessen und waren jetzt beim Kaffee avec angekommen. Wo wir uns auch befanden.

Doch dann kam der Cognac. Der Kellner erklärte, wer der Spender war, und dass wir uns durchaus nicht verpflichtet fühlen müssten, die Gaben anzunehmen. Aber wir waren beschwipst, vielleicht auch ein wenig geschmeichelt von dieser Aufmerksamkeit – und davon, wer uns schmeichelte. In zwei Hammer-Büchern hatte ich die Bandenszene in Norwegen und Schweden gestreift, und jetzt hatte ich das Gefühl, bestätigt zu sehen, dass meine Darstellung nicht total weit vom Schuss gewesen war. Auch wenn ich mich bisher damit begnügt hatte, Kollegen nachzuäffen, die sich wirklich auskannten, wie Roslund und Hellström aus dem Nachbarland. Wir tranken ihnen zu, sie tranken uns zu.

Und irgendwann saßen wir dann an ihrem Tisch. Inzwischen war die Stimmung herzlich geworden. Und Olav war verschwunden. Ich kann mich nicht erinnern, ob er sich verabschiedet hat. Aber meine Theorie ist, dass er nach einem Besuch auf der Toilette ganz einfach die Treppe hinuntergegangen war. Dass ihm klar war, wo das hier enden könnte.

Denn es endete natürlich zu Hause bei einer der Goldketten. Oder bei einem, der etwas weiter am Rand stand.

Es war eine auf den ersten Blick ganz normale Wohnung in Groruddalen, bis ich mich dann auf die Suche nach der Toilette machte und entdeckte, dass die Bude riesig war, dass hier für Millionen von Kronen Wände entfernt worden waren. Zwei große Wohnzimmer, voller Menschen, die allein und in Gruppen herumsaßen und standen, ein gewaltiger Lärmpegel, zum Glück gab es nur eine Musikanlage, Gangsterrap, Hip-Hop, ich weiß nicht, mir erschien der musikalische Hintergrund vom ersten Augenblick an aggressiv, es wurde zudem gerufen und geschrien, Morten und ich schüttelten eine Hand nach der anderen auf dem Weg durch die Zimmer und in die Küche, wo die Wände ebenfalls herausgerissen oder versetzt worden waren, ich rechnete mir aus, dass die ursprüngliche Sozialwohnungsküche in der Ecke gewesen sein musste, wo die verchromte Kaffeemaschine zusammen mit dem einen halben Meter großen Phallus aus poliertem Ebenholz auf einem Glastisch stand. Unsere neuen Freunde hatten sich natürlich längst vorgestellt, aber ich kann mich an keinen einzigen Namen erinnern, ich fürchte, ich vergaß sie sofort wieder, es waren Pakistani, Schweden und Norweger von der alten Sorte; junge Männer, die meinen Blick hielten und mit trockener, fester Hand grüßten, und die alle eine Gemeinsamkeit hatten – das ging mir nach und nach auf, trotz des Alkohols und dann der Drogen –, sie kamen von einem Planeten, der Morten Asper und mir fremd war. Wir verstanden nur teilweise, wovon sie redeten. Sie ihrerseits wussten sehr genau, wen sie in dieser Nacht mit nach Hause gebracht hatten; ich hatte das deutliche Gefühl, dass ihnen nur zu klar war, dass sie zwei Amateure erwischt hatten, die versuchten, durch Vermutungen und Diebstahl von Szenen aus den Büchern und Filmen anderer das Milieu darzustellen, in denen unsere Gastgeber jener Nacht sich alltäglich aufhielten. Seltsamerweise schien ihnen das nichts auszumachen, deshalb fuhren wir doch mit ihnen in einer Karawane von Taxis durch Groruddalen, wir fühlten uns willkommen, und ich bin bis heute sicher, dass wir das auch waren, zwei seltsame Blumen, auf die diese Bande in der Stadt gestoßen war, und die sie mit großer Selbstverständlichkeit mit nach Hause genommen hatte, um sie vorzuzeigen, das Gehirn hinter Stig Hammer und den Mann hinter der Fernsehserie. Nein, dass sie uns auch ziemlich früh durchschaut haben mussten, begriffen, dass wir aus dem Land kamen, in dem Gesetz und geordnete Verhältnisse herrschten, es lag eine Naivität in dem Vertrauen, das sie uns entgegenbrachten, und ich hatte das bedrückende Gefühl, dass sie es witzig fanden, dass zwei Sicherheitsjunkies aus Oslo West ihrer Szene und ihrem Alltag so viel Zeit und Aufmerksamkeit gewidmet hatten und das, obwohl wir lieber nichts mit der Polizei zu tun haben wollen. Das zeigten sie, indem sie darin wetteiferten, weiße Striche auf den schwarzen Marmortisch zu legen, weiße Striche, die in alle Richtungen zeigten, kleine und große Plastiktüten mit Reißverschluss, ich sah, dass Morten die aufgerollten Tausender mit sicherer Hand benutzte, ich dachte, Stockholmer Showbiz, ja, ja, und so schwer war es ja auch nicht für einen Amateur wie mich, und leichter und leichter wurde es in dieser Nacht. Ich war kein Novize. Ich hatte auch schon mal Lines eingezogen, nicht zuletzt auf Reisen in die USA. Ich hatte gehört, dass Oslo in Koks geradezu schwamm, aber bisher hatte ich in meinem Teil der Kneipenszene der Hauptstadt von dieser Flut noch nichts gesehen, mein Teil spielte sich vor allem im Lorry und im Larsen ab, ab und zu mit einem Abstecher ins Theatercafé. In den siebziger Jahren, als ich noch mit verbotenen Substanzen experimentiert hatte, war Kokain etwas, das man nur mit viel Glück auftreiben konnte, es war eigentlich etwas, das in der Literatur vorkam, aber jetzt, in dieser umgebauten Blockwohnungsküche irgendwo in Groruddalen, vielleicht Stovner, vielleicht Linderud oder Veitvet, sah ich, dass die Zeitungen die Wahrheit geschrieben hatten, nämlich dass sich der Kokainverbrauch in den Osloer Stadtteilen in den Abwässern zeigte und messen ließ. Und als der kolumbianische Staub in meinem Blut stieg und mein Gehirn zum Funkeln brachte, fand ich es immer hinreißender, in dieser

Nacht hier zu sein, in direktem Kontakt mit der Personengalerie, die ich in zwei Stig-Hammer-Büchern geschildert hatte, nämlich in *Herzbube* und in *Die Steinflundern*. Hier saß ich. Sozusagen in meinem eigenen Text. Weil ich der war, der ich eben war, nämlich Alexander Irgens. Ein aufgehender Stern.

Ja. Da saß ich und war ein aufgehender Stern.

Dolven tauscht den alten Priem gegen einen neuen aus. »Ich kann mir den Rest denken.«

Wir gehen wieder ins Zentrum. Wir haben nichts abgemacht, aber wir steuern das Café Paris an.

»Kannst du das wirklich?«

»Ja. Da du noch nichts über die Frauen gesagt hast. Mir ist schon klar, dass du das Beste aufsparst. Sie waren die ganze Zeit da. Aber du erwähnst sie nicht.«

Ja, das hier ist irgendwie fremd und unangenehm, Dolven, denke ich, aber ich sage es nicht. Denn natürlich waren sie die ganze Zeit da, natürlich wimmelt es in der Butze von Tussen, den schärfsten Schnitten in der Tigerstadt, aufgetakelt auf jede erdenkliche Weise, geschminkt und frisiert, glänzende Lippen und Augenaufschlag, diese fast unerträgliche Tour, diese Mischung aus durchtriebenem Pornomodell und unsicherem kleinen Mädchen, sie sind dermaßen vorhanden – aber sie werden nicht ernst genommen; das hier ist das Fest der Jungs, das ist ein Ort, wo die Ansichten der Frauen keine Rolle spielen, sie sind Zierpuppen, Kicherautomaten, Blasmaschinen. Sie sind einfach zum Zugreifen da.

Ja, für den, der dazu eingeladen wird, natürlich.

Solche wie Morten Asper und ich.

Dolven sieht mich an. »Echt?«

»Wir konnten damit doch verdammt noch mal nicht umgehen. Wir waren turmhoch high, aber diese Kiste …«

Wir gehen ins Paris, bestellen zwei Bier, ehe wir uns setzen. Draußen fängt es an zu hageln, und die Kältewellen schlagen durch das Fenster und über uns zusammen.

»Einfach eine aussuchen, sozusagen?«

»Ja. Und nicht mal sozusagen.«

Weintraubengroße Hagelkörner. Sie prallen von den Autodächern ab. Irgendwer lacht.

»Es fängt ganz klar an. Keine Scherze oder so. Ungefähr so: Zigarre gefällig? Noch was zu trinken? Muschi? Die sitzen da hinten. Sucht euch was aus.«

Dann reden wir von etwas anderem. Ein Typ mit einer Waffe. Zieht das Magazin heraus. Die Waffe wird rumgereicht. Ich fasse sie nicht an. Eine Glock. In Wirklichkeit habe ich so eine noch nie gesehen. Ich hab mir alles aus dem Netz gefischt. Hab es in Kapitel achtzehn und sechsunddreißig verwendet. Jetzt zielen sie damit aufeinander und lachen. Peng!

»Asper! 'ne Frau gefällig?«

»Nein danke. Ich bin versorgt.«

»Kannst dir da drüben eine aussuchen.«

»Schön.«

»Schön? Was ist denn hier schön?«

»Mir geht's gut so.«

»Und du, Irgens? Geht's dir gut?«

»Mir geht's gut.«

»Okay. Aber findest du unsere Mädels in Ordnung? Ein bisschen in Ordnung sind die doch?«

»Das sind sie.«

»Aber nicht so sehr, dass du dir eine kleine Nummer vorstellen könntest. Was? Sieh mal hier. Nimm dir 'ne Zigarette.«

»Wir sind zu alt, um auf Festen zu ficken«, sagt Morten. »Das war früher mal.«

Sie nicken. Zu alt.

»Es liegt also nicht an unseren Mädels, oder?«

Die Mädels wissen nicht einmal, wovon wir reden. Sie rauchen und lachen. Trinken irgendeine türkise Plörre. Ziehen die Lines ein, die die Jungs ihnen im Vorübergehen hinlegen.

»Nein«, sage ich. »An denen liegt es nicht.«

Und dann spielen wir eine Stunde lang Pingpong, übrigens hat sich die Zeit schon längst aufgelöst, das Licht kehrt zurück und kriecht über den Küchenboden, aber das Fest geht auf allen Seiten weiter, die Stimmung am Tisch wird anders und fremd, es wird nicht mehr auf Schultern geklopft, die Blicke ... Irgendwann passiert etwas mit ihren Augen, und mir kommt der starke und unangenehme Verdacht, dass sie darauf warten, dass einer von uns, Morten oder ich, gähnt, auf die Uhr schaut und findet, es sei aber schon spät.

Das Koks tut seine Wirkung, und da sitze ich nun und denke, dass sie darauf warten. Dass wir nach Hause müssen.

Dolven sieht mich über den Bierschaum hinweg an. »Wäre es so schrecklich gewesen, mit einer von diesen Damen zu gehen?«

»Darum ging es nicht, Dolven. Es ging nicht darum, mit irgendeiner zu gehen. Puh, von mir aus! Aber das ist eine Küche in Groruddalen, und die, mit der du schlafen sollst, weiß noch gar nichts davon. Auch wenn sie drei Meter von dir entfernt sitzt. Weil diese Typen das nicht für nötig halten. Wir sind nicht einmal in der Nähe vom Proll-Land. Wir sind weit darüber hinaus.«

»Ich verstehe.«

»Was du nicht sagst.«

Und das Schlimmste, das Allerpeinlichste, das, was so schändlich ist, dass ich nicht weiß, wie ich es sagen soll, ist, dass man in einem Alter von über fünfzig nicht mit eigener Hilfe aus einer solchen Situation herauskommt. Nicht einmal mit der Hilfe eines anderen Fünfzigplussers am selben Tisch, der Mann aus Schweden, der ansonsten für seine strenge Regie bekannt ist.

»Und was passiert?«

»Es passiert, dass Arne Støland kommt.«

»Wer?«

»Arne Støland. Der ist ... war ...«

»Ja, ich weiß. Der ist doch verdammt noch mal lebensgefährlich.«

»Hat in den Achtzigern beim Sozialamt gearbeitet. War im System, als diese Jungs Kinder waren. Seither ging es ein bisschen hin und her. In den Neunzigern schwerkriminell. Ist jetzt wohl ausgestiegen. Und zugleich mittendrin. Überall.«

»Aha. Mit dem springst du also Seilchen? Mit Arne Støland.«

»Der kapiert ja, was Sache ist. Er findet das sogar ziemlich komisch. Wir fahren mit ihm in die Stadt, genauer gesagt, er fährt uns. Denn ich bin ich und Morten ist der, der er ist. Wir drängen ihm jeder ein paar Scheine auf, und wir finden, das war die billigste Taxifahrt unseres Lebens.«

»Ich verstehe. Und mit Arne Støland kannst du reden, wenn du irgendwelche Fragen hast? Über die Szene? Wie das da so läuft?«

»So wenig wie möglich. Wenn ich ganz ehrlich sein soll. Aber ja. Es ist schon passiert. Möchtest du irgendetwas wissen, Dolven?«

»Wenn es so weit ist, werde ich dich fragen«, sagt Dolven. »Als Ersten.«

13

Das Ende des Sommers

Vom Bett aus sehe ich sie im Spiegel über dem Waschbecken, die Tür weit offen, sie liegt in der Badewanne und raucht eine Zigarette, lässt die Asche in die Toilette fallen. Vor den offenen Fenstern jubeln die Möwen Leben und Tod zu, während das Meer seine Zunge über die leeren Strände streckt und sie wieder und wieder zurückzieht, im Stoß gegen Wasser und Sand und Strom und Wind, es ist das Geräusch der Ewigkeit.

Und des Augenblicks, wenn jemand im Nebenzimmer die Toilettenspülung betätigt, während etwas gerufen wird, das Gips und Verputz an sich reißen und verstecken. Etwas, das mit »nicht« zu tun hat. Nicht glauben. Nicht gehen. Nicht.

Es ist die letzte Woche im August.

Jeden Abend finden wir tote Wespen auf den Fensterbänken. Sie sehen aus wie kleine schwarz-gelbe Bananen mit Flügeln.

Die in der Badewanne sieht solche Dinge.

Ich sehe nur harte Panzer, die das Leben hinterlassen hat.

Heute sind wir am Meer entlanggegangen. Sonne und warm und eiskaltes Wasser. Wir fanden einen kleinen Babyschuh, der jetzt auf dem Wohnzimmertisch steht, mit Streifen aus getrocknetem Sand auf dem hellblauen Leder. Die Schnürsenkel sind voller harter Knoten. Was wollen wir damit oder miteinander?

Sie steht aus der Badewanne auf und geht nackt und nass umher.

Ich lese Patrick White.

Sie beugt sich aus dem Fenster. »Können wir die Stadt nicht sausen lassen? Im Crowns essen?«

»Natürlich. Wir können auch in der Taverne Muscheln bestellen.«

»Es ist seltsam. Ich habe das Gefühl, dass der Winter niemals kommen wird. Nicht einmal der Herbst.«

Ich schlafe ein. Ich träume, dass wir durch eine Ackerlandschaft fahren, es ist Nacht und eine blaue Mondsichel mäht das Korn.

Als ich aufwache, liegt sie neben mir, krumm wie eine Krabbe, in ihrem Webpelz, und mit dem Halstuch aus Mexiko. Der Nachtwind weht die Vorhänge ins Zimmer. Es ist kalt und dunkel, und in der Ferne dröhnt das Nebelhorn beim Leuchtturm.

Ich glaube nicht, dass wir heute Abend irgendwo hingehen werden.

Ich kann mich nicht einmal aus diesem Bett hinausträumen.

Der Wind kommt in harten Stößen durch die Dunkelheit, und ich muss meine Hände unter den Webpelz schieben, wo sie bei 37 Grad ruht, in einem Dampf aus Schweiß und Parfüm.

Hier in diesem gottverlassenen Hotel gibt es keinen Zimmerservice, aber ich habe mich schon längst daran gewöhnt, hungrig in ihr zu liegen und mich darauf zu freuen, dass das Frühstück auf den Tisch kommt, zusammen mit dem Licht und den Geräuschen der Menschen.

Auch heute werden wir den Strand entlanggehen. Vielleicht finden wir noch einen Kinderschuh, oder etwas noch Unheimlicheres.

Es ist so still. Nur meine eigene Stimme. In dem alten Theater sitzen die Menschen dicht an dicht, es ist voll besetzt. Seit fast einer Dreiviertelstunde beuge ich mich schon über das alte Rednerpult und träume mich tief in die Rolle des Wanderpredigers hinein. Die Holzfläche ist glatt unter meinen Händen, hier haben andere vor mir zugegriffen. So zu stehen, gebeugt über die schräge Fläche, wo das Manuskript zwischen meinen Händen ruht, so zu stehen und festzuhalten, mich fest an Erde und Welt festzuhalten, während ich lese, ist eine ganz neue Erfahrung. Die Lunge mit Luft füllen. Die Kraft, die in den Wörtern ruht, die man auf diese Weise laut liest. Es gibt eine Autorität, von deren Existenz ich nichts geahnt habe. Ab und zu: Den Kopf vom Manuskript heben und über das Publikum hinausschauen. Das wie eine Gemeinde dort sitzt. Dolven und Kalle Sol in der dritten Reihe. Kalle mit seinem etwas seltsamen Lächeln, das er in dem Moment aufgeklebt hat, als ihm aufging, dass ich Stig Hammer verlassen hatte. Dass es hier nicht um Stig Hammer geht, wie ich, der Verlag und die Festivalleitung zuerst geglaubt haben.

Ich weiß nicht warum. Ich lese diese sieben Mikronovellen an diesem Abend in Reykjavik, weil ich plötzlich Lust dazu habe. Weil Birna mich mit ihrem Lied am Vorabend im Café Paris dazu verlockt hat, etwas in mir scheint sich zu lösen. Bringt mich dazu, diese Texte zu lesen, die ich bisher für mich behalten habe, ja, die ich nie mit jemandem teilen wollte.

Weil Birna über ein verschwundenes Kind singt. In einer Sprache, die meine eigene ist, von der ich aber dennoch nur Bruchstücke verstehen kann.

Sie sitzt in der vierten Reihe, ein Stück nach links. Neben ihr Gunnar und der Kapitän. Gunnar sieht aus, als ob er irgendetwas ausheckt. Ich glaube nicht, dass ihm gefällt, was er hier hört. Aber Birna. Sie sitzt vornübergebeugt da, die Hände auf den Knien, den Kopf schräggelegt. Dann merke ich, dass sie Blickkontakt zu einem Mann zwei Plätze weiter links hat. Einem schwammigen bleichen Kerl mit grauem Schimmer in den Haaren und Dreitagebart. Nur eine kurze

Begegnung, Blick in Blick. Dann sieht sie mich wieder an. Zwischen den beiden sitzt ein jüngerer Mann mit halboffenem Mund und geschlossenen Augen. Er trägt Wolfskin. Schwarz. Hose und Jacke. Schal. Er hat keinen Knopf aufgemacht und keinen Reißverschluss geöffnet, obwohl es hier so heiß ist wie in einer Sauna.

Als der Applaus einsetzt, schlägt er die Augen auf und schaut sich um, wie eben erst erwacht.

Birna legt die Hand auf seine. Dann klatscht auch sie.

Das Meer liegt fast spiegelglatt da, der graue Himmel versenkt sich darin, wie eine Leinwand in einem Ölbad; ja, die Meeresoberfläche sieht fett und blank aus, sie riecht nach Salz und Fisch und Diesel, wir teilen sie mit dem alten Rostkahn, Möwen aller Art folgen im Kielwasser, das Sonnenlicht dringt halbwegs durch die Wolkendecke: ein seltsames Leuchten, das die Dünung glänzen lässt. Wir liegen gut im Wasser, und ich frage mich, was wir geladen haben, es ist schön, hier an Deck zu stehen und den Wind um die Ohren zu spüren, es tut überhaupt gut zu existieren, ich habe schon eine ganze Weile nicht mehr so gedacht. Es stimmt nicht, dass man von Problemen nicht wegreisen kann, denke ich dann.

Die Sonne bricht durch. Ich höre, wie die schwere Eisentür hinter mir geöffnet und wieder geschlossen wird, Birna kommt mit dem jungen Mann, der bei der Lesung am Vorabend zwischen ihr und Stein Kristian Skute saß. Sie winkt mir zu. Zeigt auf das Meer.

Skute wartet nach der Lesung auf mich. Er ist angetrunken, aber es geht schon. Ich verstehe, dass er zur Mannschaft von Gunnar und Dolven gehört. Oder zur Mannschaft der *Narhval*. Er stellt sich vor. Höflich. Respektvoll. Okay. Keine Klette. Kein hingerissener Bewunderer. Hier muss kein Autogramm auf den Unterarm geschrieben werden. Deshalb mag ich ihn.

Wir drehen uns jeder eine. Er gibt mir zuerst Feuer. »Ich höre, du kommst morgen mit nach Olavsvik?«

»Ja.«

»Was machst du denn so? Gehört das auch zu Dolvens isländischem Geheimnis?«

»Ich vermiete Ferienhäuser. Sag Bescheid, wenn du mal deine Ruhe brauchst. Egal wo. Egal wann.«

Kein einziges Wort über den Kessel, der in der alten Heimat vor sich hin blubbert. Nur eine Tür, die einen Spaltweit geöffnet wird.

Deshalb mag ich ihn. Sage, es könne gut passieren, dass ich ihn beim Wort nehme.

Er gibt mir seine Karte. Skute & Jarlum. Eine Adresse in Flekkefjord. Wir trinken einen Schnaps aus seinem Flachmann. Dann ist er verschwunden.

Jetzt steht er zusammen mit Steuermann und Kapitän oben im Steuerhaus. Tippt mit einem Finger an seine rechte Augenbraue. Ich erwidere den Gruß.

Höre Birnas Stimme durch die Windstöße. Sie zeigt zum Horizont.

Nur das Meer, das im Sonnenlicht unter dem blauen Himmel glitzert wie gehämmertes Gold. Möwen. Hier und da ein Eissturmvogel auf steifen Flügeln.

Sie steht hinter mir still und nimmt meinen Kopf zwischen ihre Hände, ihre warmen Hände an meinen kalten Ohren. Dreht meinen Kopf vorsichtig nach Osten.

So. Kurz unter dem Horizont. Nein, warte noch. Warte einfach noch.

Ich warte, und nach wenigen Sekunden sehe ich den dunklen Rücken, der sich aufbäumt, den Schatten eines schwarzen Rades in der leuchtenden Meeresoberfläche, Sekunden später verschwunden.

»Tümmler?«

»Minky Whales. Wir nennen sie Stinky.«

Es sind mehrere. Fünf. Sechs. »Hat Dolven das vor? Walsafari mit eigenem Hotel in Olavsvik?«

Sie lächelt und streicht sich die blonden Haare vom Mund weg. »Nicht schlecht. Das ist Reidar Jarlum.«

Reidar Jarlum trägt auch an diesem Tag schwarzes Wolfskin, er ist bleich, mit sandfarbenen Haaren, dünn und schlaksig, ein farbloser Bursche mit großen ernsten Augen. Mitte dreißig.

Wir grüßen. Er sagt, dass er alle meine Bücher gelesen hat. Auch die Novellenbände. Er spricht Norwegisch mit einem leichten Akzent. Niederländer? Deutscher?

»Da hast du schöne Sachen gelesen. Ich hab es selbst probiert. Ich weiß, wie schwer das ist.«

Wir reden ein wenig darüber. Birna lächelt, scheinbar belustigt. Sie hat sicher zwei Vettern oder ein halbes Dutzend Tanten, die schreiben. So ist das in Island.

Dann sprechen wir über die Firma, die er und Skute betreiben. Ich frage, ob es ein großes Unternehmen ist.

»Wir haben zweihundert Hütten. Also ist die Antwort wohl ja. Alles Mögliche. Von vierzehn Quadratmetern mit Plumpsklo bis zur Luxusvilla. Du weißt schon. Vierzehn Badezimmer und Hubschrauberlandeplatz auf dem Dach. Die spinnen, die Norweger.«

»Seh ich auch so. Woher kommst du? Ursprünglich?«

»Nicht ganz einfach. Von hier und da. Sag Bescheid, wenn du einen Unterschlupf brauchst.«

Ich registriere, dass er höflich genug ist, mich nicht daran zu erinnern, dass er Zeitungen liest. Dass er weiß, dass ich möglicherweise gerade das brauche. Einen Ort, wo ich in Frieden gelassen werde. Zum Schreiben. Oder zum Nichtstun.

Diese Vorstellung gefällt mir. Ich habe alle meine Bücher zu Hause geschrieben. Jetzt kommt es mir plötzlich ungeheuer verlockend vor, das nächste in totaler Isolation zu verfassen. Und sehr bald damit loszulegen.

Ich sage noch einmal: »Vielleicht nehme ich dich beim Wort.«

»Das wäre mir eine große Ehre!« Er sucht in seiner Jackentasche und zieht seine Karte hervor. »Das war mein Ernst. Sag einfach Bescheid.«

Ich stecke sie in die Brieftasche, zusammen mit der von Stein Kristian Skute. Sie sind identisch.

Wieder denke ich: Ein ungleiches Paar.

»Ich muss ein Nickerchen machen«, sagt jetzt Jarlum. »Die Seeluft macht mich schläfrig, und außerdem hab ich heute Nacht nicht geschlafen. – Nett, dich kennenzulernen.«

»Ebenfalls.«

Dann stehen Birna und ich allein an der Reling. Die Stinkys tauchen wieder auf, diesmal um einiges näher am Boot.

»Sie sind neugierig«, sagt sie. »Sie möchten wissen, was wir für komische Wesen sind.«

»Und? Wie lautet die Antwort auf diese Frage?«

Sie lacht. Sie ist mollig und wunderbar, und sie lacht viel. »Gute Frage.«

»Dolven hat gesagt, du entwirfst Baumhäuser.«

»Da hat er die Wahrheit gesagt.«

»Wenn ich also das Angebot von Jarlum und Skute annehme, kann ich in so einem enden?«

»Ja, sie haben zwei von mir entworfene. Aber ich habe vor allem für Finnland gearbeitet. Warum hast du gestern nicht aus deinem neuen Krimi gelesen?«

»Ich weiß nicht«, sage ich. »Es hat sich niemand beklagt.«

»Ich mag keine Krimis«, sagt sie. »Schau mal! Die spielen!«

Die Wale sind wieder da.

Ich erinnere mich an das mürbe Fleisch in der dunkelbraunen Soße. Die Waleintöpfe, die Kolla immer kochte, wenn Mutter in der Klinik war. Die langen Strecken im Herbst und Winter. Das schlechte Gewissen, das mir immer mehr zu schaffen machte, als ich älter wurde und mich auf Kollas Walfleisch mit Kartoffeln und Soße freute.

»Ich finde, es ist alles schon kriminell genug. Da brauchen wir keine konstruierten Morde. Wirst du böse, wenn ich so was sage?«

»Nein. Kann man hier oben jetzt Wal kriegen?«

»Du meinst, auf dem Teller?«

»Ja.«

»Isst du gern Wal?«

»Ja. Der erinnert mich an meine Mutter.«

»Ich weiß nicht, was Gunnar und Dolven sich in Bezug

auf das Essen vorgestellt haben, aber ehe du fährst, kriegst du Birnas Wal, das verspreche ich dir.«

Aber vor meinem inneren Auge sehe ich, wie sie ihre Brüste hebt.

Auch die erinnern mich an meine Mutter.

»Du kannst Reidar Jarlum nicht leiden«, sagt sie.

»Nicht? Da weißt du mehr als ich. Ich hab doch gerade mal ein paar Worte mit ihm gewechselt.«

»Dein Gesicht hat sich verändert«, sagt sie. »Es hat sich bewölkt, als ich mit ihm gekommen bin.«

»Das war, weil ich mir dir allein sein wollte. Es hatte nichts mit ihm zu tun.«

»Frag ihn nicht nach seiner Vergangenheit. Er ist auf einem seltsamen Weg hierhergekommen. Es ist ein ganzer Roman.«

Ihre Hand liegt auf der Reling. Ich lege meine darüber.

Ein Stoß ins Horn. Ich fahre dermaßen zusammen, dass ich fast rückwärts umfalle.

Dolven droht im Steuerhaus mit der Faust.

Wir lachen.

»Sie sagen, du hast eine gute Ehe.«

»Ja«, sage ich. »Ich habe eine gute Ehe.«

Dann lege ich wieder meine Hand auf ihre.

Mit der anderen Variante kommt man nie weiter. Mit der, dass die zu Hause einen nicht versteht. Einen nicht liebt.

Wir trinken in der Kombüse Kaffee. Ein stummer, schwerer Koch serviert uns frische Kringel zu dem dynamitstarken Kaffee. Gunnar Arnarsson spricht mit vollem Mund und zeigt mit einem dicken Zeigefinger auf die Schiffspläne. »Stein Kristian und Reidar bauen bei Haugesund drei Langschiffe.«

»Drei wunderbare Drachen«, sagt Stein und zeigt auf das Schnitzwerk an den Steven. »Und sie werden nach Island fahren, im Frühjahr, Sommer und Herbst.«

Die Wolkendecke zieht sich über den koksgrauen Bergen und den grünen Hängen zusammen, als wir nun in den Fjord nach Olafsvik einlaufen. Stein Skute und Birna und ich stehen an der Reling und rauchen und sehen uns die Manöver des Steuermanns in dem engen Hafen hinter der Mole an;

an Land stehen zwei Männer und sehen ebenfalls zu, Olafswikinger, die Fäuste in die Overalltaschen gerammt, sie regen sich nicht, bis Gunnar einen anbrüllt, da lachen sie und ziehen sich zurück in Richtung Polizeiwache. Es sind zwei Jungen, die die Trosse annehmen, als die ins Meer geworfen wird.

Später fahren wir mit einem Minibus zum Hotel in Stykkisholmur, Gunnar brettert über die schlechten Kieswege. Kalle Sol, der die ganze Zeit unter Deck über einem grünen Plastikeimer philosophiert hat, lächelt bleich und geht sofort zu Bett, als wir im Hotel ankommen. Birna, Skute, Gunnar und ich essen. Große Schüsseln mit Meerforellen und Kartoffeln, zerlassener Butter und Gemüse. Irgendwann trudeln auch Dolven und Jarlum ein. Wir haben das Hotel offenbar für uns, außer uns sehe ich nur einige Jugendliche, die servieren und in der Rezeption stehen; Gunnar führt sich auf, als ob das Hotel ihm gehört, aber ich stelle mir vor, dass wohl eher Dolven der Besitzer ist. Der da sitzt und grinst und mit dem Messer isst, wie früher in unserer Jugend, fällt mir plötzlich ein.

Stein Skute beobachtet alles. Er trinkt beim Essen große Mengen Alkohol, vermeidet es aber diskret, wie ein üblicher norwegischer Säufer zu wirken. Mir wäre das nicht aufgefallen, wenn nicht auch meine eigene Beobachtungsgabe etwas überdurchschnittlich wäre. Er hat eine Art Bündnis mit dem Jungen geschlossen, der für die flüssige Nahrung zuständig ist. Sein Weinglas ist fast immer bis an den Rand gefüllt und niemals weniger als halbvoll. Aber er passt eben auf, und deshalb sieht er, dass ich sehe, und lächelt. Ich glaube nicht, dass ich mit ihm Schnaps trinken würde, ich würde dann nicht einmal in seiner Nähe sein wollen. Er sagt nur wenig. Ich denke, dass es eine seltene Kombination ist, so ausdauernd zu trinken und zugleich die ganze Zeit den Mund halten zu können. Reidar Jarlum, ein Chef oder Kompagnon, sitzt steif und gerade da und isst mit Manieren, die er offensichtlich erst als Erwachsener gelernt hat, die Art, wie er Messer und Gabel bewegt, hat etwas Komisches und Einstudiertes, und immer wieder hebt er die Stoffserviette, um sich eingebildete Essenreste aus dem Mundwinkel zu wischen. Er schweigt konsequent. Denkt er wohl an seinen langen und seltsamen Weg hierher? Er hat das Alte hinter sich gelassen und etwas Neues angefangen, denke ich und fülle mein Weißweinglas. Das ist in unserer Zeit nicht so seltsam. Im Grunde sieht er aus wie ein Zinker. Einer, der der Polizei dies und jenes ins Ohr flüstert. Und als ich das gedacht habe, geht mir auf, dass ich schon einigermaßen beschwipst bin.

»Liebe Freunde«, sagt Dolven und klopft mit dem Messer, mit dem er schon während der gesamten Mahlzeit brilliert hat, an sein Glas. »Ja, lasst mich zum Teufel ausnahmsweise mal ein bisschen feierlich sein, von dem anderen haben wir die ganze Zeit so viel, es soll so grau und normal sein wie möglich, von mir aus, unterwegs hat es ein paar Schnäpse gegeben, aber Gunnar und ich hatten eine geheime Flasche zu teilen, denn jetzt ist die Papierarbeit geschafft und wir können den Punkt hinter diesen Teil des Prozesses setzen. Alexander! Ich finde es wunderbar, dass ich dich und Kalle mitlocken konnte. Wir lassen Kalle bis morgen liegen, dann ist auch da alles in Ordnung, denn ich meine, ein bisschen müssen wir doch feiern, dass unsere Gebäude vollendet sind, und überhaupt ... Ja, überhaupt! Es ist geschafft. Wir haben es vollbracht. Es hat gedauert, aber wir haben es vollbracht.«

»Oder wir haben das Startgelände freigeräumt«, sagt Gunnar. »Und dann werden wir ja sehen, wie es weitergeht. Danke für das schöne Essen.«

Und Schluss. Gunnar Arnarsson will keine Rede. Entweder, weil ich dabei bin, oder eher aufgrund der jungen Leute, die servieren und abräumen, sie kommen sicher alle aus der Gegend.

Wenn Dolven überhaupt beschämt aussehen kann, und das geht nur mit Hängen und Würgen, dann tut er das jetzt. Birna nimmt sofort den Ball auf und sagt etwas Witziges. Vermutlich haben nur wir hier am Tisch eine kleine Missstimmung beim Kaffee registriert.

14

Angst und Visionen

Der Nebel liegt dicht wie Brei vor den Autofenstern. Fred Magnus Dolven lenkt den großen Hummer in kurzen Stößen vorwärts, wenn der Wind ein Loch in die graue Decke reißt, die an diesem Vormittag den nordwestlichen Teil von Island verdeckt. Eine Mischung aus Ungeduld und ein hoher Grad an Wachsamkeit. In regelmäßigen Abständen passieren wir kleine Herden von zottigen Islandponys, sie laufen hin und her über die Fahrbahn, ehe ihre Hüter sie zur Seite scheuchen und wir weiterfahren können.

»Wunderbare Tiere!« Er zieht an seiner Zigarette, nimmt sie aber nicht aus dem Mund. Eine Hand am Lenkrad, die andere am Schalthebel. »Wie gut, dass du ein paar freie Tage hattest und mit hierher kommen konntest. Im Programm hast du übrigens nicht gestanden.«

»Bin später angemeldet worden«, sage ich. »Wie geht's dir denn, Kalle?«

Kalle kurbelt das Fenster herunter, füllt den Wagen mit scharfer Luft und dem Geruch von Pferdekacke. »Geht schon. Ich werde leicht seekrank. Jetzt sind wir an Land, wenn ich das richtig verstanden habe.«

»Seit wann fährst du eigentlich hierher, Kalle?«

Dolven ist höflich und verbindlich. Immer, wenn er vergisst, dass Kalle auf der Rückbank sitzt, reißt er sich zusammen, wenn ich ihn daran erinnere.

»Seit Anfang der sechziger, glaube ich. Da war Island ein anderer Planet.«

»Ja«, sage ich. »Ein kleiner amerikanischer Trabantenmond.«

Wir müssen stehen bleiben. Im Rückspiegel sehe ich,

dass Kalle mit der Hand über eine dampfende Pferdeflanke streicht.

Eine Minute später ist für eine Weile der Weg offen, jählings wächst das Licht um uns und über uns, und wie durch einen Segen öffnet sich die Welt, und die Sonne ergießt sich über den schwarzen nassen Fels, es glitzert und sprüht in lichtgesättigten Tropfen. Das Nebelmeer liegt hinter uns, wir fahren weiter den schmalen Weg den Hang hoch, hier ist es gerade breit genug für zwei Wagen von dieser Größe, wir haben mit anderen Worten gerade so viel von der Welt, wie wir brauchen.

»2008 habe ich das alte Gefängnis von Vangsund gekauft«, sagt Dolven. »Und da bin ich auf den Geschmack von anderen Dingen gekommen, als zu kaufen und zu verkaufen.«

»Dir gehört das Gefängnis von Vangsund?«, frage ich und höre die Überraschung in meiner Stimme. »Da hab ich gelesen! Jetzt hör aber auf!«

»Ich hab doch früher mal ziemlich lange in Vangsund gewohnt«, sagt Dolven, als ob das erklärte, wieso er ein Gefängnis gekauft hat. »Wann warst du da?«

»Herbst 2009. Vor einem Jahr.«

»Scharf, was?«

»Und wie. Ich hatte doch keine Ahnung, dass der Laden dir gehört.«

»Wir haben das auch nicht gerade rausposaunt. Ich hab es aus einem puren Impuls heraus gekauft. Ich hatte mir eine Jugendherberge oder so was vorgestellt. Eine billige Bleibe für Jugendliche.«

»Jetzt sieht es aber gar nicht billig aus«, sage ich.

»Nein«, sagt Dolven. »Jetzt ist es gar nicht billig.«

Ich war mit dem Zug hingefahren, es war eine feuchte Periode, ich hatte da eigentlich nie Probleme, aber es kommt vor, dass ich nicht aufhören mag, außerdem fahre ich gern Zug, sitze da und wackele und ruckele, sehe die Landschaft vorübersegeln. Es war ein schöner Septembertag, ich weiß nur noch, dass ich im Gefängnis von Vangsund lesen sollte, kein Wort davon, dass das Haus privatisiert worden war und nicht einen einzigen Menschen mehr beherbergte, der sich nicht freiwillig dort aufhielt. Am Bahnhof wurde ich von einem grauen Pferdeschwanz in meinem eigenen Alter aufgelesen, er fuhr mich hoch zu dem unter der alten Seemannsschule gelegenen Gefängnis, ich war seit Ewigkeiten nicht mehr in der Gegend gewesen. Das Gefängnis sah wie das in Larvik aus, mit dem ich aufgewachsen war, zwei Flügel und ein abgeschlossener Hof, achtzehnhundert soundsoviel; gut erhaltener Klinker, neues Dach, wie ich registrierte. Als wir eingelassen wurden, roch es nach Kalk und Farbe.

Zwölf, dreizehn Mann im Aufenthaltsraum. Alles wie immer. Zwei Wärter, sowie mein Fahrer, der sich als Doc vorgestellt hatte, er war eine Art Faktotum, wenn ich das richtig verstanden hatte, jedenfalls fungierte er auch als Bibliothekar.

Jetzt sage ich: »Warum hat niemand erwähnt, dass die Insassen freiwillig dort waren?«

»Ich weiß nicht«, sagt Dolven. »Vielleicht fanden sie das witzig, dich an der Nase herumzuführen. Oder es war ihnen ganz einfach egal, was du wusstest oder glaubtest. Wie die Jungs in Ila, Ullersmo oder Berg. Da warst du doch sicher überall?«

»Ja. Und viel Zeit hatte ich auch nicht. Musste den letzten Zug erwischen. Also gab es danach keinen Kaffeeklatsch. Ich wusste ja auch nicht, dass du der Gefängnisdirektor warst.«

Kalle fragt: »Heißt das, diese Leute lassen sich freiwillig einschließen?«

»Das ist nicht so kompliziert, wie es sich anhört«, sagt Dolven. »Es spielten ja auch noch Zufälle mit. Einer von diesen Leuten war ein alter Kumpel von mir, dessen Leben aus allerlei Gründen in Schutt und Asche fiel, während wir gerade renovierten.«

»Na gut, er musste also irgendwo wohnen«, sagt Kalle.

»Ja, aber nicht nur das. Ich musste ihn dann auch noch aus einem etwas speziellen Reisebüro auslösen, das er mit einem gemeinsamen Freund zusammen betrieben hatte. Oder um es klar zu sagen: Ich habe das ganze Reisebüro gekauft. Aber was zum Teufel?«

Er tritt auf die Bremse. Ich verspüre einen scharfen Nackenschlag, der sich bis in meine Zehen fortpflanzt. Wir sind gerade oben auf einer Anhöhe angekommen, und dort, auf einem roten Kanister, sitzt eine Frau von Mitte fünfzig und meditiert. Oder schläft. Lila. Selbst genäht. Große grüne Steine in Silber oder Zinn.

»Kalle«, sage ich. »geh, rede mit ihr, du kannst doch die Sprache. Sag ihr, dass sie ein bisschen im Weg sitzt. Aber freundlich.«

»Vergiss meinen Spitznamen nicht«, sagt Dolven und dreht sich eine Zigarette. »Der gefällt ihr sicher.« Und zu mir: »Ist dir was passiert?«

»Ich weiß nicht. Setzen die Schmerzen nicht erst später ein?«

»Nein, also echt?«

»Geht schon gut.«

»Hat man so was schon gesehen«, sagt er schmunzelnd und gibt sich Feuer. »Großer Gott, was, wenn da Benzin in dem Kanister ist? Weißt du noch, diese buddhistischen Mönche in den Siebzigern? War das Tibet?«

»Reg dich ab. Leerer Reservekanister. Er ist zu Fuß losgegangen. Sie meditiert solange eine Runde.«

»Auf dem Kanister, in dem er Benzin holen sollte? Bist du denn vollkommen bescheuert?«

Er drückt die Zigarette eilig im Aschenbecher aus. »Ich glaube, ich warte noch einen Moment …«

Kalle redet. Dreht sich um. Sagt etwas zu uns. Dolven kurbelt das Fenster auf seiner Seite herunter. »Was?«

»Sie ist Deutsche.«

»Na, dann schaff sie jedenfalls weg!«

»Er spricht nur ungern Deutsch«, sage ich. »Er kann, aber er will nicht. Das hängt irgendwie mit seiner Kindheit zusammen.«

»Ach so«, sagt Dolven auf Deutsch, dann bugsiert er seinen umfangreichen Korpus aus dem Wagen und geht auf steifen Beinen auf die beiden zu. Die Cowboystiefel sind sofort voll Schlamm. Gestikuliert und erklärt. Sie erhebt sich und gestikuliert und erklärt ebenfalls. Sie bücken sich und untersuchen den Boden. Kalle Sol steht daneben und schüttelt den Kopf und ist dabei putzmunter.

Es dauert und dauert. Am Ende schreibt Dolven auf Kalles Rücken etwas auf einen Zettel und reicht ihn ihr. Sie legt beide Hände um seine und küsst ihn auf die Wange.

Dann verschwindet sie hinter einer bemoosten Felskuppe.

»Hier verläuft im Boden eine Bleiader«, erklärt Dolven und lässt den gewaltigen Motor an. »Deshalb.«

»Deshalb was?«

»Wenn du deinen Steiner gelesen hättest, wüsstest du, dass Metalladern Zwerge anlocken«, sagt er. »Und damit meine ich keine kleinwüchsigen Menschen, sondern echte Zwerge. Die, die im Boden hausen. Verstehst du?«

»Naja.«

»Sie kommt aus Dortmund. So sind sie da unten eben.«

Er gibt Gas. Sie ist verschwunden. Nein. Hoch oben am Hang. Sie dreht sich um und winkt. Dolven winkt träge zurück.

»Was ist das für ein Reisebüro?«, frage ich.

»Das ist ziemlich ausgefallen.« Er winkt mit dem rechten Daumen über seine Schulter zurück, wie als Gruß an Dortmund. »Sagen wir mal, die da schwimmt im Geld. Ich meine, so richtig. Und liebt zugleich Wichtel, Zwerge, Geister und anderes Pack. Wo ihr doch von Phantasie und Narrenstreichen lebt: Was haltet ihr für möglich und nicht möglich, wenn es darum geht, für solche Leute Abenteuerurlaube maßzuschneidern? Was glaubt ihr, wo die Grenzen liegen?«

Wir schweigen und überlegen.

»Da gibt es vermutlich keine Grenzen«, sagt Kalle Sol.

»Eben«, sagt Dolven und gibt Gas.

Der alte Häuptlingshof von Borg auf den Lofoten, der durch Birnas Hilfe nun einen Ableger in Island hat, liegt wie eine graue Steinplatte im Grünen. Es ist ein schönes Bauwerk; es hat eine Form, die dem Auge angenehm ist, und das gilt auch für die zurechtgeschliffenen Holzflächen.

»Die haben ja nett gewohnt, die Alten«, sagt Dolven, als wir aus dem Auto steigen.

In einem Gehege laufen einige Ziegen herum, sie meckern und wollen etwas von uns, vermutlich alles. Sie bekommen den salzigen Schweiß meines rechten Handrückens. Kleine rote, raue Zungen.

Große Holzschnitzkunst in der Eingangspartie. Es ist nicht zu fassen. Wir betreten ein Haus, das ein knappes Jahr alt ist, aber ich habe das Gefühl, tausend Jahre zurück in der Zeit zu gehen. Ja, es ist, als ob die anderen einfach verschwinden. Ich bleibe stehen und denke an die Alten, die über die Meere segelten und ruderten, die zu Häusern und Siedlungen wie dieser zurückkehrten, mit Blut an den Händen und Säcken und Truhen voller Diebesgut, mit Scharen von Leibeigenen und weinenden Kindern.

Ich betrete einen Mittelraum, und aus dem rechten Flügel kann ich die Hufe unruhiger Tiere hören, und dort öffnet sich im Halbdunkel die Häuptlingshalle, Sitzbetten entlang der Wände, Webstuhl, Feuerstätte, der Hochsitz, ja, da saß er in seiner ganzen Macht, der Allmächtige, und es riecht nach Schaf und Eisen und Kienspänen und Tierkot, und durch die feinen Risse im Holz bohren sich Sonnenspeere in den Raum, der Rauch färbt sie blau, auf einem Tisch liegen Helme und Schwerter, wir heben sie hoch, probieren die Helme an, wiegen die Schwerter in unseren Händen, guter Griff, doppelt, was ist es für ein Gefühl, einen anderen Menschen zu zerspalten, der viele Dreck, der Gestank, der Körper, der im Todeskampf zuckt.

»Ja«, sagt Dolven. »Wir haben damit Schweinekadaver zerhauen. Sie sind … ziemlich wirkungsvoll.«

»Ein gutes Stück Arbeit«, sagt Kalle und schnalzt mit der Zunge, während er sich umsieht. »Aber die Alten haben in Island wohl nicht so gelebt.«

Dolven lacht. »Die Bürokratie hier auf der Insel hat das witzigerweise auch erwähnt. Meine Güte. Aber wenn wir heute aus Norwegen Bretter herbringen können, dann konnten unsere Vorfahren das ja wohl auch. Ja, so habe ich jedenfalls argumentiert.«

»Du musstest vielleicht auch die Brieftasche zücken, oder was?«, frage ich.

Dolven nickt zufrieden. »Vielleicht. Jedenfalls ließen sie sich nicht lange bitten.«

»Nein, das haben wir ja im Fernsehen gesehen«, sagt Kalle. »Als sie auf den Knien lagen, alle, die nicht aus dem Land geflohen waren.«

»Nicht auf den Knien«, sagt Dolven. »Einen Isländer zwingst du nicht auf die Knie. Das hab ich probiert.«

»Ich begreife trotzdem nicht, dass sich damit etwas verdienen lässt«, sage ich. »Deutsches New Age. Da gibt es doch wohl nicht viel zu holen.«

»Ich kann es ja nicht fassen, dass du dicke Romane zusammendichten kannst«, sagt Dolven. »Wollen wir draußen vor der Sonnenwand ein Bier trinken?«

Das tun wir. Kalle Sol, Fred Magnus Dolven und ich setzen uns nach draußen und trinken Bier, obwohl der Nebel den Hang hochgezogen ist und uns die Sonne genommen hat, wir trinken *Eigil* und essen Räucherfleisch und dünnes Knäckebrot, und Dolven erzählt wieder von der Vergangenheit und seinem Gefängnis, da ich offenbar keine Ahnung von der Zukunft habe.

»Um neue Wege gehen zu können, muss man neue Gedanken wagen. Das alte Gefängnis ist zu einer Goldgrube geworden. Ich habe keine einzige Anzeige aufgegeben, aber ich bin die ganze Zeit ausgebucht, hab sogar Wartelisten. Es gibt Leute, die zum Sterben kommen. Und andere, die nur Ruhe brauchen. Weg. Raus. Mobiltelefone werden beim Eintreffen weggeschlossen. Kein Laptop. Kein Fernseher irgendwo im Haus. Kein Netz, aber zehntausend Bücher in der Bibliothek. Vorträge und Lesungen.«

»Frauen?«, fragt Kalle Sol.

»Spinnst du? Aber ich arbeite an einer eigenen Anstalt auch für sie. Die meisten Anfragen kommen übrigens von Frauen. Wir werden sehen.«

»Und die bezahlen alle?«, frage ich.

»Ja. Die bezahlen alle sehr gut. Das ist kein Gefängnis für Bettler und Arbeitsscheue. Ich hätte fast gesagt, die haben schließlich ihre eigenen. Ich habe mir das übrigens nicht aus den Fingern gesogen. In den achtziger Jahren war ich mal in Wales, und da hatte ein lokaler Enthusiast auf seinem Grundstück ein Konzentrationslager gebaut. Ja, ein richtiger Kriegsfreak. Er besaß ein riesiges Gut, und ihr könnt euch vielleicht vorstellen, was es kostet, so was einigermaßen in Ordnung zu halten. Naja. Er hat das Wild abgeschossen und eine Miniausgabe von Bergen-Belsen gebaut. Zehn Baracken mit je zwanzig Betten. War innerhalb einer Woche ausgebucht.«

»Ja, das ist wohl etwas anderes«, sagt Kalle.

»Richtig. Sie sind ja nicht hingegangen, um von der Welt abgeschieden zu sein, sondern, um schlecht behandelt zu werden. Elender Fraß. Wecken und Anpöbeleien mitten in der Nacht. Sie haben verdammt noch mal gutes Geld dafür bezahlt, für den Besitzer Gräben ausheben zu dürfen. Fast nur Geschäftsleute mit dicken Brieftaschen. Dieselben, die teuer dafür bezahlen, von einer Domina bepisst zu werden. Männer mit Macht.«

»Und hier?«, frage ich. »Hier wollen sich die Reichen von vollbärtigen Wikingern anpissen lassen?«

»Prost, Alex! Wirklich klasse, mal wieder mit dir zusammen zu sein. – Jetzt weiß ich wieder genau, wie du warst. Die, von denen ich das Reisebüro gekauft habe, haben für eine nächtliche Tauchrunde zur Blücher eine halbe Million eingesackt. Drei Teilnehmer samt Führer. Wenn ich dich also frage, ob du auch kreativ etwas beitragen könntest, statt nur Müll zu reden, was sagst du dann?«

»Ich glaube, ich verstehe, was du meinst«, sage ich. »Das Reisebüro …«

»Besteht vor allem aus einem Namen und einem Archiv. Ich habe an die fünftausend Namen in dem Archiv. Und du kannst mir glauben, da ist schon Seltsames dabei.«

Es dämmert. Irgendwer macht auf einem flachen Platz in guter Entfernung vom Haus ein Feuer, grobe Holzstücke und Wurzeln, die der Atlantik an die Strände getragen hat, Kisten und Bretter, und Reste vom Bauwerk hinter uns, ein Essenszelt wird aufgestellt, falls es regnet, und die ganze Zeit kommen Leute aus den anderen Gebäuden, Autos werden abgestellt, wo gerade Platz ist und die Natur es gestattet, Lachen und Streitereien, Rauch und der Geruch von gebratenem Fleisch, es gibt ganze Schafe und Schweine, und Kannen und Krüge mit selbst gebrautem Bier, ich sitze auf einem Tierfell, das Dolven gebracht hat, und fühle mich zurückversetzt ins alte Kaupangen zwischen Larvik und Tønsberg, Norwegens allererster Stadt an dem stillen Fjord, meine eigene Kindheit, meinen Ursprung. Aber hier oben auf der Anhöhe gibt es Aussicht und Ellbogenfreiheit, und der stille Fjord, den ich eben gespürt hatte, weicht zurück und macht dem Ozean Platz, dem Weg nach Grönland und Vinland, den gewaltigen Tiefen, den Hallen und Kathedralen der Wale, unter dem gestirnten Dach des Himmels, unter Türmen aus Nordlicht, ja, heute Abend ist es leicht, in feierliche Stimmung versetzt zu werden. Was ist das für ein kleiner Stich ins Herz? Kann es ein so seltener Vogel wie Dankbarkeit sein, darüber, am Leben zu sein, hier auf dieser Welt? Wann hat dieser Vogel zuletzt gesungen? Ich sitze hier und bin dankbar, weil das Schicksal, vielleicht in einer Art Zusammenarbeit mit Odin und Thor, mich aus meinem Rhythmus gerissen, die Buchhandelskette gesprengt hat, gewissermaßen, damit ich hier sitzen und mich in kühlem isländischen Bier suhlen und auf den Fjord hinausblicken kann, über den sich gerade die Nacht senkt, statt zum Beispiel in Brønnøysund Bücher zu signieren, auch wenn ich wirklich nichts gegen Brønnøysund oder dessen Bevölkerung habe; das Letzte denke ich sicherheitshalber, denn ich werde immer ein bisschen abergläubisch, wenn ich auf dieser Insel bin, wo man besser dafür sorgt, dass man sich nicht durch negative Gedanken über anderer Leute Leben und Sitten ins *uhæppa* stürzt. Mit solchem Unsinn amüsiere ich mich, und ich grüße und werde gegrüßt, aber also, Gott segne alle: Nicht, weil ich der Erfinder von Stig Hammer bin, auch wenn es mich ab und zu ärgert, es ist ein bisschen ungewohnt, nicht die ganze Zeit erkannt zu werden, herrlich und nervig zugleich. Ziemlich bescheuert. Mir fällt ein, dass Dolven mich vor nicht allzu langer Zeit noch als Idioten bezeichnet hat. Auf nette Weise zwar, aber dennoch.

Und ich denke an Vilde. Die mich oft genug Idiot genannt hat, und das nun wirklich nicht auf nette Weise, es ist nicht ihr Stil, nett zu sein, außer in kurzen wunderbaren Augenblicken. Kleinen Nischen des Glücks, wenn sie mich mit ihr spielen lässt, bis dann wieder Wolken aufziehen. Ihr Körper am Fenster in einer frühen Morgenstunde. Ich erinnere mich durch meine Fingerspitzen an ihren Körper. Und als wir zum ersten Mal miteinander geschlafen haben, war es der pure Ringkampf, ich war total geschockt, und danach lagen wir lachend im Dunkeln. Jetzt werde ich sie niemals wiedersehen. Genauer gesagt: Wenn ich sie wiedersehe, wird sie eine andere sein. Sie wird keinen Zorn und keine Wildheit gegen mich richten, weil sie mit mir fertig ist. Ich kenne sie. So ist sie. Die SMS der vergangenen Nacht: leer. Kein Wort. Jetzt bin ich für sie Luft.

Kalle Sol kommt mit zwei dicken Keramikschalen voller duftendem Lammfleisch in dünnen Streifen, rosmarin- und thymiandampfend, fetttriefend, wir essen mit den Fingern, hungrig wie Wölfe.

»Ich hab für heute Nacht eine Mitfahrgelegenheit nach Reykjavik«, sagt er und leckt sich die Fingerspitzen. »Die nehm ich.«

Ich mache keinen Versuch, ihn zu überreden. Ich frage nicht, warum er es plötzlich so eilig hat. Ich bin nur ein bisschen verwirrt darüber, dass er mir das erzählt. Sonst verschwindet er immer ohne ein Wort.

»Ja, ja«, sage ich. »Immerhin hast du Dolven kennengelernt.«

»Ich finde nicht, dass du ihn im Laufe der Jahre besonders gut beschrieben hast, Alexander. Wenn ich ganz ehrlich sein soll. Der Mann ist doch total in Ordnung. Abgesehen mal von …«

»Wovon denn?«

»Er ist nur ein bisschen neugierig. Das ist ja schließlich nicht verboten.«

»Aber großer Gott, das hab ich doch auch nicht behauptet. Woher hast du das?«

Er winkt ab. »Das ist eine seltsame Mannschaft. Hast du mit irgendwem sonst gesprochen?«

»Was ist mit der Mannschaft?«

»Mir kommen die vor wie eine Theatertruppe. Oder eine Zigeunerbande.«

»Meine Güte, Mann, ich bin mit Seeleuten aufgewachsen.«

»Ja, ja. Diese ganze Bande besteht aus mehreren Gruppen. Die Mannschaft ist eine. Dolven und Arnarsson. Da hast du eine andere Gruppe. Stein Skute und Reidar Jarlum. Noch eine.«

»Birna?«

»Ich weiß nicht. Jedenfalls ist das hier schon ein ganz besonderer Ort. Wenn die hier nur kein Vikingland eröffnen.«

»Dann kennst du Dolven nicht«, sage ich. »Nein, genau das tust du ja auch nicht.«

»Man kann sich über solche Dinge nie genug Sorgen machen. Du fährst also gleich nach Deutschland weiter?«

»Ja. Ich fliege übermorgen nach Berlin.«

Ich sehe Birna in der Menge bei einer der Buden, ich winke, sie sieht mich nicht. Der dicke Zopf. Die gerade Haltung. Vor zwei Tagen wusste ich noch nicht, dass es sie gibt.

Kalle Sol und ich liegen auf unseren Fellen und trinken das kühle Bier, träge und satt. Stein Skute kommt zusammen mit Reidar Jarlum, sie haben Schnaps, wir trinken einen Schluck und signalisieren, dass wir nicht mehr wollen, und Stein schiebt sich die Flasche mit zufriedenem Rülpsen zurück in die Jackentasche.

Kalle will wissen, ob heute hier ein besonderer Anlass gefeiert wird.

Nein. Skute weiß jedenfalls nichts davon, und niemand stellt Jarlum eine Frage, er sitzt wie ein Fremder im Gras, ein Junge, der auf einem Fest bei den Erwachsenen sitzen muss, er wirkt total verloren und betrachtet seine Fäuste, die im Verhältnis zu seinem restlichen Körper zwei Nummern zu groß sind, ja, er lässt den Blick auf seinen Händen ruhen. Neue Identität, denke ich. Der da?

Stein Kristian Skute steckt sich eine Zigarette an und sagt: »Ich höre, du willst danach nach Deutschland.«

»Ja«, sage ich. »Übermorgen. Berlin.«

»Kleine Tournee?«

»Ja. Mini.«

»Du solltest eine große Runde durch Deutschland drehen, Irgens. Ich hab da unten häufiger zu tun. Ich weiß, wo du auf den Listen stehst. In dem Land da solltest du dich nicht mit einer Minitournee zufriedengeben.«

Die Welt ist voll von Ratgebern. Wenn es schlechtgeht, gibt es nicht oft einen Rat. Aber wenn es gutgeht, sind sie da. Die guten Helfer.

Sage aber: »Was machst du da unten? Ich dachte, die Deutschen kämen zu euch?«

»Ich habe viele Jahre in Hamburg gewohnt. Du solltest die Deutschen nicht missachten, wenn sie dich haben wollen. Und da ist noch was. Was du nicht missachten solltest. Aber was weiß ich …«

Nein, was weißt du …

Es ist jetzt etwas zwischen uns gekommen.

»Was meinst du?«

Er spuckt ins Gras. »Ach. Nichts.«

»Doch, komm schon.«

»Der schwärzt dich an, dieser Schmierenschauspieler. Nein. Ich hab nichts gesagt. Das ist deine Sache.«

»Du meinst, ich sollte ihm jemanden an den Hals schicken?«

Er lacht. »Nein. Aber ich glaube, ich würde beim nächsten Mal an ihn denken.«

»Vielleicht mache ich das ja auch.«

»Du kannst ihn in einem neuen Buch auftreten lassen. Tust du so was?«

»Ja, das kommt vor. Aber in diesem Fall würde das wohl nur sein Ego stärken. Und das ist auch so schon groß genug. Fast ein wenig geschwollen. Aber du? Was soll hier eigentlich vor sich gehen? Exzentrische Millionäre? Also echt.«

Er sieht mich mit aufgesetztem Staunen an. »Hast du nie Lust, von einer mit ranzigem Walrossfett eingeschmierten Eskimöse ausgepeitscht zu werden?«

Wir lachen.

Reidar Jarlum lacht nicht.

»Na gut«, sage ich. »Das hast du also auf dem Speisezettel.«

Er steckt sich eine neue Zigarette an, wirft sich das Streichholz achtlos über die Schulter. Dann ruft er nach jemandem.

Gleich darauf ist er verschwunden.

»Sollte das ein Witz sein?«, fragt Kalle Sol.

»Ja«, sagt Reidar Jarlum und lächelt.

Und mir ist klar, dass es kein Witz war.

Mir ist das egal. Aber kann ich mir den guten alten Dolven hinter dem Tresen in so einem Laden vorstellen? Vielleicht wird ja nicht er hinter dem Tresen stehen. Bestimmt nicht er.

Kalle Sol kichert und sagt, ja, ja.

Als ich am nächsten Morgen aufwache, ist das meine letzte Erinnerung. Es ist dunkel, und der Raum ist gefüllt von fremden Gerüchen. Ich verspüre ein starkes Unbehagen. Ich bin nicht an Filmrisse gewohnt, und jetzt geht mir auf, dass ich einem gewaltigen schwarzen Loch gegenüberstehe, ich kann meine Fahne riechen, es ist das pure Schnapsloch, *Svartedauðirs* Abgrund. Mir ist so verdammt schlecht, geradezu kotzübel, und als ich versuche, mich aufzusetzen, schlägt Thor in meinem Schädel mit seinem Hammer zu und macht immer weiter, so dass mein Kopf wie eine Kirchenglocke bebt, ehe die nackte Angst mich zurück auf die Tierfelle zwingt, die stinkenden Felle, auf denen ich offenbar die Nacht in einsamer Majestät verbracht habe, und nicht mit einer Minderjährigen oder einer verheirateten Frau, die jetzt bereut oder behauptet, es sei unter Zwang geschehen. Ja, man kann Gott für so allerlei danken, und gerade hier heißt der Gott Odin, das geht mir auf, als mir aufgeht, wo ich mich befinde; es ist eine gute Hilfe gegen die Panik, die mich wegen des Verlusts von Erinnerungen und klaren Gedanken überfallen hat. Ich bin am Leben und habe offenbar nicht genug Unsinn angestellt, um im Keller der Wache unten in Olafsvik zu landen. Meine Hände ... nicht klebrig vom Blut. Die Finger ... Tabak. Nicht...

Aber etwas ist da. Etwas Schweres und Bereuenswertes. Was? Ich kann es mir nicht vorstellen. Es ist verschwunden.

Und zugleich ist es da.

Ich drehe mich auf die Seite und versuche, im Vergessen zu versinken, aber das hilft nichts. Geschlagen. Geduckt. Gepeitscht von dem, das nur selbstzerstörerisch und destruktiv sein kann, was bringt mich dazu, Schnaps zu trinken, wenn ich das doch gar nicht will? Er schmeckt mir nicht, ich vertrage die Wirkung nicht, und jetzt ... bezahle ich trotzdem den Preis.

Denke ich und weiß zugleich, dass es falsch ist. Dass die Rechnung demnächst mit der Post kommen wird. Wenn mir dieses Etwas aufgeht.

Was ist also passiert? Ich betaste meine Fingerknöchel. Die sind in Ordnung. Etwas gesagt?

Irgendetwas gesagt – zweifellos. Irgendwem. Vielleicht nur nicht Kalle Sol. Ich kann mir nicht vorstellen, dass ich Kalle Sol gegenüber gemein oder unangenehm geworden sein kann, nein, das ist einfach nicht möglich. Aber Gewalt? Ich hab es im Maul und in der Feder, und die Chance, Prügel zu kassieren, vor allem hier auf dem isländischen Dorf, ist viel größer und wahrscheinlicher, als dass ich selbst zugeschlagen habe.

Außerdem bin ich nicht so einer. Sie können darüber, was in Lillehammer passiert ist, verdammt noch mal sagen, was sie wollen, aber ich bin nicht gewalttätig.

Ich beruhige mich. Es kann keine totale Katastrophe gewesen sein. Die anderen waren genauso betrunken wie ich.

Ich schlafe ein.

Und erwache ebenso unruhig.

Stimmen. Mein Name. Jetzt geht's los.

Aber es sind nur Gunnar und Dolven. Gunnar legt in der Feuerstätte Holz nach, und Dolven reicht mir einen Liter eiskaltes Mineralwasser, von dem ich die Hälfte auf einen einzigen Zug in mich hineinschütte, während meine Tränen sprühen.

Und als ich danach rülpse und nach den letzten Neuigkeiten frage, sieht er mich nur verständnislos an.

Okay. Dann war er es nicht, und vermutlich auch nicht Gunnar Arnarsson, denn Letzterer würde sofort Blutrache verlangen, das weiß ich.

Also aller Wahrscheinlichkeit nach Birna. Das macht mir gewaltig zu schaffen. Ich kann mich auf einen Feldzug begeben und die Niederlage nicht ertragen haben. Es wäre nicht das erste Mal.

Mir ist schlecht. Ich muss weg aus diesem verräucherten Raum, großer Gott, ich hab hier drinnen geschlafen, kein Wunder, dass mein Kopf so zu ist.

Draußen hängt ein so dichter Nebel, dass man ihn mit dem Messer schneiden und wie Brot kauen könnte. Kalt. Nass. Luft. Atlantikrein und gesegnet von Gletschern und plätschernden Bächen.

Dolven setzt sich neben mich vor die Langwand und bläst auf den heißen Kaffee. »Willst du?«

»Nein. Nur Wasser.«

»Ja, ja. Das war ein netter Umtrunk!«

»Ich hab einen totalen Filmriss.«

»Ich hoffe, du findest nicht, ich oder sonstwer hätten auf dich aufpassen müssen?«

»Nein. Reden wir von etwas anderem.«

Und just in diesem Moment sehe ich ein Bild aus der vergangenen Nacht vor mir: Stein Kristian Skutes Gesicht dicht vor meinem.

»Ich würde eigentlich gern mit dir nach Berlin kommen«, sagt Dolven. »Aber ich muss zurück nach Oslo. Können wir in Kontakt bleiben? Nicht wieder alles einschlafen lassen?«

»Natürlich.«

Aber ich bin nicht anwesend. Wieder taucht Stein Skutes

Bild auf. Sein furchtbarer Mundgeruch. Sagt: Das brauchst du dir nicht gefallen zu lassen, Irgens. Du brauchst keine Scheiße zu fressen. Du nicht.

»Wie gut kennst du deine Leute hier, Dolven?«

»Denk da nicht dran, Alex. Die sind in Ordnung.«

Unten am Hang kommt Birna. Winkt. Wir winken zurück. Sie trägt einen riesigen Lammfellmantel, und ihre Mähne sieht aus wie ein goldener Heiligenschein, als der Wind sie anhebt. Sie lässt sich atemlos neben mir auf die Bank fallen und bittet um Kaffee. Dolven verschwindet im Häuptlingshaus.

»Mich quält ein fast totaler Gedächtnisverlust, was heute Nacht angeht«, sage ich. »Und dann habe ich Angst, ich könnte mich dir gegenüber unfein benommen haben. Etwas gesagt. Etwas getan.«

Sie sieht mich ernst und interessiert an. »Du hast weder etwas Dummes gesagt noch getan, soviel ich weiß. Und mir gegenüber schon gar nicht. Aber du warst betrunken. Das schon. Du hast mit Stein Kristian Schnaps getrunken.«

»Dann hat er wohl alles abgekriegt«, sage ich. »Besser, als wenn ich es über dich ausgekippt hätte.«

»Ihr wart wütend. Ich weiß nicht. Ich war anderweitig beschäftigt.«

Es ist, als hätte ich mir einen Angelhaken in die Hand gebohrt. Es ähnelt physischem Schmerz. In diesem Moment hebt sich der Nebeldeckel langsam vom Boden und das Sonnenlicht bricht durch, Millionen von Tautropfen, die die Nacht im Gras gesät hat, glitzern.

»Ich glaube, Dolven will mich mit im Boot haben«, sage ich, merke aber, dass das nur Gerede ist, eine Decke, die ich über ein Bild lege, das ich plötzlich nicht im Kopf haben will. »Was sagst du dazu?«

»Wozu?« Sie bläst auf ihren Kaffee.

»Mit Dolven auf Abenteuer auszuziehen.«

Sie ist so rein. Ihre ein wenig molligen Wangen, ganz weiß, mit feinem Flaum.

»Ich weiß nicht. Mir scheinst du keinen besonderen Hunger auf anderes als das zu haben, was du schon hast.«

Hüte deinen schönen Mund, denke ich.

»Jetzt fahren deine Landsleute!« Sie zeigt darauf.

Die *Narhval* fährt auf den Fjord hinaus. Ein kurzer grauer Bleistiftstrich auf einem riesigen leuchtenden Blatt Zeichenpapier. Ein gebogener Strich auf dem Fjord in Richtung Reykjavik.

Nachmittags fahren auch wir in Richtung derselben Stadt, aber über die Heide und die vom Wind gebeutelten Gegenden am Meer, auf den schmalen kurvenreichen Straßen. Birna und ich, so ergibt es sich, wir beide und eine Nichte von Birna, die auf der breiten Rückbank schläft, ein Mädchen von drei, vier Jahren. Es ist, wie aus der Welt zu sein. Oder in einer anderen. Der Nebel ist vom Himmel oder vom Meer zurückgekehrt, und der Wind reißt ihn in Fetzen und schleudert sie über den Asphalt und ins Halbdunkle auf beiden Seiten der Straße, es ist derselbe Wind, der Fensterscheiben und Karosserie zum Singen bringt, und der uns in regelmäßigen Abständen sanft in Richtung Straßengraben schiebt; es ist nicht gefährlich, aber sehr isländisch, wie die Wirklichkeit an einem Nachmittag im Herbst eben aussehen kann. Nur das Geräusch von Wind und Motor, von Kies und Asphalt, der uns aus der Ewigkeit entgegenströmt, und den wir kauen, verdauen und hinter uns lassen. Ab und zu nicke ich ein. Und in der Grauzone zwischen Schlaf und Wachsein bade ich in Gedankenträumen davon, die Heimreise aufzugeben, Deutschland aufzugeben, alles aufzugeben, was mit Stig Hammer zu tun hat, ich stelle mir eine enge kleine Blockwohnung in Reykjavik vor, vielleicht ein Zimmer nur mit einem winzigen Balkon mit Blick auf eine Fischfabrik oder eine vom Wind gerüttelte Würstchenbude, den Geruch von Zwiebeln und Fisch und Pisse im Treppenhaus und im defekten Fahrstuhl. Vielleicht einfach ein enges gemietetes Zimmer. Das auf mich wartet. Jetzt. Mit Streifen der Straßenbeleuchtung auf den vergilbten Tapeten und dem ungemachten Bett in der Ecke.

Hinfahren und die Tür hinter mir zuschließen und mein ganzes *fucking* Leben vergessen, einfach hier auf der Insel sein und durch die vom Wind gepeitschten Straßen laufen und müßig gehen und sein. Und immer, wenn ich aufwache: die prickelnde Erkenntnis, dass ich das ja tun kann. Ich kann meine Tage als Penner in Reykjavik beenden. Gerade das ist möglich. Etwas Schwarzes und Bitteres und richtig Verlockendes.

Und sie. Wie eine Königin. Wie eine mollige Frau Holle.

»Na? Was träumen Multimillionäre denn so? Das wollte ich immer schon wissen. Hast du Hunger? Ich schon.«

Ich trage das schlafende Kind über den triefnassen Parkplatz, sogar im Wind spüre ich den warmen Atem der Kleinen an meinem Hals, und Birna lächelt und schiebt die Tür zu diesem heruntergekommenen Café auf, oder vielleicht eher Imbiss, das wie ein weißer Pilz in der schwarzen Lavalandschaft auftaucht, das grelle Licht schneidet in die Augen, als wir hereinkommen, aber das Kind schläft und schläft, und ich lege es auf den Boden, auf dem Birna schon ihren pelzgefütterten Mantel ausgebreitet hat, mit einer einzigen ausholenden Bewegung, ehe sie zum Tresen geht.

Wir essen Specksoße, riesige Speckwürfel, zu Nudeln und Kartoffeln und Brot, eine einzige Orgie aus Kohlehydraten, und ich denke an Käpt'n Karbo und die anderen, die jetzt entweder auf dem Weg nach Reykjavik sind oder über das Meer nach Norwegen, das monotone Geräusch des Motors tief unten im rostigen Rumpf, die Wellen, die an den Seiten entlangrollen und schlagen. Skutes Stimme und der Gestank von Tabak, Alkohol und faulem Essen: »Das darfst du dir nicht gefallen lassen.«

Die Kleine wacht auf und hebt eine kleine Hand zu dem Leuchtrohr unter der Decke. Rollt sich ein wenig hin und her, und ich denke wieder an das Schiff, das das schwarze Meer zerschneidet wie ein Messer.

Und für eine Zehntelsekunde: mein heftiger Zorn von gestern.

Ungerechtigkeit, gebadet in Schnaps.

»Was macht dir so zu schaffen?«

»Nichts. Nur Rückstände von heute Nacht.«

»Die hattest du bei dir, als du vorgestern zur Tür hereingekommen bist. Und da waren sie auch nichts Neues mehr. Lass sie auf sich beruhen.«

Diesmal trägt sie die Kleine, die hat ein Stück Brot mit Käse bekommen und zerquetscht es in ihrer Hand.

Und als wir weiterfahren, denke ich, dass es Kalle Sols Wohnung war, die ich vor mir gesehen habe, das enge staubige Wohngefäß, wo er seine Poesie und die vielen nutzlosen Gegenstände aufbewahrte, die Badewanne war gefüllt mit Kleidungsstücken und Manuskripten, leere Schnapsflaschen, der defekte Fernseher aus den sechziger Jahren, der Schaukelstuhl, der Küchentisch, wo alles passierte, wo er las und aß, schrieb und träumte, ehe er irgendwann genug hatte und sich auf der Matratze in der Ecke zusammenrollte und darauf wartete, dass der Wecker ihn zur Tat unten auf dem Bahnhof Majorstua rief, wo er gültige Fahrscheine hinauf auf die Anhöhe und hinunter ins Zentrum verkaufte. Er sagte das immer. Dass er gültige Fahrscheine verkaufte und Poesie schrieb. Ist es das, wonach ich mich im tiefsten Herzen sehne? Kalle Sols Schatten?

Dann weiß ich es wieder. Plötzlich. Es ist wie ein elektrischer Stoß. Ich stehe vor der Querwand und kotze. Stehe da und verstecke mich und gurgele wie eine Fontäne, als Stein Kristian Skute aus der Dunkelheit tritt, eine flüsternde Stimme, wie aus dem Berg, sie beschwört mich, keine Scheiße von anderen zu fressen.

Ich klappe mein Telefon auf und klicke mich zu den gesendeten Mitteilungen durch.

Den letzten beiden, die nichts mit Vilde zu tun haben:

01:34 Uhr: *muss m dir redn*

04:11 Uhr: *in ordn…*

Beide an Arne Støland, Norwegens eigentlichen Krimikönig.

Als ich zur Liste gehe, sehe ich, dass ich diese Nummer um 02:47 Uhr angerufen habe.

Und ich habe fast eine halbe Stunde lang mit ihm geredet.

Oder jemand anderes hat es von meinem Telefon aus gemacht.

Die Lichter von Reykjavik erreichen uns jetzt. Es sind nicht so viele, sie liegen in Streifen und verstreuten Gruppen in der nassen Dunkelheit zwischen erstarrten Vulkanausbrüchen und dem Ozean. Irgendwo am Stadtrand fährt Birna an einem schmalen Bürgersteig vor, um die Kleine abzuliefern, die, das geht mir jetzt auf, nur Geräusche von sich gegeben hat. Nicht ein einziges Wort. Dunkler, triefender Garten hinter einem rostigen Eisenzaun. Ein Steinhaus mit einer einsamen Lampe über einer verwitterten Tür. Stimmen. Licht. Dann sind sie verschwunden.

Ich döse vor mich hin und denke an Vilde. Sie fehlt mir wie ein Bild von etwas, das draußen im Wind hängt, und das mich in unregelmäßigen Abständen zwischen den schweißnassen Laken aufsucht, in die ich mich lege. Ungewaschen und schlechter Laune, und ein bisschen gewalttätig, ja, bleich und seltsam im Licht des Hafens, und mit *Unterhose,* kein Slip, eine *Unterhose.* Eine, die hin und her schlackert und mich an Drogensucht, Lügen und Verrat erinnert. Ich phantasiere, dass ich das beschützen muss, was mir gehört. Vor ihren diebischen Gelüsten beschützen muss. Ich träume von kurzen stinkenden Ficks, wie eine Art Genugtuung, wenn ich oder sie ein Unrecht erlitten haben. Und nur kaltes Wasser in der Dusche. Schimmel. Wundkrusten in den Suppentellern des letzten Sommers. Träge Fliegen, die die Innenseiten unserer Oberschenkel hochkriechen, während wir schlafen. Wind in harten Vergewaltigungsstößen vom Fjord her, während wir von Dingen träumen, über die wir nicht einmal in unseren wildesten Phantasien miteinander sprechen könnten.

Was ist das mit ihr und mir? Was ist es, das mich dazu bringt, sie mitzunehmen, sogar in diese halbkranken Gedanken und Phantasien? Mit ihr war von Anfang an alles anders, es war etwas Kameradschaftliches an allem, das keine

Ähnlichkeit hatte mit meinen anderen Affären im Laufe der Jahre. Ich habe da eine Schwäche. Ich habe es nie geschafft, der Aufmerksamkeit einer Frau gegenüber gleichgültig zu bleiben. Ada weiß das. Alle wissen das. Das hat den Bogen zwischen Ada und mir einige Male bis zum Zerreißpunkt angespannt, aber er ist nicht gebrochen. Ada und ich gehören zusammen. Wir nehmen Rücksicht aufeinander. Aber bei Vilde wurde ich zum ersten Mal ängstlich. Ich fand bei Vilde eine Ruhe, ich fand diese Ruhe seltsamerweise in ihrem ein wenig schroffen und abweisenden Gemüt, sie verlangte meine Aufmerksamkeit auf eine Weise, an die ich nicht gewöhnt war, denn sonst wäre sie verschwunden. Sie war einfach sie selbst. Ich nahm sie mit zu Lesungen und Interviews im ganzen Land. Sie saß gern neben mir im Auto und rauchte und schwieg. Meine Veranstaltungen interessierten sie nicht, sie lag im Hotelzimmer und sah fern, wie ein Kind. Sie erlaubte sich zu Hause keinen Fernseher, aber wenn wir auf Reisen waren, sah sie sich allen möglichen Unsinn an, vielleicht war es deshalb. Dass sie nicht dagegen ankonnte. Über Ada sprach sie nie. Sie betrachtete mich nicht als Liebhaber, und ich mich auch nicht, wir waren eher eine Art ganz besondere Reisegesellschaft.

Als ich vorhin mein Telefon überprüft habe, habe ich gesehen, dass ich ihr im wachsenden Suff fünfzehn SMS geschrieben hatte. Sie hat keine einzige beantwortet.

Und warum habe ich nicht auf ihre Mitteilung in der ersten Nacht hier auf der Insel reagiert?

Was passiert denn nur mit uns?

Ich setze mich auf und sehe, dass ein junges Paar auf das Auto zukommt, eng umschlungen, deshalb können sie nicht geradeaus gehen, sie taumeln über die Straße, und als sie vorübergehen, bücken sie sich und schauen herein, ich bin sofort unter Wasser. Das Auto wird zum Aquarium auf Rädern.

Dann sind sie verschwunden, mit einem Schlag aufs Metall, es schickt ein dumpfes Echo tief in meine Gehirnwindungen und weiter zu etwas, das ich mir wie ein elektrisch erleuchtetes Bardo vorstelle. Ja, ein tibetanisches Totenfest in Neon und Glitzer.

Ich steige aus und stecke mir eine Zigarette an. Es ist kalt.

Als Birna aus dem Haus kommt, fahren wir hinunter in die Stadt.

Der Wind hat sich gelegt. Es ist ganz still. Ein feiner Nieselregen fällt. Wir gehen die Straße entlang, die Hände in die Jackentaschen gebohrt.

»Du darfst hier nicht mit mir weitergehen, wenn du auf Gesellschaft für heute Nacht hoffst«, sagt sie. »Ich gehe nicht mehr mit Männern ins Bett, die ich nicht kenne. Außerdem glaube ich nicht, dass es dir im Moment guttut, dich in neue Abenteuer zu verwickeln. So kommt es mir nicht vor.«

Ich erzähle ihr von Ada und Vilde. Das Märchen von Ada und Vilde.

»Und Vilde war mit dir in Lillehammer? Dann ist sie wohl die dunkle Wolke, in der du herumirrst. Eigentlich solltest du dich schämen, Alexander Irgens. Weil du dich nicht für sie eingesetzt hast. Du hast sie hängenlassen.«

»Sie will nichts mehr mit mir zu tun haben.«

»Natürlich nicht. Aber ändert das irgendetwas an deiner Verantwortung in dieser Sache?«

»Ich sehe schon, du bist informiert.«

Höre den beleidigten Knaben, als diese Wörter mich verlassen.

»Natürlich«, sagt sie kühl. »Das sind alle. Dolven hat uns verboten, die Sache auch nur mit einem Wort zu erwähnen. Manchmal seid ihr Norweger konfliktscheue Idioten, finde ich. Was sagt deine Frau denn dazu? Ada?«

Ja, was sagt Ada, eigentlich?

Sitzt sie nicht wie ich da und wartet darauf, dass der Sturm vorüberzieht? Doch. Sie sitzt sogar in Norwegen. Wo der Sturm am wildesten tobt. Allein. Während ich von alten und neuen Freunden in Island behandelt werde wie ein rohes Ei.

Die halbverdaute Karbobombe will in meiner Speiseröhre nach oben.

Oder ist es wieder das Herz?

»Ich hör jetzt auf«, sagt sie. »Ich geh ins Hotel und leg mich schlafen.«

»Nein, bitte.«

Ich packe sie am Ärmel.

Sie sieht schräg zu mir auf. *»Mensch! Was habe ich mit dir zu schaffen!«*

Wir sind im Hafen angekommen. Gehen an den heruntergekommenen Fischkuttern vorbei. Der harsche Geruch von Fischabfall und Diesel.

Ich schlucke. Die ganze Zeit strömt Wasser in meine Mundhöhle.

Ich sage: »Hat Dolven euch gebeten, auch um andere Themen einen Bogen zu machen? Oder sie zu erwähnen?«

»Wie meinst du das?«

»Der erste Abend im Café Paris. Du stehst auf und singst für einen Menschen, der ein Kind verloren hat.«

Jetzt sieht sie mich entsetzt an.

»Wir haben Hege am vierten Oktober 1994 verloren, im Mai war sie zwölf geworden. Sie ging aus der Tür und kam nicht mehr zurück. Als wir sie sechs Tage später gefunden haben, hatte sie das Leben verlassen. Ob es freiwillig war oder ein Unfall, konnte nie geklärt werden. Sie wurde im Wasser gefunden und wies keine anderen äußerlichen Verletzungen auf als eine Schramme an der linken Schläfe. Die Obduktion erwies, dass sie ertrunken war. Sie war am Leben, als sie ins Wasser gegangen ist.«

Ich erzähle so, wie ich es mit den Jahren gelernt habe. Nüchtern. Keine sprachlichen Verzierungen. Keine Metaphern. Dann erbreche ich mich. Spucke Wasser und Kotze ins Meer.

»Aber großer Gott, Alexander, du kannst doch nicht glauben … Du. Schau her.«

Papiertaschentücher. Eine ganze Handvoll.

»Natürlich nicht. Ich glaube gar nichts. Es war ein schönes Lied. Mehr nicht.«

Wische mir den Mund ab.

»Aber es hat jetzt alles wieder hochgebracht?«

»Nein. Es ist die ganze Zeit da. Es ist wie eine Verletzung, mit der man für immer leben muss. Wir reden nie darüber. Das wäre keine Hilfe.«

»Aber jetzt redest du mit mir«, sagt Birna und hakt sich bei mir ein. »Wenn du willst.«

Das will ich nicht. Aber das Seltsame ist, immer, wenn ich mich in diesem Raum bewege, in dieser Kathedrale der Scham, nehme ich genau denselben Geruch wahr wie an jenem Nachmittag 1994, als wir die Tür der Hütte aufschlossen. Ada. Hege. Und ich. Birkenholz und grüne Seife. Der Boden noch feucht vom Putzen. Selbst jetzt, mit der Nase voller Kotze.

»Es ist nichts, worüber ich reden könnte«, sage ich. »Das bringt nichts.«

»Aber du kannst doch nicht glauben, Dolven hätte mich gebeten ...«

»Nein. Hier setzen wir den Schlusspunkt.«

Sie bleibt stehen.

»Man schämt sich, weil man nicht auf das Leben aufpassen konnte, das man in die Welt gesetzt hat. Nicht die Trauer ist das Schlimmste.«

»Ich verstehe.«

Nein, das tust du nicht, denke ich.

Wir reden nicht mehr darüber. Wir reden über gar nichts. Wir gehen Arm in Arm durch die nassen Straßen, und im Grunde ist es schön zu wissen, dass wir uns in getrennte Zimmer begeben werden, wenn wir dann wieder im Hotel sind.

15

Halvdan Skagge

John Olav Konglesett schaut mit halbgeschlossenen Augen hinaus in den Hintergarten der Residenz des norwegischen Botschafters in Berlin. Sein Spiegelbild ruht in der blankgeputzten Glaswand, und auf der anderen Seite hüpft eine Drossel über den Kies, den gelben Schnabel wie einen Dolch erhoben. Konglesett ist in meinem Alter, und tadellos gekleidet in dunkelblauen Anzug, weißes Hemd und smaragdgrünen Schlips mit einem einzigen roten Streifen. Seine Haare sind grau und kurzgeschoren, die Brille vom Typ Rip Kirby. Es ist sein letztes Jahr als Norwegens Botschafter in Deutschland, danach werden er und Lillan nach Ris in Oslo zurückkehren, worauf er sich nicht sonderlich freut, das hat er mir nach einem Drink zu viel anvertraut, an einem frühen Morgen in einem Nachtclub, dessen Namen ich schon längst vergessen habe. Jetzt hat er soeben zu einem einfachen Empfang willkommen geheißen, aus Anlass meiner Anwesenheit in Berlin.

Im Laufe der beiden vergangenen Tage habe ich so viele Bücher signiert, dass ich den alten Spuk in der rechten Schulter wieder spüre.

Jetzt soll das gefeiert werden.

Wir stoßen mit Sekt oder O-Saft an, wie das ungeschriebene Gesetz es verlangt, und Konglesett ist plötzlich wach und zur Stelle, sein Blick durch den Garten da hinten, der mit seinen Komponenten aus Wasser, Kies und grünen Gewächsen ein wenig an einen Zengarten erinnert, hat ihn gleichsam an die Oberfläche gezogen, und ich denke: Wenn er jetzt nur nichts über den norwegischen Kriminalroman sagt.

Er räuspert sich, stellt sein Glas auf einen niedrigen Tisch vor dem Fenster.

Sagt: »Wie wir alle wissen, erlebt der norwegische Kriminalroman derzeit ein goldenes Zeitalter, was nicht zuletzt hier in Deutschland zu bemerken ist. Aus einem Genre, das ein wenig im Schatten dessen gelebt hat, was als seriöse Literatur betrachtet wurde, hat sich der nordische Kriminalroman zu einem literarischen Qualitätsprodukt entwickelt, nicht selten mit einem scharfen gesellschaftlichen Blickwinkel. Der Mord auf dem eingeschneiten Gut musste tagesaktuellen Themen weichen, die wir alle aus unserem Alltag kennen, ja, die das Nachrichtenbild prä …«

Ich schaue hinüber zu Halvdan Skagge, der mit Arne Svartdahl von *Dagbladet* und Kristine Sæter von *Aftenposten* zusammensteht, ich sehe, dass Halvdan sich in die Unterlippe beißt, um sein hämisches Grinsen zu unterdrücken, während er aus demselben Grund meinem Blick ausweicht, während Arne breitbeinig dasteht und ganz unverschämt in meine Richtung lacht.

Er hebt sein Glas.

Ich lasse meins in Ruhe.

»… dass Alexander Irgens einer der Namen ist, ja, *der* Name, der den norwegischen Krimi in die Eliteliga gehoben hat, wissen alle. Ab und zu gehört es zum Los eines Diplomaten, mit großen Worten um sich werfen zu müssen, aber gerade heute Abend fühle ich mich sehr sicher dabei. Alexander Irgens' Serie über Stig Hammer ist innerhalb weniger Jahre zu einem norwegischen Exportartikel auf einer Ebene mit Skrei, Öl und Gas geworden!«

Höfliches Lachen.

Einige Studierende und Künstler sind hier. Und Klaus Winter-Horst. Er ist frisch eingestellt in der Berliner Niederlassung des Baumann-Verlags und läuft und holt mir die ganze Zeit neue Sektgläser, obwohl Konglesett nicht weniger als drei Serviererinnen angeheuert hat, die mit gefüllten Tabletts ihre Runden drehen.

Konglesett beendet seine Rede. Die war kurz. Das muss man ihm lassen. Es gibt ja auch nicht viel zu sagen. Ich verkaufe in Deutschland Bücher wie blöd. Bin ein großer Junge. Und gut schreiben tu ich noch dazu.

Klaus Winter-Horst bringt noch ein Glas Homosprudel. »Ich wäre ja sehr froh, wenn ich Sie danach noch zu einem kleinen Imbiss einladen dürfte.«

»Danke, aber ich bin schon verabredet. Das machen wir dann nächstes Mal. Ich glaube nicht, dass es lange dauern wird, bis ich wieder nach Berlin komme.«

Seine braunen Augen mustern mich durch die leuchtend blanken Brillengläser. »Ich weiß ja, dass Sie in letzter Zeit gesundheitliche Probleme hatten. Aber wenn Sie ahnten, was da draußen jetzt los ist. Alle schreien nach Ihnen. Ich könnte Ihnen eine Tournee zusammenstellen ...«

Ich habe soeben zweitausend Bücher signiert. Ich glaube, ich habe eine gewisse Ahnung.

Sage: »Dafür bin ich Ihnen wirklich dankbar. Und Sie sind nicht der Einzige, der mir rät, mich mit deutschen Buchläden und Ketten anzufreunden. Mir ist klar, welcher Markt hier unten bereitsteht. Also werde ich dankend annehmen. Aber noch nicht. Die Ärzte sind dagegen. Im Frühjahr. Also können Sie eigentlich loslegen.«

»Ich werde Sie persönlich herumfahren und natürlich alle praktischen Dinge übernehmen. Sie brauchen nur Sie selbst zu sein. Was ist Ihnen lieber? Gespräch? Lesung? Wir finden einen Schauspieler, wenn Sie möchten.«

»Danke«, sage ich. »Ich kann doch selbst lesen.«

»Hervorragend. Und Schwerin? Wollen Sie mit der Bahn fahren? Wissen Sie was, ich hole Sie um elf im Hotel ab. Ist Ihnen das recht?«

»Dafür ist schon gesorgt«, sage ich. »Ich fahre mit Skagge. Sie brauchen sich also nicht zu bemühen. Ich habe da ja sogar Familie.«

»Stimmt das? Natürlich komme ich mit. Das können Sie sich doch denken.«

»Ja, mein Sohn ist in Schwerin verheiratet.«

»Eine wunderbare Stadt. Wirklich sehr schön da. Was macht Ihr Sohn denn da so? Wissen Sie was, jetzt hätte ich mich fast versprochen, ich hätte fast gefragt, worüber schreibt er denn so.«

»Über alte Häuser«, sage ich. »Er ist Zimmermann.«

Jemand zupft ihn am Ärmel.

Ich steuere einen Tisch an, an dem John Olav Konglesett eigenhändig den Korken aus einer Rotweinflasche zieht, während die drei jungen Damen jede eine Plastikplatte mit Kanapees auf die weiße Tischdecke stellen.

»Da bist du ja, Irgens! Jemand hat dich ohne Glas gesehen, und da dachte ich ... tut mir leid. Das soll nicht wieder vorkommen. Du trinkst ja Rotwein. Probier mal die mit Hering und Kapern. Vorige Woche aus Haugesund eingeflogen. Lillans Schwester. Bleibst du lange in Berlin?«

»Nein, ich fahre morgen schon mit Halvdan weiter.«

»Hamburg?«

»Nein, Schwerin. Da habe ich eine Lesung. Und will meinen Sohn besuchen.«

Hering mit Kapern und Pumpernickel. Ausgezeichnet.

Konglesett schenkt für jeden von uns ein großes Glas Rotwein ein. »Sieh an. Prost.«

»Prost.«

Wir trinken.

»Ich lasse noch zwei Flaschen kommen. Wir machen noch eine Dreiviertelstunde weiter. Das überlebst du doch?«

»Mir geht es ausgezeichnet.«

»Schön. Und du darfst erst gehen, wenn du für Lillan ein Buch signiert hast, sonst krieg ich Ärger. Sie ist abends fast nicht mehr ansprechbar. Für sie gibt es nur Stig Hammer. Ich komme höchstens noch zum Zug, wenn das Licht aus ist. Hast du sie gesehen?«

Dann ist er verschwunden. Hinterlässt nur einen roten Tropfen auf der weißen Tischdecke.

Arne Svartdahl mit rostiger *Dagbladet*-Stimme: »Willst du reden?«

»Nur über Hammer in Deutschland. Tut mir leid. Nicht persönlich gemeint. Gibt's was Neues?«

Er lacht. »Verdammt, du bist mir ja einer. Ich soll dich also informieren? Tausend Dank dafür, dass du ein waches Auge auf die Gesellschaft hast, übrigens. Nein. Es gibt nichts Neues.«

»Ich schreibe Romane«, sage ich. »Keine Reden für Konglesett.«

Dann machen wir gemeinsam ein halbherziges Interview über Stig Hammer in Deutschland. Auflagen. Geld. Und ja, ARD und NDR warten schon auf den neuen Film.

Er klappt seinen Block zu und steckt sich den Filzstift in die Jackentasche. »Bald bleibt dir nichts anderes übrig. Sieh das jetzt bitte nicht als Drohung an, das ist nämlich keine.«

Er dreht sich um, verschwindet in der Menge.

Etwas ist passiert. Er weiß etwas, das ich nicht weiß. Ich will ihn zurückrufen, lasse es dann aber.

Der Wein schmeckt ein bisschen nach Kork.

Halvdan Skagge und ich sitzen hinten in einem Taxi. Es regnet jetzt, und das Wasser, das über die Fensterscheiben läuft, verwandelt die Stadtlandschaft draußen im Halbdunkel in eine bewegliche abstrakte Malerei. Mein Magen ist vom Sekt übersäuert und amüsiert sich mit kleinen Aufstoßern mit Kanapeegeschmack. Wir sind unterwegs zu einer von Halvdans Lieblingskneipen, ich habe den Namen vergessen, sowie der Fahrer auf die richtige Spur gebracht worden ist.

»Ist das weit vom Savoy?«

»Nein. Fußläufig. Wie war es in Reykjavik? Ich habe gehört, dass auch Jan Kjærstad da war.«

»Dem bin ich nicht begegnet. Eigentlich keinem von uns, außer Gunnar Arnarsson. Ich hab nur mal kurz bei meiner eigenen Lesung vorbeigeschaut.«

»Warum das denn?«

»Ich hab einen alten Freund von ganz früher getroffen und war dann mit ihm und seiner Begleitung in Olafsvik. Aber Kalle Sol ist mit mir aus Oslo geflogen. Wir hatten da oben ein paar schöne Tage.«

»Den hab ich lange nicht mehr gesehen. Gut, mal rauszukommen?«

»Ja. Und unbedingt nötig. Verdammt, so was hab ich noch nie erlebt. In Trondheim musste ich mein Telefon in den Nidelv werfen und mir ein neues mit unbekannter Nummer zulegen. Und du?«

»Frag nicht. Aber es geht schon. Gerade noch. Mir tun die Jungen leid, die jetzt einsteigen wollen. Aber du, warum bleibst du nicht einfach draußen? Du kannst bei mir wohnen, bis sich die Lage ein bisschen beruhigt hat, weißt du.«

Ich sehe seine heruntergekommene Penthousewohnung im Eppendorfer Weg vor mir, wo er seit fast dreißig Jahren wohnt und arbeitet, er hat sein erstes Buch fast gleichzeitig mit mir veröffentlicht und fast sofort das Land verlassen, um mehr für sein Geld zu bekommen. Dass er in Deutschland landete, hatte mit einer Frau zu tun, das ist längst nicht mehr aktuell, und er hat sich seither auf vorübergehende Beziehungen verlegt, um nicht zu sagen, Beziehungen im Vorübergehen. Er ist geborener Junggeselle, genau wie Kalle Sol, hat aber eine erwachsene Tochter in Bergen. Halvdan war nie ein Bestseller, aber er hat ein umfassendes, produktives Werk vorzuweisen, und ein treues und stabiles Publikum, das ihn sicher auch für die noch verbleibenden Jahre mit Brot und Wein versorgen wird.

»Danke«, sage ich. »Lass die Tür ein paar Stunden angelehnt, ja?«

»Du hast den Schlüssel zu dieser Tür seit fast dreißig Jahren. Hat Svartdahl dir zugesetzt?«

»Das gehört zu seinem Beruf. Ich hab das nicht als Problem aufgefasst.«

»Nein. Der ist in Ordnung. Und *Aftenposten*?«

»Wir haben abgemacht, dass sie in Schwerin auftaucht. Das ist ein interessanterer Rahmen als der, aus dem wir uns eben gelöst haben.«

Er lacht. »Seh ich auch so.«

Und. So. Weiter. Ich kann hören, wie wir reden, absolut entspannt, aber alles ist weit weg, wie ein fernes Echo, und das bewegliche abstrakte Gemälde reißt und zieht an mir, spaltet mein Bewusstsein, draußen ist etwas Schlimmes und Mächtiges, ich kann mit Halvdan über die norwegische Buchbranche reden, während ich in einem Auto sitze, das in einer Straße steht, wo alle Häuser und Gebäude und Bäume und der Bürgersteig und die Parks und die Statuen in denselben verwischten Formen erstarrt sind, und als

Halvdan bezahlt, steige ich aus, hinaus in diese schiefe, unwirkliche Stadtlandschaft, mit einer großen Unruhe, einer Überempfindlichkeit.

Später mustere ich Halvdan Skagge, als wir uns durch sieben Gänge hindurchessen und -trinken, während ich zugleich mein Gesicht hinter ihm sehe wie eine Maske, seine Zunge schießt hervor und rettet ein kleines Stück Hummer vor dem Fall auf Teller oder Schlips, und ich denke, dass es uns gutgeht, dass wir jetzt endlich den richtigen Tonfall finden, wir zwei alten befreundeten Schriftsteller, ich denke, dass wir zwei uns besser verstehen als Kalle Sol und ich, da Halvdan und ich es gewohnt sind, uns in dicke Romane zu kleiden, während der Poet immerfort eine immer größere Nacktheit sucht und eigentlich eine andere Sprache spricht. Aber denke ich so, wenn ich mit Kalle Sol zusammen bin? Nein. Er lässt mich glauben, dass er mich und meinen Prosaakzent versteht, wenn ich mich in seiner mentalen Sprache versuche.

Wir essen und trinken uns durch ein ganzes Abenteuer hindurch, es gibt hier keine Speisekarte, man sagt dem Koch, in welche Richtung man gern die Fährte legen würde, hinaus auf die Heide oder hinab in die Tiefe, und dann geht er in die Küche und wird zum Künstler, und wenn er mit seinen Helfern zurückkommt, kann man sich nur hingeben, es ist eine Orgie aus Geschmack und Geruch.

Die mich zu mir ruft. Die mich landen lässt.

Hat mir der Blutzucker einen Streich gespielt? Ist es so einfach?

Halvdan streckt die Hand nach der Soßenschüssel aus. »Wie geht es denn in der ganzen Sache mit Ada?«

»Sie macht es wie ich. Sitzt ganz still da und wartet ab. Das mussten wir irgendwann eben lernen.«

Die ersten Tage, nachdem Hege verschwunden war. Die ersten Wochen. Eine Sekunde aushalten. Noch eine. Und noch eine. Dieselbe Prozedur, als sie gefunden worden war. Als wir auf nichts anderes mehr warten konnten als den Rest unseres Lebens. Ganz still sitzen. Versuchen, es auszuhalten.

»Es tut mir leid, wenn ich solche Erinnerungen in dir geweckt habe, Alex.«

»Muss es nicht. Die sind die ganze Zeit wach.«

»Ich verstehe. Aber es ist nicht richtig, dass Ada allein da oben sitzt. Ihre Mutter ist ja auch kürzlich gestorben, habe ich gesehen.«

»Ja, sie wird mir fehlen. Und Arnold nimmt es schwer. Ada ist bei ihm. Wir haben das ausgerechnet. Wigdis ist fast in dem Moment gestorben, als wir ... Ja, das war an dem Abend, an dem die Sache in Lillehammer passiert ist. Fast zum selben Zeitpunkt sogar.«

»Großer Gott. Dann lass uns hoffen, dass sie nicht auch in den Zeitungsredaktionen so genau rechnen. Du hättest bei *Se og Hør* übrigens nicht so große Töne spucken sollen. Das hättest du dir gerade an dem Tag verkneifen können. Ja, ich hab es nur als Zitat gesehen, aber ...«

»Ich hätte vielleicht meine Kehle entblößen sollen. Aber ich war zu diesem Zeitpunkt ganz sicher, dass ich alles versucht hatte, um es zu verhindern. Dass ich dazwischengegangen war. In meiner Erinnerung ist das noch immer so.«

»Das wäre ja was gewesen. Halb Libris lügt, um dich in den Knast zu bringen. Ha, ha. Ja. ja.«

»Und Olav Ramnes«, sage ich.

»Ach, war der auch da?«

»Er ist doch der eigentliche Kronzeuge.«

»Ach was. Besser und besser.«

Das brauchst du dir nicht gefallen zu lassen, Irgens.

Ich frage Halvdan, ob er Stein Kristian Skute kennt. Er sieht mich überrascht an. Dann lacht er. »Sag nicht, dass er auch damit zu tun hat? Wo hast du den denn aufgegabelt?«

»In Island. Nein, er hat mit gar nichts etwas zu tun, außer, dass er Hütten vermietet.«

»Hab ihn schon seit Jahren nicht mehr gesehen. Er hat eine Zeit lang in Hamburg gewohnt. Seltsamer Typ. Und Vilde? Apropos seltsam.«

Jetzt muss ich lachen. »Findest du Vilde seltsam?« Aus irgendeinem Grund gefällt mir das. Dass Halvdan Vilde seltsam findet. Das hat er bisher nie erwähnt.

»Ja, sie ist schon eine seltsame Gestalt. Du solltest sie mal mit herbringen, sie gefällt mir, und ich weiß, was einer wie ihr gefallen würde.«

Ich beschließe, nicht zu sagen, dass Vilde mich verlassen hat.

»Mal sehen. Wenn wir diesen ganzen Blödsinn dann irgendwann mal geklärt haben.«

»Weißt du noch, dass du mal vor dem Sting mit mir ringen wolltest? Ringen! Nicht dich schlagen, sondern ringen! Und ich hab Ringen doch immer für eine homoerotische Aktivität gehalten. Ach, meine Herrn die Lerche, jetzt bin ich aber bald satt. Her mit Kaffee und Cognac!«

Als Halvdan auf die Toilette geht, rufe ich Ada an, aber sie hat ihr Telefon noch immer nicht wieder eingeschaltet. Morgen Vormittag ist es vier Tage her, dass sie zu erreichen war.

16

Ada

Über den Türmen des Schweriner Schlosses jagt ein Raubvogel in jähen Bewegungen hin und her, um eine Krähenschar abzuschütteln. Schießt an den rotbraunen Backsteinmauern mit den vielen Bogenfenstern und Erkern entlang, dann mit explosiver Kraft wieder nach oben, die ganze Zeit mit der grauschwarzen Schar hinter sich wie ein schreiendes Bauernheer. Dann streicht ein warmer Wind vom Schweriner See herein und hebt den Adler hoch über den Mob. Als der große Vogel sich auf die Seite legt und auf starren Flügeln über den großen Binnensee segelt, kann ich sehen, dass es ein Milan ist, kein Adler. Das Sonnenlicht lässt die rötlichen Federn der Schwingen glühen. Die Krähen bleiben zurück und verteilen sich über dem Schlossgarten wie Ascheflocken im Wind.

Unten auf der Wiese: eine Würstchenbude. Ein Kind, das halb von mir weggedreht sein Eis isst, mit einem gelben Ballon in der anderen Hand. Ein Doppelskuller fegt in schnurgerader Linie über die blanke Oberfläche.

Ein schöner Tag in Meckpomm.

Fast auf dem ganzen Weg von Berlin hierher sind wir durch die wogende Kulturlandschaft gefahren, mit einem halb heruntergekurbelten Fenster, da die Klimaanlage in Halvdans alter Mühle nicht mehr funktioniert, und da hier außerdem sommerliche Temperaturen herrschen. Wir haben das Gespräch da wieder aufgenommen, wo wir es gestern Abend zu einem anständigen Zeitpunkt unterbrochen hatten, und ich habe aufgehört, Ada anzurufen.

Auch Martin kann sie nicht erreichen.

Das Kind – es ist ein kleines Mädchen – lässt den gelben Ballon los, scheinbar bewusst. Der gelbe Punkt steigt im Blauen nach oben, während sie ruhig dasteht und ihm mit in den Nacken gelegtem Kopf hinterhersieht.

Es wird an die Tür geklopft.

Ich bitte ihn, einzutreten.

»Nicht ganz zufrieden mit dem Zimmer, vielleicht? Hast du sie erreicht?«

»Nein. Vergiss es.«

»Du machst dir keine Sorgen?«

»Halvdan. Ehrlich. Nein. Ja, vielleicht ein bisschen viel Blau? Und das Schloss ist doch groß.«

Ich höre, wie er in der Minibar hinter sich herumwühlt. »Wir trinken doch ein Pilschen, ehe wir gehen? Hast du mit Martin gesprochen?«

»Natürlich. Er holt uns danach ab.«

»Vielleicht nicht so krimiinteressiert?«

»Herrgott, hättest du den Nerv, dir deinen Vater anzuhören?«

»Vermutlich nicht. – Hier.«

Ich drehe mich um und schnappe das Bier. Wir stehen am Fenster und trinken.

Kind und Ballon sind verschwunden.

Wir gehen durch die alten, schiefen Straßen. Die Menschen erkennen mich. In den Fenstern der Buchläden und anderswo hängen große Plakate mit meinem Bild. Es ist hier auffälliger als in Berlin. Aber ich werde nicht bedrängt. Nur die Blicke. Bruchstücke meines Namens, wenn wir an einer Gruppe von ins Gespräch vertieften Leuten vorübergehen. Das Echo von Irgens.

Ich komme mir deshalb dumm vor, als ich hier neben Halvdan weitergehe. Ja, ein bisschen wie ein Clown, denn er hat an die dreißig Bücher auf Deutsch herausgebracht und war seit dem Mauerfall hier unten kreuz und quer auf Tour.

Ihn sehen sie nicht.

Halvdan Skagge geht im Schatten von Kaiser Irgens. Dem ohne Hosen.

»Wenn du nach Hamburg kommst, wirst du so etwas überhaupt nicht erleben«, sagt Halvdan.

»Wenn ich nach Hamburg komme? Hab ich im Schlaf gesprochen? Fahre ich denn dahin? Ich dachte, ich fahre nach Hause.«

»Die Hanseaten sind über solche Dinge einfach erhaben. Sie würden nie im Leben zugeben, dass sie wissen, wer du bist. Bei uns kann David Bowie auf den Markt gehen und sich ein Kilo Pflaumen und vier Birnen kaufen, ohne dass irgendwer auch nur mit der Wimper zuckt.«

»Großer Gott«, sage ich. »So eine Belastung ist das nun auch wieder nicht.«

Ich halte ihn fest. Lege die Hand hinter das Ohr und den Kopf schräg, wie Bjørg Larsen das immer macht. »Hörst du! Die Druckerpressen in Litauen!«

Wir lachen.

»Ach was«, sage ich. »Da isst er heutzutage also Pflaumen und Birnen, unser Bowie.«

Wir sind sehr früh da. Hans Zorn steht an dem kleinen Hang auf dem Pflaster, raucht eine Zigarette und dirigiert die Frau, die die Stapel von Hammer-Romanen im Schaufenster hin und her schiebt.

»So. Gut! Hervorragend! Ach, großer Gott, hier haben wir

ja auch die Wikinger. Viel zu früh natürlich. Immer überraschend. Das war doch schon damals eure Strategie, oder was? Willkommen!«

Wir schütteln Hände. Ich kenne Zorn nicht, ich habe nur mit ihm telefoniert, aber er und Halvdan sind alte Bekannte. Zorn hat in einer Seitenstraße ein alternatives Buchcafé, und meinen Stopp bei Zorn in Verbindung mit meinem privaten Besuch hier in der Stadt hat Halvdan arrangiert. Wenn ich zurückkomme, wird mein Aufenthalt in diesem Land nicht gerade von Dingen geprägt sein, die man alternativ nennen könnte. Das weiß Zorn, und er hat Ladungen des Buches kommen lassen, wenn keine Paletten, dann große Pappkartons, die sich jetzt an den Wänden stapeln. Die hundertfünfzig Sitzplätze sind schon längst ausverkauft, aber die Lesung wird per Video auch auf der Straße und in der Kneipe im Nachbarhaus zu sehen sein. Die Kneipe ist seit heute Vormittag voll besetzt.

Auch andere Bücher von norwegischen Autorinnen und Autoren sind im Fenster vertreten, ein wenig diskret arrangiert um die fünf Hammer-Säulen. Jostein. Anne B. Und natürlich alles von Halvdan Skagge, das wäre ja noch schöner. Zu sehen, dass einer meiner Büchertürme einen scharfen Schatten über Josteins *Orangenmädchen* wirft, ist ein irgendwie besonderes Gefühl. Übrigens muss Anne B. uns seit einigen Jahren auch nicht mehr sonderlich leidtun.

Wir betreten einen überfüllten Raum, wo die Menschen an den Wänden stehen und auf dem Boden sitzen, wir steigen hinweg über Leute mit großen Augen, die mit Plastiktüten und Rucksäcken voller Bücher von mir dasitzen, und ich spüre es schon im Arm, auch wenn ich an diesem Tag noch kein einziges Buch signiert habe, das hier wird ganz schön anstrengend, denn in solchen Situationen wollen die Deutschen den Namenszug in alten und neuen Büchern haben, das weiß ich aus Erfahrung, und es gibt nur einen einzigen akzeptablen Grund, ihnen diesen Gefallen nicht zu tun, nämlich, wenn beide Arme plötzlich abfallen.

Und die ganze Zeit dieses summende Geräusch meines Namens, Alexander Irgens, Alexxxxx Irgenssss, wie eine

Hummel über einem Blumenbeet, meine Füße, die geschickt Händen ausweichen, die auf dem Parkett liegen wie rosa Blütenblätter, meine Hosenbeine streichen an Mündern vorbei, die mit bläulichen Zungen in feuchten Fleischräumen etwas über mich murmeln, etwas, das mit mir und meinen Büchern zu tun hat, vielleicht mit Hammers Brutalität, das ist der, der Hammer ersonnen hat, er ist an mir vorübergestrichen wie ein Geist, das erwartungsvolle Insektensummen, an das ich mich längst gewöhnt habe, wenn ich den Raum betrete, ob der nun eng und intim ist wie hier in diesem Buchladen des guten alten Hans Zorn in Schwerin, oder groß und prachtvoll und wie ein Stadion, in Frankfurt oder München oder London und Moskau, überall höre ich dieses Summen, wenn ich mich zeige, wenn ich hereinkomme, und ich weiß, dass ich mich nicht nur in den blanken Augen der Menschen spiegele, die sich im selben Raum befinden wie ich, sondern auch in den Augen derer, die alles über Monitore oder Fernsehübertragungen in anderen Städten verfolgen, in einsamen Häusern im tiefen Schwarzwald oder in der Taiga, überall ist es dasselbe, das Summen im Kühlwasser, und nun schäumt es im kleinen Hinterzimmer bei Hans Zorn auf, und wie oft war ich im Laufe der Jahre wohl schon in solchen Hinterzimmern? Überfüllte Hinterzimmer mit Büchern an den Wänden, kleinen Tischen mit Pyramiden und Stapeln von Büchern, Regalen voller Bücher und Pappbechern mit Kaffeeresten, vollen Aschenbechern und Papierkörben, Stühlen, die in aller Eile von Büchern und Ordnern mit Quittungen und Zeitungsausschnitten befreit werden müssen, Schreibtischen mit Laptops und Radios und noch mehr Büchern, Entschuldigung, Moment noch, ich muss nur schnell, und bitte, setzen Sie sich doch, ich will nur eben … Und Hans Zorn räumt und verschiebt und bewegt Pyramiden und Berge, und wer tritt nun in die Tür eines noch kleineren Zimmers, einer winzig kleinen Teeküche, wenn nicht Klaus Winter-Horst, mein frisch angestellter Verlagsmann aus Berlin, mit einer weiteren Flasche süßen Sektes in der Hand, eifrig winkend, während er leicht vornübergebeugt dasteht und an dem widerspenstigen Korken herumdreht, bis der endlich mit einem schlaffen Schwupp herausklommt, ungefähr wie der Samenerguss eines Greises, das Sperma, das über seine Finger tropft, während alle lachen: die junge Buchhändlerin, die sich umdreht, in dem Bestreben, sich mit etwas anderem zu beschäftigen als diesem Anblick. Der volle Papierkorb. Die Rettung. Die alten Männer. Die alten Schweine. Und da ist *Aftenposten,* hängt halb ins Zimmer herein, mit einer Hand hoch oben am rechten Türpfosten. Kristine Sæter sieht mich fragend an, ich winke sie herein. Hier spielt man gemeinsam, wir sind jetzt Norwegen beim Auswärtsspiel, und es spielt keine Rolle, wie die Presseleute heißen oder wie Zeitung, Radio oder Fernsehsender heißen, denn das hier sind nur gute Nachrichten, sogar für Leute, die überhaupt keine Bücher lesen, es geht darum, dass Norwegen Erfolg im Ausland hat, diesem riesigen Land, das Norwegen auf allen Seiten umgibt, und das sich für uns nur ausnahmsweise öffnet, für die vier Millionen, die in Gottes Lotto gewonnen haben.

»Ja, Alexander, es ist ja nicht nur hier drinnen voll, sondern auch draußen auf der Straße. Was denkst du dir dabei?«

Ich denke, dass du eigentlich ziemlich sexy bist, denke ich, und das denke ich schon, seit ich dich auf dem Empfang in Berlin gesehen habe, und dann denke ich, dass ich dich vielleicht nachher mitnehmen kann, wir werden ja sehen, ob ich auf irgendeine Weise an dich rankomme, ich sage: »Das ist doch total phantastisch, ich weiß schon kaum noch, was ich sagen soll.«

»Ja, nicht wahr? *Große dunkle Männer* erscheint hier in einer Erstauflage von zweihunderttausend, und du hast insgesamt fünf Millionen Bücher aus der Serie verkauft. Allein in Deutschland, meine ich. Was sagst du dazu?«

Ach, großer Gott, fällt dir nicht irgendwas Besseres ein? Was sage ich dazu?

»Einfach unglaublich. Ich bin überwältigt. Das pure Märchen!«

»Du warst gestern in Berlin, wo dein Buch vorgestellt wurde. Und wohin geht es nach Schwerin?«

»Erst mal nirgendwo hin. Ich muss erst mal wieder nach Hause. Und nein, nicht auf Krankenbesuch.«

Sie nickt und will, dass ich noch mehr sage, aber ich schüttele den Kopf.

Sie ist ein braves Mädchen. Sie läuft dem Ball nicht hinterher. Sie denkt daran, dass hier Friede Freude Eierkuchen angesagt sind, und dass alle Kanten abgeschliffen werden müssen.

»Ja, ich habe gehört, dass du privat hier bist? Dass du hier Verwandtschaft hast?«

»Mein Sohn wohnt hier, und meine Schwiegertochter. Seit vier oder fünf Jahren. Er ist Tischler und ein anständiger Mann. Er baut die Stadt nach dem großen Verfall während des kommunistischen Experimentes wieder auf.«

Ich denke an das kleine Leben, den Keim, das Samenkorn, das in Silke Jochs schmächtigem Körper ruht, das Leben, das in einigen Monaten mein erstes Enkelkind sein wird.

Und ehe ich mich's versehe, habe ich das Kristine Sæter erzählt.

Ich begreife nicht warum, aber ich erzähle *Aftenpostens* Sendbotin, dass ich bald Großvater sein werde.

Und dieses Kind will sie, das will sie zu gern.

Aber also: Warum gebe ich es ihr? Warum gebe ich ihr diese Nachricht über Silkes und Martins ungeborenes Kind?

Weil ich ein schlechtes Gewissen habe, da ich ihr Sekunden zuvor die Gewaltepisode aus Lillehammer verweigert habe?

Oder weil ich will, dass die Leser von *Aftenposten* ihre Aufmerksamkeit davon abwenden, was in jener Nacht dort oben auf dem Dach geschehen ist?

Ist das eine Art kranker Aufreißtrick?

Oder ist es einfach so, dass ich ein netter Mann bin?

Das Einzige, was ganz sicher ist, ist, dass Kristine Sæter sich freut.

Ihre Augen strahlen.

Leuchten.

Ich gehe hinein und tue meine Pflicht. Ich gehe hinein und bin Alexander Irgens. Zuerst bin ich Alexander Irgens zusammen mit Hans Zorn, eine halbe Stunde, danach und bis zum Ende bin ich Alexander Irgens ganz allein, aber mit einem Publikum, das ich die ganze Zeit in meiner hohlen Hand habe, einem ohrenbetäubend stillen und stummen Publikum, das sich meinen allerletzten Bericht über Stig Hammer im deutschen Sprachgewande anhört, ich lese aus *Verschwunden, aber nicht vermisst,* auf Norwegisch hieß es *Borte, men ikke savnet,* mit anderen Worten, hier ist die Rede von einem Titel, der wächst, der auf Deutsch um einiges besser klingt als auf Norwegisch, und ich lese aus Kapitel 15, das ganze Kapitel 15, wo Stig Hammer soeben die Leiche der Verschwundenen gefunden hat und sich elend und kotzsüchtig in die Kopenhagener Nacht hinausbegibt, wo der Regen nur so herunterprasselt, Nørrebro, Kongens Nytorv, Nyhavn fast in Schwarzweiß, es ist Winter in Dänemark, so wie es auch in Stig Hammers Herz und Sinn Winter ist, und der Regen geht in Schnee über, und seine Spuren wachsen langsam hinter ihm auf Asphalt und Straßenpflaster, und die Geräusche des Verkehrs und der Lärm aus Kneipen und Restaurants bildet eine verwirrende Tonspur in dieser ganzen hämmernd einsamen Sequenz, diesem Blues, der den fünften Hammer-Roman durchdringt, dem Blues, und den plötzlich fast brutalen Einschlägen aus krankem Humor, diese Sequenzen, die die Leser, jetzt Zuhörer, dazu bringen, sich zu schämen, weil dieses Lachen im Grunde nur als unpassend bezeichnet werden kann. Der Tag gehört mir. Der Abend. Das merke ich. Ich lese mich warm, und dann geht es fast von selbst, es gleitet aus mir hinaus in einem weichen Strom, ich lege vielsagende Pausen ein, ich passe die ganze Zeit das Tempo an, drossele es, wenn ich merke, dass ich zu schnell werde, und die ganze Zeit höre ich die Stille, nur ab und zu unterbrochen von diesem seltsamen beschämten Lachen, das ich ganz bewusst während des gesamten Schreibprozesses angestrebt habe, das das eigentliche Warenzeichen der Serie ist, dieses langen Schriftstückes, das mich zu einem der bestbezahlten Autoren Nordeuropas gemacht hat.

In der zweiten Reihe sitzt eine Frau in meinem Alter mit den Händen im Schoß, die dunklen Haare hochgesteckt, und immer, wenn ich ihrem Blick begegne, zwinkert sie mir blitzschnell mit dem linken Auge zu, und die ganze Zeit sitzt sie da mit einem etwas geheimnisvollen Lächeln auf den Lippen, das hat etwas Vertrauliches, als ob sie und ich eine Gemeinsamkeit hätten, von der niemand anderes etwas weiß, und an die ich mich leider nicht mehr erinnern kann. Sie sitzt da und flirtet mit mir, denke ich, während ich Hammer wieder durch die Kopenhagener Nacht führe, die Schlägerei im Wirtshaus, alle Details, die die Versammlung zusammenzucken lassen, die Augen, die bersten, die Zähne im Blut, und jedesmal, wenn ich den Blick hebe: dieses zwinkernde linke Auge, das durchaus nicht bersten zu wollen scheint, geschweige denn mit Zwinkern aufhören, das ironische Lächeln, du und ich, du und ich wissen, dass das hier nur ein Scherz ist, und ich merke zu meiner Zufriedenheit, dass ich keine Lust auf sie habe, dass ich nichts tun werde, um dieser kleinen Seltsamkeit nachzugehen, dieser Tatsache, dass eine wildfremde Frau mir eine ganze Lesung hindurch zuzwinkert.

Aber als ich das nächste Mal den Blick hebe, ist sie verschwunden.

Und ganz hinten im Lokal, an den Türrahmen gelehnt, die Arme verschränkt, steht Martin.

Er zwinkert mir nicht zu.

Wir hatten sie drei Tage gesucht, Ada und ich und alle Nachbarn aus den anderen Hütten, zusammen mit der Polizei und lokalen Freiwilligen, wir waren in einer anderen Welt, wir konnten sie nicht finden, sie war nicht da, wo wir waren, wir waren so müde, dass wir nicht einmal mehr weinen konnten. Ich schlief ein, ohne zu wissen, dass ich ins Schlafzimmer gegangen war, erwachte später an diesem Tag, vielleicht in dieser Nacht, wie mit einem grauenhaften Kater, vollständig angezogen, die Stiefel auf der Bettwäsche. Ich wollte gleich wieder los, aber wir hatten zwei Ärzte in der Suchmannschaft, und die schnappten mich jetzt, zusammen mit dem Lensmann, sie schnappten Ada und mich, hielten uns fest, bis wir begriffen, dass wir am Rande des Zusammenbruches standen und deshalb eher störten als nützten, aber es war unser Kind, wir konnten nicht aufgeben, sie versicherten uns, dass die Suche weitergehen würde, bis sie ein Ergebnis erzielt hätten, und am selben Abend fuhr ein junger Polizeibeamter uns nach Oslo, in unserem eigenen Wagen, sich hinter das Lenkrad zu setzen, war einfach undenkbar, für Ada und für mich gleichermaßen. Und dort, mitten im Wohnzimmer, zusammen mit Adas Mutter, steht Martin, steif wie eine Steinsäule, und starrt uns an, nein, mich, mich starrt er an mit diesem Blick, in dem Schmerz und Enttäuschung liegen, aber vor allem eine glühende Verachtung, und ich denke, jetzt reißt noch eine Saite, das hier kann ich nicht aushalten, es ist unerträglich, aber er kennt keine Gnade, und schon gar keine Worte, er dreht sich um und läuft weg, ihr habt sie mitgenommen, und jetzt kommt ihr ohne sie zurück, ihr kommt ohne Hege nach Hause, und als ich ihn die Treppe hinunterrennen höre, weiß ich, dass wir auch ihn verloren haben.

Jetzt huscht ein Schatten über sein Gesicht, während er zugleich dieses Grinsen aufsetzt, das jungen Männern in allen Kulturen gehört, dem jungen Bock, der im Dickicht steht und den knienden Platzhirsch beobachtet. Ich habe Verständnis für diesen Hochmut, den er ausstrahlt, mein Sohn der Zimmermann, der Arbeiter, er, der bald Vater werden wird und der seine Tage damit verbringt, die Stadtlandschaft wieder aufzubauen, die die kommunistischen Machthaber in der DDR vernachlässigt haben, und schon während ich hier stehe und die letzten Seiten über Hammer in Kopenhagen und in Oslo vorlese, weiß ich, dass ich ihn eines Tages herschicken werde, nach Schwerin, denn so bin ich nun einmal, ich kann vor einem voll besetzten Saal stehen, so wie hier, und zugleich Pläne für neue Projekte schmieden, für Bücher, die kommen werden, in denen mein Sohn Martin zwar keine Rolle spielen wird, in denen aber Verachtung und Wehmut, die er ausstrahlt, von Bedeutung für die Atmosphäre im

Text sind. Zusammen mit dem Märchenschloss unten auf dem funkelnden See und den wurmstichigen Brettern in den alten Fachwerkhäusern, aber dann überkommt mich wieder die Übelkeit, das Wasser schäumt in die Mundhöhle, ich schlucke und lese, schlucke und lese, als ich mit der Szene ende, in der Hammer verbales Pingpong mit Kommissar Bugge spielt, und auf diese Weise das Publikum zu einem schallenden Lachen über Bugges angeborenen Sprachfehler im Duell mit Hammers Revolverrepliken bringe, schließe ich die Augen und spüre das Unbehagen, das in mein Blut strömt, später, als der Applaus gerade erst loslegt, in den kurzen Sekunden, ehe die ersten Pioniere den Rest des Saales mitreißen und das Geräusch von aufeinanderprallenden Handflächen zum Sturm wird, stürze ich hinaus in die kleine Teeküche und kotze mich im Waschbecken aus, zum Geräusch des donnernden Applauses hinter mir.

Zwei Minuten später signiere ich Berge von Büchern, während ich Mentholdrops kaue, bis meine Plomben knirschen, ich schreibe für Heinrich und Birgitta und Peter und Christel, und Ali und Manfred, ich schreibe Grüße an Mütter und Onkel und Angebetete und Vettern, Liebe Grüße von Alexander Irgens – bis ich nach einer Stunde oder so einfach nicht mehr kann, da sitze ich dann und betrachte meine Hand, die mitten in meinem eigenen Nachnamen nicht mehr will, die zu einer Kralle erstarrt, die den Stift nicht halten kann, der Schmerz, der wie eine glühende Kugel meinen Unterarm hochschießt und in der Schulter explodiert.

»Alex? Alles in Ordnung?«

Das ist Halvdan.

»Ja, ja. Das geht vorbei. Ich habe die Warnzeichen nicht ernst genug genommen.«

Hans Zorn beendet die Vorstellung und schließt zu und ab, während Klaus Winter-Horst Wein holt, und da sitze ich und halte den unbrauchbaren Arm wie ein missgestaltetes Kind auf dem Schoß, und als ich Kristine Sæters etwas ängstlichen Blick auffange, sage ich: »Da hast du einen umwerfenden Schluss serviert bekommen, was? Hat jemand hier einen Schal oder ein Halstuch? Ich brauche irgendeine Art Armbinde.«

Eine Stunde darauf schlendern wir durch die engen Gassen der Stadt, und ich betrachte voller Zufriedenheit meinen Sohn, der vorführt und erklärt und der ab und zu vor dem Fachwerk steht und klopft und kratzt, der uns zeigt, wie man diese alten Häuser rettet, die in fast totalem Verfall hier stehen, an einigen Stellen ist mit den Arbeiten noch nicht begonnen worden, da stehen die dunklen Gebäude hinter Absperrbändern, das Betreten ist lebensgefährlich, solange nicht mein Sohn und seine Handwerkerkollegen mit ihrer Kompetenz dort gewesen sind, der Zutritt ist für Unbefugte streng verboten. Und in den geretteten Häusern, den Häusern, die durch EU-Mittel für die Nachwelt erhalten worden sind, leuchtet es hinter kleinsprossigen Fenstern, und wir blicken auf frisch gestrichene Holzwände, auf abgebeizte Tische und Stühle, auf gewebte Läufer und Teppiche, auf kleine spielende Kinder im Schlafanzug, und auf träge Katzen, die auf Fensterbänken liegen, und in genauso einer Wohnung, ganz hinten in einem Hinterhof, geschützt vor Lärm und Krach der Stadt, wohnen mein Sohn Martin und seine Silke, und hier wird mein Enkelkind aufwachsen.

Wir bleiben mitten auf dem Hof stehen. Martin zeigt und erklärt. Da, 1654. Hier, das ganze Dach neu. Das Haus rechts? Wird vollständig abmontiert. Neue Grundmauer. Viele Jahre. Millionen. Seht ihr die Pflastersteine? Polen.

Ein Fenster wird geöffnet. Silkes ein wenig lispelnde Stimme, die uns auf Deutsch zum Hereinkommen auffordert. Das Essen ist fertig.

Als wir das niedrige Zimmer betreten, das als Wohnküche dient, steht eine große Suppenschüssel auf einem alten Bauerntisch; Fleisch und Gemüse dampfen. Auf der Anrichte ein Bierfässchen, und alte Krüge aus gedrechseltem Holz oder Ton.

Beim Kühlschrank, halb zu mir hingedreht, den Blick in meinem versenkt: Ada.

Meine Ehefrau Ada.

Die meisten Autoren sind abergläubisch. Wir umgeben unser Schreiben mit Ritualen. Das Zimmer muss aufgeräumt sein, oder auch nicht. Das Glas voll oder leer. Dies und jenes bedeutet Glück oder Unglück, Schreibblockade ist die Strafe, wenn man. Niemals vor dem Schreiben Post öffnen. Nicht ans Telefon gehen.

Bei mir ist es so, dass ich die Einfälle fürchte, die ich aus irgendeinem Grund nicht in den Text einbauen kann. Ideen, die sich während des Schreibprozesses melden und für die vielleicht gerade in diesem Buch kein Platz ist, aber die ich in meiner Erinnerung speichere, weil ich sie vielleicht in einem späteren Roman unterbringen kann. Ich habe das konstante und unbehagliche Gefühl, dass einzelne dieser unbenutzten Ideen ins wirkliche Leben überwechseln und sich gegen mich wenden können.

Das ist so eine Szene: Die Hauptperson, ein überaus begabter Redner, klopft mit der Gabel ans Weinglas und erhebt sich am fünfzigsten Geburtstag seiner Frau. Wir befinden uns an einer festlich geschmückten Tafel mit gutem Essen und Wein, und alle engen Freunde und Verwandten sind zugegen. Und unser Mann hält also seine hervorragend gelungene Rede, die natürlich wehmütig und witzig zugleich ist, rührend und voller Lebensphilosophie, wie es sich für solche Reden eben gehört. Der durchlebte Alltag. Probleme. Prüfungen. Zusammenhalt. Sich gegenseitig stützen. Kleine Tränen im Augenwinkel und das Lachen auf der Zunge.

Dann am Ende ein Prosit – und mit diesen Worten verlasse ich dich.

Verschwinde aus deinem Leben.

Als Ada ihren Blick in meinen senkt und ich mich Sekunden später zu meinem Sohn Martin umdrehe, der mit keinem Wort erwähnt hat, dass Ada in Deutschland ist, und der mich jetzt mit eiskalten Fischaugen mustert, weiß ich, dass die Szene mit der Rede des Ehemannes niemals in einem meiner Romane auftauchen wird, da Ada hier in diesem Raum seine Rolle zu spielen gedenkt, wenn auch in einer etwas anderen Variante als der von mir geplanten.

Sie ist hier, um Abschied von mir zu nehmen.

Während alle anderen zuhören.

17

Schwede für eine Woche

Ich schlafe und döse eine Woche. Werfe Paralgin forte ein und trinke Wodka aus Milchgläsern, was mich in verzerrte Träume versenkt, seltsame Gedankenreihen, tiefen Schlaf. Halvdan hat mir den rechten Arm mit einem Stützverband fest an die Brust gebunden, es ist besser so, denn so kann ich sogar auf der rechten Seite liegen, ohne mich mitten in der Nacht mit einem Schmerzensgebrüll zu wecken, aber ich weiß es doch. Das hier vergeht nicht von selbst. Immer, wenn ich versuche, den Verband zu lösen und den Arm zu bewegen, werden die entzündeten Sehnen in der Schulter zu glühenden Drähten unter meiner Haut. Wenn ich eine halbwegs erträgliche Stellung finde und spüre, dass Droge und Schmerz wirken, liege ich totenstill da und horche auf die Welt. Halvdans Stimme am Telefon. Oder seine raschen Finger auf der Tastatur. Der Wind, der an den Dachrinnen vor dem Fenster rüttelt. Der Autoverkehr unten im Eppendorfer Weg. Das Geräusch des Fernsehers. Der Regen gegen die Scheibe. Stundenlang Miles Davis, während Halvdan am frühen Morgen nach dem Schreiben trinkt.

Ich hätte mir nicht einmal in meinen wildesten Phantasien vorstellen können, dass Ada mich auf diese Weise verlassen würde. So ein elendes Stück Drama. Das Telefon tagelang ausgeschaltet. Nach Schwerin reisen, nur um mir vor Freunden und Familie den Laufpass zu geben. Martin grinsend, an den Kühlschrank gelehnt. Dass er es gewusst hat, ist jedenfalls klar. Sie hat sich unserem gemeinsamen Sohn anvertraut, der sich dann in die Stadt begeben hat, um seinen nichtsahnenden Vater und dessen ebenso nichtsahnende Freunde zu holen, und der auf dem Rückweg Handwerk und Baugeschichte auf eine Weise vorgeführt und erklärt hat, die mich stolz und froh machte. Dort geht mein Sohn. Er kann. Er weiß. Bald wird er der Vater meines Enkelkindes sein. Und dann ist er nur ein Rotzbengel. Eigentlich tut vor allem das weh. Dass Martin sich mit ihr zusammengerottet hat.

Ich liege im Dunkeln und verstecke mich vor mir selbst. Ich will nicht wissen, was ich wirklich denke und fühle, jetzt, wo Ada nach all diesen Jahren doch aus meinem Leben verschwindet, ich habe mehr als genug zu tun mit der benebelten Lightversion, die Pillen und Alkohol mir hier unter der Decke vor Augen halten. Ich träume von seltsamen Ländern, bevölkert von halb durchsichtigen Wesen mit leuchtenden Herzen und kohlschwarzen Augen. Immer wieder taucht ein Bild meiner selbst auf, ich stehe an einem Fenster in einem verlassenen Industrielokal, Rostflecken auf dem Beton, Spuren längst entfernter Maschinen. Ich blicke hinunter auf die Straße, durch eine von Ruß und Staub halb verdeckte Fensterscheibe, und ich kann die leuchtenden Herzen hören wie ferne Trommeln oder Donner, halb durchsichtige, menschenähnliche Wesen, ich assoziiere: Ohrenquallen. Kindheit. Strand. Sonne. Aber in diesen Traumsequenzen ist alles schwarz und dunkelblau, mit einzelnen roten Streifen, wie Rotwein oder halbgeronnenes Blut, und über allem lastet eine so schwere Wehmut, dass ich kaum atmen kann. Aber die Wehmut bezieht sich auf Vilde. Nicht auf Ada. Ich liege hier, halb im Schlaf, halb im Rausch, und habe Sehnsucht nach Vilde.

Ich werde immer auf dem Bauch wach, das ist die Stellung, die mein Unterbewusstsein verlangt, sowie das Bewusstsein loslässt. Ich drehe mich auf die Seite und schlafe wieder ein. Oder ich trinke aus dem Wodkaglas, das immer neben meinem Bett auf dem Boden steht, in dem dunklen Zimmer, das bis zum Rand mit meinen Gerüchen gefüllt ist,

Schweiß und dem scharfen Pissegestank aus dem Eimer, den Halvdan zweimal am Tag ausleert.

Esse ich? Tage und Nächte gehen ineinander über, alles ist schwarz und dunkelblau, mit Ausnahme des scharfen Lichtes, das ins Zimmer fällt, wenn Halvdan den Eimer entfernt oder zurückbringt, wenn er das Wodkaglas auffüllt oder einfach nach mir sieht, er sagt nichts, zum Glück liegen alle Reden hinter uns, das ist übrigens schon lange der Fall.

Eines Tages bringt er eine Ärztin, die er wohl offenbar irgendwo in seinem Freundeskreis aufgetan hat, und nicht über den Notruf, das höre ich einfach. Ihr Lachen, ehe sie hereinkommen. Halvdan zieht die Vorhänge auf und öffnet das Fenster. Kalte Herbstluft. Das ist gut. Wann haben wir zuletzt gelüftet? Vielleicht lüftet er, während ich schlafe.

Ihr Lachen ist Halvdan vorbehalten. Mir gegenüber behält sie professionelle Distanz. Ihre grauen Augen mustern mich. Sie ist dünn, aber ihre Hände sind warm, als sie den Stützverband entfernt; es tut höllisch weh, als sie auch die Armbinde öffnet, aber sofort setzt sie mir einen Schuss Kortison und legt sechs weitere Ampullen auf den Stuhl.

Ob ich mir die Spritzen selbst verabreichen kann.

Halvdan sagt, er könne.

Okay. Aufstehen. Kein Schnaps mehr.

Sie gibt mir eine Handvoll Schmerzmittel. Dann ist sie verschwunden.

Ich stehe auf. Mir ist schwindlig, aber ich fühle mich leicht und gut. Als ich im Badezimmer auf die Waage steige, sehe ich, dass ich fast drei Kilo abgenommen habe. Ich gehe unter die Dusche und leere den Heißwassertank. Dann ziehe ich von innen bis nach außen Sachen von Halvdan Skagge an, da meine eigenen Kleider noch immer in einem Bastkorb bei der Waschmaschine vor sich hin müffeln.

Halvdan ist verschwunden, vielleicht zusammen mit der Ärztin. Es ist ganz still in der Wohnung. Ich gehe in die Küche und hole mir eine Tasse Kaffee aus der Thermoskanne. Dann in sein Arbeitszimmer, das von der Decke bis zum Boden mit Büchern und Ordnern und Schallplatten tapeziert ist. Schiebe die Füße in seine großen Filzpantoffeln und gehe hinaus auf die Dachterrasse. Wieder diese schöne kühle Herbstluft, gewürzt mit dem Geruch der Kastanienkronen, die wie bunte Laubhaufen auf der anderen Seite des schmiedeeisernen Zaunes winken. Dass Halvdans Dachterrasse in den Baumkronen liegt, erinnert mich an Birnas prachtvolle Hütten, die sie für die finnische Wildnis zeichnet. Ich setze mich auf einen Stuhl und schließe beide Hände um den großen Tonbecher. Die Baumkronen wiegen sich im Wind. Eine schwarzweiße Katze zeigt sich auf dem Dach, das dem Arbeitszimmer gegenüberliegt, dann spaziert sie parallel an der Dachrinne entlang, bis sie mich entdeckt und für eine Zehntelsekunde zur Skulptur erstarrt. Ein Fremder? Hier? Jetzt? Die grünen Augen starren mich an, als sei ich etwas Seltsames, das soeben aus einer fremden Galaxis auf die Erde herabgestiegen ist.

Ich versuche, sie anzulocken. Nein.

Ich habe Lust auf eine Zigarette, aber irgendwo blinkt ein Warnlicht auf. Ich merke, dass der Kaffee mein Herz dazu bringt, den Rhythmus zu ändern, es ist schon möglich, dass zwischen der Zigarette und mir alles aus ist. Ja. Das spüre ich. Dass es heißt, Tabak, lebwohl.

Ist sie noch immer in Schwerin? Das kann ich mir nicht vorstellen. Sie kann doch nicht einfach einen solchen Auftritt haben und dann dort hängenbleiben, als wäre gar nichts passiert. Silke in eine Art ewige Verlegenheit in ihrem eigenen Heim bringen. Ihr mageres Gesicht. Der niedergeschlagene Blick. Silke war darauf verdammt noch mal nicht vorbereitet. Und wieder verspüre ich Enttäuschung und Wut, die ich gegen Martin richte. Den Jungen, der damals die Treppe hinunterpolterte und der eigentlich niemals zurückgekommen ist. Der nur für eine von uns genug Vergebung hatte.

Ein leises Scheppern im Haus, das ist der alte Fahrstuhl mit der schmiedeeisernen Ziehharmonika, bei dem ich immer an Paris denken muss.

Danach Schritte. Klirrende Flaschen. Halvdan, der durch die Zimmer geht, und die Katze, die es jetzt eilig hat, die vom

Dach auf die Terrasse springt, durch den verblühten Lavendel, sie dreht sich auf dem Marmorboden um sich selbst und verschwindet durch die offene Tür des Arbeitszimmers in der Küche.

Er öffnet das Küchenfenster. »Wie gescheit ist es denn wohl, in Hemdsärmeln draußen zu sitzen? Wie geht es dir?«

»Es geht. Es tut genauso weh wie vorher.«

»Hast du noch nie Kortison bekommen?«

»Doch.«

»Eine Woche. Vielleicht zwei. Ich setz dir morgen zwei neue Mückenstiche. Dann warten wir ein paar Tage. Hast du Hunger?«

»Ja, seltsamerweise.«

»Thai?«

»Sehr gern. Ich kann dir helfen.«

»Du kannst hier reinkommen. Ich hab keinen Nerv für noch eine Runde als Krankenpfleger und Kloleerer.«

Halvdan kocht. Brät Knoblauch, Chili und Ingwer an, zusammen mit Currypaste, Öl und in Streifen geschnittenem Schweinefleisch, Gemüse und Cashewnüssen. Er rührt im Wok und trinkt dabei ausgiebig aus einem Halbliterglas Rotwein, ich selbst halte mich an den Kaffee.

»So. Jetzt warten wir nur noch auf den Reis.« Er schaut auf die Uhr. »Zwei Minuten. Wie fühlst du dich?«

»Geht schon.«

»Hast du dein Telefon eingeschaltet?«

»Nein.«

»Warte noch ein bisschen.«

»Rufen sie dich an?«

»Ist nicht so schlimm. War clever von dir, dem Nidelv dein altes Telefon zu opfern.«

»Vilde?«

»Nein.«

»Und Ada auch nicht?«

Er schüttelt den Kopf. »So. Im Kühlschrank steht Mineralwasser, falls du dem Alkohol entsagen willst. Oder möchtest du ein Glas Wein?«

»Nein, danke«, sage ich.

Wir essen. Es ist scharf bis an die Schmerzgrenze. Gut. Meine linke Hand fungiert als eine Art Behindertenassistent für die rechte. Ich esse langsam und konzentriert und denke an Vilde. Dass ich im Mac mein Postfach nachsehen muss.

»Was für eine Show«, murmelt er. »Das muss ich ihr lassen. Ich dachte, das Talent sei mit ihrer Mutter ins Grab gesunken. Und für dich kam das völlig überraschend?«

»Total. Wir haben uns nicht einmal gestritten.«

»Manche sind so. Sie nehmen es hin. Es sieht aus, als nähmen sie es hin. Bis das Fass dann eines Tages voll ist. Und du hast im Laufe der Jahre ja ganz schön oft nachgefüllt.«

»Ja. Das wohl.«

»Es ist ja nur die Natur, die ihren Gang geht. Ich glaube übrigens, ich kenne sonst keine, die so lange verheiratet sind wie du und Ada. Aber lass uns über etwas anderes reden. Oder ist das nun das Thema des Tages? Ada und Alexander? Guter Titel übrigens.«

»Mir geht es eigentlich mehr um Martin. Dass ich dazu beigetragen habe, einen dermaßen kalten Fisch in die Welt zu setzen.«

»Ach, großer Gott. Erspar mir das. Dann gehe ich dir auch nicht mit meiner Nachkommenschaft auf die Nerven.«

»Was machst du denn so? Oder hast du nur in meinen Fieberphantasien auf die Tastatur eingeschlagen?«

»Eingeschlagen. Ja, stimmt. So weit ist es jetzt. Iss noch mehr. Schau mal! Weißt du noch, wie wir auf der Maschine geschrieben haben? Ich meine, auf einer *mechanischen* Schreibmaschine. Damals, als man noch Muskeln brauchte, um einen Roman zu schreiben.«

»Wir waren jung. Das ist nicht weiter geheimnisvoll.«

»Darüber schreibe ich. Dass wir nicht mehr jung sind. Ich hab dich in Berlin angelogen. Es geht gut. ›Strahlender Untergang‹. Zum ersten Mal in meinem Leben schreibe ich autobiografisch.«

»Jetzt hör aber auf. Hältst du dich für Knausi?«

»Nein, nein. Oder vielleicht doch. Da sitze ich eines Abends und schreib so ein kurzes Teil für *Aftenposten.* Ich habe vor nicht allzu langer Zeit in meinem Arbeitszimmer sauber gemacht, aber nun merke ich, dass die gesamte Glasplatte meines Schreibtisches von einem feinen Staub bedeckt ist. Als ob jemand in die Kokaindose geniest hätte. Was ist das, zum Teufel? Mehl? Es sind abgestorbene Hautzellen, Alexander. Milliarden davon. Und allesamt meine. Jede einzelne. Unter der Tastatur verbirgt sich eine riesige Milbenkolonie. Ich sitze da und schreibe, und meine Bewegungen, das Hämmern auf der Tastatur, führt dazu, dass sich tote Haut löst und zu Boden fällt, und ich sitze da und produziere Texte und gleichzeitig enorme Mengen Milbenfutter. Eine Zeit lang sollte das der Titel sein. ›Milbenfutter‹. Ich finde aber ›Strahlender Untergang‹ besser. Denn ich bin nicht traurig. In vieler Hinsicht geht es mir besser denn je. Der Bürohengst und Susi sehen das auch so. Susi jedenfalls. Ich habe es vom ewigen Rauchen am Herzen, außerdem Probleme mit Pissen und Prostata. Aber es geht mir besser denn je. Ich sinke mit einem Lächeln in mich zusammen.«

»Mit anderen Worten, du hast keine Potenzprobleme.«

»Das war mein Ernst. Dieses Buch soll eine Studie meines eigenen Verfalls werden. Ein wunderbares Projekt. Ich brauche rein gar nichts zu erdichten. Ich kann einfach Tagebuch führen, und damit hat sich's. Wenn es nicht im Rücken wehtut, brennt es im Arsch. Die Haare fallen vom Kopf, wuchern aber in den Ohren. Immer ist irgendwas. Blutdruck. Zähne. Von nun an ist der Verfall mein Hauptprojekt. Von nun an bis zum Ende. Hast du genug?«

»Ja, danke.«

Wir räumen ab und füllen die Spülmaschine, dann braut Halvdan noch eine Kanne Kaffee.

»Kommst du danach mit zum Finken?«

»Nein.«

»Wie du willst. Vielleicht gibt es irgendeinen Scheiß in der Glotze.«

Halvdan geht zum Finken, das tut er jeden Mittwoch, an diesem Wochentag, genauer gesagt, Abend, nimmt er sich frei von der Arbeit, egal, woran er gerade sitzt, dann geht er zum Finken und trinkt mit anderen Skandinaviern, die hier in der

Gegend wohnen; alle, die ich nun wirklich nicht treffen, mit denen ich wirklich nicht reden möchte, obwohl ich sehr gut weiß, dass sie eine Hand über mich halten würden, mich beschützen, auf meiner Seite stehen, vielleicht will ich ja gerade das verhindern. Dass jemand gerade jetzt für mich Partei ergreift. Also gibt es wohl etwas tief in mir, ein Gefühl, versagt, andere im Stich gelassen zu haben, vielleicht sogar mich selbst. Nein. Unruhe. Ein starkes Gefühl, dass etwas nicht stimmt, dass etwas Wesentliches nicht so ist, wie es sein sollte. Als Halvdan gegangen ist, schalte ich den Fernseher ein, aber ich kann mich nicht konzentrieren, es flimmern nur Bruchstücke von Bildern vorüber, spielende Kinder, Tiere im Grünen, die obligatorischen Kriegsszenen.

Ich schalte aus. Stecke mir eine Zigarette an, drücke sie aus. Trinke den Rest aus dem Rotweinglas, das Halvdan hinterlassen hat.

Ich kann hierher ziehen. Nach Hamburg. Oder Berlin. Mir geht auf, dass ich jetzt hinziehen kann, wohin ich will, dass es keine Komplikationen irgendwelcher Art gibt, da jetzt in meiner Beziehung zu Ada und zu Vilde »Ordnung geschaffen« worden ist; genauer gesagt, beide Beziehungen sind beendet, ich kann einfach bei meinem deutschen Verlag anrufen, ich kann jetzt anrufen, dann machen die sich morgen ans Werk, ich kann einen Flug zurück nach Reykjavik buchen und meinen Traum von der heruntergekommenen Blockwohnung, von der ich vor zwei Wochen phantasiert habe, wahr werden lassen, ich kann ganz einfach tun, was ich will, kann es sogar andere für mich tun lassen, kann sie das Praktische erledigen lassen, ich brauche nur einen neuen Hammer auszubrüten, es eilt nicht einmal, ein Jahr Ferien sind absolut kein Problem, sind vielleicht sogar anzuraten. Ja. Ein Jahr Ruhe. Hier in Eppendorf eine Wohnung mieten, oder vielleicht draußen in Blankenese. Einen fremden Namen an den Briefkasten kleben. Mir ein deutsches Telefon zulegen. Verschwinden.

Ich hole meinen Koffer und packe den Mac aus.

Mail von Vilde.

Es regnet in Hølen. Es scheint zu regnen, seit ich dich zuletzt gesehen habe. Seit ich dich nicht mehr sehen wollte. Manchmal bist du ein Kind, das sich in fremde Betten legt. Es scheint für dich ganz natürlich zu sein, in andere Häuser und Leben einzudringen. Das macht nichts. Oder: Es macht mir nichts. Jetzt nicht mehr.

Nachdem du mich im Stich gelassen hast, bist du mir seltsam gleichgültig geworden. Du bist meine Wut nicht wert. Wenn ich sage, du sollst gehen, dann gehst du. Insofern bist du in Ordnung. Zugleich denke ich, wenn du einfach gehst, ohne ein einziges Wort, bringt das die Gleichgültigkeit zum Ausdruck, die du mir die ganze Zeit gezeigt hast. Du hast mich nicht gesehen. Du hast auch nicht nach mir Ausschau gehalten.

Das eine Mal. Auf Jeløya. Ich hatte keine Ahnung von dir und wollte auch nichts von dir wissen. Ich wollte dich nur ansehen, und dann wollte ich nach Hause gehen. Mit dir als Erinnerung.

Ganz unberührt von Taten oder Worten.

Dann wurde alles anders und alles falsch. Ich hätte dich nicht in mich lassen dürfen, aber jetzt bist du endlich ganz draußen.

Ich gehe hinaus. Gehe die Treppen nach unten und hinaus. Das hilft. Gehen hilft. Ich gehe durch den Eppendorfer Weg bis Falkenried, über den Lehmweg, alle diese Straßen, die ich von früheren Besuchen kenne, vor allem aber aus Halvdans Hamburgromanen, vorbei an der Glocke und dann durch die engen Straßen zum Innocentiapark, wo ich acht Runden unter den mächtigen Baumkronen drehe, es riecht so gut nach Herbst und Erde und Laub, und ich merke, dass ich mich beruhige, dass ich der werde, der zu sein ich gewöhnt bin, und plötzlich merke ich noch dazu, dass ich den rechten Arm auf eine Weise schwenke, die schon lange nicht mehr möglich war. *Wo bin ich?* Ich bin im Park der Unschuld, und es geht besser. Weiter. Im wahrsten Sinne des Wortes. Und ich freue mich schrecklich über diese Mail, warum habe ich dir nicht sofort geantwortet? Telefon. Später. Eine SMS schicken.

Ich gehe am Kanal entlang durch Hoheluft und weiter, das schwarze Wasser zwischen den Baumstämmen, die Lichter der Villenfenster auf dem anderen Ufer. Auf einer Brücke bleibe ich stehen und sehe eine Laterne, die sich in der tintenschwarzen Oberfläche spiegelt, das Geräusch von rhythmischen Ruderschlägen unter mir – dann ein Kanu, das wie ein silberner Pfeil in Richtung Alster davonschießt, das Keuchen von zwei Männern, bald sind sie verschwunden.

Verschwinden. Ein anderer werden. Ich bleibe stehen und denke über etwas nach, das Vilde geschrieben hat. Dass ich vielleicht als ein anderer in ihr Leben treten könnte. Dann wächst wieder das Kind in mir heran. Der Phantast. Mein Name? Soundso. Mein Akzent? Aus Schweden. Ich habe mir oft gedacht, ich hätte in den vielen Interviews, die ich im Laufe der Jahre gegeben habe, mehr lügen, die Erzählung über mich selbst phantastischer gestalten sollen, ein bisschen abenteuerlicher, ich stehe hier im Dunkeln und kann nicht begreifen, dass ich nicht mehr Farben hervorlügen konnte, ich kann doch so ungefähr alles herbeidichten, und außerdem nehme ich es in anderen Lebensbereichen mit wahr und unwahr auch nicht so genau. Warum versuche ich immer, den Presseleuten die Wahrheit über mein Leben zu erzählen, wo sie doch die Letzten sind, die die Wahrheit ernst nehmen?

So. Weiterschlendern. Erreiche den umgebauten Bunker, erbaut aus der Bombenstadt und jetzt auferstanden als Prachtwerk in lauterem Beton, Aluminium und Glas. Wohnungen hinter den meterdicken Wänden. Das gelbe Licht, das aus den Zimmern fällt und sich in Streifen über den Wasserspiegel legt.

Hoch dort oben über den Baumkronen: die riesige Penthousewohnung wie ein gelandetes UFO. Die Luxusausgabe von Halvdans bescheidenerer Behausung einen knappen Kilometer weiter.

Hier hätte ich wohnen können.

Denke ich an jenem Abend, ohne zu wissen, dass ich hier, gerade hier, einen Pfad kreuze, der in meine Zukunft führt; ich habe keine Ahnung davon, aber so ist es, es ist ein Schatten, der an mir vorbeihuscht wie ein Gespenst, aber ich bin nicht wach genug, um zu wissen, was ich sehe.

Ich gehe über die Fahrradbrücke und sehe oben an der nächsten Ecke das erleuchtete Kneipenschild des Nautilus.

Nautilus? Kommt mir das nicht irgendwie bekannt vor?

Erst als ich die Treppe hinuntergehe und das Kellerlokal betrete, als ich in Lachen und Halbdunkel hineintrete, fällt mir ein, dass ich mit Halvdan hier war. Vor zehn Jahren. Vielleicht auch mehr.

Es ist halbvoll. Keine Bekannten. Also kann ich bleiben. Für einen kurzen Moment sehe ich vor mir, wie Halvdan und die anderen im Gedränge im Finken sitzen.

Der Zigarettenrauch hängt wie eine graublaue Decke im Raum, und ich habe das Gefühl, in die Vergangenheit hinabgestiegen zu sein. Irgendwann vor dem Rauchverbot gelandet zu sein. Als ein anderer.

Und als ich auf einen der abgenutzten Barhocker gleite, legt der Wirt Charlie Parkers *Drifting on a Reed* auf, ehe er mich fragend ansieht, ich nicke und zeige auf die Zapfhähne, und dann strömen sie alle aus den Lautsprechern; »Dexterity«, »Bongo Bop«, »Bird of Paradise« und die ganze Süßigkeitentüte.

Ich trinke kaltes Bier. Und noch kälteren Schnaps.

Meine rechte Schulter bessert sich zusehends.

Nach einer Stunde gehe ich zum Zigarettenautomaten und ziehe mir eine Packung mit zwanzig Prince.

Die Zigaretten schmecken vortrefflich. Ich bin wieder in den achtziger Jahren, vielleicht sogar in den Siebzigern, und meine Mitreisenden auf dieser Tauchfahrt mit Nemos Nautilus sind allesamt von meinem Jahrgang und Kaliber, fünfzig plus, graue Pferdeschwänze und verschossenes Henna, der milde Teil der Mannschaft dieser Hansestadt, der Wirt füllt nach, wenn ich leertrinke, und sorgt ansonsten dafür, dass der Zink immer glänzend, immer spiegelblank ist.

»Durchreise?« Er stellt ein neues Bier vor mich hin. Hat meinen schwedischen Akzent bemerkt.

»Diesmal nicht. Jetzt bleibe ich.«

Er nickt.

Irgendwann trinke ich auch nur noch Bier, um nicht aus dem Kurs zu geraten. Ich habe keine Lust auf richtigen Suff. Ich habe Lust, hier in der Zeit vor dem Rauchverbot zu sitzen und das Leben so zu genießen, wie es war. Die Fenster sitzen hoch oben in den Wänden, und durch das verdreckte Glas kann ich die Beine der Vorübergehenden sehen, und halbe Räder, die draußen im Licht der Straßenlaternen vorbeiwirbeln, während ich an Rochen und Seeanemonen denke, an vor langer Zeit gesunkene Schiffe und Tang und Algen.

Ziehe mein Telefon hervor und schalte es ein. 78 SMS und 54 entgangene Anrufe.

Schalte das Telefon aus.

Vilde muss warten.

»War das jemand, mit dem Sie nicht reden wollen?«

»Sag nicht Sie zu mir«, sage ich. »Ich bin aus Schweden.«

Das ist sie. Sie. Ich sehe die Frau, die ganz einfach heute Abend hier auftauchen musste. Ich bin zudem der einzige Mann in der Kneipe, mit dem sie sich noch nicht auf irgendeine Weise gelangweilt hat.

Wir sehen beide nicht so schlecht aus. Ein bisschen abgenutzt. Das ist erlaubt auf der Nautilus.

»Setz dich«, sage ich. »Möchtest du etwas trinken?«

»Schweden?«

»Wir haben Volvo und ABBA hergestellt. Jetzt vor allem Waffen.«

»Harry! Der Mann will mich zum Biertrinken verleiten. Nein. Ich möchte Wein. Einen Grauburgunder, bitte.«

Er schenkt ein.

Wir stellen uns vor.

Ich heiße Claus Lagerfors.

»Und was machst du so, Claus?«

Sie hat schöne braune Augen. Und Haare, in die ich bestimmt meine Hand schieben werde. Noch nicht sofort, aber bald.

»Ich verkaufe winzige Teile für intelligente Maschinen«, sage ich. »Wenn ich nicht freihabe.«

»Und jetzt hast du frei? Oder hast du gerade winzige Teile für Harrys intelligente Maschinen geliefert?«

»Jetzt habe ich frei.«

»Skål. Das sagt ihr doch, oder?«

»Skål.«

»Tanzt du?«

»Bist du verrückt? Seh ich so aus?«

Später tanzen wir. Hinten im Billardzimmer. So ein Ort ist das. Eine Kneipe, die nicht nur ein Billardzimmer hat, sondern sogar ein Billardzimmer mit Platz für eine winzig kleine Tanzfläche. Wo Renate Hinze und ich in trägen Kreisen segeln und segeln und segeln können, die Arme umeinandergelegt wie verliebte Tintenfische unten auf dem Meeresgrund, während zwei riesige Krebse in MC-Westen auf dem grünen Filz spielen, ohne uns auch nur anzusehen.

Solche Orte gibt es.

Ihre Haare duften nach frischem Zigarettenrauch und Pommes. Und nicht nach irgendeinem Apfelunsinn.

So beginnt ein fünftägiges Zusammenleben von Renate Hinze und Claus Lagerfors, bei dem ich zu meinem Glück die männliche Hauptrolle spielen darf. Wir gehen zu ihr nach Hause, sie wohnt in einer stillen Seitenstraße der Treschowstraße, in einem schweren großen Mietshaus aus kirschrotem Klinker mit überdachten Balkons, dunkle Kästen über einem überwucherten Garten mit einem alten Springbrunnen, der die ganze Nacht hindurch einsam vor sich hin gurgelt. Ich höre ihn zwischen den Stücken auf den alten Bowie-Scheiben, die wir laufen lassen, und durch unser Wimmern, wenn wir uns herumwälzen, zuerst auf dem Wohnzimmersofa, später im nach Parfüm duftenden Bett, und ich höre plätscherndes Wasser, als ich am nächsten Morgen allein aufwache und in der lila Bettwäsche liege und an Vilde denke.

Das Echo der Nacht. Die Zigarettenglut wie ein wandernder Stern von ihrer Hand zu meiner. Hin und her.

»Claus?«

»Ja?«

»Hast du jemanden?«

»Ja. Sie heißt Vilde.«
»Wie schön. Ist das in Schweden ein häufiger Name?«
»Nein«, sage ich. »Ich habe sie in Norwegen gefunden.«

Ich stehe auf und gehe nackt ans Fenster. Der dunkle Garten ist von einem vierstöckigen Klinkerblock eingeschlossen. Alte Ahornbäume. Obststräucher. Der Springbrunnen steht auf einem Stein in einem fast zugewachsenen Teich. Der Wassermann spielt Flöte, er kniet auf einer Kammmuschel. Das Wasser strömt aus seinen Augen und zurück in den dunklen Teich, aus dem es gekommen ist. Gluck. Glack. Ansonsten ist es hier ganz still. Wie in einer geheimen Oase. Die tiefroten Klinker sperren den Verkehr aus. Kein Kind, das lacht oder weint. Kein Hund.

Es wirkt verschroben. Es ruht etwas Seltsames über der gesamten Wohnanlage. Etwas Düsteres und Eigentümliches, das ich aus irgendeinem Grund mit der etwas heiseren Stimme von Vilde verbinde, wenn sie ein seltenes Mal gesungen hat.

Claus Lagerfors kommt das alles wie gerufen. Das muss ich zugeben.

Renates Geruch hängt noch immer in meiner Haut.

In der tiefgrünen Küche liegt ein Zettel von ihr an mich.

Es ist das Übliche. Geh oder bleib. Essen im Kühlschrank.

Zwei Schlüssel an einem Ring.

Ich dusche lange und merke zu meiner eigenen Belustigung, dass ich in fließendem Schwedisch denke. Als ich mich anziehe, entdecke ich, dass ich noch immer Halvdans etwas zu kurze Hose trage. In meinem neuen schwedischen Leben baggere ich in Hochwasserhose Frauen an.

Nicht schlecht.

Ich frühstücke, noch immer in fließendem Schwedisch, Spiegelei und Toast und Käse und Marmelade, ich versuche es mit der *taz* des Vortages, muss aber gleich wieder passen. Rollenspiele auf Deutsch sind erst mal noch zu hoch für mich.

Danach sehe ich mir die Bücherregale in Wohn- und Schlafzimmer an.

Kein Kriminalroman. Kein einziger.

Deutsche und internationale Belletristik. Auf Deutsch.

Abgesehen von Haruki Murakamis *After Dark*.

Ich merke, dass ich nach seinem Auftritt in Reykjavik noch immer sauer auf ihn bin.

Ich gehe an den Kanälen entlang denselben Weg, den ich am Vortag gekommen bin, ich gehe durch Eppendorf und gehe über die Anhöhe zur Alster, der See taucht zwischen den Baumkronen und Villen auf wie ein blauer Spiegel, dicht besetzt von Schmetterlingen, es sind Segel. Jollen, die sich langsam über die Wasseroberfläche bewegen.

Ich bin seit einer guten Stunde unterwegs. Ganz unten am Ufer finde ich ein offenes Café, dort ist so früh am Tag nicht viel los, ich setze mich nach draußen und wickele mich in eine der grauen Wolldecken, die auf jedem Stuhl bereitliegen.

Ein schwedischer Scheich aus Arabien.

Die Segelboote auf der Alster werden zu Frachtbooten auf dem Nil.

Ich muss mit diesem Unfug aufhören. Ich will einige Tage mit Renate, aber dann muss ich wieder ich selbst werden und alles ins richtige Gleis zurückbringen.

Ich schalte das Telefon ein, lösche alle Mitteilungen. Alle entgangenen Anrufe.

Das ist ein Anfang. Zumindest eine symbolische Handlung.

Es ist kurz nach halb eins. Ich rufe Bjørg Larsen an.

»Hier ist Alexander.«

»Großer Gott. Ist alles in Ordnung? Wo steckst du?«

»In Warnemünde«, sage ich. »Wo Munch die vielen nackten Männer am Strand gemalt hat. Ich habe ein kleines Haus im Wald geliehen. Ich kann von hier aus durch die Fichten das Meer sehen.«

»Ich kann ja verstehen, dass du erst mal abschalten musstest«, sagt sie und zum allerersten Mal nach all den Jahren höre ich eine scharfe kleine Messerspitze in ihrer Stimme.

»Ich hätte dir ja doch Bescheid sagen können.«

»Du warst bei Halvdan, habe ich gehört?«

»Ja. Ich musste einige Tage das Bett hüten. Der Sicherungskasten fing an zu rauchen.«

»Ich verstehe. Das war ganz schön viel auf einmal.«

»In diesem Fall bin nicht ich das Opfer. Ich bin der Schuldige.«

»Du hast dein Publikum nicht im Stich gelassen. Das ist jedenfalls deutlich. *Große dunkle Männer* ist der bisher beste Hammer-Roman, das finden so ungefähr alle. Wir haben eine neue Auflage in Auftrag gegeben, und dann sind wir bei 150000. Und es ist ja erst Anfang November. Das ... Dieser ganze andere Unsinn, der früher in diesem Herbst passiert ist, hat dem Verkauf absolut nicht geschadet. Ich verstehe ja, dass du am Boden zerstört bist, aber gerade dieser Aspekt ist jedenfalls in Ordnung. Das ganze Geschrei, und dass du dann wie im Erdboden versunken warst, hat auch dazu beigetragen ...«

Ein Teil der Verkaufsstrategie, denke ich.

Und dann denke ich: Nein. Ich bin nicht am Boden zerstört.

Es geht mir eigentlich sehr gut. Vielleicht ist das das Schlimme?

»Wie geht es denn dem Opfer?«

»Dem in Lillehammer?«

Großer Gott, gibt es noch andere?

»Ist er zu sich gekommen?«

»Ja, das ist er. Und die Anzeige ist zurückgezogen worden. In den letzten Tagen war in der Hinsicht überhaupt alles ruhig. Die Presse scheint jetzt damit fertigzusein.«

Großer Gott. Diese Last hätte ich also vielleicht schon vor mehreren Tagen los sein können.

»Ich finde, dann ist es an der Zeit, wieder an die Oberfläche zu kommen«, sage ich. »Still und ruhig. Möglichst unbemerkt. Ich bleibe noch ein bisschen hier in Warnemünde, und dann ...«

»Weißt du was, das scheint mir ganz richtig zu sein. Ich verrate niemandem, wo du bist, und deine Nummer rücke ich natürlich auch nicht raus.«

»Das weiß ich doch. Du bist die Einzige, die ich anrufe.

Ich spiele wirklich ernstlich mit dem Gedanken, mich im Ausland niederzulassen. Vielleicht hier in Deutschland. Ich finde, hier lebt es sich angenehm. Leicht. Nicht in Berlin. Das nun nicht.«

»Schreibst du? Nein.«

»Nein. Absolut nicht. Ich trainiere ziemlich viel. Und mache lange Spaziergänge am Strand. Aber du, ich freue mich so darüber, dass es dem Mann in Lillehammer besser geht. Ich trinke im Moment nicht, aber heute Abend werde ich auf ihn anstoßen.«

»Wir hier im Verlag sind auch sehr froh darüber. Aber, du? Wie leicht gehst du im Moment in die Luft? So von 1 bis 10?«

»Will also jemand darüber berichten? Über ihn und mich? Versöhnung?«

»Das hier ist im Grunde sehr nett, Alexander. Versprochen.«

»Das Seltsame ist, dass alles, was nett ist, mich im Moment beunruhigt«, sage ich. »Aber raus damit.«

»Wie du ja weißt, vergibt die EU jedes Jahr für den besten Kriminalroman aus dem EU-Bereich den Poirot-Preis. Aber 2003 wurde beschlossen, dass er auch an ein europäisches Buch gehen kann, dessen Autor nicht aus einem EU-Land stammt. Bisher ist das nur noch nicht passiert. Jetzt aber. Du bekommst den Preis für *Verschwunden, aber nicht vermisst.* Meinen Glückwunsch! Und um ganz ehrlich zu sein, Alexander, und so habe ich noch nie zu dir gesprochen: Wenn du dir jetzt keinen Smoking anziehst und den Preis entgegennimmst, dann bring ich dich um. Ich werde dich eigenhändig erwürgen. Was sagst du? Ist das nicht eine phantastische Nachricht?«

Ich empfinde … rein gar nichts.

»Ja, einfach phantastisch. Ich kann es nicht glauben, verdammt.«

»Nicht wahr. Das Schlimmste ist, dass du ihn vermutlich auch verdient hast.«

»Und wo wird er überreicht? In Brüssel?«

»In Larvik. Am 29. Dezember.«

»*Larvik?*«

»Im Bølgen, dem neuen Kulturhaus.«

Aus irgendeinem Grund werde ich rot. Ich weiß nicht, warum. Ich werde zu einem Knaben in kurzen Hosen, der hinten beim westlichen Anleger angelt, da, wo die Fähre aus Fredrikshavn anlegt. Ich sitze auf einem Poller und schaue hinaus auf den Fjord nach Sanden, den neuen Stadtteil, der auf dem alten Industriegelände von Treschow errichtet worden ist. Durch die großen Fenster des Kulturhauses Bølgen. Wo eine alternde Ausgabe von mir auf der Bühne steht und Europas begehrtesten Krimipreis in Empfang nimmt.

Ohne auch nur die geringste Empfindung.

Aber die durch und durch loyale und enthusiastische Bjørg Larsen redet mit einer Stimme auf mich ein, die vor Stolz zu bersten droht.

Also ist nicht alles Blut, das in meinen Kopf strömt, nun so ganz und gar unerklärlich.

Ich sehe meine leicht zurückgebliebene Schwester vor mir, die sich schöngemacht hat und in der ersten Reihe sitzt. Ich sehe ihre strahlenden Augen und die weißen Hände, die sie aneinanderschlägt.

»Und wo wir schon bei Larvik sind«, sagt jetzt Bjørg. »Da hat so ungefähr rund um die Uhr ein Fred Magnus Dolven hier angerufen. Er behauptet, ein Jugendfreund von dir zu sein.«

»Ja, das stimmt. Wir sind uns neulich begegnet. In Island.«

»Ja, du kannst mir glauben, das weiß ich. Würdest du dich bitte bei ihm melden? Damit ich ihn los bin. Er sagt, es sei wichtig.«

»Das kannst du als erledigt betrachten.«

»Und du? Das mit dem Preis muss geheim bleiben, das kannst du dir ja denken. Und dann kannst du dir die Sache mit ›Lillehammer‹ ja mal überlegen.«

»Wer will das denn bringen?«

»*Se og Hør* natürlich.«

»Nur unter der Bedingung, dass er bis dahin nicht mehr im Rollstuhl sitzt. Und dass er nicht mehr sabbert.«

Ich schaue auf die Uhr. Viertel nach vier. 3. November. Ungewöhnlich mild. Mitten auf der Alster kentert eine kleine Jolle, und der Segler wird lachend und zappelnd in ein anderes Boot gezogen.

Nicht gefährlich.

Ich schicke Dolven eine SMS: *Nicht anrufen. Mail schicken.*

Er ruft sofort zurück, aber ich schalte das Telefon aus und stecke es in die Jackentasche.

Für fünf Tage und sechs Nächte bleibe ich als Claus Lagerfors bei Renate Hinze. Wir stehen zusammen auf und frühstücken, und um kurz nach acht begibt sie sich in das Büro, wo sie Dinge tut, von denen ich aufgrund meines unvollkommenen Deutschs keine Ahnung habe, und ich bleibe zu Hause, ich lege mich wieder hin, oder sitze im Sessel und lese Murakami, und jeden Tag wandere ich ausgiebig durch die Stadt. Wenn ich nach Hause komme, esse ich zu Mittag, ehe ich mich hinlege, um mich auszuruhen, oder ich zappe zwischen Filmen hin und her, und um kurz nach vier kommt Renate nach Hause, wir kochen zusammen wie ein altes Ehepaar, wir ficken wie betrunkene Jugendliche, und danach schlafen wir wie Bären, dann trinken wir Wein und sehen DVDs, ehe wir so gegen Mitternacht Schluss machen und uns wiederholen.

Bis Donnerstag. Am Tag danach muss sie mit dem Zug nach Frankfurt zu einer Hochzeit, und wenn sie am Sonntagabend spät zurückkommt, das wissen wir beide, wird Claus Lagerfors nicht mehr in der Wohnung sein, der Abwasch wird erledigt sein, der Schlüssel wird durch den Briefschlitz in der schweren Eichentür gesteckt worden sein, und sie sitzt dann da, Langzeitsingle, mit Erinnerungen an eine Nacht, die etwas ausgedehnt, ja, die zu einer winzig kleinen Karikatur einer Beziehung wurde.

Wir gehen ins Hotel Atlantic und bestellen ein Menü.

Sie berührt meine Hand. »Du bist so nachdenklich. Bist du traurig?«

Draußen die Novemberdunkelheit. Regen an der Fensterscheibe. Der Wind in den Bäumen, die graue Fläche der Alster hinter den schwarzen Zweigen.

»Nein«, sage ich. »Aber ich glaube nicht, dass meine Gedanken im Moment dich sonderlich interessieren würden. Es tut mir leid, dass ich so abwesend war. Ich fürchte, das ist typisch schwedisch.«

Wir essen einige Minuten schweigend weiter.

»Doch«, sagt sie. »Erzähl.«

»Ich musste an einen Jugendfreund denken.« Ich zeige mit der Silbergabel auf das gebratene Rotbarschfilet auf meinem Teller. »Er war schon Fischer, als wir noch ganz klein waren. Wir sind unten auf den Anlegern aufgewachsen.«

»Und dann ist er ins Meer gefallen? So hast du ausgesehen.«

»Nein, er wurde erwachsen. Machte die übliche Laufbahn. Ausbildung. Arbeit. Frau und Kind. Ich habe ihn ziemlich früh aus den Augen verloren und dann in den folgenden Jahrzehnten nur selten an ihn gedacht. Dann habe ich gehört, er sei vermisst gemeldet worden. An einem Herbsttag wurde sein leeres Boot auf offener See gefunden. So was passiert ja eben. Probier mal die überbackenen Kammmuscheln. Die sind mit Knoblauch gespickt!«

»Und dann?«

»Nach einer gewissen Anzahl von Jahren wird man für tot erklärt. Dann bekommt man einen Stein und alles.«

»Aber er war dann doch nicht tot.«

»Nein. Jetzt im Frühling ist ein alter Schulkamerad von uns in einem kleinen Hafen irgendwo in Indonesien auf ihn gestoßen. Ein Fliegenschiss auf der Landkarte. Ein Un-Ort.«

»Einfach Frau und Kinder verlassen? Kein Brief? Gar nichts? Was für ein Arsch!«

»Naja. Ihr ging es ja gar nicht so schlecht, da er auch Sparkonten und Werte verlassen hatte, das war also nicht unbedingt das Problem. Aber als er verschwand, ist niemand auf die Idee gekommen, er könnte sie freiwillig verlassen haben. Im Gegenteil, dass er über Bord gefallen sei, wirkte wie eine absolut plausible und natürliche Erklärung. Die schwedische Boulevardpresse hat dann daraus eine Riesennummer gemacht. Und die Illustrierten, natürlich. Sie sind hingefahren, aber er wollte nicht mit ihnen reden.«

»Und sie? Die Kinder?«

»Die haben ihn in Ruhe gelassen. Sie haben ihn weiter der sein lassen, der er inzwischen geworden war.«

»Aha. An ein solches Schicksal denkt also ein Schwede, wenn er auf seinem Teller einen toten Fisch erspäht. Er war also Fischer geworden?«

»Ja, ja. Und in allereinfachsten Umständen noch dazu. Ein einfaches Märchen, eigentlich. Dennoch …«

»Reichlich komplex.«

»Ich glaube schon. Ich nehme an, dass es da allerlei Schichten gibt.«

»Und du? Hast du auch solche Schichten?«

»Ja. Das glaube ich jedenfalls.«

»Ich brauche nicht zu wissen, wer du bist.«

Dazu sage ich nichts.

18

Nach Hause in guter Gesellschaft

Die Tage werden dunkler und nasser, der Herbst wird zum Winter, Schnee und Eisregen fallen, und die ganze Zeit pfeift der Wind um die Ecken hier oben, wo ich jetzt wohne. Wir passen gut zusammen, Halvdan und ich, wir treten einander nicht auf die Zehen, wir kochen zusammen, und ab und zu trinken wir nachts mutterseelenzuzweit, aber wir leben getrennte Leben. Ich genieße es, meine Ruhe zu haben und Romane zu lesen, nicht mit *Große, dunkle Männer* umherzureisen, keine Interviews, keine Diskussionsrunden oder Lesungen, keine Fragen, keine Antworten, nur das Geräusch des Windes, der durch die Rohre fegt und lockeres Blech schlagen lässt, und Halvdans Finger, die fast ebenso konstant in seinem Arbeitszimmer über die Tastatur eilen. Er schreibt über Leberwerte und seltsame Klumpen unter der Haut seiner Waden, über Atembeschwerden und nervöses Herz, Zähne, die wie goldbraune Beeren gepflückt werden können, über Haare, die in großen Mengen ausgehen und den Abfluss im Badezimmer verstopfen, und eben: die toten Hautzellen, die sich wie Kokainstaub über die ganze Wohnung legen, überall, er füttert die Milben und schreibt und schreibt, in einem einzigen hypnotischen Rausch, spät und früh. Ich höre ihn morgens, wenn ich zum Pissen aufstehe, ich höre ihn nachts und nachmittags, um elf Uhr abends und um zehn Uhr morgens, und es gibt nichts, worauf man Rücksicht nehmen oder wonach man sich richten müsste in dem Dasein, das Halvdan Skagge sich zugelegt hat, nur dieses eine, dass wir jeden Abend um sieben eine warme Mahlzeit zu uns nehmen. Und ich kaufe ein, so ist es eben, wenn Halvdan in einem Schreibmodus ist wie jetzt, wie besessen, vertieft in seinen eigenen Verfall und dessen belletristische Darstellung. Und in diesen dunklen Novembertagen breche ich auf zu etwas, von dem ich will, dass es ein Teil meines künftigen Lebens sein wird; ich fange an zu gehen, eine Stunde, zwei, manchmal mehr, ich gehe durch die Straßen von Hamburg, ich spaziere an den Kanälen und um die Alster, quer durch Planten un Blomen, durch den ganzen Hafen und in die Innenstadt, ich gehe von der Innenstadt nach Hause, während ich es genieße, einen Fuß vor den anderen zu setzen, eins, zwei, eins, zwei, und es ist, als ob dieses Gehen mich mit neuer Kraft und Stärke vollpumpte, mich froh und zufrieden machte. Ich denke, dass ich jetzt in eine neue Phase des Lebens spaziere, eine Phase, in der weder Ada noch Martin anwesend sind, und das Seltsame ist, dass ihre Gesichter verwischt werden, ihre Stimmen kann ich nicht mehr herbeirufen, sie sprechen nicht wie früher zu mir, ich werde nicht mehr von Beschuldigungen und Vorwürfen gequält, und immer, wenn ihre Masken im Schatten von Erinnerungen auftauchen, schiebe ich sie ein Stück weiter zurück in der Dunkelheit. Und ich gehe und gehe, und während ich an mein neues Leben denke, das sich jetzt entfaltet, denke ich, weg mit ihnen, raus mit ihnen, und hinein in etwas anderes, zu anderen, ich denke voller Dankbarkeit an Renate Hinze, die so freundlich war, mich in sich aufzunehmen in den schönen Tagen und Nächten, die wir zusammen haben durften, während ich zugleich ausnahmsweise einmal maßhalten konnte, mich herausziehen, ehe der Alltag mit seiner vernichtenden Wirkung einsetzte. Aber vor allem denke ich an Vilde. Daran, dass sie dort oben in Hølen steht und Granit haut oder mit Öl malt, daran, dass sie über Wege und Pfade geht, mit ihrem energischen, etwas wütenden Gang, und ich sehe sie vor mir, wie sie mit offenem Mund schläft. Ihr Kopf zur Wand gedreht. Die weichen Lippen. Ich denke, dass wir es nicht eilig haben. Dass wir es jetzt gut haben. Zeit genug. In Lillehammer ist es außerdem gutgegangen, flüstere ich mir zu. Wir haben die Sache in Wartestellung gebracht. Sie hat sich gelöst. Und auf dem Heimweg, ehe ich den Eppendorfer Weg und Halvdans Dachwohnung erreiche, kaufe ich ein. In all den Jahren mit Ada habe ich das ihr überlassen, von Kartoffeln und Mineralwasser bis zu den Hemden und Unterhosen, die ich am Leib trug, ich habe diesem Teil des Daseins nicht einen einzigen Gedanken gewidmet, habe das gegessen, was sie auf den Tisch setzte. Aber jetzt, da ich jeden Tag als Hilfskoch unter Halvdans kundiger Anleitung arbeite, merke ich, dass ich den Einkauf immer lieber selbst vornehme, ich genieße die Jagd auf die Waren, um die Halvdan bittet. Ich komme nach Hause mit Räucheraal und Heidschnuckenfilet, lokalem Honig und Likör aus Beeren, deren Namen mir bisher unbekannt war. Und gegen sechs Uhr legen wir los, dann verlässt Halvdan die Tastatur und macht sich über Fisch und Fleisch her und kümmert sich um die avancierten Soßen und Dressings, ich zerpflücke Salat und schäle Kartoffeln, während Halvdan blanchiert und anbrät und mit Bratenthermometer und japanischen Messern ficht, scharf wie Rasierklingen. Ach was, du hast dich also Renate Hinze hingegeben, gib mir mal das Muskat, nein, das im Schrank, die Welt ist wirklich nicht groß, aber groß kann der Trost sein, wenn eine wie sie die für dich trägt, das habe ich glücklicherweise ebenfalls erfahren dürfen, es war ein Segen, und wir sind immer noch gute Freunde, auch wenn ich also in den Finken gehe und sie ins Nautilus.

Wir verstehen uns gut, aber in den Finken will ich nicht mitgehen, ich will nicht in diesen Kreis, zu dem er gehört, das ist eine Verlegenheit, die in mir aufsteigt, wenn er fragt, ob ich nicht mit zum Finken kommen will, und dann fragt er plötzlich nicht mehr. Und eines Abends, als er gegangen ist, sitze ich im Mantel auf der Dachterrasse und rauche, ich habe mir einen Grog gebraut, es ist mild und trocken, und ich sitze im Widerschein der Neonleuchten in den schwarzen Zweigen, denen der Frost eine dünne Eishaut übergezogen hat, sie leuchten in der Dunkelheit, und plötzlich höre ich Stig Hammers Schritte in einer Straße, seine Schuhsohlen auf dem Asphalt, es ist nur das Bild einer Sekunde, aber ich weiß sofort, das ist das Saatkorn, aus dem mein nächster Stig-Hammer-Roman, der siebte, erwachsen wird. Stig Hammer auf dem Weg durch den Eppendorfer Weg, zum Kanal und weiter nach Rotherbaum, und dann kommt ein neues Bild, es ist die Gestalt eines Mannes, er steht an einem Fenster und sieht Hammer den Kanal überqueren, über die Brücke gehen, in dem feinen Frühlingsregen, der um die Straßenlaternen eine Aura legt.

Und da haben wir ihn, denke ich, den Mann am Fenster, den eigentlichen Ureinwohner meiner literarischen Einfälle, dort steht er wieder und schaut hinunter auf die Straße, und auf alles, was dort unten vor sich geht. Raus mit ihm.

Aber das ist mir noch nicht passiert. Einen neuen Hammer-Roman vorzubereiten ist eine trockene, fast mathematische Arbeit, es geht darum, ein Gerüst zu errichten, mit Kapiteln wie Stockwerken übereinander, Listen mit Namen und kleinen und großen Geschehnissen, Kästen mit Stichwörtern und Verweisen auf die spätere Handlung und zurück zu früheren Büchern, ein Mosaik aus Einblicken in den noch nicht geschriebenen Text, aber hier riecht es vom ersten Tag an nach Blut. Wenn es nicht einfach so ist, dass ich mich verwirren, mich selbst in eine Form von Inspiration lenken lasse, die der ähnelt, unter deren Einfluss Halvdan derzeit steht. Solche Fallen gibt es. Ich gehe ins Haus und hole mir ein Wasserglas voll Calvados und ein kleines Tonbandgerät, dann wickele ich mich in Decken und lasse es aus mir herausströmen, während ich zugleich die wichtigsten Linien auf einem Schreibblock festhalte. Und das Seltsame und Wunderbare ist, dass ich im Laufe einer Stunde eine Grundmauer habe, die mir unerschütterlich erscheint, sie ist sogar ziemlich avanciert, deshalb baue ich jetzt weiter darauf auf. Ja, das tue ich an diesem Abend, während Halvdan sich unten im Finken abreagiert, ich baue in die Höhe und in die Breite, und es geht so leicht, dass mir fast schwindlig wird.

Ich belasse es bei dem einen Glas Schnaps, gehe lieber früh zu Bett und liege wach, während ich die Szenen vor meinem inneren Auge vorbeiziehen lasse, ohne auch nur eine einzige Notiz zu machen. Ich weiß, dass ich das Gerüst schon habe, das kann mir niemand mehr wegnehmen, und die besten Bilder sind immer die, die wiederkommen, das ist meine Erfahrung.

Obwohl so etwas mir noch nie passiert ist.

Ich habe einen neuen und gereinigten Raum betreten, wo das passieren kann.

Wir frühstücken zusammen. Das haben wir lange nicht mehr gemacht.

Halvdan trinkt kalte Milch. »Warum fängst du dann nicht gleich an?«

»Weil ich hier die Notizen machen will. Die Vorbereitungen treffen. Ich muss woanders sein, wenn ich loslege. Außerdem … ich habe gesagt, dass ich Ende Dezember in Larvik dabei sein werde. Ich will das Buch erst danach schreiben.«

»Ach ja, das war dieser kleine Preis. Du kannst doch wohl da oben schreiben? Aber sag nur Bescheid. Ich kann dir auch innerhalb weniger Tage hier unten etwas besorgen.«

Das habe ich mir schon längst überlegt. In Larvik zu sitzen und das nächste Buch über Stig Hammer fertigzuschreiben. Oder draußen an einem Strand. Eine Hütte zu mieten. Oder ein Haus. Das wäre kein Problem.

Das graue Wintermeer. Die Felsen, wie schwarze Wale. Schwerer Himmel. Das Geräusch von Wellen und Seevögeln. Es wirkt verlockend. Helgeroa. In Nevlunghavn bei Dolven. An einem für den Winter geschlossenen Ort. Oder in der Stadt. Eine Wohnung mit Blick auf Fjord und Tollerodden mieten. Svenner. Die Straßen von Schnee beladen. Aber ich weiß es ja. Dass es nicht so kommen wird, wie ich es mir hier vorstelle. Dass das, woran ich denke, meine eigene Kindheit ist. So, wie sie war.

»Es wirkt verlockend, hierher zurückzukommen.«

Er zuckt mit den Schultern und verstreicht gelbe Butter auf einem Knust. »Wie gesagt ... leerstehende Wohnungen gibt es genug. Ein bisschen Geld hast du ja auch, wenn ich das richtig verstanden habe. Wann fährst du?«

»Am fünfzehnten Dezember. Wenn das geht.«

»Ach, halt doch die Klappe.«

Gudrun Valleger wohnt im Hotel Smolka, in einem großen hellen Doppelzimmer mit Blick auf die Isestraße, wo sich der Schnee jetzt schwer und schmutzig niedergelassen hat, sie ist begeistert und scheint sich zu freuen, als ich die enge Bibliothekbar betrete, sie erzählt von der Überfahrt, von dem Zimmer mit dem Blick auf die verschneiten Autos auf der Straße, man sollte fast meinen, sie hätte noch nie verschneite Autos gesehen, aber ich weiß, dass das Smolka bei vielen Begeisterung entfacht, ja, sogar bei viel blasierteren Menschen als ihr, und Halvdan hat es ausgesucht.

Ich finde es eine gute Idee, mich abholen zu lassen. Sie ruft eine Woche vorher an, vermutlich, um sich zu vergewissern, dass ich mich nicht vor der Veranstaltung im Bølgen in Larvik drücken will, was sie aber nicht einmal beim hochnotpeinlichen Verhör zugeben würde; sie erzählt etwas vom Hamburger Weihnachtsmarkt, und es ist ja so lange her, denk doch daran, was alles passiert ist. Wie geht es dir, Alexander? Ich meine es im Ernst. Ich hoffe, ihr beide ergebt euch da unten nicht dem Alkohol? Komisch, wie viel Unsinn zwei alte Suffköppe anrichten können, das sollte nur ein Witz sein, was macht Halvdan? Ich erzähle, dass er gerade in Auflösung übergeht, und dass er darüber schreibt, dass das Milbenfutter nur so aufstiebt.

Wir lachen. Ich finde es schön, ihre Stimme am Telefon zu hören.

Jetzt steht sie in der Tür zwischen Rezeption und Bar. »Alexander, wir können auch hier etwas trinken, wenn du willst?«

»Nein, spinnst du? Komm mit!«

Und wir gehen hinaus auf die Straße, wo gerade das Räumfahrzeug vorübergefahren ist, wir können die roten Rücklichter ein Stück weiter sehen, können den bleischwer dahinter hängenden Auspuffqualm einatmen, wir gehen mitten auf der Straße, da das Räumfahrzeug einen perfekten Stopfen bildet und alles, was hinter uns kommt, ohnehin im Schritttempo fahren muss. Wir finden es schön, uns wiederzusehen, und das sagen wir, wir bringen zum Ausdruck, dass es eine verdammt gute Idee ist, dass sie hergekommen ist, um eine Rückkehr unter würdigen Umständen zu sichern. Als wir die Kreuzung hinter uns gebracht haben, beginnt der Markt. Wir trinken im Weitergehen ein Glas Glühwein, während sie billige Gewürze und kunstfertig hergestellte Kerzen und kleine Halbedelsteine für eine kleine Nichte kauft.

»Das ist so schön. So ungeheuer weihnachtlich, was? So was gibt es zu Hause nicht mehr. Aber du? Du musst trotzdem nach Hause kommen. Das ist mein Ernst!«

»Wir fahren doch zusammen nach Hause.«

»Du weißt, was ich meine. Ich will nichts darüber hören, dass du dich hier oder sonstwo im Ausland niederlässt. Sieh dir doch Halvdan an. Sitzt da und schreibt über seinen eigenen Untergang. So darfst du nicht enden.«

»Wir können ihn nicht mehr warten lassen«, sage ich.

Wir brauchen eine Stunde für die knappen fünfhundert Meter zu Halvdans Residenz zwischen den Baumkronen, wir halten uns bei allen möglichen Läden und Buden auf, und wir reden vor allem Unsinn, obwohl alles, was wir nicht erwähnen, alle Themen, die wir nicht zur Sprache bringen, sehr viel von unserer Aufmerksamkeit fesseln, ich finde es gut so, besser so, da nichts von dem, was da liegt und uns belastet, etwas ist, woran wir etwas ändern könnten, es gehört in die Vergangenheit, Ada und Martin gehören in die Vergangenheit, nie wieder, aber das ist nichts, was ich mit anderen zu teilen vorhabe.

Aber in dem scheppernden französischen Fahrstuhl, der uns die vielen Stockwerke zu Halvdan unter dem Dach hochbringt, sagt sie doch: »Ich höre, sie haben die Anzeige zurückgezogen?«

»Ja«, sage ich. »Das ist eine gewaltige Erleichterung. Vor allem natürlich für Vilde. Nein, für uns beide. Und ich kann mich mit ihm versöhnen. Mit dem Knaben.«

»Ja, ich höre, er wird zur Preisverleihung nach Larvik kommen.«

»Das stimmt. Darauf habe ich bestanden.«

Ich weiß nicht, wer von uns zuerst lacht. Vielleicht lachen wir gleichzeitig.

Halvdan hat für uns auf der verschneiten Veranda gedeckt, er heizt mit Koks unter einer alten Öltonne und serviert dynamitstarken Glühwein, während wir darauf warten, dass die Steaks und die deutschen Würste auf dem Grill fertig werden, aus der Küche her riecht es nach Sauerkraut und wir laufen hin und her mit Salzstreuern, Tassen und Tellern und Flaschen mit Wein und Schärferem.

»Was für ein phantastisches Haus, Halvdan!«

Sie errötet von kalter Luft und Alkohol.

»Ja, ich dachte, ich könnte hier sterben. Das ist wirklich die erste Wohnung, wo ich mir vorstellen könnte, irgendwann den Löffel abzugeben. Ich finde, ich habe das verdient. Auf einem Dach zu sterben. Gott helfe mir, was hab ich im Laufe der Jahre schon für miese Adressen gehabt. Und ihr seid in die alten Räumlichkeiten von *Dagbladet* gezogen, habe ich gehört.«

»Es ist jetzt so schön geworden. Du musst uns auch mal besuchen.«

»Ja, ich kann bei euch in der Tür stehen, ehe du piep sagen kannst. Ich bin jetzt im richtigen Alter.«

»Jetzt hör aber auf. Du bist ja noch nicht mal sechzig.«

»Du weißt, wie das ist. Man weiß ja nicht, wie lange Geir mich noch will.«

»Ja, ja. Ruf einfach an, Halvdan. Dann kriegst du schon eine Antwort von uns. Und du? Dein letzter Roman war phantastisch. Teilweise hat er mich an Alexanders *Versteck* erinnert. Nicht in der Handlung, sondern in der Behandlung des Stoffes. Und den Naturschilderungen. Ich begreife fast nicht, wie du mitten in einer Großstadt sitzen und so über die Natur schreiben kannst.«

»Achje, jetzt hast du mich durchschaut. Doch, ich äffe Alexander nach. Den Alexander, den ich gekannt und geliebt habe, ehe er den Gewaltvisionen zum Opfer fiel.«

Sie lachen.

»Wartet nur«, sagt Gudrun Valleger.

Und belässt es für den Moment dabei.

»So, jetzt könnt ihr euch setzen. Und dann sagt ihr sofort Bescheid, wenn euch kalt wird, ja? Aber, apropos Alter. Ich gehe davon aus, dass du Kristine Madde Knudsens Abschiedsrede mitbekommen hast? Sie bittet in *Klassekampen* ihre Leser um finanzielle Hilfe. Sie hat eine ganze Bibliothek veröffentlicht. Sie hat verdammt noch mal ihr erstes Buch 1905 herausgebracht. Warum zum Teufel kann der Verlag ihr nicht eine winzig kleine Rente spendieren?«

»Ja, das kann ich dir nicht beantworten, sie ist ja nicht bei uns«, sagt Gudrun.

»Das weiß ich. Aber wie viele Jahre bleiben ihr noch? Muss man ihr neues Buch denn in aller Öffentlichkeit ablehnen?«

»Sie ist vierundachtzig«, sage ich. »Und ich werde mich verdammt noch mal darum kümmern. Ich wusste davon noch nichts.«

»Gute Idee. Du kannst außerdem ein bisschen Goodwill brauchen, Alexander. Zeig jetzt mal deine weichen Seiten. Bring die alten Damen auf die andere Straßenseite.«

»Haben sie ihr neues Buch abgelehnt?«, frage ich.

»Ja«, sagt Halvdan. »Eine Gedichtsammlung von dreiundvierzig Seiten. Was hätte es den Verlag wohl gekostet, das Buch herauszubringen, Gudrun? Sechstausend Kronen?«

»Ich sehe das auch so. Aber es ist doch ein unlösbares Problem. Sie hat Alzheimer. Das weiß ich. Ich glaube das nicht nur. Und ihr Appell in *Klassekampen* hätte niemals gedruckt werden dürfen. Das muss ein Versehen gewesen sein. Wenn ich ganz ehrlich sein soll, finde ich es mehr als seltsam, dass euer eigener Verband nicht an das Alter der Mitglieder denkt.«

»Stimmt«, sage ich. »Aber so sind wir nun mal. Wir wissen, dass wir sterben müssen, aber an das Alter glauben wir eigentlich nicht.«

»Alzheimer? Das ist doch total phantastisch. Was zum Teufel denken die sich denn bloß? Hier haben sie die Chance, einem schriftstellerischen Werk bis tief ins Nebelheim zu folgen, und dann lehnen sie ab. Das ist nicht zu fassen! Ich träume doch gerade davon, meinen eigenen Verfall detailliert zu schildern. Mich nach und nach in die Senilität hineinzuschreiben. Dass die letzten zweihundert Seiten immer unbegreiflicher werden, ehe ich am Ende nicht mehr begreife, was ein Computer ist und zum Beispiel versuche, darauf ein Spiegelei zu braten. So. Essen ist fertig. Ist es zu kalt oder ist es nicht zu kalt?«

Es ist nicht zu kalt. Wir sitzen im Mantel da und verzehren auf Halvdan Skagges Dachterrasse ein Weihnachtsmahl.

Zwei Tage später fahren Gudrun und ich mit der Color Fantasy von Kiel nach Oslo. Nach den Wochen der totalen Anonymität ist es ein Schock, von jedem zweiten Fahrgast erkannt zu werden, und ich kann nicht begreifen, warum weder Gudrun noch ich vorher daran gedacht haben. Als wir im À-la-carte-Restaurant essen wollen, ist der Mann Am Tisch in acht verschiedenen Ausgaben zur Stelle, von denen fünf über die Entwicklung von Stig Hammer diskutieren wollen, während drei fragen, ob ich ihnen eine reinhauen möchte, und am Ende können wir uns mit den Kellnern absprechen und dann ohne zu viele Störungen das Dessert zu uns nehmen, abgesehen von einem Ruf von einem Tisch in der Ferne ab und zu, wo ein vierzigster Geburtstag gefeiert wird, ich schreibe einen Gruß auf einen Schlips, der angeschwebt kommt.

Der Verlag hat für mich die Reederkajüte gemietet, zwei Zimmer und Bad, mit nicht weniger als drei Sitzgruppen, es ist fast zu viel des Guten, und wir setzen uns lieber zu Gudrun, die eine normale Fünf-Sterne-Kabine auf demselben Gang hat, da sitze ich und sehe fern, während sie unten im zollfreien Laden Wein und Knabbereien kauft, Schokolade und Zigaretten.

Sie kommt lachend zurück. »So was hab ich noch nicht erlebt. Jetzt fragen sie *mich*, ob sie mal mit dir reden können. Du brauchst nur in die Bar nach unten zu gehen.«

»Na gut, aber dann sollte ich mich wohl bedanken.«

»Versuch, das Positive daran zu sehen. Das sind deine Leser!«

»Ich brauche mich absolut nicht anzustrengen. Das geht ganz von selbst. Außerdem war das Vilde, die in Lillehammer ausgerastet ist. Sie hatte einen Blackout, und ich wollte eingreifen. Das hat nicht geklappt. Ich war zu betrunken. Diese Kritik muss ich akzeptieren.«

»Ich an deiner Stelle würde das nicht mehr so sagen, Alexander. Das ist mein Ernst. Es wirkt einfach zu klein und erbärmlich. Und jetzt sieht es ja auch so aus, als wäre das so ziemlich geklärt.«

»Friede. Du hast recht. Was hast du übrigens damit gemeint, als du oben auf dem Dach zu Halvdan gesagt hast, ›warte nur‹?«

»Ich habe gemeint, dass du noch viele gute Schreibjahre vor dir hast.«

»Und da können sie mit allem Möglichen rechnen? Nicht nur mit Mord und Totschlag?«

»Wäre das so unvorstellbar?«

»Natürlich nicht. Übrigens steht wohl nicht ganz fest, ob ich mit allem, was ich schreibe, zu dir gerannt komme, oder?«

»Oi. Das wird jetzt aber spannend.«

Ich schüttele den Kopf. »Ich laufe nur in der Liebe von einer zur anderen, Gudrun. In der Literatur bin ich durch und durch monogam. Wohlgemerkt, solange ich meinen Willen bekomme.«

Sie hat gute Weine gekauft. Der Verlag wedelt mit der Goldkarte, weil Weihnachten ist. Wir sehen norwegisches Fernsehen und plaudern. Fühlen uns wohl. Gudrun und ich fühlen uns immer wohl miteinander. Ich weiß, dass die Chance, eine Lektorin wie sie zu finden, minimal ist. Aber ich habe es geschafft. Nur, was heißt geschafft. Das Schicksal hat mir Gudrun Valleger direkt in die Hände gespielt.

Deshalb brauchen wir auch kaum mehr als zwei Flaschen Wein, dann erzähle ich ihr, dass ich schon jetzt, nur Wochen nach dem Erscheinen von *Große dunkle Männer* (das jetzt im Verlagsjargon nur noch »Dunkelmänner« heißt) das Skelett für den Nachfolgeband fertig habe. Für Buch Nr. 7 der Stig-Hammer-Serie. Das den Titel »Eine heimliche Reise« tragen soll.

Sie sieht mich an. »Schönes Weihnachtsgeschenk für alle im Verlag. Danke.«

»Ja, ja. Es muss ja erst geschrieben werden. Und dann kommt eine kleine Novellensammlung über Menschen, die mitten im Leben stehen und schwierige Entscheidungen treffen müssen.«

Wir lachen.

»Ja, entschuldige, aber ... ziehst du von Majorstua weg?«

»Natürlich. Das war schon mein Ernst, irgendwo im Ausland etwas zu suchen. Zwei Jahre weg von Norwegen. London, vielleicht. Oder Amsterdam.«

»Aber jetzt?«

»Ach so. Hab ich dir von Dolven erzählt?«

»Nein.«

Also erzähle ich ihr von Dolven.

»Er wird morgen am Anleger stehen. Ich werde bei ihm in der Nähe von Larvik Weihnachten feiern. Nach Neujahr sehe ich dann weiter. Ist auch praktisch, im Hinblick auf die Sache im Bølgen.«

»Du bist der Erste aus einem Land außerhalb der EU.«

»Ja«, sage ich. »Wer wohl der Erste außerhalb von Schengen wird? Nein. Jetzt hören wir auf, ja?«

»Aber ein bisschen geehrt fühlen wir uns doch, Irgens? Oder was?«

»Ich kann ehrlich gesagt nicht begreifen, wieso ich vor Vargas drankomme. Die arbeiten doch nicht mit irgendwelchen Quoten? Besteht da jemand darauf, dass sie jetzt aber einen aus einem anderen Stamm finden müssen? Einen Barbaren aus dem Norden, vielleicht?«

»Nein. So läuft das nicht.«

»In welcher Sprache wird da eigentlich bewertet?«

»Die Jury hat das Buch auf Deutsch, Englisch und Spanisch gelesen. Du kannst also ganz ruhig sein. Alexander Irgens ist der Beste. Graust du dich?«

»Nein, natürlich nicht. Und es ist besonders schön, dass ich den Preis in Larvik bekommen werde. Auch nett für die Stadt. Für Bølgen. Gute Reklame.«

Sie schlägt die Augen nieder.

Wie gut kenne ich sie? Nicht so gut, wie sie mich kennt, das liegt in der Natur der Dinge. Ich stelle mich immer wieder Gudrun gegenüber bloß, nicht umgekehrt. So ist es eben.

Und dennoch. Ich habe irgendeinen Nerv getroffen. Sie braucht nur einen Moment, um wieder ins Gleis zu kommen, aber für eine Zehntelsekunde war sie unsicher.

Flackernder Blick.

Aber ich weiß es. Ich werde es von ihr nicht erfahren, egal, was ich sage oder tue.

So gut kenne ich sie doch.

Sie verheimlicht mir etwas.

Ich stehe an Deck und rauche. Der weiße Kielstreifen zeigt auf das dänische Festland im Südosten. Der Mond ist halb. Eine gelbweiße Scheibe vor dem dunkelblauen Nachthimmel. Hier und da eine Wolke in hastiger Bewegung nach Westen. Ich denke ein wenig daran, mir das Leben zu nehmen. Über die Reling zu steigen und es darauf ankommen zu lassen.

Das kalte Wasser. Das Gefühl von Salz in den Nebenhöhlen. Die Schiffsschrauben.

Oder der Anblick des erleuchteten Schiffes, das sich rasch von mir entfernt.

Die allergrößte Einsamkeit.

Und dann der Weg hinaus.

19

Emma

Wir fahren bei Lier ins Tal und ich falle in der Zeit zurück, es ist ein früher Morgen des Jahres 1974, wir waren zum Ragnarock-Festival auf Holmenkollen, Dolven und ich und drei, vier andere, wir haben uns die ganze Nacht mit irgendwelchen Mädchen amüsiert, jetzt sind von der Clique aus Larvik nur noch Dolven und ich übrig, das bedeutet wohl, dass er und ich die Verlierer auf dem Markt der Geschlechter sind, die anderen haben Logis und Sympathie gefunden. Wir fahren bei Sonnenaufgang in Dolvens riesigem Cadillac nach Hause, er hat ihn als Wrack gekauft und einige tausend Stunden und all seinen Trotz und eisernen Willen gebraucht, um ihn fahrtüchtig zu machen. Wir trinken zu dieser Zeit beide nicht, aber wir sind noch immer stoned vom vielen Hasch am Vortag, und ich kann mich noch daran erinnern, wie sich Sigbjørn Bernhoft Osas Geige mit den elektrischen Stromstößen vermischt, und jetzt nehmen wir das Echo von allem mit nach Vestfold hinunter. Dolven schaltet oben auf Lierbakken den Motor aus und dann rollen wir bei hundertzwanzig durch den Tunnel und hinaus auf die Ebene, fast bis zum Drammenselv. In Larvik um Viertel vor fünf, Eier und Speck zu Hause bei Dolven in Langestrand, wo seine Eltern noch immer schlafen wie die Steine.

Ich frage nicht, ob er sich daran erinnert. Erinnere ihn auch nicht daran. Weder Dolven noch ich sind so. Dolven und ich haben sogar eine kleine schwarze Perle von Geheimnis, die wir einander gegenüber nie auch nur mit einem einzigen Wort erwähnt haben.

Aber als wir uns dem dunklen Loch ganz unten im Berg nähern, dreht er sich zu mir um und lächelt. Sagt: »Er steht draußen in Havna in der Scheune.«

Dann sagen wir erst einmal nichts, wir trinken lauwarmes Mineralwasser und sind jeder in seiner Welt, das ist das Schöne an Dolven, wir können uns verhalten, als sei einer von uns gerade zum Pissen draußen gewesen, auch wenn wir uns seit zehn Jahren nicht mehr gesehen haben. So geht es mir auch mit Halvdan, aber anders als Halvdan schreibt Dolven keine Bücher. Das finde ich im Moment richtig gut.

Ich denke daran, dass wir uns einander gegenüber nie erneuern.

Wir bleiben die, die wir waren, egal, was uns im Laufe der Jahre passiert.

Aber dennoch oder vielleicht gerade deshalb: Jetzt liegt irgendetwas zwischen uns in der Luft. Etwas, das mich daran erinnert, was gestern auf der Fähre zwischen Gudrun und mir in der Luft lag. Von dem ich wusste, dass ich es niemals erfahren würde.

Denn Gudrun Valleger ist eben durch und durch Gudrun Valleger.

Bei Dolven ist das anders.

Den kann ich zum Reden bringen.

Will ich das?

Wir halten in Sande. Dolven tankt, ich gehe zum Geldautomaten und hole mir norwegisches Geld. Als er bezahlt hat, kommt er mit einer Wurst mit Brot in jeder Hand zurück. Er weiß, wie ich sie mag. Nicht gegrillt. Nichts von diesem neuen Blödsinn. Wiener. Mit rohen Zwiebeln, Senf und Ketchup.

Wir essen im Auto.

Er sagt mit vollem Mund: »Du hast dich mit Skute gut verstanden?«

Ich warte, bis ich fertig gekaut habe. »Wenn dir das zu schaffen gemacht hat, kann ich ja oder nein antworten, je nachdem, was dich froh oder traurig macht.«

Er leckt sich die Finger ab und knüllt das Würstchenpapier zu einem harten Ball zusammen, den er aus dem Fenster schnippt.

»Nein, ich will nicht sagen, dass mir das zu schaffen macht. Nur, dass ich nicht so ganz weiß, was ich von ihm halten soll. Und ich hatte den Eindruck, dass dir das klar war.«

»Was ich von ihm halten soll?«

Er lässt den Motor an. »Oder er von dir.«

Ich merke, dass ich nicht weiter darauf eingehen will. Stattdessen erzähle ich ihm einige ziemlich komische Anekdoten darüber, wie wildfremde Menschen behaupten, eng mit mir befreundet zu sein, oder eine gemeinsame Vergangenheit mit mir zu haben. Eine Beziehung. Freunde gewesen zu sein. All dieser verdammte Blödsinn, der sich einstellt, wenn man in einem winzigen Land eine bekannte Person ist.

Er schüttelt den Kopf und gibt Gas. »Nein, nein. So meine ich das nicht. Er fühlt sich offenbar geschmeichelt, weil er dich jetzt kennt, aber auf dem Trip ist er nicht. Er sagt, dass ihr gemeinsame Freunde habt.«

»Ach was? Das sagt er?«

»Arne Støland.«

»Das hab ich dir doch erzählt. Der ist eine Quelle. Ich bezahle Freunde nicht für Informationen, die aus der norwegischen Kloake stammen.«

Du brauchst verdammt noch mal keine Scheiße zu fressen, Alexander!

»Okay. Ich weiß wie gesagt, wer er ist. Solche haben wir auch in der Baubranche, weißt du.«

»Aber wer Stein Kristian Skute ist, weißt du nicht so genau?«

»Nein. Nicht ganz.«

»Ich kann dir leider nicht helfen. Aber ich würde ihn nicht in den Geldspeicher lassen, wenn ich du wäre.«

Er lacht. »Das muss ich zum Glück auch nicht. Und er ist tüchtig. Das muss man ihm lassen. Er und der Deutsche leisten gute Arbeit.«

Mehr sagen wir nicht darüber. Wir reden über Dolvens neue Adresse bei Nevlunghavn. Über Umbauten alter Häuser, über Boote und Bootshafen, und über Weihnachten, das vor der Tür steht.

Nevlunghavn liegt winterstill im Halbdunkel. Die bleigrauen Wellen schlagen gegen Mole und Felsen, fegen über den menschenleeren Strand im Inneren der Bucht. Schneeregen liegt in der Luft, der legt sich auf die Windschutzscheibe, die Scheibenwischer mühen sich ab, Gummi auf Glas, Gummi auf Glas, eine Art amputiertes Gedicht, begleitet vom Meer, das gegen die Felsen schlägt und schlägt.

Eine enge Straße, es wird vor unseren Augen dunkel, und auf beiden Seiten gelbe Luken zu Heim und Stuben, ich muss an die offenen Türen in einem Adventskalender denken. Ein gedeckter Tisch. Zwei, die sich vor einem Spülbecken küssen. Das Flackern eines Fernsehschirms. Dann wird es ganz schwarz. Nur die Autoscheinwerfer, die zwei gelbweiße Korridore durch das Schneegestöber bohren, groben Kies und Grasbüschel zeigen. Dolven, der flucht und murmelt, dass dieser Weg im Frühling in Ordnung gebracht werden muss.

Setzt zurück und irrt in der Dunkelheit umher.

Hält an.

Ich höre von draußen Geräusche. Eine Tür, die aufgerissen wird. Plötzliches Licht. Ich will aussteigen, aber Dolven legt mir eine Hand auf den Arm. »Jetzt bitte ich dich nur, hier kein Fuck-up zu bringen, Alexander. Ich bin keiner, der eine Überraschungsparty arrangiert, aber also ... ich wohne hier. Du bist mein Gast. Wenn dir etwas daran, was ich dir zeigen werde, nicht passt, dann bitte ich dich, das mit mir zu klären, mit niemandem sonst. Dann werde ich eine Lösung dafür finden.«

»Schon gut«, sage ich. »Aber wenn Ada da draußen in der Dunkelheit kommt, dann fahr mich lieber gleich ins Grand. Und ich verspreche, kein Wort über die Sache zu verlieren.«

Es ist nicht Ada. Als ich die Tür öffne, sehe ich Kolla den

Weg vom Haus herunterkommen. Die kleine magere Gestalt im braunen Dufflecoat. Mit Kapuze und allem. Sie sieht aus wie ein Mönch. Und als ich jetzt die Arme um sie lege und ihre spitze Nase an meinem Hals spüre, ihren Geruch einatme, Drehtabak, Mottenkugeln und Schweiß, werde ich wie immer zum kleinen Jungen. Ich hatte in Comics über Mönche und Klöster gelesen, und immer, wenn ich sie im Winter durch den Hinterhof kommen sah, in ihrem braunen Dufflecoat, machte ich aus ihr einen geheimnisvollen Mönch, obwohl ich wusste, dass es Kolla mit der Plätzchendose war.

Wir tragen die Kisten mit Essen und Wein ins Haus, wir haben in Larvik ordentlich gebunkert. Kolla hat noch kein einziges Wort gesagt, hat nur meine Hand gepresst, ihr scharfer Eichhörnchenblick, und der harte, fast zermalmende Händedruck; das Ritual, das geheime Signal, wir zwei. Es konnte eine Benachrichtigung aus der Schule sein, es konnte die dauernde Sehnsucht nach Mutter sein, jetzt ist es Ada und alles andere, alles, worüber nicht geredet werden sollte, jedenfalls nicht jetzt vor dem Essen. In der Küche brennt es im Kamin, riecht es nach Schweinebraten und Kümmelkohl, und plötzlich erinnert mich der Raum an Martins Küche in Schwerin, aber dann öffnet sich die Wohnzimmertür und alles Böse verschwindet, denn dort steht Emma in ihrem guten Kleid und lächelt mich an.

Ich drücke sie an mich und muss so stehen bleiben, bis sie sich losmacht, denn ich will ihr das Wasser in meinen Augen nicht zeigen, ich sage ihr nur, wie sehr ich mich freue, sie zu sehen. Und als ich das vier oder fünf Mal gesagt habe, geht mir auf, dass diese schlichten Sätze das Einzige von Bedeutung sind, das ich im Laufe des vergangenen Monats gesagt habe, alles andere war nur Unfug und Blödsinn.

»Du kannst ihm doch sagen, was wir abgemacht haben«, sagt Dolven und öffnet eine Flasche Champagner, während er zugleich die Tür zum Gang zutritt.

Sie sieht mich an. »Ja, wir … Fred Magnus und ich …«

»Nein, jetzt hör aber auf«, sage ich und bringe meine Tränen unter Kontrolle. »Du wirst doch wohl verdammt noch mal nicht behaupten, dass ich Dolven zum Schwager kriege? Kolla! Was ist hier eigentlich los?«

Emma wird knallrot, und ich kann gerade noch ein schlechtes Gewissen haben, ehe sie die Augen schließt und erzählt, dass Dolven sie als Haushälterin eingestellt und ihr im alten Waschhaus eine eigene Wohnung gegeben hat.

Ganz ohne zu stottern.

»Ich finde, ein Dienstmädchen wäre zu altmodisch«, sagt Dolven und nimmt Gläser aus einem Schrank. »Und das Waschhaus habe ich total renoviert. Also kommt jetzt endlich Ordnung in die Dinge.«

Wir stoßen an.

Kolla sagt: »Ich bleibe über Weihnachten.«

»Nein«, sage ich. »Du bleibst über Neujahr.«

»Was führst du jetzt im Schilde?«

»Stell dein Glas weg«, sagt Dolven. »Dann zeige ich dir deine Dichterklause. Wenn du lieber im Hotel wohnen willst, von mir aus. Ja, und Emmas Bude steht ja auch leer, falls dich ein heruntergekommener Sozialblock verlocken kann. Ich meine, wenn das so eine Art Buch ist, das du gerade in der Mache hast.«

Später in dieser Nacht lausche ich dem Meer, das über die glatten Felsen schlägt und sich dann in einer Art ewigem Liebesakt wieder zurückzieht. Ich habe Wein und Essen im Magen und im Blut, und im Mondlicht kann ich sehen, dass die Wände von der Decke bis zum Boden mit Büchern und großen abstrakten Gemälden von Malern tapeziert sind, die ich nicht kenne, mein alter Freund Dolven überlässt mir seine Bibliothek so lange ich will, und er hat sogar einen riesigen Schreibtisch heraufbringen lassen, der jetzt vor dem Fenster thront. Und ich merke, dass ich genau das hier will, ich will in der kommenden Zeit hier sein, hier draußen am Meer, zusammen mit Emma, meiner einzigen Schwester, die ich vernachlässigt und übersehen habe wie so viele andere, aber die dennoch – vielleicht, weil sie als ein wenig zurückgeblieben gilt, mich noch nicht hasst, sondern mir treu in Klatschspalten in Illustrierten und Zeitungen folgt, sie, die mich vermutlich zusammen mit Gert Nygårdshaug ausgeschnitten hat, den sie aller Wahrscheinlichkeit nach liebt, den alten Hund in Lierdalen.

Es war so ein Abend, nach dem ich mich gesehnt habe, ohne es zu wissen, ein Abend ganz und gar ohne Stig Hammer und dessen Meriten, wir haben uns in der Vergangenheit aufgehalten, in Larvik damals, als wir herangewachsen sind, und als Kolla uns mit dem scharfen Blick der Reservemutter aus ihrem Fenster im zweiten Stock hinten im Hof überwachte. Dolven erinnert sich nur an Bruchstücke, nicht auf ihn wurde aufgepasst, sondern auf Emma, die gehänselt wurde, und mich, der schon damals dafür bekannt war, dass ich meine Pflichten als Bruder vernachlässigte, der in seiner eigenen Welt herumirrte und sich und andere in Gefahr brachte.

In den langen Phasen, wenn Mutter nicht da war, war Kolla unsere Mutter. Außerdem unser Vater, so waren die Zeiten eben; Vater hinter einer Zeitung, er schickte Rauchsignale aus der Pfeife, die er zwischen den gelben Backenzähnen festhielt, kommt mir nicht zu nahe.

Es gibt so viel Gelächter, so viele Erinnerungen, so einen Abend kann es nur geben, wenn Menschen mit einer gemeinsamen Vergangenheit in einer kleinen Stadt sich über Erinnerungen und Erzählungen versammeln, die nicht erzählt werden könnten, wenn jemand aus Oslo dabei gewesen wäre, ganz zu schweigen von jemandem aus Sandefjord, aber heute Abend sind nur wir hier, und der Wind, der um die Hausecken pfeift, und ich verspüre ein seltsames Glücksgefühl, das in mir wächst, ein echtes Erlebnis, endlich zu meinesgleichen gekommen zu sein, ja, dass das vielleicht sogar einen Sinn hat.

20

Versöhnung

Am 28. Dezember ziehe ich ins Hotel Farris Bad in Larvik, ich werde hier bis Silvester wohnen; ich werde allein hier wohnen, aber Bjørg hat sich schon in Zimmer 314 eingerichtet, wir essen zu Mittag, als ich eintreffe, Dolven setzt mich vor den Glastüren ab und verschwindet dann im Schneeregen in Richtung des ausgestorbenen Zentrums unserer Kindheitsstadt, er will weiter nach Oslo. Als er in der Vormittagsdunkelheit verschwindet, geht mir auf, dass Emma und ich die meiste Zeit allein sein werden, wenn Kolla wieder im Wald ist. Dolven hat viel zu tun. Ich musste übrigens die Schweigepflicht brechen, sonst wäre Kolla schon gefahren, so ist sie eben, deshalb ist sie so alt geworden.

Aber es ist klar. Natürlich will sie sehen, wie ich zum EU-Meister des Kriminalromans ausgerufen werde. Das will sie.

Bjørg hat mich schon eingecheckt, sie steht im Foyer und telefoniert, unterbricht ihr Telefonat aber, sowie sie mich kommen sieht, sie nimmt mir den Koffer ab und reicht ihn hinter den Tresen weiter, alles ist mit der Bedienung abgesprochen, sie hat einen Wolfshunger, und ich merke zu meiner Überraschung, dass es mir auch so geht. Ich fresse wie ein Raubtier. Und schlafe wie ein Stein, sogar an den Tagen, an denen ich nichts trinke. Davon hat es in letzter Zeit viele gegeben. Ich fühle mich stark wie ein Stier, und wacher als seit langem. An den langen Nachmittagen habe ich zudem ein wenig an einer Novelle gekritzelt.

Das ist ungewohnt. Schön.

Es ist nicht sicher, dass etwas dabei herauskommt, aber es ist ganz sicher, dass ich es für mich behalten werde, deshalb erzähle ich Bjørg, dass ich einen neuen Hammer plane, dass ich in Hamburg eine Art kriminalliterarischen Rausch erlebt habe. Die pure Offenbarung. Und wir reden über Halvdan, den sie gut kennt, über sein Projekt, die Katalogisierung der vielen hässlichen Blumen des Alters, über Letzteres will sie sehr viel hören.

Sie schiebt den Teller zur Seite. »Eigentlich hast du heute nur *Østlandsposten*, nicht wahr, und so wird es auch kommen, falls du keine anderen Pläne hast oder einfach deine Ruhe haben willst. Aber *Se og Hør* möchte also die Sache furchtbar gern heute machen, wenn das geht. Die ganze andere Presse kommt morgen um zwölf zur Pressekonferenz. Sie quengeln gewaltig, aber so machen wir das. Keine Exklusivabmachungen außer *Se og Hør*, und die bringen jemanden mit …«

»Lillehammer.«

»Stimmt. Und Kristine Madde Knudsen.«

»Madde?«

»Das hast du doch selbst gewollt. Hast du das vergessen? Ich fürchte …«

»Nein, nein, großer Gott, das ist doch nur schön. Richtig schön, wunderschön. Wie geht es ihr denn?«

»Tja, was soll ich sagen …«

»Okay. Aber Jonas will uns doch nicht *zusammen* interviewen? Nicht Madde, Lillehammer und mich in einer Schublade?«

»Nein. Das kann ich mir einfach nicht vorstellen. Das heißt, das wollen sie nicht. Um ganz ehrlich zu sein, habe ich meine Zweifel, dass sie Madde überhaupt dabeihaben wollen. Ich will ja nicht zynisch sein. Aber denen geht es doch zweifellos um dich und das Gewaltopfer. Ich glaube, sie können sich etwas unten in der Spa-Abteilung denken, aber noch mal: Ganz, wie du willst.«

»Schön«, sage ich. »Wir können zusammen nackt sein. Wenn sie auf Madde verzichten, natürlich nur.«

Sie lacht.

»*ØP* ist wann?«

»Um zwei. Sie brauchen etwas mehr als eine Stunde. *Se og Hør* legt dann los, wenn ihr fertig seid. Ist das in Ordnung?«

»Das ist in Ordnung«, sage ich. »Ich rede mit Jonas. Denk nicht mehr daran. Und morgen? Alles wie geplant?«

»Moment noch. Da ist noch eine Kleinigkeit. Es wird bemerkt werden, dass du eine Autorin, die – entschuldige den Ausdruck – sich ganz am anderen Ende der Skala befindet, auf der Gästeliste hast. Aber Madde ist also total ... Ja, um es ganz offen zu sagen, so weiß ich, dass CappelenDamm unter gar keinen Umständen ihre neue Gedichtsammlung herausbringen wird. Egal, wie du das siehst. Es geht da nicht um Geld, sondern ganz einfach um Respekt. Vor ihr.«

»Ist es wirklich so schlimm?«

»Ja, das ist es, Alexander. Aber das hat ja nichts zu sagen. Sie hat eine Pflegerin bei sich, und was bemerkt werden wird, ist trotz allem die Tatsache, dass du in Verbindung mit dieser Feier auch eine ältere Kollegin ehren möchtest.«

Ich höre das Wort »Pflegerin«. Das klingt so krank. Ich sage nichts mehr zu diesem Thema.

Bjørg ist noch nicht fertig. »Morgen gibt es dann die Pressekonferenz. Hier. Es gibt eine Simultanübersetzung ins Englische, du kannst also einfach Norwegisch sprechen. Larviker Dialekt, wenn du willst. Wir machen eine Stunde, dann werden die Wölfe aufs Fest losgelassen. Die Preisverleihung beginnt um fünf und dauert genau Eineinviertelstunde. Dann gibt es Essen und Pause bis halb zehn, dann wirst du von Claes Otto Gedde interviewt, der ist aus diesem Anlass aus Deutschland hochgeholt worden. Anders Heger war total dagegen, kann ich noch hinzufügen. Aber wie Tom Harald sagt: Teuer, aber der Beste. Er ist Profi bis in die Fingerspitzen, aber er bringt nicht dieses Geplapper, unter dem viele Buchinterviews leiden. Du weißt schon. Friede, Freude, Eierkuchen.«

»Ja, das ist eine witzige Überraschung. Ich habe ihn seit zehn Jahren nicht mehr gesehen. Mindestens.« In Heathrow an einem frühen Sonntagmorgen. Gedde reichlich blau, aber verhältnismäßig strukturiert und ordentlich. Zerknitterter, aber sauberer Anzug, weißes Hemd. Frisch von einer Hochzeit und mit einem großen Bogen um Hotelbett, Dusche und

Zahnbürste. Er riecht wie eine Mischung aus irischer Whiskeybrennerei und totem Dachs.

»Und danach werden alle losgelassen, mit gratis Bar und allem. Klingt das gut?«

»Sehr. Ist Gedde schon da?«

»Mal sehen. Nein. Der kommt erst morgen.«

Wir können sehen, wie das Meer unter dem Hotel, das hier auf Pfählen steht, an den Strand schlägt. Auf einem Gehweg zwischen Fenster und Strand steht Jonas Berg-Myhre und fotografiert.

Ich klopfe ans Fenster. Winke.

Jonas winkt zurück und zeigt auf die Uhr. Hebt drei Finger. Dann zeigt er auf die Rezeption.

Das Interview für *Østlandsposten* soll Kari Ødegård machen, sie steht schon im Foyer, als Bjørg und ich vom Mittagessen kommen. Sie ist für einen Krieg gekleidet, mit Lammfellweste und weiter Khakihose, eine schwere Canon an der Hüfte. Sie hat ihre fast weißen Haare zu einem zerzausten Pferdeschwanz gebunden, und ihre Ohren hängen voller Dingeldangel, wie damals.

»Alexander! Wie schön, dich zu sehen! Wie gut, dass du da unten in Paris nicht krepiert bist. Wir wollen dich lebend, das kannst du dir ja denken!«

Ihr Geruch, als wir uns umarmen. Für eine Zehntelsekunde sehe ich ihren nackten Leib im frühen Morgenlicht, es muss irgendwann im Kambrium Silur gewesen sein, aber den Zusammenhang weiß ich nicht mehr.

Sie und Bjørg begrüßen einander. Dann ist Bjørg verschwunden, sie winkt mit ihrem Smartphone. Ich soll sie einfach anrufen. Jederzeit.

Alles wie immer.

»Ich dachte, wir könnten woanders hingehen, wenn dir das recht ist. Naja, natürlich nicht gehen.«

Wir fahren durch die Storgate vorbei am Grand und Thaulowsvingen hoch. Sie will Bilder von mir auf Bøkkerfjellet machen. Die Kongegate ist zu steil für dieses Wetter. Sie redet wie ein Wasserfall, aber ich höre nicht richtig zu, als wir in der Prinsegate sind, wo sich meine Kindheit abgespielt hat. Jetzt sieht es da aus wie in der Bronx, und das sage ich. Heruntergekommene Häuser. Bretter und Spanplatten vor Ladeneingängen und Fenstern. Ist das alles wirklich? Im Fenster von Tante Terjesen, wo wir Karamellbonbons gekauft haben, sind jetzt Grabsteine ausgestellt.

»Ich zitiere das mit der Bronx, ja? Bitte. Nimm mir das nicht weg. Das alles hier kommt weg. Es dauert nur ein bisschen. Wir hatten hier vor nur zwei Jahren einen totalen Aufschwung, aber jetzt liegen wir wieder auf den Knien. Aber es wird noch gut werden. Kannst du nicht einfach wieder nach Hause kommen und hier Steuern zahlen? Damit ein bisschen Wind in die Segel kommt?«

Wir reden über Larvik damals und heute. Kari hält bei der alten Feuerwache, und wir wandern hinunter und machen die Bøkkerfjellbilder, die sie sich vorgestellt hat. Sie ist schnell und effektiv, und sie weiß, wie unangenehm ich es finde, hier bei dem Scheißwetter zu stehen und auf den Fjord zu glotzen.

Danach gehen wir ins Café am Marktplatz und trinken Kaffee.

»Ich lass das Band einfach laufen, wenn das für dich in Ordnung ist.«

»Sicher. Kann ich hier in Ruhe sitzen?«

»Ich seh schon, du warst lange nicht mehr hier. Denk nicht daran.«

Nicht so lange, denke ich. Aber da war ich oben bei Emma. Und es war Abend. Wir saßen in dem hässlichen Block in der Jegersborggate und hörten Beatles und aßen Kekse. Das war schön.

»Wie ist es so, nach Hause zu kommen? Gutes Gefühl?«

»Ja. Diesmal ist es gut.«

»Nicht immer?«

»Das ist sicher das Alter«, sage ich. »Ich bin nicht immer so alt wie jetzt.«

»Du siehst gut aus.«

»Hab ich aber nicht, als ich gekommen bin. Die Luft.«

»Ich finde es großartig von dir, diesen Typen aus Lillehammer einzuladen. Oder. Nicht großartig, aber ... das hätten nicht alle getan.«

Nicht alle haben ihn zu Pudding geschlagen, denke ich. Sage: »Es ist vielleicht nicht so clever, das zu schreiben, ehe ich ihn getroffen habe? Vielleicht ...«

»Ich habe mit ihm gesprochen. Er freut sich darauf, dich zu treffen. Daran brauchst du also nicht zu denken. Aber wir warten erst mal. Alexander Irgens im Schatten der Bescheidenheit. Steht dir gut.«

Aber wir müssen auch über den Krimipreis schreiben.

Das geht schnell. Große Ehre. Und so weiter.

Sie schaltet das Aufnahmegerät aus. »In letzter Zeit war bei dir wohl ganz schön viel los?«

»Ich finde, ich darf mich nicht beklagen. In beide Waagschalen gehört ein Gewicht. Zudem ist eine Scheidung doch eine ziemlich banale Angelegenheit. Ich habe schon gesehen, dass du deinen Mädchennamen wieder angenommen hast.«

»Für mich war das etwas ganz Besonderes«, sagt sie. »Das kannst du mir glauben.«

»Entschuldige.«

Sie lächelt. »Und jetzt also *Se og Hør*?«

»Es hört sich schlimmer an, als es ist«, sage ich. »Es ist ein alter Kollege.«

»Weißt du was? Ich finde, das sollte dir eine Scheißangst machen! Wirklich! Vor alten Kollegen sollte man sich hüten.«

Lillehammer und ich schwimmen in dem gedämpften Licht langsam nebeneinander her. Draußen schneit es. Große Flocken, die sich auf den schwarzen Schnee senken. Auf dem anderen Fjordufer liegen Tollerodden und die Kirche, halb sichtbar durch das Schneegestöber. Es ist seltsam. Die ganze Situation kommt mir vor wie aus einem Traum herausgerissen. Als ich ein Junge war, war der Batteristrand ein abgesperrtes Gebiet. Holzlager für Treschow Fritzøe. Die Fabriken lagen in Reih und Glied dort, wo jetzt die neuen Häuser von Sanden stehen. Dort, wo jetzt das Kulturhaus Bølgen steht.

Industrielle Aktivität das ganze Hammerdal hoch bis zum Farrissee. Alles abgewickelt und durch Kultur ersetzt. Theater und Tanz.

Auch hier im Farris Bad Hotel. Spa. Alle Industrie verschwunden. Rosa übergewichtige Körper, die auf den Massagebänken im Untergeschoss des Hotels geknetet und gedehnt werden. Auf den Gängen in den Stockwerken darüber stoße ich auf Menschen in braunen Bademänteln und Sandalen, sie sehen aus wie Mönche und Nonnen, sie eilen vorüber, mit nassen Haaren und Chlor in den Augen, wie nach einer ungesunden Taufe. Ich schwimme ruhig. Eine Bahn. Zwei. Hin und her. Fange im Wenden Lillehammers Blick auf. Er erinnert mich an einen Hund, der ein Stück rohes Fleisch erwischt hat. Wie oft habe ich seinen Namen schon gehört und gelesen? Zahllose Male. Dann vergesse ich ihn sofort wieder. Ich hasse ihn. Ich hasse es, hin- und herzuschwimmen, hin und her, während der Fotograf barfuß über den Fliesenboden am Beckenrand läuft und uns aus allen erdenklichen Winkeln schießt. Er wollte uns auch in die Sauna schicken, aber das habe ich abgelehnt, und Jonas kam mir aus eigennützigen Gründen zu Hilfe. Vermutlich hat er begriffen, dass ich Lillehammer am liebsten mit einem gezielten Schlag gegen die Schläfe auf den Boden des Beckens schicken würde. Wir tragen lange Badehosen von *Se og Hør,* sie sind knallrot, und auf beiden Oberschenkeln mit dem Logo der Zeitschrift bedruckt. Wir sind zwei Trottel und sehen auch so aus. Wenn er sich an jenem Abend auf der Dachterrasse ferngehalten, wenn er nicht Vildes Platz besetzt hätte, hätte er sich und mir diese Situation erspart. Ein blöder Gedanke, denn es ist ja leicht zu sehen, dass er sich hier wohlfühlt wie die Made im Opferspeck. Er schwimmt mit Alexander Irgens. Seht und Hört, alle und jeder! Im Spa-Hotel von Larvik, alles inklusive und von der Zeitschrift bezahlt. Er wird in der Zeitung stehen, zusammen mit Alexander Irgens, seinem neuen Freund und Badekameraden. Er hat überlebt. Ist ins Leben zurückgekehrt. Ist aus dem Koma erwacht. Jetzt Ehrengast bei den für morgen bevorstehenden Feierlichkeiten. Der Vergabe eines Krimipreises in Anwesenheit der internationalen Presse. Krimipreisfestmahl mit Pracht und Pomp und Plappern. Ganz zu schweigen vom Interview des Kriminalromanverfassers, bei dem er den berühmten, um nicht zu sagen berüchtigten Claes Otto Gedde erleben wird – und dann noch das Fest, das große Fest mit der angereisten Prominenz aus allen möglichen Branchen, Olav Ramnes und etliche andere Darsteller aus den Filmen, etliche konkurrierende Kollegen und Federfuchser, Politiker, ja, sogar die Kulturministerin persönlich – allesamt in Farben, im lebendigen Leben. Aber zuerst, also: Entspannung mit Alexander Irgens. Seinem neuen Freund. Jonas hat dafür gesorgt, dass wir das Becken ganz für uns haben, damit keine unbekannten, belanglosen und unerwünschten Personen mit auf den Bildern sind. Nur wir zwei. Die beiden Freunde. Der, der schlug, und der, der geschlagen wurde, in einem versöhnenden Spiel mit Wasser und miteinander. Was in Lillehammer so total danebengegangen ist, wird jetzt begraben, um nicht zu sagen, in Larvik ertränkt. Gott ist ziemlich gut, wenn man genauer hinsieht, und die Menschen sind auch nicht so schlecht, wenn sie nur ein wenig unter Druck gesetzt werden. Ich schließe die Augen und schwimme unter Wasser. Halte so lange ich kann die Luft an, anderthalb Bahnen, dann muss ich nach oben und blasen wie ein Wal. Ich muss an einen Wal denken, der sich einmal in meiner Kindheit in den Fjord hier vor den Fenstern verirrt hatte. Ich weiß nicht, was das für ein Wal war, aber es war jedenfalls ein ziemlicher Brocken, der aus Gründen, die wir niemals erfuhren, den Weg hinaus nicht mehr fand, sondern draußen bei Lillejordet strandete. Dort starb er, nachdem Freiwillige vergeblich versucht hatten, ihn auf den richtigen Kurs zu bringen, hinaus ins tiefe Wasser. Ich weiß nicht, warum ich gerade jetzt an diesen Wal denken muss, vermutlich liegt es einfach daran, dass mein Unterbewusstsein meine Gedanken von Lillehammer weglockt, der jetzt nicht mehr kann, und dem von Jonas und dem Fotografen aus dem Becken geholfen wird. Steif, noch immer von den Prügeln gezeichnet, die wir ihm verpasst haben.

Wir machen das Interview in der Bar, wo Jonas ebenfalls dafür gesorgt hat, dass wir uns nicht unter das gemeine Volk mischen müssen, das Lokal ist zwar für zufällige Besucher geschlossen, aber wir bekommen noch dazu eine Ecke für uns, dazu die feierliche Versicherung des Barmanns, dass wir hier in Ruhe sitzen dürfen, er ist ein Leser der Zeitschrift, und einer der sehr wenigen, die das offen und mit großem Freimut zugeben. Lillehammer und ich waren inzwischen in unseren Zimmern und haben geduscht, ich so heiß, dass es an Folter grenzte; jetzt sitzen wir in der Bar, auf Wunsch des Fotografen mit nassen Haaren, ich mit dem allerersten Gin Tonic des Tages, Lillehammer mit einem alkoholfreien Bier, nach strengen Befehlen von allerlei Ärzten und Doktoren. Er sieht mich ein wenig vorwurfsvoll an, da ich ihn doch zum Abstinenzler gemacht habe, und das gegen seinen Willen, aber dann strahlt er, als er mitteilen kann, dass es nur vorübergehend so ist. Na gut, denke ich und nippe an dem eiskalten Gin, dann wirst du also wieder trinken und dich in anderen und neuen Zusammenhängen wieder so danebenbenehmen können, meinen Glückwunsch, bete lieber, dass du mir in einer solchen Situation nie wieder begegnest, denn ich werde mich nicht an dich erinnern, werde nicht *hallo* und *lange nicht mehr gesehen* sagen.

Ob wir verbittert sind? Jonas nagt an seinem Bleistift, Jonas hat immer mit Bleistift geschrieben, immer mit frisch gespitzten Bleistiften, er hat einen Bleistiftspitzer in der linken Jackentasche, und in der Zeit der Aschenbecher hat er immer für kleine lokale Feuer und Brände gesorgt, wenn er Portraitinterviews machte oder lange Gespräche führte.

Verbittert? Wir wechseln einen Blick und entscheiden uns für nein. Nein, verbittert sind wir nun wirklich nicht. Lillehammer sagt, dass er sich sogar schuldig fühlt, oder »teilweise schuldig«, wie er sagt, da er in meine Welt eingebrochen ist, und nicht umgekehrt, und nun sage ich, was passiert ist, sei das Gleiche, was auf der ganzen Welt an jedem einzelnen Tag und in jeder einzelnen Nacht passiert, nämlich, dass eine Situation, eine ganz und gar harmlose Situation, ganz einfach außer Kontrolle gerät, so ist eben das

Leben der Menschen auf dieser Welt. Worauf Lillehammer mit einer feinen, kleinen Abschweifung ins Gespräch einbricht und behauptet, dass die Tatsache, dass wir jetzt hier zusammen sitzen, als Beispiel dafür gelten soll, dass man einander eine Hand reichen kann, ich hätte fast gesagt, dass man gemeinsam baden gehen kann, auch wenn unser Zusammenstoß ja fast fatale Folgen für uns beide gehabt hätte, seine Gesundheit, mein guter Ruf, und keiner von uns erwähnt Vilde, das haben wir alle drei verabredet, nach einem Vorschlag der Chefredaktion in Oslo. Wer glaubt, *Se og Hør* suhle sich wie früher in Skandalen, irrt sich, denn hier haben wir eine hübsche kleine Geschichte über Freundschaft und Versöhnung, und als Jonas fragt, ob wir in Zukunft in Kontakt bleiben wollen, ist zumindest Lillehammer absolut bereit dazu, und dann sind wir das in der Zeitschrift ja beide, wenn auch nicht unbedingt in Wirklichkeit. Und Jonas nickt und macht eifrig Notizen, und nur ich, der ihn gut kennt, sieht, wie er mit dem Lachen kämpft, obwohl, »kämpft« ... Er ist daran gewöhnt. Daran gewöhnt, keine Miene zu verziehen, wenn andere Unsinn reden. Und um zu sehen, ob ich ihn vielleicht doch ein wenig in die Enge treiben kann, behaupte ich, anscheinend in tiefem Ernst, dass ich mit Lillehammer einige Dinge besprechen möchte, es geht dabei um meinen nächsten Hammer-Roman, mit dem ich soeben begonnen habe, worauf Lillehammer strahlt und Jonas die Zähne zusammenbeißt, nicht weiter jetzt, Alexander, aber doch! Ein bisschen weiter. Ich will Lillehammer mit nach Berlin nehmen. Zum Recherchieren. Ich muss mir irgendeinen Blödsinn ausdenken. Ich sage nicht, dass sich das Buch ohne Lillehammers Assistenz nicht realisieren lassen würde, aber das ist auch nicht nötig. Das kann ich Jonas ansehen. Ja, denke ich und nippe an meinem Glas, ich werde dich ganz einfach als gut bezahlten Assistenten anheuern, sonst weiß ich nicht, wie es weitergehen soll. Und das Unglaubliche passiert: Obwohl Lillehammer also alkoholfreies Munkholm trinkt, bringt er jetzt Ideen für neue Stig-Hammer-Geschichten, es sind kleine Szenen und Situationen, die er sich in schlaflosen Nächten vorgestellt hat, und jetzt wird es schwierig für uns andere, für Jonas, den Fotografen und mich, aber wir verziehen alle drei keine Miene, und dann ist die *Se og Hør* zugemessene Zeit verstrichen, das heißt, der Teil ihrer Zeit, der mit Lillehammer und mir zu tun hat, und aus irgendeinem Grund kann Jonas das Gewaltopfer vom Tisch weglocken, unter dem Vorwand, dass in den Kulissen schon ein neues Interviewobjekt wartet. Ich stehe auf und verabschiede mich nach allen Regeln der Kunst von ihm. Ich umarme ihn aus purer Gemeinheit, und ich höre, dass der Fotograf losfeuert, wie mit einem leisen Maschinengewehr.

Dann geht er. Hinkt.

»Verdammt, jetzt brauch ich aber einen Schnaps!«, sagt Jonas, winkt dem Kellner und zeigt gleichzeitig auf mein Glas.

Der Kellner bringt Nachschub. Der Fotograf trinkt Kaffee und liest *VG*.

»Das wird gut«, sagt Jonas zerstreut und rührt mit dem durchsichtigen Plastikstäbchen im Eisschlamm. »Der ist doch total bescheuert. Und darüber kannst du eigentlich froh sein.«

»Da sagst du was Wahres. Der hätte mir einen Haufen Probleme machen können.«

»Darauf kannst du Gift nehmen. Sein Vater war absolut bereit, durch alle Instanzen zu ziehen. Wenn der Junge nicht so ein totaler Fan wäre, hätte das für dich total in den Teich gehen können. Aber du, was wollt ihr denn nun in Berlin? Das lassen wir uns nicht entgehen, du. Ha, ha. Darauf Prost!«

»Aber du? Was ist mit Madde?«

»Madde?«

»Kristine Knudsen.«

»Tut mir leid. Richtig süße Story, aber nichts für uns. Unsere Leser wissen allesamt nicht, wer sie ist, und da hat die Geschichte doch keine Wirkung. Sag mir mal eins: Muss ich dir das eigentlich erzählen? Warst du so lange abgetaucht?«

Mir ist es egal. Nein, ich bin erleichtert. Es wäre einfach zu viel gewesen, sie und Lillehammer auf einmal.

»Da kommt sie«, brummt der Fotograf und wirft die Zeitung hin. »Lasst mich wenigstens ein paar Bilder machen. Man weiß doch nie.«

Nein, denke ich, da sagst du wirklich die pure Wahrheit.

Und da kommt sie auch schon. Kristine Madde Knudsen. Mit Jeans und Rollator. Und einer Tabakpackung, die aus der einen Brusttasche hervorlugt.

Zusammen mit ihrer Pflegerin. Einer Frau in meinem Alter, mit schlechten Zähnen und einem unsicheren Lächeln.

»Na gut«, murmelt Jonas. »Überlass das mir. Wir können sie ja auch nicht wegschicken. In Ordnung, Alex?«

Ich gebe keine Antwort. Ich bin schon aufgestanden. Ich bin schon auf dem Weg zu den beiden Frauen, in der Sonntagsausgabe des Alexander Irgens, der jovialen Pastorenvariante, der, die ich in den Stunden in Lillehammer nicht hervorholen konnte. Jetzt ist er endlich da. Ich umarme Madde und kann riechen, dass sie geradewegs aus der Dusche kommt, und gebe der Pflegerin die Hand. Wie nett von mir. Madde scheint sich zwar nicht an mich zu erinnern, aber die Pflegerin erklärt, ohne ihre Stimme zu senken, dass Maddes Erinnerung kommt und geht. Auf die Frage, was sie trinken möchte, antwortet Madde »Schampus«, ohne zu zögern.

Es wird eine angenehme Runde. Wirklich. Wir sitzen da und trinken, bis Madde sich hinlegen muss und wir anderen zum Essen bestellt sind. Ein Interview kann es ja nicht geben, aber sowie ich ein bisschen Wind in den Segeln habe, geht alles gut. Die Pflegerin, die nie bei der Jahresversammlung des Schriftstellerverbandes dabei war und die auch nie gesehen hat, wie Madde nackt auf dem Tisch tanzt, erlebt einige Überraschungen, und sowie wir sie zu »einem halben Glas« überredet haben, legt sich auch ihre Schüchternheit ein wenig.

Und der Fotograf dokumentiert das alles gründlich und sorgt dafür, dass Madde sich mit diesen sympathischen, wenn auch fremden Menschen sehen kann.

Aber als die Pflegerin ihren Arm nimmt und sie in Richtung Fahrstuhl führt, überkommt mich eine Traurigkeit, die ich nicht ertragen und kaum verbergen kann.

Mit dir habe ich geschlafen, denke ich. Eine ganze Nacht. Im Hotel Bolkesjø. Ich war so jung und du warst so üppig.

Ihr krummer Rücken, wie ein bewegliches Fragezeichen dort auf dem roten Teppich. Ihr scharfer Intellekt in alle Himmelsrichtungen zerstreut.

Und ich mit schmelzendem Eis im Glas.

21

Aussicht

Es ist kurz nach sechs. Es ist noch dunkel, aber ich kann doch Fjord und Himmel unterscheiden, es ist windstill, das Meer liegt wie ein Spiegel zwischen Hotel und Tollerodden. Im Hafen leuchtet hier und da eine Laterne, und auf der anderen Seite der Gleise kann ich die Lichter von Storgate und Grand sehen. Ich habe soeben geduscht und stehe nackt am Fenster, mit dem Echo eines Telefongesprächs im Kopf. Gudrun Vallegers Stimme am Vorabend. Vorsichtig und gedämpft, wie immer. Ob ich einen Moment Zeit hätte? Ich verlasse die geräuschvolle Bar, stehe in Hemdsärmeln vor dem Hotel und rede mit ihr.

Jetzt ziehe ich mich an und fahre mit dem Fahrstuhl nach unten. Es ist zu früh zum Frühstücken. Um diese Tageszeit will ich aber auch nur frische Luft. Kalte, scharfe Winterluft, gemischt mit Salz vom Meer. Ich gehe den Batteristrand entlang und folge dann dem Gehweg unter dem Hotel, vorbei an den neu gebauten niedrigen Wohnblocks und Bølgen. Ich denke sicher nicht besonders viel. Ich fühle mich stark und anwesend, und ich glaube, alles so klar zu sehen, aber meine Gedanken laufen auf Sparflamme. Gudruns Anruf. Die Erinnerungen und Bilder, die in mir auftauchen, als ich mit dem warmen Mobiltelefon in der Hand unter den Sternen stehe. Ich habe schon beim Essen aufgehört, Alkohol zu trinken. So weit ist es gekommen. Ich habe zudem aufgehört zu rauchen, und das, ohne mich dazu entschlossen zu haben. Mehrere Tage vergehen, bis mir aufgeht, dass es passiert ist. Ein Gedanke taucht auf, als ich über den Parkplatz und weiter in Richtung Zollhaus gehe: Es ist fast, wie zur Unschuld zurückzukehren. Zu der Zeit vor allen selbst verursachten Verlusten und Verletzungen.

Ich bleibe stehen. Genau hier habe ich Radfahren gelernt. Auf dem leeren Platz vor dem Zollhaus und dann auf der Strandpromenade zur Skottebrygge. Hin und her, bis es aufhörte zu wackeln. Ich kann mich noch an das Gefühl erinnern, als ich die Räder unter Kontrolle bringe. Die Freiheit. Die Gewissheit, dass mein Revier von diesem Augenblick an ins Unbegreifliche heranwächst. Ich könnte nach Torstrand fahren, wenn ich wollte. Weiter über Lågabrua und bis nach Østre Halsen. Das tat ich auch. Und als ich zurückkehrte, wusste ich, dass nur mein Alter mich daran hinderte, bis nach Dänemark und weiter bis in die Unendlichkeit zu fahren.

Jetzt begnüge ich mich damit, nach Tollerodden hinauszuspazieren, und weiter über Karlstranda, über Kanalkaia, wo die Industrie ebenfalls verschwunden ist. Ich komme bei Undersbo an. Furulunden, wo Larviks Tote unter dem Rasen ruhen, unter anderem meine Mutter und ihre Eltern, außerdem Tanten und Onkel aller Art, die in meinem Leben ganz unterschiedliche Rollen gespielt haben. Es kommt vor, dass ich es mir so vorstelle. Dass wir gegenseitig in unseren Leben Rollen spielen.

Ich habe mit den Toten nichts mehr zu klären. Ich gehe nicht auf den Friedhof, ich kann mich nicht einmal erinnern, wo Mutter und die anderen liegen, das alles war Emmas Abteilung. Ich bleibe nur für einen Moment stehen und sehe zwei Krähen zu, die sich um irgendetwas streiten, vielleicht eine tote Maus auf der weißen Schneefläche zwischen den alten Grabsteinen. Sie schlagen mit den Flügeln und pöbeln. Witzige Vögel.

Sehe plötzlich Adas Gesicht vor mir, als sie den Kofferraum öffnet und die tote Krickente findet.

Mit den Händen in den Manteltaschen gehe ich weiter

über den Marktplatz von Torstrand, vorbei am alten Gefängnis und dann Herregårdsbakken zum Doktorfjell hoch. Ich setze mich auf eine Bank und durchwühle meine Taschen nach Zigaretten und Feuerzeug, dann fällt mir ein, dass ich aufgehört habe. Dass dieses Kapitel abgeschlossen ist. Und so schlimm war es auch nicht. Ich bin nicht am Herzinfarkt gestorben und habe weder Krebs noch COPD.

Es war eine lange und glückliche Ehe zwischen mir und den Zigaretten. Es war ungefähr so wie mit Ada, denke ich. Eigentlich hatte ich auch da Schluss gemacht, auch wenn ich das nicht bemerkt hatte. Anders als viele andere. Ich höre sie in den Ecken tuscheln, aber das stört mich nicht sonderlich.

Es gibt in Larvik keinen anderen Aussichtspunkt, der sich mit dem Doktorfjell messen kann. Vom Doktor aus kann man nach Westen bis zum Buchenwald, nach Farriseidet und zum Treschowpark blicken, jetzt im Winter sieht man sogar Teile vom Schloss. Die Anleger. Die Kirche auf Tollerodden, und im Osten Torstrand und Lågen und endlich noch Gon. Und die Stadt. Die ganze Stadt, die jetzt unter mir liegt, die Stadt, in die ich hineingeboren wurde und die den Hintergrund für den wichtigsten Teil meines Lebens bildet, Kindheit und Jugend. Marktplatz und Prinsegate, Nansetgate und Jegersborggate, das Munken-Kino und Festiviteten, Kroa und Melkestua, die Feuerwache und die Polizeistation, das Pissoir auf dem Lilletorg und der Bahnhof. Und alles andere. Die ganze Gebäudemasse, die ich so klar in Erinnerung habe, wenn ich wie an diesem frühen Morgen hier herumwandere. Die Stimmung von damals. Sie liegt da für alle, die sie wahrnehmen können, auch wenn die Stadt jetzt eine andere ist als zu meiner Kindheit. Sogar im ärgsten Verfall in der Prinsegate kann ich das wahrnehmen, was einmal war. Ich kann Kinderlachen und streitende Stimmen hören, aus den längst verlassenen Häusern und Wohnungen.

Und abermals höre ich das Telefon, das am Vorabend in meiner Jackentasche klingelt, im Lärm der Bar hätte ich das Klingeln fast überhört, vielleicht registriere ich nur die Vibrationen, ein Murren an meiner Hüfte.

Es ist kalt, aber Schnaps und Mahlzeit wärmen. Ich kann sie in der Hotelrezeption nicht hören, und ich weiß, dass es wichtig ist, Gudrun Valleger würde mich um diese Zeit niemals anrufen, wenn es nicht wichtig wäre. Nicht, wenn wir uns in wenigen Stunden ohnehin sehen. Sie wird am nächsten Morgen schon gegen zehn in Larvik eintreffen, um zusammen mit Bjørg die Pressekonferenz vorzubereiten.

»Geht's dir gut? Kannst du mich jetzt besser hören?«

»Ich hab es schon in Hamburg gemerkt«, sage ich. »Und auf der Fähre.«

»Ach? Was hast du gemerkt?«

»Dass du mir irgendetwas nicht sagen wolltest. Du hast etwas gewusst, das du mir nicht sagen wolltest. Und jetzt kannst du nicht schlafen. Das geschieht dir recht.«

Lachen.

»Ich verstehe nicht, wie du auf die Idee kommst, dass du mich nach so vielen Jahren noch an der Nase herumführen kannst«, sage ich dann. »Es ist ja nicht nur so, dass du mich kennst. Ich kenne dich auch. Auch wenn ich ja zugeben muss, dass ich mich im Laufe der Jahre etwas gründlicher bloßgestellt habe. Und auch vielleicht in etwas anderen Bereichen.«

»Ja, da hast du nicht unrecht.«

»Du? Ich stehe in Hemdsärmeln in der Kälte.«

»Geh sofort wieder rein. Du kannst doch auf dein Zimmer gehen oder dir eine ruhige Ecke suchen?«

Jetzt wird sie energisch. Das verheißt nichts Gutes.

»Na gut. Jetzt bin ich im Haus. Auf dem Weg zum Fahrstuhl.«

»Ja, ich habe ein schlechtes Gewissen, das muss ich zugeben. Und zwar, weil ich dich anrufe. Ich hatte versprochen, den Mund zu halten.«

Der Fahrstuhl steigt in den zweiten Stock.

»Bist du im Zimmer?«

»Du? Jetzt pack schon aus.«

Schließe die Tür auf.

»Vor einiger Zeit hat mich ein gewisser Øystein Bast angerufen.«

»Bast. Øystein Bast. Der sitzt für die Sozialliberalen hier in Larvik im Gemeinderat.«

»Ja. Und er ist der stellvertretende Bürgermeister. Er hat sehr betont darauf hingewiesen, dass er anrief, weil der Bürgermeister gerade auf Dienstreise in den USA war.«

»Na gut. Ich will aber bei den nächsten Kommunalwahlen weder für die Sozialliberalen noch für die Sozialdemokraten die Liste füllen. Worum geht es hier eigentlich?«

»Sie wollen dich zum Ehrenbürger ernennen. Bast hat angerufen, um zu fragen, wie du meiner Meinung nach reagieren würdest. Sie möchten dich überraschen. Morgen Abend nach dem Gespräch mit Gedde. Ich habe gesagt, dass ich glaube, du würdest dich freuen. Aber im Nachhinein habe ich gedacht ... großer Gott, ich kann mir dazu doch keine Meinung bilden. Du kannst doch auch ... ja, das wollte ich nur sagen. Wenn du das alles blöd findest, können wir die Sache noch abblasen.«

Ich sehe mich mit Gudruns Augen. Ein unberechenbarer Mistkerl. Einer, der durchaus imstande wäre, mit einem Schnauben den Saal zu verlassen, wenn der Bürgermeister sich erhebt und das Wort ergreift. Deshalb ruft sie jetzt an. Deshalb konnte sie nicht schlafen. Nicht, weil sie ihre Befugnisse überschritten hat, sondern weil sie sehr genau weiß, dass ich einen Skandal machen kann, und das mitten in der riesigen Sahnetorte, die gerade drüben im Bølgen gebacken wird, in kommunaler und internationaler Regie, und in Anwesenheit von Radio und Fernsehen. Und vor dem gesamten Verlag. Vor guten Kollegen und Freunden und Verwandtschaft. Vor dem Gewaltopfer aus Lillehammer. Vor der halben Bevölkerung von Larvik, zumindest dem Teil, der sich für die Bücher über Stig Hammer interessiert. Und das sind viele. Bei jedem neuen Buch musste ich im Buchladen oben auf Lilletorget sitzen und persönliche Grüße schreiben, bis mein rechter Arm den Dienst verweigerte.

Und ich schäme mich verdammt sehr, weil Gudrun sich zu diesem Anruf verpflichtet fühlt. Ja, in mir wächst eine tiefe Trauer heran, sie ist sogar so groß, dass ich nicht wage, sie anzurühren, denn wenn ich das tue, weiß ich nicht, was passiert.

Deshalb sage ich: »Gudrun? Dieses Telefongespräch hat niemals stattgefunden. Du hast mich heute Abend nicht angerufen. Hast du verstanden?«

»Schön. Das ist eine Erleichterung. Das muss ich zugeben.«

Nach diesem Gespräch, das also nicht stattgefunden hat, trinke ich an diesem ganzen Abend keinen Tropfen mehr.

Bei der Pressekonferenz ist es gerammelt voll, mit improvisierten Stuhlreihen und kilometerlangen Fernsehkabeln, überall bekannte Gesichter, ich bin schon halbfertig mit der Arbeit, noch ehe ich den Tisch erreicht habe, an dem Bjørg bereitsteht. TV 2 erwähnt die Schlägerei in Lillehammer, das macht nichts, denn der Fall ist geklärt, ich habe es auf eine solche Weise gesagt, dass die Kleine mit dem Mikro begriff, dass nur sie das noch nicht mitbekommen hatte, und dann verweise ich auf die nächste Ausgabe von *Se og Hør*, um ihr noch Salz und Pfeffer in die Wunde zu reiben. Es wäre übertrieben zu behaupten, die ganze Welt sei anwesend, nicht einmal die ganze EU, aber ich sehe hinten bei der Tür Claes Otto Gedde in eifrigem Gespräch mit dem Vertreter der ARD, und als sich unsere Blicke kreuzen, winkt er eifrig mit dem linken kleinen Finger, ungefähr wie ein kleiner fetter Homo, der sich seine verbliebenen Haare sorgfältig über den kahlen Schädel drapiert hat.

Was das für ein Gefühl ist? Wie ich es erlebe, und die Auflagezahlen und jede Menge Geld und der Teufel und seine Großmutter, das Übliche und noch einiges dazu, aber das Einzige, was ich denke, während mein Schatten im Leerlauf weitermacht, ist, dass das, was mich berührt, was an mich rührt, ist, dass jemand in dieser kleinen Stadt am Meer gesessen hat, der Stadt meiner Kindheit, und beschlossen hat, mich zum Ehrenbürger zu machen, jemand ist auf diese Idee gekommen und hat sie weitergetragen, hat sie sozusagen zu Gehör gebracht, hat sie durch die gesamte Scheiß-Bürokratie gebracht, sicher nicht ohne Widerstand, hat aber genug Unterstützung gefunden, um die Sache durchzuboxen, damit Bast Gudrun anrufen und das Terrain sondieren kann, dieses ein wenig unübersichtliche Terrain, das sich im Schädel von Alexander Irgens befindet, des Drecksbengels aus der Prinsegate, der sich das Land und den Rest des halben Erdballs untertan gemacht hat, auch wenn es mit den Prinzessinnen nicht ganz so gut gelaufen ist.

22

Claes Otto Gedde

Claes Otto Gedde sitzt zurückgelehnt in dem tiefen Sessel, den rechten Unterschenkel über den linken Oberschenkel gelegt, während er abwechselnd mit der linken Hand träge in seinen Notizen blättert und ebenso träge am Rotweinglas in der rechten nippt. Er ist klein und rundlich und trägt einen seltsamen Synthetik-Anzug, er sieht aus wie eine Scheußlichkeit aus den sechziger Jahren, und im Licht des einsamen Scheinwerfers an der Decke leuchtet er um die Wette mit der Fettschicht auf Nase und Stirn. Die Kosmetikerin hat ihn zweimal gepudert, ein drittes Mal wird sie sich kaum blicken lassen. Im Halbdunkel konnte ich nicht sehen, was er machte, aber ihre Schritte waren von der Sorte Weg Von Gedde, das steht jedenfalls fest. Das Säulein, wie er in den achtziger Jahren hieß, nachdem er sich in seiner eigenen Show im NRK entblößt und dann Norwegen auf Dauer verlassen hatte, um ab und zu im schwedischen, dänischen und deutschen Fernsehen aufzutreten; ab und zu ein einzelner Job, hie und da ein längeres Engagement, niemals Ruhe, zeitweise zurück als Störenfried im norwegischen Medien- und Kulturleben. Ein Mann, dessen Zunge Oscar Wilde wie einen zaghaften Messdiener wirken lassen würde, und der wegen seines hitzigen Temperaments berühmt und berüchtigt war, wegen seines streitsüchtigen Wesens – aber auch wegen seines messerscharfen Gehirns. Belesen wie ein Bibliophiler nach langer Haftstrafe, und mit Fernsehen und Film in den Fingerspitzen.

Jetzt mein Mann. Hier. Beim Heimspiel. Bølgen. Dezember 2010.

Hinter dem schwarzen Samtvorhang wartet Larvik. Eine lokale Jazzband spielt in der kurzen Pause, während die Bühne nach der Überreichung des internationalen EU-Krimipreises umgebaut wird, die sich zum Glück als relativ schmerzlose Angelegenheit entpuppt hat. Viele schöne Phrasen, aber nichts, was ich noch nicht gehört hatte, der einzige Unterschied zu Rivertonpreis und Gläsernem Schlüssel war, dass die Nachricht weiter in die Welt hinausgelangt. Irgendwo im Saal oder draußen im Green Room sitzt Bjørg mit einem Blumenmeer und einem ziemlich hässlichen Dings aus Silber. Sowie einem Scheck über zweihunderttausend Euro. Was immer ich damit anfangen soll. Ihn Emma geben, vielleicht.

Ich bin ganz ruhig. Vor einer Lesung bin ich nervös, aber nie vor einem Interview. Ich habe absolut alle Fragen, die kommen können, schon hundertmal beantwortet, und sollte doch etwas Neues auftauchen, wäre das eine angenehme Überraschung. Der Wein, den wir trinken, ist übrigens eine angenehme Überraschung. Ich bin kein Weinkenner, aber ich kann zwischen schlechtem, mittlerem, gutem und sehr gutem Wein unterscheiden. Das hier ist ein sehr guter Wein. Das Etikett sagt mir nichts, außer, dass er aus Spanien kommt, aber Gedde sagt es offenbar ziemlich viel. Er verdreht die Augen, als er es betrachtet, und den ersten Schluck ließ er eine halbe Minute im Mund kreisen, ehe er ihn in die Tiefe versenkte. Und dann *wimmerte* er! Claes Otto Gedde wimmerte vor Freude und Hingabe angesichts des Weines, der uns an diesem Dezemberabend 2010 im Bølgen aufgetischt worden ist.

Das habe ich registriert. Fast habe ich ein schlechtes Gewissen, denn ich weiß doch um die Finanzlage der Stadt.

Diese Weinflasche kann auf der ersten Seite von *Østlandsposten* landen.

Die Musik verklingt. Der Applaus wächst aus der Stille, und als er verebbt, gleitet der schwarze Samtvorhang zur Seite. Claes Otto Gedde und ich sitzen im Halbdunkel ziemlich weit hinten auf der Bühne. Vor uns, am Bühnenrand und mit einem Mikro in der Hand, steht Torstein Buer, an den ich mich von der Volksschule her erinnere, und der ein Kulturjunkie von der Sorte ist, die diesen Teil der norwegischen Provinz in Gang hält. In der ersten Reihe sitzt Dolven mit Emma und Kolla, und daneben der Bürgermeister und Bast, bewaffnet mit gewaltigen Blumensträußen zur Feier dessen, was danach geschehen wird, und rechts und links hat der Verlag CappDamm Platz genommen. Und dahinter: Larvik. Die, die in Larvik überhaupt aus dem Haus gehen. Der Saal ist rappelvoll. Die Leute drängen sich an den Wänden.

»Ja, heute Abend haben wir feinen Besuch«, beginnt Torstein Buer und erntet schon jetzt wohlwollendes Lachen aus dem Saal. »Vor etwas mehr als einer Stunde erhielt Alexander aus der Prinsegate den Poirot-Preis für den besten Kriminalroman des vergangenen Jahres. Zum ersten Mal geht dieser Preis an einen Autor aus einem Land, das nicht zur EU gehört.«

Applaus.

Und nach dem Applaus: »Und jetzt werdet ihr ihm auf eine etwas ausführlichere Weise begegnen als während der Preisvergabe, da hat er ja nur kurz vorbeigeschaut, um den fetten Scheck und zwei Tulpen einzusacken. Ja, und das ist noch nicht alles, Leute. Ihr werdet ihn im Gespräch mit einem Mann erleben, den die meisten von euch gut kennen, und von dem die anderen wenigstens gerüchteweise gehört haben. Einem Mann, der wie Alexander nie Angst davor hatte, sich selbst vorzuführen. Heißt sie freundlich willkommen! Alexander Irgens und Claes Otto Gedde!«

Gebrüll. Das Licht richtet sich auf uns, während wir, den Tisch zwischen uns, in unseren Sesseln sitzen. Die Weinflasche. Die Gläser.

Langsam legt sich der Applaus. Gedde sitzt ausdruckslos da und wartet, die fetten Hände liegen in seinem Schoß.

Dann hebt er die Flasche und liest mit zusammengekniffenen Augen: »Castello Ygay Gran Reserva Especial 2004.«

Und an mich gerichtet: »Dieser Wein ist schwer und kräftig, und ich füge hinzu: Einfach wunderbar. Dasselbe würde ich über dein allererstes Buch sagen, *Landminen*, von 1978. Das Buch wurde damals mit dem Tarjei-Vesaas-Debütantenpreis ausgezeichnet, woran ich mich sehr gut erinnere, so, wie ich mich auch sehr gut an Tron Bergers begeisterte Rezension aus *Aftenposten* erinnere. Er schrieb, und ich muss zugeben, das musste ich im Archiv von *Aftenposten* nachsehen, um es wörtlich zitierten zu können, so scharf ist das Gedächtnis des alten Gedde nun doch nicht: *Alexander Irgens bringt in seinem Erstlingsbuch* Landminen *Novellen von hoher Qualität. Keine der dreizehn Erzählungen ist gleichgültig, und drei, vier davon werden als leuchtende Beispiele dafür weiterleben, wie stark die norwegische Novellenkunst derzeit ist. Hier gibt es nicht eine einzige Zeile zu viel oder zu wenig, und Irgens führt seine Feder mit großer Autorität.*«

Geddes kleine stechende Augen sehen mich an. »Du schwebtest doch sicher in der Luft, nachdem du damals *Aftenposten* gelesen hattest? Denn das hast du doch sicher?«

»Ja. Das ist ein Zustand, den ich nur ein einziges Mal in meinem Leben erlebt habe.«

»Und das sagt ein Mann, dem vor einer Stunde eine knappe Million Kronen ins Sparschwein gesteckt worden ist?«

»Ja. Bei allem Respekt. Ich habe keinen Fingerbreit Boden unter den Füßen verloren. Anders als damals.«

Ach, wie gut es tut, bei seinesgleichen zu sein, so leicht fließt das Lachen, auch wenn man nicht witzig ist, es ist das pure Wohlwollen, das alle ausstrahlen.

»Und schon zwei Jahre darauf veröffentlichst du neue Novellen.« Gedde wendet sich ans Publikum. »Ich sage ›schon‹, denn die Novelle ist als schwierig bekannt. 1980 erscheint *Die Ader im Berg*. Und abermals triffst du ins Schwarze und erntest strahlende Rezensionen. In *Die Ader im Berg* kommst du noch klarer zur Sache. Und bist vielleicht auch einen Tick düsterer.«

»Jede Einzelne dieser Novellen behandelt dasselbe Grundthema, oder den Grundton.«

»Nämlich?«

»Dass wir alle ganz allein sind.«

Gedde trinkt einen Schluck Wein. Lässt ihn durch seine Mundhöhle strömen. Er überrascht mich. Dass er mit meinen Novellen anfängt, hätte ich nie erwartet. Es freut mich.

Er stellt das Glas vorsichtig ab. »Ja. Zusammen in der tiefen Trennung, wie du irgendwo schreibst. – Und während du diese zwei Novellensammlungen herausgegeben und an einem ganz hervorragenden Roman gearbeitet hast, *gleichzeitig* arbeitest du in Vollzeit als Journalist bei *Arbeiderbladet*?«

»Ja. Das heißt, ich war 1981 das ganze Jahr beurlaubt. Um den Schlussstrich unter *Das Versteck* zu ziehen.«

Gedde nickt. »Aha. Um den Schlussstrich unter *Das Versteck* zu ziehen. Wollen wir darauf anstoßen, Irgens?«

Das tun wir.

»Denn, meine Damen und Herren«, sagt nun Gedde, »das ist ein Meisterwerk von Roman, geschrieben von einem jungen Autor, den mehrere Rezensenten mit Hamsun vergleichen. Und jetzt dürft ihr gern mal kurz in die Hände klatschen.«

Das tun sie.

»*Das Versteck* ist einer der größten und ehrgeizigsten Romane der norwegischen Nachkriegszeit«, sagt Gedde. »Er zeigt eine vom Krieg verwüstete und ziemlich arme Fischernation, die im Laufe von zwei Jahrzehnten eine vollständige Metamorphose durchmacht. Aber nach dieser Veröffentlichung verstummst du für zwanzig Jahre. Wo hast du dich in dieser ganzen Zeit *versteckt*? In *Arbeiderbladets* Redaktion?«

»Ich habe eine Familie gegründet. Als Journalist gearbeitet. Und wenn ich mich richtig erinnere, war ich auch ziemlich enttäuscht. Ich hatte sehr viel Arbeit in *Das Versteck* gepackt, und ich bekam nur sehr wenig zurück. Ich konnte davon absolut nicht leben. Ich hätte mich natürlich um Stipendien und so etwas bewerben können, aber die Lage auf dem Arbeitsmarkt verschlechterte sich schon damals, und ich wusste, ich könnte kein zweites Mal auf eine feste Anstellung hoffen.«

»Es war also nicht so, dass du dich leergeschrieben hattest? Wie es so vielen passiert? Sie haben ein Buch in sich. Oder zwei. Nur sehr wenige schreiben und veröffentlichen ihre Bücher ein Leben lang.«

»Nein, leer war ich nicht. Aber es war schon so, dass ich fand, mit den beiden Novellensammlungen und dem Sechshundertseitenroman ganz schön viel von mir hergegeben zu haben. Mein Mitteilungsbedürfnis war damals nicht so groß.«

»Nein, eben. Aber Nachrichtenjournalismus zu betreiben ist doch auch eine Art, sich mitzuteilen. Auch in diesem Zusammenhang habe ich mich ein wenig im Archiv umgesehen, musst du wissen. Du hast mehrere Jahre lang nur über Kriminalfälle berichtet?«

»Stimmt, ja.«

»Hör dir das an: *Es ruht eine seltsame Stimmung über Såvik, der Wind vom Meer, der über abgeschliffene Steine und karge Gewächse streicht, scheint sich zwischen den weißen Häusern zu verdichten, alle Hohlräume mit etwas fast Greifbarem zu füllen. So gestaltet sich die kollektive Trauer, sie ist unsichtbar, aber doch so sehr zugegen, dass der, der von außen kommt, fast in Atemnot gerät. Die Hände vors Gesicht schlagen und in sich verschwinden möchte.* Das ist norwegischer Journalismus in den frühen achtziger Jahren, Leute! Und nicht nur das. Das ist Kriminaljournalismus. Kannst du dich an den Fall erinnern?«

»Oh ja, den werde ich niemals vergessen.«

Ich fange den Blick von Jonas in der zweiten Reihe auf. Er war da. Wir waren da. Wir saßen im Wohnzimmer, und wir waren ein Teil der Trauer. Der Konfirmand in der weißen Albe, eingerahmt und hinter blankem Glas, das die Nachmittagssonne reflektierte. Die im Schoß ruhenden Hände von Vater und Mutter. Unsere eigenen, die mit Stift und Papier beschäftigt waren, ich weiß noch, dass meine Kaffeetasse randvoll war, als wir gingen, ich hatte Angst, sie sehen zu lassen, wie sehr meine Hände zitterten.

»Ich auch. Ich habe nicht darüber berichtet, aber ich erinnere mich noch gut.«

Ich höre meine Stimme aus weiter Ferne. »Es war so besonders schlimm, weil sie so jung waren.«

»Richtig. Ein Junge hatte ein Mädchen umgebracht.«

»Sie waren erst vierzehn. Sie waren gerade konfirmiert worden. Sie waren zusammen aufgewachsen. Als es passierte, lebten nur fünfundzwanzig Menschen in Såvik. Es war, als sei der ganze Ort in einem schwarzen Loch verschwunden.«

»Der Mord war auch besonders brutal, nicht wahr?«

»Ja. Brutal, weil sie so jung waren, und natürlich, weil alle dort oben einander so nahestanden. Aber auch brutal ausgeführt. Niemand konnte begreifen, wie ein anscheinend normaler Vierzehnjähriger auf solche Idee kommen kann. Wie es möglich war, sich so etwas überhaupt nur vorzustellen.«

Plötzlich ist es, als ob jemand mir eine eisige Nadel in den Nacken bohrt. Ganz oben, wo die Schädelwölbung beginnt.

Gedde sagt: »In einer deiner Novellen, *Die Strömung,* schilderst du einen Mann, der über Bord gefallen ist. Er ist allein in der Dämmerung gesegelt, und dann fällt er ins Wasser. Die Novelle hört in dem Moment auf, in dem ihm aufgeht, dass eine starke Unterströmung ihn ins Meer trägt. Er kann das Licht sehen, das unter Deck noch leuchtet, und die angezündeten Laternen, die sich langsam entfernen.«

»Ja. Ich weiß noch gut, dass ich das geschrieben habe.«

Die kalte Nadel.

»Dann möchte ich dich jetzt fragen, Alexander Irgens: Wann hat die Strömung dich erfasst? Weißt du das noch ebenso genau?«

23

Der Untergang

Es ist ganz still im Saal. Ich sehe abwartende Unruhe in den Gesichtern in der ersten Reihe. Kolla. Dolven. Gudrun und die anderen vom Verlag. Sie alle haben registriert, dass

Gedde jetzt Flagge gezeigt hat, aber sie wissen noch nicht, aus welcher Richtung der Wind weht.

Aber ich weiß das.

Er trinkt einen Schluck Wein, stellt sein Glas vorsichtig ab und macht weiter. »Bei dem furchtbaren Mordfall dort oben im Nordwesten, über den Irgens und ich eben gesprochen haben, gab es grauenerregende Details, die der Öffentlichkeit verschwiegen wurden. In *Arbeiderbladet* schrieb Irgens poetische Prosa, ja, er schrieb fast schön über die Tragödie, die das kleine Dorf getroffen hatte. Darüber, dass niemand der großen Trauer entgeht. Die kleine Gemeinschaft am Meer zerfällt. Irgens erzählt in seinem Artikel das, was an jenem Abend in Såvik passiert ist. Um kurz nach vier Uhr nachmittags ruft der Junge bei dem Mädchen an. Die Mutter geht ans Telefon und ruft dann ihre Tochter aus deren Zimmer im ersten Stock. Während sie auf die Tochter warten, redet die Mutter mit dem Jungen, der zu diesem Zeitpunkt einen ganz normalen Eindruck macht. Er erzählt, dass er im Nachbardorf ins Kino will, und er fragt, ob – ja, nennen wir sie Eli. Per und Eli. Eli will mitkommen, wie es sich herausstellt, und Elis Eltern haben keine Einwände. Die Hausaufgaben sind gemacht, der Film ist jugendfrei, es ist ein Jugendfilm, der damals im ganzen Land gezeigt wird. Dass Eli hingeht, genauer gesagt, dass sie mit Per hinradelt, finden sie gut. Eli war in letzter Zeit verschlossen und schweigsam, also eine ganz normale Vierzehnjährige, und sie und Per sind zusammen aufgewachsen. Sie kennen ihn als vertrauenswürdigen, soliden Jungen, erwachsen für sein Alter. Die beiden Jugendlichen verabreden sich an einer stillgelegten Tankstelle außerhalb des Dorfes, um dann zusammen zum Kino zu fahren, wo der Film um sieben Uhr beginnt. Sie werden gegen neun zurückerwartet. Dann ist es dunkel, aber um diese Zeit sind hier draußen am Meer so gut wie keine Autos unterwegs. Als Eli um halb zehn noch nicht zu Hause ist, ruft ihre Mutter Pers Eltern an. Sie spricht mit Pers Vater, der berichtet, dass Per schon zu Hause ist und schläft. Als er geweckt wird, erzählt er, dass sie zusammen nach Hause gefahren sind, dass sie sich bei der Tankstelle getrennt haben, wo sie sich früher an diesem Abend getroffen hatten. Von hier aus führt eine Stichstraße zu Elis Haus. Um kurz nach zehn ist das ganze Dorf auf den Beinen und macht sich auf die Suche nach Eli. Schon um elf finden sie ihr Fahrrad in einem Graben bei der Hauptstraße, und gleich danach ihren Leichnam in einem Werkzeugschuppen unten am See. Sie liegt ganz offen da, ist nicht zugedeckt worden, niemand hat versucht, sie zu verstecken. Sie wurde erwürgt. Ermordet. Der Junge gesteht noch in dieser Nacht bei einem ersten Gespräch mit der Polizei. Als Motiv sagt er, es sei ›einfach passiert‹. Mehr bekommen sie nie aus ihm heraus.«

Die Nadel. Der Nacken.

»Und wenn diese Geschichte einigen hier bekannt vorkommt, dann liegt das vielleicht daran, dass Alexander Irgens zwei Jahrzehnte später an den Tatort zurückkehrt, genauer gesagt 2004, als er Buch Nr. 2 in seiner Serie über Stig Hammer herausbringt. Ganz zu Beginn des Buches, ehe Hammer auf den Plan tritt, führt er seine Leser hinaus ans Meer, wo der Junge das Mädchen umbringt und die Trauer sich über alle senkt, auch wenn das eigentlich nicht ganz das ist, was passiert, wenn der Kriminalschriftsteller Alexander Irgens mit dem Kriminalreporter den Platz tauscht, nein, dann ist es doch ein wenig anders. Ob ich meine, es sei falsch, wirkliche Geschehnisse als Grundlage für einen Roman zu benutzen? Nein, natürlich nicht. Aber interessant ist, wenn Irgens Tatsachen in Fiktion verwandelt, in diesem Fall also einen Zeitungsartikel in einen Kriminalroman, dass er dann seltsamerweise all die Tatsachen benutzt, die er in seinem Zeitungsartikel rücksichtsvoll ausgelassen hat. Diesmal führt er den Leser hinter das Absperrband, in das fast weiße Licht der Polizeischeinwerfer, er lässt das Mädchen mit der Hose um die Knöchel liegen, schildert gewissenhaft den zerfetzten Unterleib, die Übergriffe, die über einen langen Zeitraum stattgefunden haben, während sie noch am Leben war, mit einem Brecheisen, das er in einer Tasche hinten auf dem Fahrrad bei sich hatte, und am Ende zeigt er uns ihren Mund, den der Täter, der jugendliche Täter, mit Kies gefüllt hat, um ihre Schreie zu ersticken, ihre flehentliche Bitte um Gnade.

Ekelerregend? Kaum. Die meisten von euch haben Hunderte von Kronen bezahlt, um diesen Dreck zu lesen, ihr habt ihn euch zu Weihnachten geschenkt und für die Osterferien gekauft. Im ersten Buch über Stig Hammer, *Herr und Knecht,* gibt es Spuren des alten Alexander Irgens, dieses Buch wurde geschrieben von einem Autor, der die literarischen Tricks beherrscht und sich an einem neuen Genre versuchen will, es ist auch kein Wunder, dass er den Krimiwettbewerb seines Verlages gewinnt, denn glaubt mir, ich weiß, wie viel Mist in solchen Zusammenhängen eingereicht wird, solche Wettbewerbe verwandeln ganze Verlage in Kloaken. Doch, ja, *Herr und Knecht* zeigt uns einen Rest von Alexander Irgens' Talent, auch wenn der Titel ja an eine andere Redaktion des Verlags denken lässt als an die Krimiabteilung, nämlich die für Kioskromane und leichte Unterhaltung.«

Aus weiter Ferne höre ich wieder: *Das brauchst du dir nicht gefallen zu lassen,* und jetzt höre ich, dass Stein Kristian Skute flüstert, dass er es mir oben in der isländischen Dunkelheit ins Ohr sagt: *Das brauchst du dir nicht gefallen zu lassen, Alexander,* aber als ich jetzt aufspringen will, etwas sagen, gehen, bin ich wie gefangen, hypnotisiert von Claes Otto Geddes psalmodierender Stimme, er sagt: »Aber mit dem Nachfolgeband, *Herzbube,* verabschiedet er sich von uns. Da ist er ein anderer, vermutlich durch den täglichen Umgang mit seiner eigenen Hauptperson, das kann jedenfalls einer von mehreren Gründen sein, ein anderer ist möglicherweise, dass das Klingeln der Kassen ihn schon damals gelähmt hatte, jedenfalls ist es eine Tatsache, dass die Poesie im Text jetzt von peinlichen Aphorismen abgelöst worden ist, von verwelkenden Sprachblumen. Stig Hammer stolziert dort oben an der Nordwestküste in einer Wolke aus Repliken und verbalen Schusswechseln, die vielleicht witzig oder jedenfalls elegant sein könnten, wenn sie auf US-Englisch abgefeuert würden, im Manhattan der vierziger Jahre, aber die jetzt in einem ländlichen Norwegen unfreiwillig komisch sind, so wie auch die Sexszenen, auch sie stammen aus einer Art humoristischem Paralleluniversum, auch wenn ich bereit bin, die Szene auszunehmen, wo Hammer die Pastorin von hinten vögelt, während sie mitten in der Nacht im Garten das Pferd mit großen roten Äpfeln füttert. Meine Damen und Herren, da habe ich herzlich gelacht, aber vor allem, weil ich, wie die meisten anderen hier, einige Hinweise auf die sexuellen Vorlieben des Autors nicht übersehen konnte.«

Die Zeit scheint stillzustehen. Die Zeit steht still. Alle sitzen gefangen in einer Zeitschleife.

»Aber dann holt mich die Trauer wieder ein. Das tut sie. Denn in den folgenden Jahren lässt Alexander Irgens eine Spannungsbombe nach der anderen hochgehen. Die Plots halten nur um Haaresbreite, aber dieses Haar wird immer dünner, die Sprache wirkt immer mehr wie eine Mischung aus Zitatcollagen und von einem totalen Amateur ins Norwegische übersetzten amerikanischem Slang.«

Ich will aufstehen, spüre aber, wie meine Brust sich anspannt, wie festgehalten von einer eisernen Hand, ich muss wieder an Paris denken.

»Aber wenn der Autor auch mit den Resten seiner sprachlichen Begabung auf der Stelle tritt, und wenn die Plots geradezu absurd unglaubwürdig sind, gibt es ein Feld, das er mit jedem Buch besser beherrscht, und das mit dem aktuellen seinen Höhepunkt erreicht, und zwar die Kunst, makabre Handlungen und perverse Details zu schildern, so dass wir uns zeitweise fast erbrechen müssen, ja, wir könnten uns vollkotzen, wenn wir da im Lehnstuhl sitzen. In einem Interview mit *Aftenposten* begründet Irgens seine steigende Verwendung von Gewalt und Hemmungslosigkeit damit, dass er die Gesellschaft wiedergeben will, wie sie sich eben im ersten Jahrzehnt des neuen Jahrtausends darstellt, und jetzt hätte ich fast Jens Bjørneboe zitiert, aber das werde ich doch nicht tun, er ist tot und kann sich nicht dagegen wehren, in einem Satz mit Alexander Irgens zitiert zu werden. Ja, wir reden hier nämlich von keinem Geringeren als dem Poirot-Preisträger. Und ist schon klar: Der Kriminalschriftsteller Alexander Irgens wird mit jedem Tag noch gesellschaftskritischer. Und es ist nicht nur das allgemeine Gewaltniveau, das sich von Buch zu Buch steigert. Der ganze Dreck, in dem Stig Hammer sich wälzt, macht ihn offenbar auch immer gewalttätiger und unberechenbarer. Den ersten Mord begeht er in *Die Steinflundern*, und auch in *Große dunkle Männer* bringt er einen Menschen ums Leben, wenn auch einen Untermenschen aus dem Osten, indem er ihm mit einem eisernen Handschuh die Kehle zerfetzt, nachdem er ihn zuerst mit Vierkomponentenkleber geblendet hat.«

Jetzt kommt Widerspruch auf. Bast und der Bürgermeister sind aufgesprungen.

»Setzen!« Gedde ist plötzlich wütend. »Ich bin sofort fertig.«

Sie setzen sich wieder.

Geddes Stimme scheint sich immer weiter zu entfernen. Gleichzeitig höre ich jedes einzelne Wort so deutlich und klar. Dämpft jemand das Licht? Nein. Aber die Farben ändern sich. Oder? Ein tiefer Rotton in den Schatten?

»Ich will keine billige Pointe daraus machen, dass diese krankhafte Gewalt offenbar ansteckend wirkt, nicht nur auf die Hauptperson, sondern auch auf den Autor. Ich habe selbst ein ganzes Leben im Rampenlicht verbracht. Ich habe selbst die Kontrolle verloren. Es ist nicht so leicht, wenn man dauernd von fremder Aufmerksamkeit verwöhnt wird. Man wird, natürlicherweise, das, was wir auf gut Norwegisch als verwöhntes Arschloch bezeichnen.«

»Nein, holt ihn jetzt runter, verdammt!«, ruft jemand.

Gedde: »Stopp!«

Stille.

»Ich hätte heute Abend natürlich auch mit Alexander Irgens plaudern können. Zu einem guten Schluck Rotwein. Nette Floskeln. Anekdoten. Das Übliche. Was man so macht. Ich hätte mich damit begnügen können, über die extreme Gewalt in den Büchern ein paar kritische Worte zu verlieren, es wäre nicht nötig gewesen, sein frisch gewonnenes Interesse für diese Gewalt in der Welt der Wirklichkeit zu erwähnen. Also, falls er sich in einer Art anständigem Rahmen gehalten hätte. Ich bin ein guter Schauspieler. Ich hätte den ganzen Abend hier für euch ein Schauspiel aufführen können, es ist sogar möglich, dass es mir gefallen hätte, euch von hier und jetzt anzupissen. Und wenn ich das nicht tue, dann aufgrund eines anderen Schauspielers, der heute Abend leider nicht hier bei uns sein kann.«

Die Nadel in meinem Nacken fällt klirrend zu Boden.

Was ist das hier?

Ein Metallreifen spannt sich um meine Brust

Sehen sie denn nicht, wie schlecht es mir geht?

Kunstpause. Stille.

»Oder hat irgendwer hier heute Abend Olav Ramnes gesehen? Der die Hauptrolle in den Hammer-Filmen spielt? Nein? Nicht? Olav Ramnes ist ein guter Freund von mir, und ich hatte mich darauf gefreut, heute hier mit ihm zusammenzusein. Zusammen mit Olav zu feiern, dass Alexander Irgens die Gunst Europas und seiner Heimatstadt empfängt. Ich hatte meinen Freund seit mehreren Jahren nicht gesehen. Sehr schade, also. Es hätte mich nichts gekostet, hier in diesem Sessel zu sitzen und euch vollzulügen, wie das bei solchen Veranstaltungen ja üblich ist. Ich werde gut bezahlt, kann aber hier und jetzt öffentlich bekanntgeben, dass ich jeden Öre zurückzahlen werde. Ich will das Geld nicht. Und das liegt nicht nur daran, dass Olav Ramnes heute Abend nicht hier ist, sondern dass er im Ullevål-Krankenhaus in Oslo auf der Intensivstation liegt. Dort lag er zuerst inkognito, denn er war bis zur Unkenntlichkeit zugerichtet worden. Er, den alle im Land kennen, wurde weder von der Polizei noch vom Krankenhauspersonal erkannt, als er nackt und ohne Papiere in einem Graben bei Ski gefunden wurde. Wo ihn irgendwer wie ein Stück Fleisch weggeworfen hatte. Hält irgendjemand das für einen Zufall? Für einen Zufall, dass das Olav Ramnes widerfährt, nur wenige Tage vor dieser Veranstaltung? Olav Ramnes, der Alexander Irgens bei der Polizei ans Messer geliefert hat. Denn so heißt es in der Szene, in der Irgens sich inzwischen herumtreibt, um für seine Romane zu recherchieren. Dort nennen sie das so. Es heißt nicht, dass man der Polizei sagt, was man gesehen hat, man liefert jemanden ans Messer. Und das wird bestraft – wie in diesem Fall. Meine Damen und Herren, das …«

Und nun senkt sich der Vorhang. Die rote Finsternis schließt sich um mich.

24

Aus dem Feuer

Ich träume, dass ich in flaschengrünem Wasser nach oben steige, zu seltsamen Unterwassergeräuschen, Wellenschlag gegen Geröllstrände, eine flüsternde Tiefe umgibt mich auf allen Seiten, und über mir, in der leuchtenden Dunkelheit, der Mond, strahlend und mächtig.

Und als ich durch die Wasseroberfläche breche ... ein runder Lampenschirm aus weißem Glas unter der Decke. Altmodisch. Wie aus meiner Kindheit geholt. Ein schwaches gelbes Licht vergoldet den Raum. Nackte weiße Wände.

Ich liege ganz still da und spüre das Herz in meiner Brust arbeiten.

Schwere, ruhige Schläge.

Fahre mit den Fingerspitzen über die grobe Bettwäsche. Gestärkt. Riecht nach Seife und Weichspüler.

An der Wand links vom Bett steht ein altmodischer Holzstuhl unter einem Fenster, einem blaugrauen Quadrat in der dicken Mauer. Draußen zieht eine Wolke vorüber. Zwischen Fensterscheibe und Zimmer steckt ein schwarzes Gitter. Zwei waagerechte Eisenstangen. Zwei senkrechte. Das Gitter zerteilt das Bild des Winterhimmels draußen in neun gleich große Vierecke.

Eine dicke Zellentür steht halb offen. Blaue Wände auf dem Gang dahinter. Graues Linoleum.

Es ist ganz still.

Nein. Gemurmel in der Ferne.

Als ich die Beine über die Bettkante hebe und mich aufsetze, sehe ich in einer Ecke einen altmodischen Rollstuhl mit eingebautem Becken.

Ich bugsiere mich zum Stuhl hinüber. Mir ist schwindlig.

Ein bisschen schlecht. Auf halbem Weg entdecke ich, dass ich ein Krankenhaushemd trage. Praktisch.

Ich setze mich und pisse einen Liter.

Ich rolle vorsichtig auf die halb offene Tür zu. Schiebe sie ganz auf. Der blaue Gang.

Die Wände grobe Steinmauer.

Weiter hinten sehe ich einen größeren Raum. Einen Tisch voller Zeitungen. Einen Teil eines roten Sofas. Ich rolle an einer offenen Tür vorbei. Eine leere Zelle. Ein mit militärischer Präzision gemachtes Bett.

Bei der nächsten Zelle steht die Tür ebenfalls sperrangelweit offen. Auf dem Boden sitzt ein glatzköpfiger Mann in Lotusstellung. Die Augen geschlossen.

Bemerkt mich nicht.

Im Aufenthaltsraum steht ein Ferrari von Espressomaschine und auf dem Tisch eine große Tonschale mit Obst.

Ich stehe auf. Der frische Urin stinkt.

Auf schwachen Beinen gehe ich zu einem Geländer und schaue in einen Innenhof mit großen Grünpflanzen und knallbunten Gemälden an den Wänden.

Mitten in diesem Hof steht ein weißer Flügel, und darum, in einem Kreis aus tiefen Sesseln, sitzt eine Gruppe von Männern in unterschiedlichem Alter.

Erst, als sich Dolven über die Tasten beugt und anfängt, Keith Jarretts »Death and the Flower« zu spielen, begreife ich, wo ich bin.

Und dass er mich aus dem Feuer geholt hat.

Nachbemerkung der Übersetzerin

»Vom Regen in die Traufe«, sagt man auf Deutsch, auf Norwegisch fällt man »aus dem Feuer in die Bratpfanne«. »Vom Regen« als Titel wäre also genau genommen die richtige Übersetzung gewesen, hätte aber einen ganz falschen Eindruck erweckt, als handle der Roman eben vom Regen. Der norwegische wie der deutsche Titel *Aus dem Feuer* scheinen anzudeuten, ein Problem sei gelöst, jemand sei aus dem Feuer gerettet, aber die Redensart zeigt ja, dass noch sehr viel passieren kann. Und doch ist am Ende des Buches erst mal eine Atempause angesetzt, der wenig heldenhafte »Held« Alexander Irgens ist aus dem Feuer geholt, und was weiter passiert, hat nichts mehr mit diesem Buch zu tun. So vieldeutig wie der Titel ist das ganze Buch.

Aus dem Feuer ist ein Buch innerhalb eines größeren Romanprojekts von Ingvar Ambjørnsen. Es ist keine Romanserie, die einzelnen Bände stehen in keinem direkten inhaltlichen Zusammenhang, es gibt keine chronologische Reihenfolge. Einzelne Personen aus einem Buch tauchen in den anderen auf, jemand, der in einem Roman eine Hauptrolle innehatte, steht in einem anderen vielleicht nur irgendwo im Hintergrund herum. In *Die Nacht träumt vom Tag* kommt zum Beispiel Käpt'n Karbo mit seinem Boot vor, und auch die rätselhafte isländische Schönheit Birna wird mehrfach erwähnt. Alexander Irgens ist ebenfalls mit von der Partie, wenn auch sozusagen nur indirekt – der Wanderer Sune, der in leerstehende Ferienhäuser einbricht, ärgert sich furchtbar, dass es kaum je etwas Richtiges zu lesen gibt, überall liegen nur die verdammten Krimis von Alexander Irgens herum. Ein anderer Wiedergänger aus Ingvar Ambjørnsens Romanuniversum ist der versoffene

Journalist Claes Otto Gedde, Hauptperson des Romans *Eine lange Nacht auf Erden* und eines auf Deutsch bisher nicht vorliegenden Theaterstückes. Seinen ersten Auftritt hatte er als blinder (oder auch nicht, man weiß es nicht) Pianist in einer Kurzgeschichte des Bandes *Teilweise abwesend*, damals schrieb er seinen Nachnamen noch Gjedde.

Neben Anspielungen auf andere Bücher bringt Ingvar Ambjørnsen auch viele Hinweise auf lebende Kollegen und Kolleginnen – Jostein Gaarder wird erwähnt, die norwegische Erfolgsautorin Anne B. Ragde, dazu Norwegens bisher einzige Literaturnobelpreisträgerin Sigrid Undset, die ein Haus in Lillehammer besaß, und an die Alexander Irgens denken muss, als er bei dem Festmahl für die Buchhändlerinnen seine Gastgeberin sieht. Nicht alle Autoren, die im Buch auftreten, gibt es wirklich, Halvdan Skagge, der Norweger, der in Hamburg im Eppendorfer Exil so fröhlich vor sich hin verkommt, ist reine Erfindung. Wer es genau wissen will, sei aufs Internet verwiesen – wer dort nicht auftaucht, ist erfunden.

Real hingegen sind die norwegischen Zeitungen, die Schlange stehen, um den Erfolgsautor zu interviewen. *Se og Hør* ist ein schreckliches Klatschblatt, das die Sensationen auch gern selbst erfindet, wenn die Promis sich nicht wunschgemäß skandalös verhalten. *Aftenposten* ist eine seriöse Tageszeitung, in Norwegen vielleicht das, was die *FAZ* hierzulande ist. *Klassekampen,* den Namen braucht man wohl nicht zu übersetzen, einst das Zentralorgan von Norwegens maoistischer Partei, ist heute eines der wenigen Printmedien in Norwegen, deren Auflage stetig wächst, nicht zuletzt wegen der sorgfältigen Kulturberichterstattung und des großen Rezensionsteils – den andere Zeitungen mehr oder weniger abschaffen, ganz offen tat das *Verdens Gang,* abgekürzt *VG,* eine Tageszeitung mit vielen Bildern und großen Überschriften, die dennoch viele Jahre lang die meisten Rezensionen in Norwegen brachte und sogar Lyrik und Essays vorstellte. Wenn aber ein richtiger Promi ein Buch schreibt, dann wird es auch dort vorgestellt. Jemand wie Alexander Irgens hat da nichts zu befürchten, das tut er ja auch nicht und ist blind für die Sorgen seiner Kollegen, die weniger Glück und Erfolg haben.

Ingvar Ambjørnsen ist in Norwegen oft gefragt worden, ob er an Jo Nesbø gedacht habe, als er seinen Alexander Irgens ersann, kann aber überzeugend darlegen, dass ihm nichts ferner gelegen habe. Jo Nesbø ist der derzeit erfolgreichste norwegische Krimiautor, die Frage lag also nahe, aber es gibt keinerlei biografische oder charakterliche Ähnlichkeiten zwischen Irgens und Nesbø. Aber es gibt, in Norwegen wie anderswo, den Krimiboom, der einfach kein Ende nehmen will. Es fing vorsichtig an, in den siebziger und achtziger Jahren, als Jon Michelet seine Serie von Krimis um den aus der Polizei geworfenen Thygesen veröffentlichte und damit seinen Landsleuten zeigte, wie man einen überzeugenden Krimihelden gestaltet. An diesem Vorbild orientieren sich die norwegischen Krimiautoren noch heute, nicht nur, wie in Irgens' Beispiel, weil die Gestaltung der Michelet-Cover nachgeahmt wird. Aber damals hat der Boom begonnen, und norwegische Verlage suchen verzweifelt den neuen Nesbø oder den norwegischen Stieg Larsson. Zu Lasten anderer Literatur, das ist klar, ein Verlag kann eben nur eine gewisse Anzahl an Büchern pro Jahr produzieren, und solange alles nach dem nächsten Krimistar Ausschau hält, hat – zum Beispiel – ein genialer Autor von Kurzgeschichten kaum eine Chance. Vieles von dem, was Irgens im Buch beschreibt und gut und richtig findet, da er ja davon profitiert, dazu das Verschwinden der Rezensionen von den Kulturseiten der Zeitungen, das Verschwinden der Kulturseiten überhaupt, die Konzentration in Verlag und Buchhandel auf Bestseller und vor allem auf Krimibestseller gibt es nicht nur in Norwegen. In Norwegen ist die Lage aber besonders schwierig geworden, weil es kaum noch unabhängige Buchläden gibt. Dafür aber haben die großen Verlage jeweils eigene Buchladenketten aufgebaut, für ihre Bestseller (oder die Bücher, die sie zu Bestsellern zu machen hoffen) kaufen sie dann bei den Ketten der konkurrierenden Verlage Ausstellplatz. Darauf spielt Irgens an, als er in der Runde der Buchhändlerinnen die verlagseigenen Buchladenketten als

»Kartelle« bezeichnet, was sie eigentlich auch sind, aber das will eben niemand wahrhaben.

Das Buch *Aus dem Feuer* wirkt wie eine Krimiparodie – aber das Verbrechen, das Irgens schließlich begeht oder begehen lässt, geht weit über das Parodistische hinaus. Es ist eine Kritik an der norwegischen Literaturszene dieses Jahrzehnts, es ist aber auch ein Roman über jemanden, der irgendwann die falsche Entscheidung getroffen hat. Der Erfolg scheint ihm recht zu geben, menschlich und moralisch aber sinkt er immer tiefer und begreift bis zum Ende nicht so recht, wie das alles passieren konnte. In Knut Hamsuns Roman *Neue Erde* kommt ein Irgens vor, der sich für einen großen Künstler hält, in Wirklichkeit aber nichts zustande bringt, auf Kosten anderer lebt und seine Geliebte im Stich lässt, bis er dann von ihr im Stich gelassen wird. Im Vergleich zu diesem Irgens (dessen Vornamen Hamsun nie erwähnt) ist Alexander geradezu sympathisch, und während der Hamsun'sche Irgens am Ende ohne alles dasitzt, wird Alexander Irgens immerhin aus dem Feuer geholt. Bis auf weiteres.